D1634337

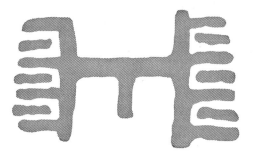

ATLANTIS

ATLANTIS

Roman

David Gibbins

Traduit de l'américain par Anne-Carole Grillot

FIRST

Editions

Ce livre est une fiction. Tous les noms, personnages, institutions, sites et événements sont des créations imaginaires de l'auteur ou sont utilisés dans un cadre fictif et ne doivent pas être considérés comme réels. Toute ressemblance avec des événements, lieux, organisations ou individus, réels ou fictifs, existants ou ayant existé, est purement fortuite. Le contexte factuel est décrit dans la note de l'auteur, à la fin de ce livre.

Isbn 2-75400-114-X

Dépôt légal : 4e trimestre 2005
Imprimé en France
Mise en page : Marie Housseau
Conception couverture : Lee Gibbons

Nous nous efforçons de publier des ouvrages qui correspondent à vos attentes et votre satisfaction est pour nous une priorité. Alors, n'hésitez pas à nous faire part de vos commentaires :

Éditions Générales First
27, rue Cassette
75006 Paris – France
Tél. : 01 45 49 60 00
Fax : 01 45 49 60 01
e-mail : firstinfo@efirst.com

En avant-première, nos prochaines parutions, des résumés de tous les ouvrages du catalogue. Dialoguez en toute liberté avec nos auteurs et nos éditeurs. Tout cela et bien plus sur Internet à www.efirst.com.

Remerciements

Avec mes sincères remerciements à mon agent, Luigi Bonomi, à mes éditeurs Harriet Evans et Bill Massey, et à Jane Heller. À Amanda Preston, Amelia Cummins, Vanessa Forbes, Gaia Banks et Jenny Bateman. Aux nombreux amis, collègues et institutions qui ont contribué à faire de mes recherches une véritable aventure au fil des années et rendu la réalité de l'archéologie aussi passionnante que la fiction. À Ann Verrinfer Gibbins, qui m'a emmené dans le Caucase et en Asie centrale, et fourni un havre propice à l'écriture. À mon père, à Alan et Hugh, à Zebedee et Suzie. À Angie et à notre adorable fille Molly, qui est arrivée alors que ce livre n'était qu'un projet et m'a aidé à le mener à terme.

Carte de l'Est méditerranéen et de la mer Noire indiquant les sites mentionnés dans le texte.

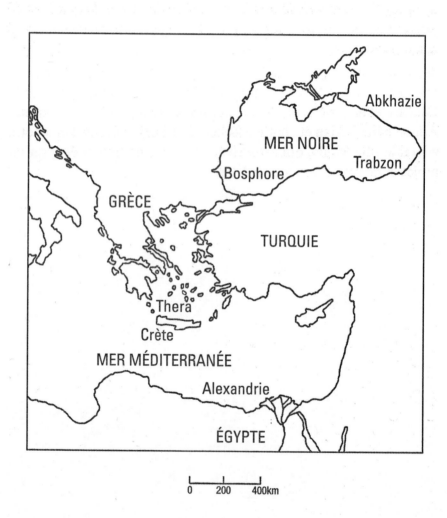

« *Un puissant empire régnait jadis sur la majeure partie du monde. Ses souverains vivaient dans une vaste citadelle surplombant la mer, un immense dédale de corridors comme on n'en a jamais vu depuis. Ils s'adonnaient avec ingéniosité au travail de l'or et de l'ivoire et avec intrépidité à la tauromachie. Mais un jour, après qu'ils eurent défié Poséidon, le dieu de la mer, la citadelle fut engloutie sous les flots par un grand déluge et son peuple disparut à tout jamais.* »

Prologue

Le vieillard à la démarche incertaine s'arrêta pour lever la tête, tout aussi ébahi que lorsqu'il s'était trouvé devant le temple pour la première fois. Rien de tel n'avait encore été bâti dans son Athènes natale. Bien plus haute que lui, la porte monumentale semblait porter tout le poids du ciel. Ses piliers colossaux éclairés par la lune projetaient une ombre au-delà même de l'enceinte du temple, jusqu'à l'étendue miroitante du désert. Devant lui se dessinaient des rangées de colonnes immenses s'élevant dans une profonde antichambre. Leur surface polie était couverte d'inscriptions hiéroglyphiques et de formes humaines imposantes à peine visibles à la lueur de la torche crépitante. Seule une brise fraîche dont le bruissement s'accompagnait de l'odeur âcre de l'encens, comme si quelqu'un venait d'ouvrir les portes d'une chambre funéraire longtemps close, laissait imaginer ce qui se trouvait à l'intérieur. Le vieillard frissonna malgré lui, son naturel philosophe cédant momentanément à une peur irrationnelle de l'inconnu, une peur de la puissance des dieux, qu'il ne pouvait apaiser et qui ne se souciaient guère du bien-être de son peuple.

« Approche, Grec. » Ces mots fusèrent dans l'obscurité. Le serviteur alluma à l'une des torchères de la porte une torche dont la flamme jaillissante révéla un physique maigre et alerte vêtu d'un simple pagne. À mesure qu'il avançait à pas feutrés, seule la flamme dansante témoignait de sa progression. Comme toujours, il s'arrêta à l'entrée du sanctuaire et attendit impatiemment le vieillard, qui traversait l'antichambre flanqué de son ombre voûtée. Le serviteur n'éprouvait que mépris pour cet *hellenos*, ce Grec au crâne chauve et à la barbe mal entretenue, qui posait sans cesse des questions et le faisait attendre dans le temple toutes les nuits, bien après l'heure convenue. En écrivant sur ses rouleaux, le Grec accomplissait un acte dûment réservé aux prêtres.

Le mépris du serviteur s'était maintenant transformé en dégoût. Le matin même, son frère Seth était rentré de Naucratis, grand port près duquel les eaux de crue brunes du Nil débouchaient dans la Grande Mer du milieu. Seth s'était montré abattu et désespéré. Les deux frères avaient confié un paquet de tissu provenant de l'atelier de leur père, dans le Fayoum, à un marchand grec qui prétendait désormais l'avoir perdu dans un naufrage. Ils craignaient déjà que ces Grecs rusés n'exploitent leur ignorance du commerce mais, à présent, leur pressentiment s'était mué en haine. Ils avaient perdu leur dernier espoir d'échapper à une vie de corvées dans le temple et demeuraient condamnés à une existence à peine plus réjouissante que celle des babouins et des chats tapis dans les recoins sombres, derrière les colonnes.

Le serviteur lança un regard venimeux au vieillard qui s'approchait, le *Législateur,* comme on l'appelait. « Je vais te montrer, se dit-il à voix basse, ce que mes dieux pensent de tes lois, Grec. »

Comme les deux hommes descendaient un escalier, le relent d'encens s'intensifia et le silence fut rompu par un murmure qui devint progressivement plus distinct. En face, se dressaient deux piliers à tête d'aigle, les piédroits d'une grande porte de bronze, qui s'ouvrit devant eux. Le décor du sanctuaire n'aurait pu contraster davantage avec la majesté austère de l'antichambre. Mille rais de lumière, tels des lucioles dans la nuit, jaillissaient de lampes à huile en terre cuite disposées sur le pourtour d'une salle taillée dans le roc. Au plafond, étaient suspendus des encensoirs de bronze élaborés, dont les fines volutes de fumée formaient une nappe de brume dans toute la pièce. Les murs comportaient des renfoncements semblables aux niches funéraires d'une nécropole ; toutefois, ceux-ci n'abritaient pas des corps enveloppés dans un linceul ni des urnes cinéraires mais de grandes jarres ouvertes débordant de rouleaux de papyrus.

Devant eux, de l'autre côté de la porte, se trouvaient plusieurs rangées d'hommes penchés sur des pupitres bas. Certains, vêtus uniquement d'un pagne, étaient assis en tailleur sur des nattes de roseau. Les uns copiaient des rouleaux posés à côté d'eux ; les autres transcrivaient ce que leur dictaient des prêtres en robe noire, dont les récitations à voix basse composaient la mélopée légèrement ondulante qu'ils avaient entendue en s'approchant. C'était le *scriptorium*, la chambre de la sagesse, vaste dépôt du savoir écrit et oral, transmis de prêtre en prêtre depuis l'aube de l'histoire, avant même l'époque des bâtisseurs de pyramides.

Le serviteur se retira dans l'ombre de l'escalier. Il n'était pas autorisé à s'introduire dans la chambre ; une longue attente allait commencer jusqu'à ce que vienne le moment où il escorterait le Grec vers la sortie. Mais ce soir-là, au lieu d'égrener les heures avec un ressentiment maussade, il trouva une satisfaction macabre à évoquer les événements qui allaient survenir dans la nuit.

Le vieillard le bouscula, dans son empressement à entrer. C'était sa dernière nuit dans le temple, sa dernière chance de pénétrer le mystère qui l'avait obsédé depuis sa précédente visite. Demain allait débuter la fête de Thot, pour laquelle tous ceux qui venaient de l'extérieur seraient exclus du temple pendant un mois. Il savait qu'aucun étranger n'obtiendrait plus jamais d'audience auprès du grand prêtre.

Dans sa hâte, le Grec entra dans la pièce en trébuchant, laissant tomber son rouleau et ses calames dans un fracas qui détourna momentanément les scribes de leur tâche. Il grommela avec mécontentement et regarda autour de lui d'un air contrit avant de ramasser ses affaires et d'avancer péniblement entre les hommes en direction d'une annexe, au fond de la chambre. Il franchit une petite porte en baissant la tête et s'assit sur une natte de roseau. Seules ses visites précédentes lui permettaient de penser qu'une autre personne était peut-être assise dans l'obscurité en face de lui.

« Solon le Législateur, je suis Amenhotep le grand prêtre. »

La voix était tout juste audible, à peine plus qu'un murmure, et semblait aussi ancienne que les dieux. De nouveau, elle se fit entendre.

« Tu viens à mon temple de Saïs, et je te reçois. Tu cherches la connaissance, et je révèle ce que les dieux ont la volonté de transmettre. »

Une fois les salutations protocolaires achevées, le Grec tira sa robe blanche sur ses genoux et prépara son rouleau. Émergeant de l'obscurité, Amenhotep était penché en avant, juste assez pour que son visage accroche un rai de lumière vacillant. Ce visage, Solon l'avait déjà vu à de nombreuses reprises, mais il le fit frémir jusqu'au tréfonds de son âme. Il semblait désincarné, orbe lumineux suspendu aux ténèbres, comme quelque spectre épiant depuis l'orée des enfers. C'était le visage d'un jeune homme figé dans le temps, comme momifié ; sa peau était tendue et translucide, presque parcheminée, et ses yeux rendus vitreux par l'éclat laiteux de la cécité.

Amenhotep était déjà vieux avant la naissance de Solon. On disait qu'il avait reçu la visite d'Homère, à l'époque de l'arrière-grand-père de Solon, et que c'était lui qui lui avait raconté l'histoire du siège de Troie, d'Agamemnon, d'Hector et Hélène, et les voyages d'Ulysse. Solon aurait beaucoup aimé l'interroger à ce propos et sur bien d'autres sujets mais, s'il le faisait, il romprait sa promesse de ne poser aucune question au vieux prêtre.

Solon se pencha attentivement en avant, déterminé à ne rien manquer de cette dernière visite. Enfin, Amenhotep parla de nouveau, dans un souffle spectral.

« Législateur, dis-moi où je me suis arrêté hier. »

Solon s'empressa de dérouler son papyrus et survola les lignes densément remplies. Quelques instants plus tard, il commença à lire, en traduisant ce qu'il avait écrit en grec en égyptien, langue dans laquelle ils s'exprimaient en cet instant.

« Un puissant empire régnait jadis sur la majeure partie du monde. Ses souverains vivaient dans une vaste citadelle surplombant la mer, un immense dédale de corridors comme on n'en a jamais vu depuis. Ils s'adonnaient avec ingéniosité au travail de l'or et de l'ivoire et avec intrépidité à la tauromachie. Mais un jour, après qu'ils eurent défié Poséidon, le dieu de la mer, la citadelle fut engloutie sous les flots par un grand déluge et son peuple disparut à tout jamais. »

Après ce qui sembla être un silence interminable, le vieux prêtre parla de nouveau, les lèvres presque immobiles, dans un souffle à peine perceptible.

« Cette nuit, Législateur, je vais te dire beaucoup de choses. Mais d'abord, laisse-moi te décrire ce monde perdu, cette cité d'orgueil punie par les dieux, cette cité qu'on appelait l'Atlantide. »

De longues heures plus tard, le Grec posa son calame, la main endolorie par une écriture ininterrompue, et enroula son papyrus. Amenhotep avait terminé. C'était désormais la nuit de la pleine lune, le début de la fête de Thot, et les prêtres devaient préparer le temple avant l'arrivée des suppliants, à l'aube.

« Ce que je t'ai dit, Législateur, vient de là, et de nulle part ailleurs, avait murmuré Amenhotep en se tapotant la tête de son doigt tors. Par un décret ancestral, nous ne pouvons quitter ce temple ; nous, grands prêtres, devons garder cette sagesse comme un trésor. Ce n'est que sur ordre des *astrologos*, les prophètes du temple, que tu es ici, par quelque volonté du divin Osiris. » Le vieux prêtre se pencha en avant, l'esquisse d'un sourire sur les lèvres. « Et souviens-toi, Législateur : je ne parle pas par énigmes, comme vos oracles grecs, mais il peut y avoir des énigmes dans mon récit. J'exprime une vérité transmise, pas une vérité de mon invention. Tu es venu pour la dernière fois. Va, maintenant. » Comme le visage cadavéreux s'estompait dans l'obscurité, Solon se leva lentement. Hésitant un instant, il se retourna une dernière fois avant de baisser la tête pour retourner dans le *scriptorium* désormais désert et se diriger vers la sortie éclairée par les torches.

L'aurore ourlée de rose colorait le ciel d'orient, la faible lueur venait teindre le clair de lune qui dansait encore sur les eaux du Nil. Le vieux Grec était seul, après que le serviteur, comme à son habitude, l'eut quitté à l'enceinte. Il avait poussé un soupir de satisfaction en passant entre les colonnes du temple, dont les chapiteaux palmiformes contrastaient tant avec les formes simples de l'architecture grecque, et lancé un dernier regard au Lac sacré, entouré d'imposantes phalanges d'obélisques, d'androsphinx et de statues colossales représentant les pharaons. Heureux de laisser tout cela derrière lui, il marchait avec contentement le long du chemin poussiéreux qui menait au village de pisé où il logeait. Il tenait fermement le précieux rouleau et portait en bandoulière une besace dans laquelle pesait une lourde bourse. Le lendemain, avant de partir, il ferait son offrande d'or à la déesse Neith, comme il l'avait promis à Amenhotep lors de leur première rencontre.

Il était encore émerveillé par ce qu'il avait entendu. Un âge d'or, un âge de splendeur que même les pharaons n'auraient pu imaginer. Une race qui maîtrisait tous les arts du feu, de la pierre et du

15

métal. Et pourtant c'étaient des hommes, pas des géants, contrairement aux Cyclopes qui avaient bâti la muraille de l'Acropole. Ils avaient trouvé le fruit divin et l'avaient cueilli. Leur citadelle avait étincelé comme l'Olympe. Ils avaient osé défier les dieux, et les dieux les avaient anéantis.

Et pourtant, ils avaient survécu.

Dans sa rêverie, il ne remarqua pas les deux silhouettes sombres tapies derrière un mur qui surgirent lorsqu'il entra dans le village. Le coup le prit complètement au dépourvu. En s'effondrant par terre, avant de plonger dans l'obscurité, il eut brièvement conscience d'être dépouillé de son sac. Une des silhouettes lui arracha le rouleau des mains et le mit en pièces, avant de jeter les morceaux hors de sa vue dans une ruelle jonchée de détritus. Les deux silhouettes disparurent aussi silencieusement qu'elles étaient arrivées, laissant le Grec en sang, inconscient dans la poussière.

Quand il revint à lui, il avait aucun souvenir de cette dernière nuit dans le temple. Pendant les années qui lui resteraient à vivre, il ne parlerait que rarement de son séjour à Saïs et ne reprendrait jamais le calame. La sagesse d'Amenhotep ne quitterait plus jamais le refuge sacré du temple et semblerait perdue pour toujours tandis que mourraient les derniers prêtres et que le limon du Nil engloutirait le temple et la clé des plus profonds mystères du passé.

Chapitre 1

« Je n'ai jamais rien vu de pareil ! »

Le plongeur venait de remonter à la surface derrière la poupe du navire de recherche, le souffle coupé par l'excitation. Après avoir nagé jusqu'à l'échelle, il retira ses palmes et son masque et les confia au chef de barge. Il se hissa laborieusement hors de l'eau. Ses lourdes bouteilles lui firent momentanément perdre l'équilibre mais, soulevé par un matelot, il atterrit sain et sauf sur le pont. Sa silhouette ruisselante fut rapidement entourée d'autres membres de l'équipe, qui l'attendaient sur la plate-forme de plongée.

Jack Howard descendit de la passerelle et se dirigea en souriant vers son ami. Il n'arrivait toujours pas à croire qu'un homme d'une telle corpulence soit si agile sous l'eau. En se frayant un chemin au milieu de l'équipement de plongée éparpillé sur le pont arrière, il lança sur le ton railleur qui leur était devenu familier au fil des années :

« On croyait que tu étais retourné à Athènes à la nage pour boire un gin tonic au bord de la piscine de ton père. Qu'est-ce que tu as trouvé, le trésor perdu de la reine de Saba ? »

Costas Kazantzakis secoua la tête avec impatience en longeant péniblement le bastingage pour rejoindre Jack. Il était trop excité pour prendre le temps de retirer sa tenue de plongée. « Non, dit-il d'une voix haletante, je ne plaisante pas. Regarde ça. »

Jack pria en silence pour qu'il s'agisse d'une bonne nouvelle. Cette plongée en solo avait pour but de fouiller une vire recouverte de limon en haut d'un volcan submergé, et les deux plongeurs qui avaient suivi Costas remonteraient bientôt du palier de décompression. C'était la dernière plongée de la saison.

Costas ouvrit un mousqueton et lui tendit un caisson étanche pour caméscope tout en appuyant sur la touche *replay*. Les autres membres de l'équipe s'agglutinèrent derrière le grand Anglais, qui déploya l'écran LCD miniature et lança la vidéo. Quelques instants plus tard, le sourire sceptique de Jack s'était effacé derrière un regard ébahi.

La scène sous-marine était illuminée par de puissants projecteurs, qui coloraient l'obscurité à près de cent mètres de profondeur. Deux plongeurs étaient agenouillés sur le lit marin et utilisaient une suceuse à air, grosse pompe alimentée par une manche à air comprimé qui aspirait le limon recouvrant le site. L'un d'eux s'efforçait de maintenir la suceuse en place, tandis que l'autre y faisait doucement glisser les sédiments, révélant ainsi les artefacts comme l'aurait fait un archéologue terrestre à l'aide d'une truelle.

Un zoom avant dévoila rapidement ce qui avait attiré l'attention des plongeurs. La forme sombre visible en amont n'était pas un rocher mais un amas de blocs de métal alignés et emboîtés comme des bardeaux.

« Des lingots peau de bœuf ! s'exclama Jack. Par centaines. Et il y a une couche de bois de fardage, comme dans le bateau d'Ulysse, selon le récit d'Homère. »

Les blocs mesuraient environ un mètre de long. Avec leurs angles effilés, ils avaient la forme d'une peau de bœuf tendue. Il s'agissait de lingots de cuivre typiques de l'âge du bronze, qui dataient de plus de trois mille cinq cents ans.

« C'est le type le plus ancien, on dirait, risqua un des étudiants de l'équipe. Seizième siècle avant Jésus-Christ ?

– Pas de doute, répondit Jack. Et ils sont toujours alignés, exactement comme ils ont été chargés. La coque peut donc encore se trouver au-dessous. C'est peut-être bien le bateau le plus ancien qui ait jamais été découvert. »

Comme la caméra se dirigeait vers le bas, Jack sentit l'excitation monter en lui. Entre les lingots et les plongeurs, surgirent trois immenses jarres en céramique de la taille d'un homme et de plus d'un mètre de circonférence. Elles étaient identiques à celles qu'il avait vues dans les réserves de Cnossos, en Crète. À l'intérieur, on distinguait des piles de tasses avec anse ornées de peintures de pieuvres magnifiquement réalistes et d'autres motifs marins, dont les formes tournoyantes suivaient les ondulations du lit de la mer.

Ces poteries étaient à coup sûr l'œuvre de Minoens, cette remarquable civilisation insulaire qui avait prospéré à l'époque des Moyen et Nouvel empires égyptiens avant de disparaître subitement, vers 1400 avant Jésus-Christ. Cnossos, labyrinthe légendaire du Minotaure, avait été l'une des découvertes les plus sensationnelles du siècle dernier. Talonnant Heinrich Schliemann, le découvreur de Troie, l'archéologue anglais Arthur Evans avait entrepris de prouver que la légende du prince athénien Thésée et de sa compagne Ariane était tout aussi ancrée dans la réalité que la guerre de Troie. L'immense palais situé au sud d'Héraklion était la clé d'une civilisation perdue qu'il avait désignée sous le nom de minoenne en hommage au roi légendaire. Le dédale de galeries et de chambres ajoutait foi de façon extraordinaire à l'histoire du combat de Thésée contre le Minotaure et montrait que les mythes grecs, des siècles plus tard, étaient plus proches de la réalité historique qu'on n'aurait jamais osé le croire.

« *Yes !* » De sa main libre, Jack fendit l'air poing fermé, sa réserve naturelle cédant le pas à l'émotion d'une découverte véritablement exceptionnelle. C'était le point culminant d'une passion dévorante de plusieurs années, la réalisation d'un rêve qui l'avait poursuivi depuis l'enfance. Une découverte qui allait rivaliser avec la tombe de Toutankhamon et faire entrer son équipe dans les annales de l'archéologie.

Jack n'en attendait pas plus. Et pourtant, ce n'était pas fini, loin de là. Il resta cloué devant l'écran. La caméra dépassa les plongeurs pour descendre vers une autre vire, au-dessous du tas de lingots.

« C'est probablement le compartiment arrière, précisa Costas en pointant le doigt vers l'écran. Il y a une rangée d'ancres en pierre et un gouvernail en bois juste à côté de cette sangle. »

En face, on pouvait distinguer une zone d'un jaune chatoyant, qui semblait être le reflet des projecteurs sur les sédiments de l'eau. Le zoom avant de la caméra provoqua la surprise générale.

« Ce n'est pas du sable, murmura l'étudiant interdit.

– C'est de l'or ! »

Il n'y avait plus de doute sur ce qu'ils voyaient. L'image était d'une splendeur incomparable. Au centre, se trouvait un magnifique calice d'or, orné d'une scène complexe de tauromachie en relief, que tout permettait d'associer au roi Minos lui-même. Une statue en or représentant une femme grandeur nature, les bras levés en signe de supplication et les cheveux enrubannés de serpents, était couchée à proximité. Ses seins nus avaient été magnifiquement sculptés dans l'ivoire et un arc vacillant de couleur indiquait que sa gorge était parée de bijoux. Un ensemble d'épées de bronze à poignée d'or et à lame ornée de scènes de combat en incrustations d'argent et d'émail bleu, était niché juste devant.

Le reflet le plus brillant provenait d'une zone située en face des plongeurs. À chaque mouvement, la main semblait faire apparaître un nouvel objet étincelant. Jack parvint à distinguer des lingots d'or, des sceaux royaux, des bijoux et de délicats diadèmes de feuilles entrelacées, tous rassemblés comme s'ils s'étaient jadis trouvés à l'intérieur d'un coffre au trésor.

La caméra tourna soudainement en direction de la ligne de remontée et l'écran vira au blanc. Dans le silence ébahi qui suivit, Jack baissa la caméra et releva lentement la tête.

« Je pense qu'on est sur un gros coup », dit-il simplement.

Jack avait mis sa réputation en jeu pour un projet de longue haleine. Depuis l'obtention de son doctorat, dix ans auparavant, il n'avait qu'une obsession : découvrir une épave minoenne susceptible de confirmer sa théorie sur la suprématie maritime des Minoens à l'âge du bronze. Il était convaincu que le site le plus vraisemblable était un groupe de récifs et d'îlots situé à environ soixante-dix milles nautiques au nord-est de Cnossos.

Pourtant, pendant des semaines, ils avaient fouillé en vain. Quelques jours plus tôt, leurs espoirs avaient été ranimés puis anéantis par la découverte d'une épave romaine, lors d'une plongée qui devait être la dernière de la saison. Aujourd'hui, il s'agissait simplement d'évaluer un nouvel équipement pour leur prochain projet. Encore une fois, Jack avait eu de la chance.

« Ça te dérangerait de me donner un coup de main ? »

Exténué, Costas s'était laissé tomber contre le bastingage de la *Seaquest*, encore engoncé dans son équipement, et la sueur venait s'ajouter à l'eau qui dégoulinait sur son visage. En cette fin d'après-midi, le soleil de l'Égée le baignait de lumière.

Il leva les yeux vers le corps élancé qui le dominait. Jack était le descendant improbable de l'une des plus anciennes familles d'Angleterre et seule sa grâce tranquille trahissait sa filiation privilégiée. Son père, un aventurier, avait fui son milieu et profité de sa richesse pour emmener sa famille dans des contrées lointaines, tout autour du monde. Élevé de façon peu conventionnelle, Jack était devenu un être à part, un homme bien dans sa peau, qui ne devait rien à personne. C'était un meneur d'hommes, qui imposait le respect en toutes circonstances.

« Qu'est-ce que tu ferais sans moi ? » demanda Jack en souriant tandis qu'il libérait Costas de ses bouteilles de plongée. Fils d'un grand armateur grec, Costas avait préféré à la vie de play-boy qui lui tendait les bras une dizaine d'années d'études à Stanford et à l'Institut technologique du Massachusetts, où il était devenu expert en technologie submersible. Entouré de tout un bric-à-brac d'engins qu'il était le seul à pouvoir faire naviguer, il accouchait régulièrement d'inventions fantastiques tel un Caractacus Pott[1] moderne. Son goût pour le défi n'avait d'égal que sa nature sociable, un atout crucial dans une profession reposant en grande partie sur le travail d'équipe.

Les deux hommes s'étaient rencontrés sur la base de l'Otan d'Izmir, en Turquie. Jack avait provisoirement été affecté à l'École supérieure de la marine et Costas était conseiller civil au Centre de recherche pour la lutte anti-sous-marine des Nations unies. Quelques années plus tard, Jack avait invité Costas à le rejoindre à l'Université maritime internationale, l'UMI, institution de recherche où ils travaillaient depuis maintenant plus de dix ans. Entre-temps, ses compétences en tant que responsable des opérations de terrain s'étaient élargies et il disposait de quatre navires et d'un personnel de deux cents personnes. Malgré des fonctions également grandissantes au sein du département d'ingénierie, Costas semblait toujours trouver un moyen de le rejoindre dans les moments les plus palpitants.

---

1. Personnage d'un roman pour la jeunesse de Ian Flemming, *Chitty Chitty Bang Bang,* du nom du véhicule volant et flottant qui conduit la famille Pott dans des aventures pleines d'humour. (NdT)

« Merci, Jack. »

Costas se leva lentement, trop fatigué pour en dire plus. Debout, il arrivait aux épaules de Jack. Le torse et les avant-bras robustes, hérités de plusieurs générations de pêcheurs d'éponges et de marins, il avait une personnalité à l'avenant. Ce projet lui avait également tenu à cœur et il se sentit soudain épuisé par l'excitation de la découverte. C'est lui qui avait mis l'expédition sur pied, grâce aux relations de son père avec le gouvernement grec. Bien qu'ils soient restés dans les eaux internationales, la marine hellénique, qui leur avait fourni les bouteilles de gaz épuré indispensables à la plongée trimix, avait été d'un soutien inestimable.

« Oh, j'ai failli oublier ! » Costas éclaira son visage hâlé d'un sourire en cherchant dans son gilet stabilisateur. « Au cas où tu croirais que j'ai tout inventé… »

Il en sortit un paquet entouré d'une enveloppe protectrice en néoprène et le tendit à Jack avec un regard triomphant. Surpris par le poids, Jack dut retenir sa main. Il déballa le paquet et resta muet de stupéfaction.

C'était un disque en métal de la taille de sa main, dont la surface était aussi brillante que s'il venait d'être fabriqué. Son éclat intense était indubitablement celui de l'or non allié, un or fin aussi pur qu'un lingot.

Contrairement à beaucoup de ses collègues universitaires, Jack n'avait jamais fait semblant de ne pas être ému par un trésor et, l'espace d'un instant, il se laissa griser par la sensation d'avoir plusieurs kilos d'or entre les mains. Il orienta le disque vers les rayons du soleil et l'artefact émit une lueur éblouissante, comme s'il libérait un flot d'énergie contenu depuis des millénaires.

Jack s'enthousiasma encore plus lorsque le soleil fit apparaître des inscriptions à la surface du disque. Il le plongea dans l'ombre de Costas et passa le doigt sur les empreintes magnifiquement réalisées sur une des faces qui était convexe.

Au centre, il discerna un curieux symbole rectiligne, semblable à la lettre H, avec une petite ligne verticale sous la barre horizontale et quatre lignes formant une sorte de peigne de chaque côté. Trois bandes concentriques, dont chacune était divisée en vingt cases, ornaient le pourtour du disque. Chaque case contenait un symbole estampé sur le métal. Jack eut l'impression que la bande extérieure se composait de pictogrammes, de symboles qui véhiculaient le sens d'un mot ou d'un syntagme. Au premier coup d'œil, il distingua une tête d'homme, un piéton, une pagaie, un bateau et une gerbe de blé. Les cases intérieures étaient alignées sur celles du pourtour mais comportaient des signes linéaires. Tous ces signes étaient différents mais ressemblaient davantage à des lettres de l'alphabet qu'à des pictogrammes.

Costas se leva et regarda Jack observer le disque, totalement absorbé. Ce n'était pas la première fois qu'il voyait ces yeux pétillants. Jack avait entre les mains l'âge des héros, une époque de mythes et de légendes, pourtant spectaculairement présente à travers de superbes palais et citadelles, de sublimes œuvres d'art et de brillantes armes de guerre. Il communiait avec les Anciens par l'intermédiaire d'une épave renfermant un artefact qui n'avait pas été jeté mais protégé jusqu'au moment de la catastrophe.

Jack retourna le disque plusieurs fois et regarda à nouveau les inscriptions en tentant de se souvenir de ses cours d'histoire de l'écriture. Il avait déjà vu ce genre de signes quelque part. Il se promit d'envoyer une image du disque par courrier électronique au professeur James Dillen, son mentor lorsqu'il était à l'université de Cambridge, qui faisait autorité dans le monde entier pour tout ce qui concernait l'écriture de la Grèce antique.

Jack rendit le disque à Costas. Les paroles étaient inutiles. Il courut rejoindre l'équipe qui rassemblait l'équipement à côté de l'échelle arrière. La vue de tout cet or avait décuplé sa ferveur. Les eaux internationales, vaste zone échappant à toute juridiction nationale, représentaient une grande menace pour l'archéologie. Toute tentative d'imposer une législation maritime mondiale avait échoué. Pourtant, grâce aux avancées technologiques, les submersibles télécommandés semblables à ceux qui avaient été utilisés pour retrouver le *Titanic* étaient désormais à peine plus chers qu'une voiture. L'exploration en eau profonde, ancienne chasse gardée de quelques instituts, était accessible à tous, ce qui avait entraîné la destruction systématique des sites historiques. Des pilleurs organisés disposant de technologies de pointe dépouillaient les fonds marins sans rien laisser à la postérité et de nombreux artefacts disparaissaient à tout jamais au profit de collectionneurs privés. Les équipes de l'UMI n'étaient pas uniquement confrontées aux opérateurs légitimes. Le butin des pilleurs était devenu une forte monnaie d'échange dans les milieux criminels.

Jack leva les yeux vers la plate-forme de pointage et ressentit une poussée d'adrénaline qui lui était familière lorsqu'il signala son intention de plonger. Il commença à préparer soigneusement son équipement. Il régla son ordinateur de plongée et, comme si de rien n'était, vérifia la pression de ses bouteilles de façon méthodique et professionnelle.

En réalité, il avait du mal à contenir son excitation.

Chapitre 2

Maurice Hiebermeyer se leva et s'épongea le front, toujours étonné par la quantité de sueur luisante qui ruisselait de son visage. Il était presque midi à sa montre et la chaleur du désert devenait insupportable. Leur journée de travail touchait à sa fin. Il courba le dos en grimaçant de douleur et constata soudain à quel point il était courbatu après avoir passé plus de cinq heures penché au-dessus d'une tranchée poussiéreuse. Il se dirigea lentement vers la partie centrale du site pour effectuer son inspection habituelle de fin de journée. Avec son chapeau à larges bords, ses petites lunettes rondes et son bermuda, il avait quelque chose de comique, une image qui ne cadrait pas avec sa réputation d'égyptologue de rang international.

Il observa silencieusement le chantier et ses pensées ranimèrent le tintement familier des pioches et le grincement occasionnel de la brouette. Cet endroit n'était peut-être pas aussi prestigieux que la Vallée des Rois, pensa-t-il, mais il y avait beaucoup plus d'artefacts. Il avait fallu des années de recherche avant de découvrir la tombe de Toutankhamon ; ici, ils avaient littéralement des momies jusqu'aux genoux. Ils en avaient mis au jour des centaines et ils en trouvaient encore chaque jour au fur à mesure que de nouveaux passages étaient désensablés.

Hiebermeyer s'approcha de la profonde cavité où tout avait commencé. Il se pencha pour voir l'entrée du labyrinthe souterrain, un dédale de galeries creusées dans la roche, bordées de niches où les morts reposaient paisiblement depuis des siècles, échappant à l'attention des pilleurs de tombe qui avaient détruit tant de sépultures royales. Les catacombes avaient été mises au jour par un chameau indiscipliné. La pauvre bête s'était éloignée de la piste avant de disparaître dans le sable sous les yeux de son maître. Celui-ci s'était précipité vers elle avant d'être saisi d'effroi à la vue des rangées superposées de corps, dont les visages le fixaient comme pour lui reprocher d'avoir profané leur dernière demeure.

« Ces gens sont très probablement vos ancêtres », avait dit Hiebermeyer au conducteur de chameau quand, après avoir quitté l'Institut archéologique d'Alexandrie, il avait rejoint l'oasis située en plein désert, à deux cents kilomètres au sud. Les fouilles lui avaient donné raison. Les visages qui avaient fait si peur au conducteur étaient en réalité de magnifiques peintures, dont certaines étaient d'une qualité inégalée jusqu'aux chefs-d'œuvre la Renaissance italienne. Pourtant, c'était le travail d'artisans et non de grands maîtres de l'Antiquité, et les momies n'étaient pas celles de nobles mais de gens ordinaires. La plupart de ces Égyptiens n'avaient pas vécu au temps des pharaons mais à l'époque où leur pays était sous domination gréco-romaine. C'était une époque de grande prospérité, où l'apparition de la monnaie avait fait circuler les richesses et permis aux classes moyennes de se faire momifier dans des parures dorées et de s'offrir des rites funéraires élaborés. Ils avaient vécu dans le Fayoum, oasis fertile qui s'étendait sur soixante kilomètres à l'est de la nécropole, en direction du Nil.

Ces sépultures représentaient un échantillon de vie beaucoup plus vaste qu'une nécropole royale, songeait Hiebermeyer, et elles racontaient des histoires tout aussi fascinantes que les momies de Ramsès ou de Toutankhamon. Ce matin encore, il avait découvert une famille de fabricants de tissu, un homme nommé Seth, ainsi que son père et son frère. Des scènes colorées de la vie du temple ornaient leur *cartonnage*, coque de plâtre et de lin qui constituait le couvercle de leur cercueil. D'après l'inscription, les deux frères avaient été d'humbles serviteurs au temple de Neith, à Saïs, avant de faire fortune et de se lancer dans le commerce avec leur père, un marchand de tissu qui négociait avec les Grecs. À en juger par les précieuses offrandes glissées entre les bandelettes et le masque en feuille d'or qui recouvrait leur visage, ils avaient fait de confortables bénéfices.

« Docteur Hiebermeyer, je pense que vous devriez venir voir ça. »

C'était la voix de l'un de ses meilleurs responsables de secteur, une étudiante égyptienne de troisième cycle qu'il espérait voir lui succéder un jour en tant que directrice de l'institut. Aysha Farouk leva les yeux vers lui depuis la paroi du puits. Son beau visage à la peau sombre semblait être une réminiscence du passé, comme si l'un des portraits des momies venait de prendre vie.

« Il va falloir que vous descendiez. »

Hiebermeyer troqua son chapeau contre un casque de sécurité jaune et descendit l'échelle avec précaution, soutenu par un des *fellahin* employés comme manœuvres sur le site. Aysha était juchée au-dessus d'une momie dans une niche de grès, non loin de la surface. C'était une des tombes qui avaient été endommagées par la chute du chameau. Hiebermeyer put voir l'endroit où le cercueil de terre cuite avait été percé et la momie partiellement éventrée.

Ils se trouvaient dans la partie la plus ancienne du site, un réseau de galeries peu profond qui constituait le cœur de la nécropole. Hiebermeyer espérait ardemment que son étudiante ait trouvé quelque élément qui puisse prouver que le complexe mortuaire avait été fondé dès le VIe siècle avant Jésus-Christ, plus de deux siècles avant la conquête de l'Égypte par Alexandre le Grand.

« Bien. De quoi s'agit-il ? » Son accent allemand donnait à sa voix un ton autoritaire.

Il descendit de l'échelle et se fit une petite place aux côtés de son assistante, soucieux de ne pas endommager davantage la momie. Ils portaient tous deux de légers masques médicaux pour se protéger contre les virus et les bactéries susceptibles de se trouver à l'état latent dans les bandelettes et de se réveiller dans la chaleur et l'humidité de leurs poumons. Il ferma les yeux et inclina brièvement la tête, acte de piété qu'il accomplissait à chaque fois qu'il ouvrait une chambre funéraire. Lorsque les morts auraient révélé leur histoire, il veillerait à ce qu'ils soient de nouveau ensevelis afin qu'ils poursuivent leur voyage dans l'autre vie.

Lorsqu'il fut prêt, Aysha ajusta la lampe et tendit la main vers le cercueil pour écarter avec précaution la déchirure aux bords déchiquetés qui traversait comme une longue plaie le ventre de la momie.

« Je vais nettoyer un peu. »

Elle travaillait avec une précision chirurgicale, manipulant avec habileté les pinceaux et les cure-dents disposés sur un plateau à côté d'elle. Après avoir passé quelques minutes à retirer les débris issus de son travail précédent, elle rangea ses outils et se faufila vers le haut du cercueil, ce qui permit à Hiebermeyer de se rapprocher.

Il porta un regard d'expert sur les objets qu'elle avait retirés des bandelettes enduites de résine de la momie, dont le parfum était encore fort malgré le temps. Il identifia rapidement un *ba* en or, symbole ailé de l'âme, ainsi que des amulettes protectrices en forme de cobras. Au centre du plateau, il repéra une amulette de Quebehsenouf, le gardien des intestins. À côté, se trouvait une magnifique broche de faïence représentant un dieu aigle, les ailes déployées, dont le silicate avait pris, à la cuisson, une teinte verdâtre chatoyante.

Il déplaça son corps corpulent le long de la niche jusqu'à ce qu'il se trouve juste en face de la déchirure de la momie. Celle-ci était orientée vers l'est pour accueillir le soleil levant en signe de renaissance, tradition qui remontait aussi loin que la préhistoire. Sous l'enveloppe déchirée, il aperçut le torse couleur rouille d'un corps dont la peau était parcheminée et tendue sur la cage thoracique. Les momies de la nécropole n'avaient pas été apprêtées comme celles des pharaons, dont le corps était éviscéré et rempli de sels de natron ; ici, la sécheresse du désert avait fait la majeure partie du travail et les embaumeurs n'avaient retiré que les entrailles. À l'époque romaine, même cette procédure avait été abandonnée. La conservation en milieu désertique, aussi remarquable que dans les sites immergés, était une aubaine pour les archéologues. Hiebermeyer ne cessait d'être surpris par les substances organiques délicates qui avaient survécu pendant des milliers d'années et demeuraient presque intactes.

« Vous voyez ? » Aysha ne pouvait plus contenir son excitation. « Là, sous votre main droite.

– Ah, oui. » Un fragment déchiré de l'enveloppe de la momie, dont les contours irréguliers se rabattaient sur le petit bassin, avait soudain attiré l'attention d'Hiebermeyer.

La pièce était couverte d'une écriture régulière. Cela n'avait rien d'extraordinaire ; les anciens Égyptiens étaient d'inlassables archivistes. Ils écrivaient de longues listes sur des feuilles qu'ils fabriquaient en entrelaçant des fibres de papyrus. Excellente matière première pour la momification, le papyrus usagé était mis de côté et recyclé par les artisans funéraires. Ce genre de débris faisait partie des découvertes précieuses qui avaient incité Hiebermeyer à proposer une fouille approfondie de la nécropole.

Pour le moment, il s'intéressait moins au sens de l'inscription qu'à la possibilité de dater la momie à partir du style et de la langue utilisés. Il comprenait l'émotion d'Aysha. La momie éventrée offrait l'opportunité rare d'effectuer une datation sur le terrain. En temps normal, il aurait fallu qu'ils attendent que les conservateurs d'Alexandrie retirent méticuleusement les bandelettes, ce qui aurait pris des semaines.

« C'est du grec », affirma Aysha avec un enthousiasme qui surpassait la déférence. Elle était venue s'accroupir à côté de lui et ses cheveux balayèrent son épaule lorsqu'elle s'approcha du papyrus.

Hiebermeyer acquiesça. Elle avait raison. Il s'agissait sans aucun doute de l'écriture fluide d'un ancien Grec, tout à fait différente de l'écriture hiératique de la période pharaonique et du copte de la région du Fayoum à l'époque gréco-romaine.

Cela le laissait perplexe. Comment un fragment de texte grec avait-il pu être glissé dans une momie du Fayoum datant du VIe ou du Ve siècle avant Jésus-Christ ? Les Grecs avaient été autorisés à établir un comptoir à Naucratis, sur la branche Canopique du Nil, au VIIe siècle avant Jésus-Christ, mais leurs déplacements intérieurs avaient été soumis à un contrôle strict. Ils n'avaient pas joué de rôle majeur en Égypte avant la conquête d'Alexandre le Grand, en 332 avant Jésus-Christ, et il était inconcevable que des écrits égyptiens aient été rédigés en grec avant cette date.

Hiebermeyer se sentit soudain découragé. Dans le Fayoum, un document grec datait selon toute probabilité de l'époque des Ptolémées, dynastie macédonienne qui avait débuté avec le général d'Alexandre, Ptolémée Ier Sôter, et s'était terminée avec le suicide de Cléopâtre et la prise du pouvoir par les Romains, en 30 avant Jésus-Christ. S'était-il trompé à ce point sur la datation de cette partie de la nécropole ? Il se tourna vers Aysha, le visage sans expression, comme pour masquer sa déception.

« Je n'aime pas ça. Je vais y regarder de plus près. »

Il rapprocha la lampe orientable de la momie. Après avoir pris un pinceau sur le plateau d'Aysha, il dépoussiéra délicatement un coin du papyrus et fit apparaître un texte aussi clair que s'il avait été écrit le jour même. Il sortit sa loupe et retint sa respiration pour étudier l'écriture. Les lettres, petites et continues, n'étaient interrompues par aucune ponctuation. Il savait qu'il faudrait du temps et de la patience avant de pouvoir en faire une traduction complète.

Ce qui l'intéressait avant tout, c'était le style. Il avait eu la chance d'être l'élève du professeur James Dillen, un linguiste épigraphique renommé dont l'enseignement lui avait laissé une empreinte si indélébile qu'il se souvenait encore du moindre détail, plus de vingt ans après ses études de paléographie grecque.

Quelques instants plus tard, il sourit et se tourna vers Aysha.

« Nous pouvons être tranquilles. C'est ancien. J'en suis sûr. Cinquième, probablement sixième siècle avant Jésus-Christ. »

Il ferma les yeux avec soulagement et elle le serra furtivement dans ses bras, oubliant momentanément la réserve d'usage entre élève et professeur. Elle avait déjà deviné la date ; son mémoire portait sur les inscriptions grecques archaïques d'Athènes et elle s'y connaissait davantage qu'Hiebermeyer, mais elle avait voulu lui laisser le triomphe de la découverte, la satisfaction de pouvoir confirmer son hypothèse concernant la date de la fondation de la nécropole.

Hiebermeyer scruta à nouveau le papyrus. Tout se bousculait dans sa tête. Il était clair que ce texte à l'écriture régulière et peu espacée n'était pas un document administratif, une simple liste de noms et de chiffres. Ce n'était pas le genre de registre que tenaient les marchands de Naucratis. Y avait-il d'autres Grecs en Égypte à cette période ? Hiebermeyer n'avait entendu parler que de visites occasionnelles de lettrés à qui on avait exceptionnellement accordé l'accès aux archives du temple. Hérodote d'Halicarnasse, le père de l'histoire, avait rendu visite aux prêtres au cinquième siècle avant Jésus-Christ, et ceux-ci lui avaient raconté nombre de merveilles sur le monde qui avait précédé le conflit entre les Grecs et les Perses, ce qui constituait le thème principal de son œuvre. Auparavant, d'autres Grecs, des hommes d'État et des érudits athéniens, étaient également venus, mais on ne savait pas grand-chose de leur visite, dont on n'avait trouvé aucun témoignage direct.

Hiebermeyer conscient de l'embarras que causerait une annonce prématurée, susceptible de se répandre comme une traînée de poudre parmi les journalistes impatients, n'osait pas livrer ses pensées à Aysha. Mais il avait du mal à se contenir. Avaient-ils sauvé de l'oubli un élément central de l'histoire de l'Antiquité ?

Presque toute la littérature qui avait survécu depuis l'Antiquité n'était connue que par l'intermédiaire de copies médiévales, de manuscrits minutieusement transcrits par des moines dans les monastères établis en Occident après la chute de l'Empire romain. La plupart des manuscrits antiques avaient fini par se décomposer, lorsqu'ils n'avaient pas été détruits par des envahisseurs ou des religieux fanatiques. Pendant des années, les experts avaient eu l'espoir insensé de voir resurgir des textes perdus dans le désert d'Égypte, des écrits susceptibles de bouleverser l'histoire de l'Antiquité. Et surtout, ils avaient rêvé de trouver des vestiges de la sagesse des prêtres érudits d'Égypte. Les *scriptoria*, qu'Hérodote et ses prédécesseurs avaient visité dans les temples, renfermaient un savoir tradionnel intact, qui remontait à des milliers d'années, à l'aube de l'histoire écrite.

Hiebermeyer passa fébrilement en revue toutes les possibilités. S'agissait-il d'un témoignage direct des pérégrinations des Juifs, un texte à rattacher à l'Ancien Testament ? D'un document de la fin de l'âge du bronze, dévoilant la réalité qui se cachait derrière la guerre de Troie ? D'une histoire encore plus ancienne, montrant que les Égyptiens avaient non seulement fait du commerce avec la Crète de l'âge du bronze mais aussi bâti les grands palais ? L'histoire d'un roi Minos égyptien ? Hiebermeyer trouva cette thèse très séduisante.

Il redescendit sur terre lorsqu'Aysha, qui avait continué à nettoyer le papyrus, l'attira vers la momie.

« Regardez ça. »

Aysha avait travaillé sur le morceau de papyrus qui dépassait des bandelettes non endommagées. Elle souleva avec précaution un fragment de lin et montra quelque chose de la pointe de son pinceau.

« C'est une sorte de symbole », dit-elle.

Le texte était interrompu par un étrange emblème rectiligne, dont une partie était encore dissimulée par les bandelettes. La partie visible, composée de quatre bras saillants, ressemblait aux dents d'un râteau.

« Qu'est-ce que vous en pensez ?

– Je ne sais pas. » Hiebermeyer réfléchit, soucieux de ne pas rester le bec dans l'eau devant son élève. « C'est peut-être une sorte de symbole numérique, dérivé du cunéiforme. » Il se rappelait les signes en forme de coin imprimés sur des tablettes d'argile par les premiers scribes du Proche-Orient.

« Là ! C'est peut-être un indice. » Il se pencha en avant, le visage à seulement quelques centimètres de la momie, et souffla sur la poussière pour faire apparaître le texte qui reprenait sous l'emblème. Entre le symbole et le texte, se trouvait un mot isolé, dont les lettres grecques étaient plus grosses que les autres.

« Je crois que je peux le lire, murmura-t-il. Prenez le carnet qui est dans ma poche arrière et notez les lettres au fur et à mesure que je vous les dicte. »

Elle s'exécuta et s'assit sur les talons à côté du cercueil, stylo en main, flattée qu'Hiebermeyer ait confiance en sa capacité à effectuer la transcription.

« Bien. Allons-y. » Il se concentra et leva sa loupe. « La première lettre est Alpha. » Il changea de position pour avoir davantage de lumière. « Ensuite, Tau. Et encore Alpha. Non, rayez ça. Lambda. Alpha à nouveau. »

Malgré la fraîcheur de la niche, la sueur perlait sur son front. Il se recula légèrement pour qu'elle ne goutte pas sur le papyrus.

« Nu. Encore Tau. Iota, je pense. Oui, c'est ça. Et maintenant, la dernière lettre. » Sans quitter des yeux le papyrus, il saisit une petite pince à épiler sur le plateau pour soulever un fragment de bandelette qui cachait la fin du mot. Enfin, il souffla légèrement sur le texte.

« Sigma. Oui, Sigma. Et c'est tout. » Hiebermeyer se redressa. « Bon, qu'est-ce que ça donne ? »

En réalité, il le savait depuis l'instant où il avait vu le mot, mais son esprit refusait d'enregistrer ce qui lui sautait aux yeux. Cela allait au-delà de ses rêves les plus fous. C'était une hypothèse si ancrée dans le fantasme que la plupart des experts ne pouvaient que la désavouer.

Ils fixèrent tous deux le carnet, sidérés. Ce mot les avait paralysés comme par magie, comme si tout le reste n'existait plus et n'avait plus d'importance.

« *Atlantis* », souffla Hiebermeyer dans un murmure.

Il se retourna, cligna fortement des yeux, et regarda à nouveau – le mot était toujours là. Il se lança frénétiquement dans un tourbillon d'hypothèses, faisant appel à toutes ses connaissances pour tenter de rattacher les morceaux.

Des années d'expérience lui avaient appris à commencer par ce qui prêtait le moins à controverse, à essayer de faire cadrer ses découvertes avec les vérités établies.

Atlantis. Son regard se perdit dans le vague. Pour les Anciens, cette histoire avait peut-être clos le mythe de la création en marquant la fin de l'ère des géants et le début du premier âge des hommes. Peut-être le papyrus était-il un récit de cet âge d'or légendaire, qui enracinait l'Atlantide non pas dans l'histoire mais dans le mythe.

Hiebermeyer scruta l'intérieur du cercueil et secoua la tête sans un mot. Cela n'était pas possible. Le lieu, la date. La coïncidence était trop parfaite. Son instinct ne l'avait jamais trompé et il était plus que jamais tenté de s'y fier.

Le monde familier et prévisible des momies et des pharaons, des prêtres et des temples, semblait chanceler devant ses yeux. Il ne pouvait s'empêcher de penser aux efforts démesurés et à l'imagination débridée qu'il avait fallu déployer pour reconstruire le passé, un édifice qui semblait soudain fragile et précaire.

Aussi cocasse que cela puisse paraître, se disait-il, ce chameau était peut-être à l'origine de la plus grande découverte archéologique de tous les temps.

« Aysha, vous allez préparer ce cercueil pour une exhumation immédiate. Remplissez cette cavité de mousse et fermez le tout hermétiquement. » C'était de nouveau le responsable d'opération qui parlait. L'immense responsabilité de cette découverte avait eu raison de l'excitation enfantine des premières minutes. « Je veux que ce cercueil parte pour Alexandrie aujourd'hui même. Vous serez du voyage. Prévoyez l'escorte armée habituelle, mais rien d'exceptionnel. Il ne faut pas attirer l'attention. »

Ils étaient toujours attentifs à la menace que représentaient les pilleurs de tombes des temps modernes. Les amateurs de chasse au trésor et autres bandits de grands chemins qui étaient tapis dans les dunes, autour du site, prenaient des initiatives de plus en plus audacieuses pour voler la moindre broutille.

« Et Aysha, ajouta-t-il avec le plus grand sérieux, je sais que je peux compter sur vous pour ne rien dire à personne, pas même à nos collègues et à nos amis de l'équipe. »

Hiebermeyer laissa Aysha à sa tâche et remonta péniblement à l'échelle, l'ampleur de la découverte ayant soudain ajouté à sa fatigue. Il traversa le site, presque chancelant sous le soleil de plomb, sans penser aux fouilleurs qui attendaient encore consciencieusement son inspection. Il entra dans la cabane du responsable d'opération et se laissa tomber lourdement en face du téléphone satellite. Après s'être essuyé le visage, il ferma les yeux le temps de reprendre ses esprits et alluma le terminal. Il composa un numéro et entendit bientôt une voix, d'abord grésillante, puis plus claire lorsqu'il ajusta l'antenne.

« Université maritime internationale, bonjour. Que puis-je faire pour vous ? »

Hiebermeyer répondit promptement, la voix enrouée par l'émotion. « Bonjour, Maurice Hiebermeyer. J'appelle d'Égypte. C'est très urgent. Veuillez me passer Jack Howard immédiatement. »

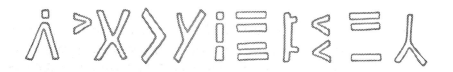

Chapitre 3

L'eau du vieux port clapotait délicatement contre le quai. Chaque vague dessinait des lignes d'algues flottantes qui s'étendaient à perte de vue. De l'autre côté du bassin, quelques rangées de bateaux de pêche dansaient sur l'eau et miroitaient dans le soleil de midi. Jack Howard, ses cheveux bruns ébouriffés par la brise, se leva et marcha vers le balcon. Son visage bronzé témoignait des mois qu'il avait passés en mer à la recherche d'une épave de l'âge du bronze. Il se pencha contre le parapet et contempla l'eau scintillante. Ici, se trouvait jadis le port d'Alexandrie, dont seules Carthage et Rome elle-même égalaient la splendeur. D'ici, les flottes céréalières, d'imposants galions qui allaient livrer les généreuses récoltes d'Égypte à un million de Romains, prenaient la mer. De riches marchands expédiaient des coffres d'or et d'argent, qui traversaient le désert jusqu'à la mer Rouge et même au-delà ; en échange, d'intrépides marins se lançaient sur les routes de la mousson depuis l'Arabie et les lointaines contrées de l'Inde pour acheminer les richesses d'Orient, encens, myrrhe, lapis-lazuli, saphirs, carapaces de tortue, soie et opium.

Jack regarda le gigantesque bloc de pierre, dix mètres plus bas. Il y a deux mille ans, celui-ci avait fait partie de l'une des Sept Merveilles du monde, le légendaire phare d'Alexandrie. Ce phare avait été inauguré par Ptolémée II Philadelphe en 285 avant Jésus-

Christ, à peine cinquante ans après la fondation de la cité par Alexandre le Grand. Haut de cent mètres, il dépassait la grande pyramide de Gizeh. Aujourd'hui encore, plus de six siècles après qu'il eut été renversé par un tremblement de terre, sa large base demeurait l'une des merveilles de l'Antiquité. Ses murs avaient été transformés en forteresse médiévale et abritaient désormais le siège de l'Institut archéologique d'Alexandrie, le plus grand centre de recherches sur l'Égypte gréco-romaine.

Les vestiges du phare étaient encore éparpillés dans le port. Un chaos de blocs et de colonnes, dont les silhouettes massives alternaient avec des débris de statues de rois, de reines, de dieux et de sphinx, affleurait à la surface. Jack avait lui-même découvert au fond de l'eau l'un des plus impressionnants de ces vestiges, un fragment de statue colossale semblable à Ozymandias, roi des rois, l'image brisée de Ramsès II rendue célèbre par Shelley. Il avait souhaité que les statues soient répertoriées et laissées en paix comme leur homologue poétique du désert.

Il se réjouissait de voir la queue qui se formait à l'entrée du parc archéologique sous-marin et témoignait du succès de cette initiative. De l'autre côté du port, au-dessus de l'horizon, s'élevait la Bibliotheca Alexandrina, reconstitution futuriste de la bibliothèque des anciens Égyptiens, qui constituait un lien supplémentaire avec les joyaux du passé.

« Jack ! » La porte de la salle de conférence s'ouvrit et une silhouette robuste fit irruption sur le balcon. Jack se retourna pour accueillir le nouveau venu.

« Herr Professor Doktor Hiebermeyer ! » Jack sourit et lui tendit la main. Les deux hommes avaient fait leurs études à Cambridge et leur rivalité avait attisé leur passion commune pour l'Antiquité. Jack savait que la froideur occasionnelle d'Hiebermeyer cachait un esprit extrêmement réceptif ; de son côté, Hiebermeyer savait comment faire sortir Jack de sa réserve. Après avoir mené à bien tant de projets dans le monde entier, Jack était impatient de défier à nouveau son vieux camarade de promotion. Hiebermeyer avait peu changé depuis leurs études et leurs désaccords concernant l'influence de l'Égypte sur la civilisation grecque faisaient partie intégrante de leur amitié.

Derrière Hiebermeyer, se trouvait un homme plus âgé, vêtu d'un costume clair impeccable orné d'un nœud papillon, les yeux étonnamment vifs sous une abondante chevelure blanche. Jack s'empressa d'aller saluer chaleureusement leur mentor, le professeur James Dillen.

Dillen s'écarta pour laisser passer deux autres personnes.

« Jack, je ne crois pas que vous connaissiez le docteur Svetlanova. »

La jeune femme, dont les yeux verts pénétrants étaient presque au même niveau que les siens, lui sourit en lui serrant la main. « Appelez-moi Katya. » Son anglais était irréprochable, malgré son accent. Après avoir été autorisée à quitter l'Union soviétique, elle avait étudié pendant dix ans aux États-Unis et en Angleterre. Jack la connaissait de réputation.

Ses longs cheveux noirs virevoltèrent lorsqu'elle se tourna pour présenter sa collègue. « Et voici mon assistante, Olga Ivanovna Bortsev, de l'Institut paléographique de Moscou. »

Contrairement à Katya Svetlanova, très élégante, Olga avait un physique de paysanne russe. Elle ressemblait à une héroïne de propagande de la Grande Guerre patriotique, pensa Jack, belle, téméraire et aussi solide qu'un homme. Elle était encombrée d'une pile de livres mais le regarda droit dans les yeux lorsqu'il lui tendit la main.

Une fois les présentations faites, Dillen invita tout le monde à regagner la salle de conférence. C'était lui qui présiderait la réunion, Hiebermeyer ayant renoncé à cet honneur, qui lui revenait habituellement de par sa fonction de directeur de l'institut, par égard pour le statut de son aîné.

Ils s'installèrent autour de la table. Olga posa sa pile de livres en ordre à côté de Katya et partit s'asseoir sur une des chaises alignées au fond de la pièce. Hiebermeyer prit la parole. Il marchait de long en large en projetant des diapositives pour illustrer son propos. Il exposa rapidement les circonstances de la découverte et expliqua que le cercueil avait été transféré à Alexandrie deux jours plus tôt. Depuis, les conservateurs avaient travaillé jour et nuit pour dépouiller la momie de ses bandelettes et libérer le papyrus. Aucun autre fragment de texte n'avait été trouvé ; le papyrus ne mesurait que quelques centimètres de plus que la partie visible au cours de la fouille.

L'objet désormais sous verre se trouvait devant eux, sur la table. C'était un papyrus d'environ trente centimètres de long et quinze de large, couvert d'un texte dense, à l'exception de la zone centrale.

« Quelle extraordinaire coïncidence que le chameau ait mis la patte juste à cet endroit ! s'exclama Katya.

– C'est incroyable à quel point cela arrive souvent en archéologie, répondit Hiebermeyer en se tournant vers elle. La plupart des grandes découvertes sont faites par hasard. Et n'oubliez pas qu'il nous reste encore des centaines de momies à ouvrir. C'est exactement ce que j'espérais trouver et on pourrait avoir encore bien d'autres surprises.

– Fabuleuse perspective », reconnut Katya.

Dillen se pencha pour attraper la télécommande du projecteur. Il mit de l'ordre dans les papiers qu'il avait sortis de sa serviette pendant la présentation d'Hiebermeyer.

« Chers amis et collègues, dit-il en balayant lentement du regard les visages impatients, nous savons tous pourquoi nous sommes ici. »

Tout le monde se concentra sur l'écran, sur le mur opposé. Un gros plan sur le papyrus remplaça l'image de la nécropole. Le mot qui avait littéralement paralysé Hiebermeyer dans le désert apparut aux yeux de tous.

« *Atlantis*, murmura Jack.

– Je vais devoir vous demander d'être patients », ajouta Dillen, qui savait à quel point toutes les personnes présentes étaient avides d'entendre la traduction du texte, qu'il avait effectuée avec Katya. Avant toute chose, je propose que le docteur Svetlanova nous rappelle l'histoire de l'Atlantide telle que nous la connaissons. Katya...

– Avec plaisir, professeur. »

Katya et Dillen s'étaient liés d'amitié lorsqu'elle était boursière sous sa direction à Cambridge. Récemment, ils étaient allés ensemble à Athènes, après qu'un grave tremblement de terre eut dévasté la ville et ébranlé l'Acropole pour révéler un ensemble de salles taillées dans le roc, qui contenaient des archives oubliées de la cité ancienne. Ils avaient assumé la responsabilité de publier les textes liés à l'exploration grecque au-delà de la Méditerranée. Il y a quelques semaines seulement, leur photo avait fait la une des journaux du monde entier, à la suite d'une conférence de presse au cours de laquelle ils avaient révélé qu'une bande d'aventuriers grecs et égyptiens avait traversé l'océan Indien jusqu'à la mer de Chine du Sud.

Katya faisait aussi partie des plus grands spécialistes de la légende de l'Atlantide. Elle avait apporté des copies de textes anciens sur le sujet. Après avoir sélectionné deux petits livres, elle les ouvrit aux pages qu'elle avait marquées.

« Messieurs, permettez-moi de vous dire à quel point je me réjouis d'avoir été invitée à ce symposium. C'est un grand honneur pour l'Institut paléographique de Moscou. J'espère que nous continuerons à travailler dans cet esprit de coopération internationale. »

Un murmure approbateur parcourut la salle.

« Je serai brève. Tout d'abord, vous pouvez pratiquement oublier tout ce que vous avez entendu sur l'Atlantide. »

Tous les regards convergeaient vers elle.

« Vous pensez peut-être que l'Atlantide est une légende mondiale, un épisode lointain de l'histoire, dont les différentes cultures du monde entier n'ont gardé que des souvenirs épars, empreints de mythe et de légende.

– Comme les récits du Déluge, lança Jack.

– Exactement, répondit-elle en le regardant dans les yeux d'un air narquois. Mais vous auriez tort. Il n'existe qu'une seule source : le philosophe grec Platon. »

Elle prit les deux livres et les autres s'adossèrent pour l'écouter.

« Platon a vécu à Athènes de 427 à 347 avant Jésus-Christ, une génération après Hérodote, précisa-t-elle. Dans sa jeunesse, il a dû croiser l'orateur Périclès, voir les pièces d'Euripide, d'Eschyle et d'Aristophane, et assister à la construction des grands temples de l'Acropole. C'était l'âge d'or de la Grèce classique, la plus grande période de civilisation connue à ce jour. »

Elle posa les livres en les maintenant ouverts.

« Ces deux livres sont le *Timée* et le *Critias*, des dialogues imaginaires entre ces deux hommes et Socrate, le maître de Platon, dont la sagesse n'a survécu qu'à travers les écrits de ses disciples. Ici, lors d'une conversation fictive, Critias parle à Socrate d'une puissante civilisation, née neuf mille ans auparavant au milieu de l'océan Atlantique. Les Atlantes étaient les descendants de Poséidon, le dieu de la mer. Voici ce que Critias dit à Socrate :

Une île s'y trouvait en effet devant le détroit qui, selon votre tradition, est appelé les colonnes d'Héraclès. Cette île était plus étendue que la Libye et l'Asie prises ensemble. Or, dans cette île, l'Atlantide, s'était constitué un empire vaste et merveilleux, que gouvernaient des rois dont le pouvoir s'étendait non seulement sur cette île tout entière, mais aussi sur beaucoup d'autres îles et sur des parties du continent. En outre, de ce côté-ci du détroit, ils régnaient encore sur la Libye jusqu'à l'Égypte, et sur l'Europe jusqu'à la Tyrrhénie. À un moment donné, cette puissance concentra toutes ses forces, se jeta d'un seul coup sur votre pays, sur le nôtre et sur tout le territoire qui se trouve à l'intérieur du détroit, et elle entreprit de les réduire en esclavage.

Katya prit le second livre et leva les yeux un instant. « La Libye est l'ancien nom de l'Afrique, la Tyrrhénie correspondait au centre de l'Italie et les colonnes d'Héraclès au détroit de Gibraltar. Mais Platon n'était ni géographe ni historien. Son œuvre avait pour thème une guerre gigantesque entre les Athéniens et les Atlantes, que les Athéniens ont bien sûr gagnée, mais uniquement après avoir affronté le pire danger. »

Elle regarda à nouveau le texte.

« Et maintenant, l'apothéose, le point de départ de la légende. Ces quelques phrases, qui intriguent les experts depuis plus de deux mille ans, ont conduit à un nombre incalculable d'impasses. »

Mais, dans le temps qui suivit, se produisirent de violents tremblements de terre et des déluges. En l'espace d'un seul jour et d'une seule nuit funestes, toute votre armée fut engloutie d'un seul coup sous la terre, et l'île Atlantide s'enfonça pareillement sous la mer.

Katya referma le livre et regarda Jack d'un air interrogateur. « Que pensez-vous trouver en Atlantide ?

– L'Atlantide a toujours été davantage qu'une simple civilisation perdue, répondit-il. Dans l'Antiquité, c'était une sorte de fascination pour un peuple déchu, pour la grandeur consumée par l'arrogance et l'orgueil. Chaque époque a eu son mythe de l'Atlantide, toujours lié à un monde de splendeur inimaginable éclipsant toute l'histoire. Pour les nazis, c'était le berceau de l'*Übermensch*, la terre de l'*Aryen* originel, qui a entraîné la quête irrationnelle de descendants de race pure dans le monde entier. Pour d'autres, c'était le jardin d'Éden, un Paradis perdu. »

Katya acquiesça et ajouta sur un ton mesuré : « S'il y a du vrai dans cette histoire, si le papyrus nous donne d'autres indices, nous serons peut-être en mesure d'élucider l'un des plus grands mystères de l'histoire de l'Antiquité. »

Le silence s'imposa parmi les membres de l'assemblée, qui échangèrent des regards illuminés par l'anticipation et une impatience à peine contenue.

« Merci, Katya. » Dillen se leva, apparemment plus à l'aise debout pour parler. C'était un conférencier accompli, habitué à obtenir toute l'attention de son auditoire.

« À mon avis, le récit de l'Atlantide ne relève pas de l'histoire mais de l'allégorie. L'objectif de Platon était d'en tirer plusieurs leçons de morale. Dans le *Timée*, l'ordre l'emporte sur le chaos dans la formation du cosmos. Dans le *Critias*, les hommes guidés par l'autodiscipline, la modération et le respect de la loi l'emportent sur les hommes emplis d'orgueil et de présomption. Platon a imaginé un conflit entre Athènes et l'Atlantide pour montrer que les Grecs avaient toujours été des hommes résolus et qu'ils sortiraient vainqueurs de toutes les guerres. Même Aristote, le disciple de Platon, n'a jamais cru en l'existence de l'Atlantide. » Dillen posa les mains sur la table et se pencha en avant.

« À mon sens, l'Atlantide est une fable politique. L'explication de Platon sur la façon dont le récit est arrivé jusqu'à lui est une fiction fantaisiste semblable à la préface des *Voyages de Gulliver*, dans laquelle Swift indique une source plausible mais invérifiable. »

Dillen se faisait l'avocat du diable. Jack le savait. Il se délectait toujours de l'éloquence de son vieux professeur, acquise au fil des années passées dans les plus grandes universités du monde.

« Il serait sans doute utile de rappeler quelle était la source de Platon, dit Hiebermeyer.

— Bien sûr, répondit Dillen en regardant ses notes. Critias était l'arrière-grand-père de Platon. Il affirme que son propre arrière-grand-père tenait l'histoire de l'Atlantide de Solon, le célèbre législateur athénien. Solon l'avait lui-même entendue de la bouche d'un vieux prêtre égyptien de Saïs, dans le delta du Nil. »

— Solon a vécu d'environ 640 à 560 avant Jésus-Christ. Il n'a pu être admis au temple qu'en tant que vénérable érudit. Par conséquent, si nous partons du principe qu'il s'est rendu en Égypte quand il était vieux, mais pas au point de ne plus pouvoir voyager, on pourrait situer cette rencontre au début du sixième siècle avant

Jésus-Christ, vers 590 ou 580 avant Jésus-Christ, affirma Jack après avoir fait un rapide calcul mental.

– S'il s'agit d'un fait réel et non imaginaire, précisa Dillen en s'asseyant. Car j'aimerais poser une question : comment se fait-il qu'une histoire aussi remarquable n'ait pas été plus connue ? Hérodote s'est rendu en Égypte au milieu du cinquième siècle avant Jésus-Christ, environ cinquante ans avant l'époque de Platon. C'était un chercheur infatigable, un véritable collectionneur d'anecdotes, et son œuvre a survécu dans son intégralité. Pourtant, l'Atlantide n'y est mentionnée nulle part. Pourquoi ? », demanda Dillen en alliant le geste à la parole.

Après un bref silence, Hiebermeyer se leva et fit quelques pas derrière sa chaise.

« Je pense que je peux répondre à votre question. »

Il réfléchit un instant.

« Dans notre monde, les connaissances historiques constituent un bien universel. Il y a des exceptions, bien sûr, et nous savons tous que l'histoire peut-être manipulée. Mais, en général, la plupart des événements importants ne peuvent pas rester secrets long-temps. Or, dans l'Égypte ancienne, c'était différent. »

Les autres écoutaient attentivement.

« Contrairement à la Grèce et au Proche-Orient, dont les cultures ont été balayées par les invasions, l'Égypte a conservé une tradition qui remontait au début de l'âge du bronze, à la période du Dynastique archaïque, vers 3100 avant Jésus-Christ. Certains pensent même que cette culture remontait à l'arrivée des premiers agriculteurs, près de quatre mille ans auparavant. »

L'auditoire exprima son intérêt par un murmure général.

« Cependant, à l'époque de Solon, ce savoir ancien était devenu de plus en plus inaccessible. Il avait été en quelque sorte fragmenté comme un puzzle et placé en lieu sûr. »

Il s'interrompit un instant, satisfait de sa métaphore.

« Puis il a été dispersé dans de nombreux temples, dédiés à diffé-rents dieux. Chaque prêtre veillait jalousement sur sa propre parcelle de savoir comme sur un trésor. Ce savoir n'était révélé aux étrangers que par une intervention divine, un signe des dieux. Curieusement, ajouta-t-il le regard malicieux, la plupart du temps, ce genre de signe survenait lorsque l'intéressé faisait une offrande, en général de l'or.

– Alors on pouvait acheter le savoir ? demanda Jack.

– Oui, mais seulement dans certaines circonstances, le bon jour du mois, en dehors des nombreuses fêtes religieuses, et en fonction de beaucoup d'autres signes et présages. Si toutes les conditions n'étaient pas réunies, la demande de l'intéressé était rejetée, même si celui-ci arrivait avec toute une cargaison d'or.

– Donc l'histoire de l'Atlantide aurait pu être connue dans un seul temple et rapportée à un seul Grec, en déduisit Jack.

– Absolument, répondit Hiebermeyer. Seule une poignée de Grecs a eu accès aux *scriptoria* des temples. Les prêtres se méfiaient des hommes comme Hérodote, trop curieux et irréfléchis, qui voyageaient de temple en temple. Hérodote a parfois été confronté à la désinformation, à l'exagération et à la falsification. Il a été, comme on dit, mené en bateau.

Le savoir le plus précieux était trop sacré pour être consigné par écrit. Il était transmis de bouche à oreille, de grand prêtre en grand prêtre. Il a disparu en majeure partie avec les derniers prêtres, lorsque les Grecs ont fermé les temples. Les quelques manuscrits existants ont été perdus sous la domination romaine, lorsque la Bibliothèque royale d'Alexandrie a été incendiée, d'abord au cours de la guerre civile, en 48 avant Jésus-Christ, et quand l'empereur Théodose a ordonné la destruction des derniers temples païens, en 391 après Jésus-Christ. Nous connaissons certains de ces ouvrages perdus grâce à des textes anciens intacts qui y font référence. La *Géographie* de Pythéas le Navigateur. L'*Histoire du monde* de l'empereur Claude. Des œuvres de Galien et de Celse. De grands ouvrages d'histoire et de science, des compendiums de pharmacie, qui auraient fait progresser la médecine de façon inestimable. Nous pouvons à peine imaginer les connaissances secrètes des Égyptiens qui ont connu le même sort. »

Hiebermeyer s'assit et Katya reprit la parole.

« J'aimerais proposer une autre hypothèse. Platon a dit la vérité à propos de sa source mais, pour une raison ou une autre, Solon n'a pas consigné par écrit le récit de sa visite au temple. Peut-être les prêtres lui avaient-ils interdit de le faire... »

Elle reprit ses livres et poursuivit : « Je crois que Platon s'est inspiré des faits qu'il connaissait et qu'il les a embellis en vue de les adapter à son propos. En ce sens, je rejoins en partie le professeur Dillen. Platon a exagéré le récit pour faire de l'Atlantide un monde plus lointain et redoutable, enraciné dans des temps reculés. Il a donc situé l'histoire dans un passé éloigné et associé l'Atlantide à la plus grande zone géographique qu'il pouvait imaginer en la plaçant dans l'océan, au-delà des frontières du monde de l'Antiquité. » Elle se tourna vers Jack. « Il existe une théorie à propos de l'Atlantide, largement soutenue par les archéologues. Nous avons la chance d'avoir un de ses principaux défenseurs parmi nous aujourd'hui. Docteur Howard ? »

Jack était déjà en train d'actionner la télécommande pour faire apparaître une carte de l'Égée avec en son centre l'île de Crète.

« Cette théorie n'est plausible que si l'on revoit les chiffres à la baisse, dit-il. Si l'on se situe non pas neuf millénaires mais neuf siècles avant Solon, on se retrouve environ en 1600 avant Jésus-Christ. C'est l'époque des grandes civilisations de l'âge du bronze, du Nouveau Royaume d'Égypte, des Cananéens de Syro-Palestine, des Hittites d'Anatolie, des Mycéniens de Grèce et des Minoens de Crète. C'est le seul contexte qui cadre avec l'histoire de l'Atlantide. »

Il dirigea un pointeur lumineux de la taille d'un stylo sur la carte. « Et je crois que le seul site possible est la Crète. » Il regarda Hiebermeyer. « Au temps des pharaons, la Crète était la limite septentrionale de l'exploration géographique égyptienne. Vue du sud, c'était une terre imposante, un long littoral bordé de montagnes, même si les Égyptiens savaient que c'était une île grâce à leurs expéditions au palais de Cnossos, sur la côte nord.

– Et l'océan Atlantique ? demanda Hiebermeyer.

– Rien à voir, répondit Jack. À l'époque de Platon, la mer située à l'ouest de Gibraltar était inconnue. C'était un vaste océan menant au brasier du bout du monde. Alors c'est là que Platon a transféré l'Atlantide. Car ses lecteurs n'auraient guère été impressionnés par une île de la Méditerranée.

– Mais le terme *Atlantis* ?

– Poséidon, le dieu de la mer, avait un fils, Atlas, le colosse musclé qui portait le ciel sur ses épaules. L'océan Atlantique était l'océan d'Atlas, et non de l'Atlantide. Le terme *Atlantique* apparaît pour la première fois chez Hérodote. Il était donc probablement fréquent au moment où Platon a écrit ses textes. » Jack regarda l'assemblée un instant avant de poursuivre.

« Avant d'avoir vu le papyrus, j'aurais dit que Platon avait inventé le terme *Atlantis*, qui était un nom plausible pour un continent perdu au milieu de l'océan d'Atlas. D'après diverses inscriptions, les Égyptiens désignaient les Minoens et les Mycéniens sous le nom de Keftiou, un peuple venu du nord dans des bateaux chargés de tributs. J'aurais dit que, dans le récit d'origine, le nom du continent perdu était Keftiou et non *Atlantis*. Mais maintenant, je n'en suis pas si sûr. Si ce papyrus est vraiment antérieur à Platon, il est clair que celui-ci n'a pas inventé ce terme.

– La guerre entre les Athéniens et les Atlantes était-elle en réalité une guerre entre les Mycéniens et les Minoens ? demanda Katya après un bref silence.

– C'est ce que je crois, répondit Jack. L'Acropole d'Athènes a peut-être été la plus impressionnante de toutes les forteresses mycéniennes avant d'être démolie pour céder la place aux édifices de l'époque classique. Peu après 1500 avant Jésus-Christ, les guerriers mycéniens se sont emparés de Cnossos, en Crète, où ils ont régné jusqu'à ce que le palais soit brûlé et mis à sac, cent ans plus tard. On considère généralement que les Mycéniens étaient belliqueux et les Minoens pacifiques. Cette prise du pouvoir a eu lieu après une catastrophe naturelle, qui avait anéanti les Minoens.

– Il y a peut-être une allusion à cela dans la légende de Thésée contre le Minotaure, suggéra Katya. Thésée, prince d'Athènes, courtise Ariane, fille de Minos, le roi de Cnossos. Mais pour obtenir sa main, il doit affronter le Minotaure dans le Labyrinthe. Le Minotaure, mi-homme mi-taureau, symbolisait certainement la force des Minoens en armes.

– L'âge du bronze en Grèce a été redécouvert par des hommes convaincus que les légendes contenaient une part de vérité, renchérit Hiebermeyer. Sir Arthur Evans, à Cnossos, et Heinrich Schliemann, à Troie et à Mycènes, pensaient tous deux que les guerres de Troie contées dans l'*Iliade* et l'*Odyssée* d'Homère, œuvres écrites au huitième siècle avant Jésus-Christ, renfermaient le souvenir d'événements tumultueux qui avaient causé la chute de la civilisation de l'âge du bronze.

– Cela m'amène à ma conclusion, reprit Jack. Platon ne connaissait sans doute pas la Crète de l'âge du bronze, oubliée pendant l'âge des ténèbres qui a précédé la période classique. Pourtant, beaucoup d'éléments de l'histoire, dont Platon ne pouvait pas avoir connaissance, rappellent les Minoens. Katya, vous permettez ? » Il tendit le bras et prit les deux livres qu'elle faisait glisser vers lui. Il en feuilleta un et l'ouvrit vers la fin.

« Voilà. *À partir de cette île, les navigateurs de l'époque pouvaient atteindre les autres îles, et de ces îles ils pouvaient passer sur tout le continent situé en face.* Cela correspond tout à fait à la Crète vue d'Égypte, les autres îles étant le Dodécanèse et l'archipel des Cyclades dans la mer Égée, et le continent, la Grèce et l'Asie Mineure. Et ce n'est pas tout. » Il ouvrit l'autre livre pour lire un autre extrait : « *Ce territoire était dans son entier très élevé et dominait la mer à pic, et la plaine, qui entourait la ville, était elle-même entourée circulairement par des montagnes.* » Il se dirigea à grandes enjambées vers l'écran, sur lequel était désormais projetée une carte à grande échelle de la Crète. « C'est exactement le profil de la côte sud de la Crète et de la grande plaine de la Messara. »

Il retourna près de la table, où il avait laissé les livres.

« Et enfin, les Atlantes eux-mêmes. *Poséidon engendra cinq couples de jumeaux mâles et il les éleva. Et il partagea en dix parties toute l'île Atlantide ; il attribua au premier-né des plus âgés des jumeaux la résidence maternelle et il l'établit roi sur tous les autres.* » Il pivota sur lui-même et montra la carte du doigt. « Les archéologues pensent que la Crète minoenne était divisée en dix fiefs semi-autonomes, dont Cnossos était le plus important. »

Il appuya sur la télécommande pour faire apparaître une image spectaculaire du palais de Cnossos, dont la salle du trône avait été restaurée. « Voilà certainement *la splendide capitale vers le milieu de la côte.* » Il passa plusieurs diapositives et s'arrêta sur un gros plan du système d'écoulement des eaux du palais. « Et de même que les Minoens étaient d'excellents ingénieurs hydrauliques, les Atlantes ont construit *des bassins, les uns à ciel ouvert, les autres couverts, destinés aux bains chauds en hiver ; il y avait d'un côté les réservoirs royaux, de l'autre ceux des particuliers, d'autres encore pour les femmes, sans compter ceux qui étaient réservés aux chevaux et aux autres bêtes de somme.* Venons-en au taureau. » Il passa à la diapositive suivante et une autre vue de Cnossos apparut sur l'écran. Sur un côté de la cour, se trouvait une magnifique sculpture de cornes de taureau. Il reprit sa lecture. « *Après que des taureaux eurent été lâchés dans l'enclos de Poséidon, les dix rois, qui étaient restés seuls, priaient d'abord le dieu de leur faire capturer la victime qui lui serait agréable, puis ils se mettaient en chasse sans arme de fer, avec des épieux et des lassos.* »

Il se tourna de nouveau vers l'écran et passa les dernières diapositives. « Une peinture murale de Cnossos représentant un taureau et un homme bondissant. Un vase à libations en pierre, en forme de tête de taureau. Une coupe en or ornée d'une scène de tauromachie. Un puits contenant des centaines de cornes de taureau, récemment découvert sous la cour principale du palais. » Il s'assit et regarda les autres. « Et il y a encore un dernier argument en faveur de cette théorie. »

Une vue aérienne de Santorin, l'ancienne Théra, apparut sur l'écran. Jack l'avait prise depuis l'hélicoptère de la *Seaquest* quelques jours auparavant. On voyait distinctement les contours irréguliers de la caldera, dont le vaste bassin était entouré de falaises spectaculaires surmontées de villages modernes aux murs blanchis à la chaux.

« Le seul volcan actif de l'Égée. C'est l'un des plus grands du monde. Au milieu du second millénaire avant Jésus-Christ, il s'est réveillé. Dix-huit kilomètres cubes de roche et de cendre ont été projetés à quatre-vingts kilomètres d'altitude et sur des centaines de kilomètres au sud, en Crète et dans l'Est méditerranéen. Le ciel a été obscurci pendant des jours et la secousse a même ébranlé des édifices d'Égypte. »

Hiebermeyer récita de mémoire un passage de l'Ancien Testament :

« *L'Éternel dit à Moïse : étends ta main vers le ciel, et qu'il y ait des ténèbres sur le pays d'Égypte, et que l'on puisse les toucher. Moïse étendit sa main vers le ciel ; et il y eut d'épaisses ténèbres dans tout le pays d'Égypte, pendant trois jours.*

– La Crète a probablement été tapissée de cendre, ce qui a rendu l'agriculture impossible pendant une génération, poursuivit Jack. De grands raz de marée, des tsunamis, ont balayé le littoral septentrional et détruit les palais. De terribles tremblements de terre ont eu lieu. Les survivants n'étaient pas de taille à lutter contre les Mycéniens, lorsque ceux-ci sont venus s'emparer de leurs richesses. »

Après un bref silence, Katya prit la parole.

« Alors, les Égyptiens entendent un immense vacarme. Le ciel s'obscurcit. Quelques survivants parviennent jusqu'en Égypte avec de terrifiantes histoires de déluge. Les Keftiou ne viennent plus verser leurs tributs. L'Atlantide n'est pas vraiment engloutie par les flots mais disparaît à jamais du monde égyptien. » Elle leva la tête en direction de Jack, qui lui souriait.

« CQFD », conclut-il.

Pendant toute la discussion, Dillen était resté assis en silence. Il sentait que sa présence ne laissait pas indifférent. Les autres savaient que sa traduction du fragment de papyrus avait peut-être révélé des secrets en contradiction avec leurs convictions. Le projecteur numérique étant revenu à la première diapositive, ils regardaient désormais le professeur avec impatience. L'écran affichait à nouveau le texte écrit en grec ancien.

« Vous êtes prêts ? » demanda Dillen au reste du groupe.

Après un fervent murmure d'assentiment, l'atmosphère devint sensiblement tendue.

Dillen se pencha et ouvrit son porte-documents, d'où il sortit un grand rouleau, qu'il déroula devant eux. Jack éteignit les lampes principales et alluma un néon au-dessus du centre de la table pour éclairer le fragment déchiré de papyrus.

Chapitre 4

L'objet de leur attention apparut dans les moindres détails. Sous sa plaque de verre protectrice, le manuscrit ancien était presque lumineux. Tout monde approcha sa chaise, les visages surgirent de l'ombre sous la lumière du néon.

« Tout d'abord, le support. »

Dillen fit passer une petite boîte en plastique contenant un fragment prélevé en vue d'une analyse lorsque les bandelettes de la momie avaient été retirées.

« Il s'agit incontestablement de papyrus, *Cyperus papyrus*. On peut voir les croisillons des fibres, qui ont été aplaties et collées.

– Au second siècle après Jésus-Christ, le papyrus avait quasiment disparu en Égypte, intervint Hiebermeyer. Les Égyptiens, qui avaient la manie de l'archivage, ont épuisé leurs ressources. S'ils étaient brillants dans le domaine de l'irrigation et de l'agriculture, ils n'ont pas entretenu leurs réserves de papyrus au bord du Nil. Et je peux désormais affirmer, ajouta-t-il en rougissant d'émotion, que le premier papyrus connu date de 4000 avant Jésus-Christ. Ce spécimen de près de mille ans de plus que les autres a été découvert au début de l'année, au cours de mes fouilles dans le temple de Neith, à Saïs, dans le delta du Nil. »

On entendit un murmure enthousiaste autour de la table.

« Donc, pour en revenir au manuscrit, nous pouvons situer le support entre cette date et le deuxième siècle après Jésus-Christ. Pouvons-nous être plus précis ?

– Pas si nous nous basons uniquement sur le matériau, répondit Hiebermeyer en hochant la tête. Nous pourrions tenter une datation au carbone 14, mais les rapports isotopiques seraient probablement altérés par d'autres substances organiques provenant de la momie. Et pour avoir un échantillon suffisamment important, il faudrait détruire le papyrus.

– Ce qui est évidemment exclu, rétorqua Dillen. Mais nous avons les preuves que fournit le texte lui-même. Si Maurice ne les avait pas identifiées, nous ne serions pas là aujourd'hui.

– Les premiers indices ont été relevés par mon élève, Aysha Farouk, précisa Hiebermeyer en balayant l'assemblée du regard. Je pense que la sépulture et le papyrus sont contemporains. Le papyrus n'était pas un vieux document mais un manuscrit récent. La clarté des lettres le prouve. »

Pour que tout le monde voie, Dillen fixa sur la table les quatre coins de son rouleau, sur lequel il avait copié des symboles issus du papyrus. Il avait regroupé des lettres identiques, des paires de lettres et des mots. C'était une façon d'analyser la régularité stylistique familière à ceux qui avaient suivi ses cours.

Tout en bas, il montra du doigt huit lignes de texte continues. « Maurice a identifié ici une forme primitive d'écriture grecque, qui date au maximum du début de la période classique, c'est-à-dire du cinquième siècle avant Jésus-Christ. » Il leva les yeux et marqua un temps d'arrêt. « Il avait raison, mais je peux être encore plus précis. »

Sa main remonta jusqu'à une série de lettres. « Les Grecs ont adopté l'alphabet des Phéniciens au début du premier millénaire avant Jésus-Christ. Certaines lettres phéniciennes sont restées intactes, d'autres ont changé de forme au fil du temps. L'alphabet grec n'a atteint sa structure définitive qu'à la fin du sixième siècle avant Jésus-Christ. » Il saisit le pointeur lumineux et le dirigea sur l'angle supérieur droit du rouleau. « Maintenant, regardez ça. »

Une même lettre avait été soulignée dans plusieurs mots issus du papyrus. Elle ressemblait à un A renversé sur la gauche, dont la barre dépassait des deux côtés comme les bras d'un personnage immobile.

« Le A phénicien, s'exclama Katya.

– Exact, répondit Dillen en rapprochant sa chaise de la table. La forme phénicienne a disparu vers le milieu du sixième siècle avant Jésus-Christ. Par conséquent, et en raison du vocabulaire et du style, je situerais la date au début de ce siècle. Vers 600, peut-être, en tout cas pas plus tard que 580 avant Jésus-Christ. »

Tout le monde en eut le souffle coupé.

« Êtes-vous sûr de vous ? demanda Katya.

– Plus sûr que jamais.

– Et maintenant, je peux vous révéler notre principal élément de datation de la momie, annonça triomphalement Hierbermeyer. Il s'agit d'une amulette en or représentant un cœur, *ib*, et un disque solaire, *re*, qui constituent la représentation symbolique du pharaon Apriès, dont le nom de naissance était *Wah-Ib-Re*. Apriès était un pharaon de la vingt-sixième dynastie, qui a régné de 595 à 568 avant Jésus-Christ.

– Fantastique, s'écria Katya. À part quelques fragments, nous n'avons aucun manuscrit original grec datant d'avant le cinquième siècle avant Jésus-Christ. Ce papyrus a été écrit un siècle seulement après Homère, quelques générations après le début de l'utilisation du nouvel alphabet. C'est la plus importante découverte épigraphique qui ait été faite depuis des dizaines d'années. » Elle prit le temps de rassembler ses idées. « Ce que je me demande, c'est ce que pouvait bien faire un papyrus grec en Égypte au sixième siècle avant Jésus-Christ, plus de deux cents avant l'arrivée d'Alexandre le Grand ?

– Je ne tournerai pas autour du pot plus longtemps, déclara Dillen en balayant l'assemblée du regard. Je pense que c'est un fragment du manuscrit perdu de Solon le Législateur, du compte-rendu de sa visite au grand prêtre de Saïs. Nous avons trouvé la source de l'histoire de l'Atlantide rapportée par Platon. »

Une demi-heure plus tard, tout le monde était sur le balcon surplombant le grand port. Dillen fumait sa pipe et regardait avec tendresse Jack, qui parlait avec Katya un peu à l'écart. Des années auparavant, il avait repéré le potentiel de cet étudiant indiscipliné, qui n'avait pas suivi de formation classique. C'était lui qui l'avait poussé à passer par le service de renseignements de la Marine, à condition qu'il revienne faire carrière dans l'archéologie. Un autre de ses anciens élèves, Efram Jacobovich, qui avait fait fortune dans l'industrie du logiciel, finançait toute la recherche de l'UMI et se réjouissait de pouvoir ainsi participer aux aventures de Jack.

Jack s'excusa pour aller passer un appel satellite à la *Seaquest*. Tout excité par la découverte du papyrus, il avait néanmoins envie de suivre les fouilles de l'épave. Il y avait juste deux jours que Costas avait découvert le disque d'or, mais le site déployait déjà des richesses encore plus impressionnantes.

Pendant son absence, alors que la conversation était retombée, l'attention des autres avait été attirée par un écran de télévision fixé dans une niche, contre le mur. Il diffusait un reportage de CNN sur une nouvelle attaque terroriste en ex-Union soviétique. Il s'agissait cette fois d'un grave attentat à la voiture piégée dans la capitale de la république de Géorgie. Comme la plupart des actes de violence récents, ce n'était pas l'œuvre de fanatiques mais une vengeance personnelle, nouvel épisode sinistre dans un monde où l'instabilité n'était pas tant due à l'idéologie extrémiste qu'à la cupidité et à la vendetta. Cette situation était inquiétante pour les archéologues, car des antiquités étaient volées pour être monnayées dans les transactions et les acteurs du marché noir prenaient des initiatives de plus en plus audacieuses pour s'emparer des trésors les plus prisés.

À son retour, Jack reprit sa conversation avec Katya. Si celle-ci avait été discrète sur son parcours professionnel, elle lui avait confié son désir de s'impliquer davantage dans la lutte contre le vol d'antiquités que ne lui permettait sa position actuelle. Jack avait découvert qu'on lui avait proposé des postes universitaires prestigieux en Occident mais qu'elle avait préféré rester en Russie, à la racine du problème, malgré une bureaucratie corrompue et la menace constante de chantage et de représailles.

Hiebermeyer et Dillen les rejoignirent et le papyrus revint au cœur de la discussion.

« Je me suis toujours demandé comment il était possible que Solon n'ait laissé aucune trace de sa visite en Égypte, dit Katya. C'était un homme de lettres éminent, le plus instruit des Athéniens de son époque.

– Ce document a-t-il pu être écrit dans l'enceinte même du temple ? demanda Jack en lançant un regard interrogateur à

52

Hiebermeyer, qui nettoyait ses lunettes et transpirait apparemment beaucoup.

– Peut-être, bien que de telles occasions aient dû être rares. » Hiebermeyer remit ses lunettes et s'épongea le front. « Pour les Égyptiens, l'art d'écrire était un don de Thot, le scribe des dieux. En rendant cet art sacré, les prêtres ont pu mettre le savoir sous leur contrôle. Tout acte d'écriture de la part d'un étranger dans un temple était probablement considéré comme un sacrilège.

– Solon ne devait donc pas être populaire, commenta Jack.

– Il a dû être confronté à la suspicion de ceux qui désapprouvaient la décision du grand prêtre de révéler leur savoir, acquiesça Hiebermeyer. Les serviteurs du temple n'ont pas dû apprécier la présence d'un étranger qui semblait défier les dieux. » Il se débarrassa de sa veste et remonta ses manches. « Et les Grecs n'étaient pas bien vus à cette époque. Les pharaons venaient de les autoriser à établir un comptoir à Naucratis, sur le Delta. Il s'agissait de négociants rusés, qui avaient l'habitude de faire du commerce avec les Phéniciens, alors que l'Égypte avait été coupée du monde extérieur pendant des années. Les Égyptiens qui confiaient leurs biens aux marchands grecs ignoraient la dure réalité du commerce. Ceux qui ne réalisaient pas immédiatement des bénéfices avaient l'impression d'avoir été escroqués et trahis. Il en résultait beaucoup de ressentiment.

– Tu veux dire, intervint Jack, que Solon a effectivement écrit ce document mais qu'on le lui a pris, d'une façon ou d'une autre, pour le mettre en pièces ?

– C'est possible, acquiesça Hiebermeyer. Tu imagines le genre d'érudit que c'était. Perdu dans ses pensées jusqu'à l'obsession, peu attentif à son entourage. Un regard naïf sur le monde. Il devait avoir une bourse remplie d'or sur lui et les serviteurs du temple le savaient certainement. Il a dû être une proie facile pendant ses trajets nocturnes à travers le désert, entre l'enceinte du temple et la ville où il logeait.

– Donc, conclut Jack en marchant de long en large sur le balcon, Solon tombe dans une embuscade dans le désert et se fait voler le rouleau. Celui-ci est déchiré et jeté. Peu après, quelques morceaux sont rassemblés et réutilisés pour envelopper des momies. L'agression a lieu après la dernière visite de Solon au temple, si bien que tout le manuscrit est perdu.

– Pire encore, ajouta Hiebermeyer, sous le choc, il ne se souvient que de bribes de l'histoire et n'a peut-être même aucun souvenir de sa dernière visite. C'est déjà un vieillard et sa mémoire est vacillante. De retour en Grèce, il n'écrira plus jamais. Il a trop honte d'admettre tout ce qu'il a perdu par sa propre naïveté. Il se contente de raconter une version confuse de ce dont il se souvient à quelques proches. »

Dillen écoutait avec une satisfaction non dissimulée le raisonnement de ses deux anciens élèves. Entre eux, il y avait une véritable synergie. La rencontre de ces deux esprits donnait naissance à de nouvelles idées et à de nouvelles pistes de réflexion.

« J'en étais arrivé à la même conclusion en lisant les textes, dit-il, en comparant l'histoire de Platon au papyrus. Vous allez voir ce que je veux dire. Rentrons. »

Ils entrèrent les uns après les autres dans la salle de conférence et l'humidité des vieux murs les rafraîchit de la chaleur torride qu'il faisait à l'extérieur. Dillen s'installa devant le fragment de papyrus, sous le regard impatient du reste de l'assemblée.

« Je pense que ce texte a été rédigé sous la dictée. Il a été écrit à la hâte et la composition n'est pas particulièrement soignée. Ce n'est qu'une partie de l'original, qui pouvait contenir des milliers de lignes. Il nous reste l'équivalent de deux petits paragraphes, espacés d'environ six lignes. Au centre, se trouve un symbole suivi du mot *Atlantis*.

– J'ai déjà vu ça quelque part, dit Jack penché sur la table pour mieux voir l'étrange symbole.

– Oui, en effet. Mais je garde cela pour plus tard, si vous le permettez. » Dillen leva les yeux de ses notes. « Pour moi, il ne fait aucun doute que ce texte a été écrit par Solon dans le *scriptorium* du temple de Saïs, alors même qu'il se trouvait en face du grand prêtre.

– Celui-ci s'appelait Amenhotep, précisa Hiebermeyer, dont le visage rougissait à nouveau. Le mois dernier, pendant nos fouilles dans le temple de Neith, nous avons trouvé une liste fragmentaire des prêtres de la vingt-sixième dynastie. D'après la chronologie, Amenhotep avait plus de cent ans lorsque Solon lui a rendu visite. Il existe même une statue de lui. Elle se trouve au British Museum. »

Hiebermeyer tendit le bras et alluma le projecteur multimédia. Sur l'écran, apparut un personnage dans une pose typiquement égyptienne, qui tenait un sanctuaire ou *naos* miniature. Son visage, qui dissimulait davantage qu'il ne révélait, semblait à la fois jeune et sans âge mais arborait l'expression mélancolique d'un vieillard qui a transmis tout ce qu'il avait à donner avant que la mort ne l'étreigne.

« Est-il possible, demanda Katya, que la rupture dans le texte représente une rupture dans la dictée, que le texte du dessus corresponde à la fin d'un récit, peut-être d'une audience auprès du prêtre, et que le texte du dessous soit le début d'un autre ?

– Tout à fait, répondit Dillen avec un large sourire. Le mot *Atlantis* est un titre, le début d'un nouveau chapitre. »

Il alluma le portable qu'il avait relié au projecteur multimédia. L'assemblée pouvait désormais suivre le texte grec numérisé, accompagné de sa traduction. Dillen commença à lire la traduction sur laquelle il avait travaillé avec Katya depuis leur arrivée, la veille.

Et dans leurs citadelles se trouvaient des taureaux, si nombreux qu'ils remplissaient les cours et les étroits corridors, et les hommes dansaient avec eux. Et ensuite, au temps du pharaon Thoutmosis, les dieux frappèrent la terre dans un terrible fracas et l'obscurité s'abattit sur le sol, et Poséidon envoya une puissante vague déferlante qui balaya tout devant elle. Ainsi s'acheva le royaume insulaire des Keftiou. Et ensuite nous parlerons d'un autre puissant royaume, celui de la citadelle engloutie que l'on appelait Atlantis.

« Et maintenant, la seconde partie, annonça Dillen en tapant sur une touche pour faire dérouler l'image jusqu'au-dessous du titre. N'oubliez pas que c'est un texte écrit sous la dictée. Solon traduisait l'égyptien en grec au moment où il écrivait. Pour nous, l'écriture semble relativement simple, pratiquement dépourvue de syntagmes complexes ou de mots obscurs. Mais il y a un problème. »

Tous les regards suivirent le sien en direction de l'écran. Le texte avait défilé jusqu'à la fin, les mots étant de plus en plus rares là où le papyrus avait été déchiré. Si le premier paragraphe avait été préservé, le second était progressivement tronqué. Les bords déchiquetés se rejoignaient en formant un V. Ainsi, les dernières lignes ne contenaient que des bribes de mots.

À son tour, Katya se mit à lire.

« *Atlantis.* » Son accent ajoutait une intonation qui contribuait à faire revivre les mots dans leur réalité.

« *Kata nésoi pleionés stenépos tés thallasés.* » Le rythme de la langue ancienne, qu'elle reproduisait fidèlement, donnait aux voyelles des sonorités chinoises. « *À travers les îles jusqu'à ce que la mer se rétrécisse.* » Elle dirigea son pointeur lumineux sur la deuxième ligne.

« *Au-delà de la cataracte de Bos.* »

Perplexe, Hiebermeyer fronça les sourcils. « Je m'y connais suffisamment en grec pour savoir que *katarraktés* signifie cataracte ou chute d'eau, dit-il. C'est le terme qu'on utilisait pour décrire les rapides du haut Nil. Comment peut-il faire référence à la mer ? »

Dillen s'approcha de l'écran. « À cet endroit, nous commençons à perdre des mots entiers du texte. »

Katya reprit sa lecture. « *Puis à vingt dromoi le long du rivage sud.*

– Un *dromos* équivalait à environ soixante stades, indiqua Dillen, soit environ cinquante milles nautiques.

– En fait, c'était très variable, précisa Jack. *Dromos* signifie "course", la distance qu'un bateau pouvait parcourir en une journée, du lever au coucher du soleil.

– Cela variait probablement d'un endroit à l'autre, intervint Hiebermeyer, en fonction des vents et des courants, et selon l'époque de l'année, si l'on tient compte des changements saisonniers en termes de climat et de durée du jour.

– Tout à fait. Une course était une indication du temps qu'il fallait pour aller de A à B dans des conditions favorables.

– *Sous le haut bucrane, le signe du taureau*, poursuivit Katya.

– Ou les cornes de taureau, suggéra Dillen.

– Fascinant, dit Hiebermeyer comme s'il parlait pour lui-même. Un des symboles les plus évocateurs de la préhistoire. Nous les avons déjà vues dans les images de Cnossos que nous a montrées Jack. On en trouve également dans les sanctuaires du néolithique et dans tous les palais de l'âge du bronze du Proche-Orient. Même à

56

l'époque romaine, le *bucranium* est omniprésent dans l'art monumental.

– Ensuite, le texte devient fragmentaire, reprit Katya, mais le professeur et moi sommes d'accord sur le sens le plus probable. Vous comprendrez mieux en voyant où les blancs se situent. »

Elle mit le projecteur en mode rétroprojection tout en plaçant un transparent sur la plaque de verre. Sur l'écran apparut son écriture soignée, au-dessous de la partie inférieure en forme de V du papyrus.

« *On atteint la citadelle. Et au-dessous se trouvent une vaste plaine d'or, les profonds bassins, les lacs salés, à perte de vue. Et il y a deux cents vies, les Atlantes subirent la vengeance de Poséidon pour avoir osé vivre comme des dieux. La cataracte est tombée, la grande porte d'or de la citadelle s'est fermée à jamais, et Atlantis fut engloutie sous les flots.* » Elle rassembla ses idées. « Nous pensons que les dernières phrases avaient pour but de faire le lien avec la disparition du pays Keftiou. Le grand prêtre était peut-être en train de parler du courroux du dieu de la mer, de la façon dont Poséidon s'est vengé de l'orgueil des hommes. »

Elle dirigea le pointeur vers l'écran. « Le paragraphe suivant était probablement le début d'une description détaillée de l'Atlantide. Malheureusement, il ne reste que quelques mots isolés. Ici, nous pensons qu'il s'agit de *chambre d'or* ou *aux murs d'or*. Là, on distingue clairement les lettres grecques qui signifient *pyramide*. L'intégralité du syntagme signifie *immenses pyramides de pierre*. » Elle lança un regard interrogateur à Hiebermeyer, qui, trop abasourdi pour faire un commentaire, se contentait de fixer l'écran bouche bée.

« Enfin, les derniers mots, dit-elle en montrant la pointe déchiquetée du document. *Chambre des dieux*, peut-être *hall des dieux*, qui se trouve encore *kata boukerés*, c'est-à-dire *sous le signe du taureau*. Et c'est la fin. »

Hiebermeyer fut le premier à prendre la parole, la voix tremblante d'émotion. « Voilà qui coupe court à toute discussion. Le voyage à travers les îles, jusqu'à un endroit où la mer se rétrécit. Cela ne peut être qu'à l'ouest de l'Égypte, après la Sicile, en direction du détroit de Gibraltar. » Il tapa des mains sur la table. « Finalement, l'Atlantide se trouvait bien dans l'océan Atlantique !

– Et la cataracte ? demanda Jack. On ne peut pas dire que le détroit de Gibraltar soit un torrent grondant.

– Et la vaste plaine d'or, et les lacs salés, ajouta Katya. Dans l'Atlantique, il n'y a que la mer d'un côté et de hautes montagnes ou le désert de l'autre.

– Le rivage sud me laisse également perplexe, dit Jack. Étant donné que l'Atlantique n'a pas vraiment de rivage sud, on pourrait penser que l'Atlantide se trouvait dans la Méditerranée, mais j'imagine mal une citadelle sur la côte stérile du Sahara occidental. »

Dillen abaissa le rétroprojecteur et repassa en mode diapositives pour projeter de nouvelles images numérisées. Une chaîne de montagnes aux sommets enneigés apparut sur l'écran. Au premier plan, on pouvait voir un complexe de ruines nichées dans des terrasses verdoyantes.

« Jack a eu raison d'associer l'Atlantide de Platon à la Crète de l'âge du bronze. La première partie du texte fait clairement référence aux Minoens et à l'éruption de Théra. Le problème, c'est que la Crète n'était pas l'Atlantide. »

Katya hocha lentement la tête.

« Le récit de Platon est un amalgame, dit-elle.

– Exactement. » Dillen retourna à sa place et resta derrière sa chaise pour mieux allier le geste à la parole. « Il s'agit de bribes de deux histoires différentes. Celle de la fin de la Crète de l'âge du bronze, le pays Keftiou, et celle d'une civilisation beaucoup plus ancienne, l'Atlantide. »

– La différence de date est sans ambiguïté », déclara Hiebermeyer en s'épongeant le visage. Le premier texte situe la destruction du pays Keftiou à l'époque du règne de Thoutmosis. Celui-ci était un pharaon de la dix-huitième dynastie, qui a régné à la fin du seizième siècle avant Jésus-Christ, précisément au moment de l'éruption de Théra. Et, en ce qui concerne l'Atlantide, "deux cents vies" est une indication relativement précise, une génération représentant environ vingt-cinq ans pour les chroniqueurs égyptiens. » Il fit un rapide calcul mental. « Cinq mille ans avant Solon, c'est-à-dire en 5600 avant Jésus-Christ.

– Incroyable, s'exclama Jack incrédule. Toute une époque avant les premières cités. Le sixième millénaire avant Jésus-Christ, c'était encore le néolithique, un âge où l'agriculture était une nouveauté en Europe.

– Un détail me chiffonne, intervint Katya. Si ces histoires sont si différentes l'une de l'autre, comment le symbole du taureau peut-il figurer de façon aussi évidente dans les deux récits ?

– Ce n'est pas un problème, répondit Jack. Le taureau n'était pas seulement un symbole minoen. Depuis le début du néolithique, il représentait la force, la virilité et la maîtrise de la terre. Les bœufs de labour étaient essentiels pour les premiers agriculteurs. Le symbole du taureau est omniprésent dans les premières communautés agricoles de la région.

– Je pense que nous avons découvert le point de départ de deux mille cinq cents ans de conjectures erronées, déclara Dillen en regardant pensivement le papyrus. À la fin de l'histoire du pays Keftiou, le grand prêtre, Amenhotep, a annoncé ce dont il parlerait à la séance suivante, donnant ainsi une idée de ce qui allait suivre. Il voulait maintenir l'intérêt de Solon pour s'assurer qu'il reviendrait jour après jour, jusqu'à la date permise par le calendrier du temple. Peut-être convoitait-il une bourse d'or ou des offrandes encore plus généreuses. Je pense que nous avons, dans la dernière phrase du récit sur le pays Keftiou, un avant-goût de l'histoire de l'Atlantide.

– Vous voulez dire que, dans son trouble, Solon aurait remplacé Keftiou par Atlantis à chaque fois qu'il se serait rappelé l'histoire de la fin des Minoens ? demanda Jack, qui avait immédiatement vu où son mentor voulait en venir.

– Absolument, confirma Dillen. Rien dans le récit de Platon ne laisse penser que Solon ait gardé un quelconque souvenir de la seconde partie du texte. Pas de cataracte, pas de vaste plaine. Et pas de pyramides, ce qui aurait été difficile à oublier. Il a dû recevoir un sacré coup sur la tête cette nuit-là. »

Le soleil était désormais à l'ouest et ses rayons donnaient à l'eau du grand port une teinte rosée. Ils étaient retournés dans la salle de conférence juste après la pause de midi. Personne ne montrait de signe d'épuisement malgré les longues heures qu'ils avaient passées coude à coude autour du précieux document. Ils étaient tous liés par la joie de la découverte, la satisfaction d'avoir trouvé une clé du passé susceptible de modifier toute notre conception de l'apparition de la civilisation.

Dillen se rassit. « Et Jack, pour en revenir à ce symbole que vous disiez avoir déjà vu ? »

À ce moment-là, on frappa bruyamment à la porte et un jeune homme apparut dans l'entrebâillement.

« Excusez-moi, professeur, mais c'est très urgent. Docteur Howard. »

Jack traversa la pièce, prit le téléphone cellulaire qu'on lui tendait puis se dirigea vers la balustrade donnant sur le front de mer pour que les autres ne l'entendent pas.

« Howard.

– Jack, c'est Costas. Nous sommes en alerte rouge. Il faut que tu reviennes à la *Seaquest* immédiatement. »

Chapitre 5

Jack relâcha les commandes et l'hélicoptère Lynx s'immobilisa dans les airs. Le vrombissement habituel du rotor n'était plus qu'un cliquetis trépidant. Il ajusta le système audio de son casque et effleura à peine la pédale gauche tout en donnant une impulsion rapide à l'hélice de queue pour virer sur le flanc de façon à voir la vue spectaculaire en contrebas. Il se tourna vers Costas et ils regardèrent tous deux par la porte de bâbord, qui était ouverte.

Mille mètres plus bas se trouvait le cœur fumant de Santorin. Ils survolaient les vestiges submergés de la gigantesque caldera, grand coquillage vide dont seuls les bords déchiquetés pointaient au-dessus de la mer. Tout autour d'eux, se dressaient des falaises abruptes. Juste au-dessous, ils pouvaient voir Néa Kaméni, la « Nouvelle Brûlée », dont la surface stérile avait été entièrement consumée. Au centre, ils distinguaient des volutes de fumée révélatrices, là où le volcan pointait encore à travers la croûte terrestre. C'était un signal d'alarme, se disait Jack, un funeste présage, comme un taureau qui grogne et gratte le sol avant l'assaut.

Une voix désincarnée se fit entendre à travers l'interphone, une voix que Jack trouvait de plus en plus irrésistible.

« C'est impressionnant, dit Katya. L'affrontement des plaques africaine et eurasienne fait de cet endroit un des sites les plus exposés aux séismes et aux volcans. Pas étonnant que les dieux grecs aient été si violents. Fonder une civilisation ici, c'est comme construire une ville sur la faille californienne de San Andreas.

– C'est sûr, répondit Costas, mais sans la tectonique des plaques, le calcaire ne se serait jamais transformé en marbre. Pas de temples, pas de sculpture. » Il montra les falaises. « Et la cendre volcanique ? Un matériau incroyable. Les Romains ont découvert qu'en l'ajoutant à du mortier de chaux, on obtient du béton qui durcit sous l'eau.

– C'est vrai, reconnu Katya. Les retombées volcaniques rendent aussi le sol extrêmement fertile. Les plaines entourant l'Etna et le Vésuve étaient les greniers de l'Antiquité. »

Jack sourit intérieurement. Costas et Katya s'étaient découvert une passion commune pour la géologie, qui avait dominé la conversation pendant tout le trajet depuis Alexandrie.

Le Lynx effectuait un vol de routine en direction du musée maritime de Carthage lorsque Costas avait reçu un signal d'urgence de Tom York, le capitaine de la *Seaquest*. Costas avait immédiatement appelé Jack et mis le cap vers le sud, en direction de l'Égypte. L'après-midi même, sur le port, il avait regardé son ami prendre rapidement congé de Dillen et Hiebermeyer, dont la probable déception était masquée par des signes manifestes d'anxiété.

Jack avait appris que Katya était une plongeuse expérimentée et, quand elle était venue lui demander sur le balcon si elle pouvait l'accompagner, il n'avait vu aucune raison de refuser. C'était l'occasion pour elle d'être en première ligne, avait-elle dit, de voir par elle-même ce à quoi les archéologues modernes étaient confrontés. Pendant ce temps, Olga, son assistante, retournerait à Moscou pour des affaires urgentes.

« La voilà. »

Incliné en avant, l'hélicoptère leur permettait de voir l'horizon à l'est. Le Santorin était désormais hors de vue et ils parvenaient tout juste à distinguer la *Seaquest* à travers la brume. Au fur à mesure qu'ils s'approchaient, le bleu profond de la Méditerranée s'obscurcissait, comme s'il était momentanément couvert par un nuage. Costas expliqua qu'ils se trouvaient au-dessus d'un volcan immergé, dont le sommet s'élevait au-dessus de l'abysse comme un gigantesque atoll.

Jack appuya sur le bouton de l'interphone. « Je ne m'attendais pas à trouver un site ici, dit-il. Le sommet du volcan est immergé à trente mètres au-dessous du niveau de la mer, donc trop profondément pour avoir été un récif à l'âge du bronze. C'est autre chose qui a provoqué le naufrage de notre bateau minoen. »

Ils se trouvaient maintenant juste à l'aplomb de la *Seaquest* et amorçaient la descente vers l'hélistation située sur la poupe. Le marquage au sol devint plus visible lorsque l'altimètre tomba au-dessous de 150 mètres.

« Mais nous avons beaucoup de chance que le bateau ait coulé ici, à une profondeur où nos plongeurs peuvent travailler. C'est le seul endroit, à des kilomètres à la ronde, où le lit marin se trouve à moins de cinq cents mètres. »

La voix de Katya retentit dans l'interphone. « Vous dites que le bateau a coulé au seizième siècle avant Jésus-Christ. Je vais peut-être un peu loin, mais peut-il y avoir un rapport avec l'éruption de Théra ?

– Tout à fait, répondit Jack enthousiaste. Et curieusement, cela expliquerait aussi l'excellent état de l'épave. Le bateau a été pris dans un brusque déluge et il a coulé tout droit à environ soixante-dix mètres au-dessous du sommet.

– Il s'agissait probablement d'un tremblement de terre, qui a eu lieu quelques jours avant l'éruption du volcan, précisa Costas. Nous savons que les Thériens reconnaissaient les signes avant-coureurs et pouvaient s'enfuir avec la plupart de leurs biens.

– La principale éruption aurait été bien trop destructrice, confirma Jack. La décharge explosive aurait tout détruit à des kilomètres à la ronde. Mais ce n'était que le début. L'eau a dû rebondir dans la caldera avec une force terrible et provoquer des tsunamis d'une centaine de mètres. Nous sommes tout près de l'ancienne Théra et les vagues n'ont pas dû perdre beaucoup de leur puissance. Elles ont dû faire voler en éclats tous les bateaux situés sur leur passage pour n'en laisser que quelques fragments épars. Notre navire n'a survécu sur le lit marin que parce qu'il avait sombré dans une crevasse, au-dessous des oscillations des vagues. »

L'hélicoptère n'était plus qu'à une trentaine de mètres au-dessus de la *Seaquest* et Jack attendait l'autorisation d'atterrir. Il en profita pour jeter un coup d'œil critique au navire qui faisait sa fierté. De l'autre côté de l'hélistation et des Zodiac, se trouvait une zone vie répartie sur trois niveaux, qui pouvait accueillir vingt scientifiques et les trente membres d'équipage. Avec ses soixante-quinze mètres de long, la *Seaquest* était presque deux fois plus grande que la *Calypso* de Cousteau. Elle avait été fabriquée sur commande dans les chantiers navals finlandais qui avaient bâti les célèbres navires de la série des *Akademic* pour l'Institut océanologique de Russie. Comme eux, sa capacité de positionnement dynamique était assurée par des propulseurs d'étrave et des propulseurs latéraux lui permettant de rester au-dessus d'un point précis du lit marin, et un système d'équilibrage automatique garantissait la stabilité par la régulation de la quantité d'eau dans les ballasts. Elle avait désormais plus de dix ans et nécessitait une remise en état mais restait, comme ses sœurs, à la pointe de la technologie. C'était un élément crucial de la recherche et de l'exploration de l'UMI dans le monde entier.

Quand Jack poussa la manette en avant, ils aperçurent une silhouette sombre à l'horizon. C'était un autre navire, immobile, qui rasait les flots de manière inquiétante à plusieurs kilomètres de la *Seaquest*.

Ils savaient tous de qui il s'agissait. C'était pour cette raison que Jack avait été rappelé d'urgence d'Alexandrie. Katya et Costas restèrent silencieux, leur enthousiasme assombri par la dure réalité du moment. Jack serra les mâchoires avec une volonté inflexible tout en opérant un atterrissage parfait dans le cercle orange de l'hélistation. Son assurance tranquille masquait la rage qui montait en lui. Il savait que le site serait découvert, mais il ne pensait pas que cela arriverait si tôt. Leurs adversaires avaient accès à un système de surveillance par satellite de l'ex-Union soviétique avec lequel on pouvait distinguer le visage d'un homme à une altitude orbitale de quatre cents kilomètres. La *Seaquest* était parfaitement visible dans le ciel d'été sans nuages de la Méditerranée et, comme elle était restée immobile pendant plusieurs jours, elle n'avait pas manqué d'attirer l'attention.

« Regardez ça. On l'a trouvé hier juste avant que j'aille vous chercher. »

Costas entraînait Jack et Katya entre les tables du laboratoire de conservation de la *Seaquest*. Les ampoules au tungstène du plafonnier projetaient une lumière optique brillante dans la pièce. Un groupe de techniciens en blouse blanche était occupé à nettoyer et à enregistrer les dizaines d'artefacts précieux qui avaient été retirés de l'épave minoenne au cours des deux derniers jours. Ceux-ci feraient partie du prochain voyage en hélicoptère à destination de Carthage, où ils seraient soumis à des mesures de conservation avant d'être exposés. Au fond du laboratoire, Costas s'arrêta à côté d'un socle bas et souleva avec précaution une toile qui recouvrait un objet d'environ un mètre de haut.

Katya resta bouché bée. Il s'agissait d'une tête de taureau grandeur nature, la peau en stéatite noire d'Égypte, les yeux en lapis-lazuli d'Afghanistan et les cornes en or massif ornées d'étincelants rubis indiens. D'après le trou dans la bouche, c'était un rhyton, un récipient à libations creux dont on se servait pour faire des offrandes aux dieux. Un rhyton aussi somptueux que celui-ci ne pouvait avoir été utilisé que par les grands prêtres des cérémonies les plus sacrées du monde minoen.

« Le joyau de l'exposition ! s'exclama Costas.

– Au musée maritime ? demanda Katya.

– Jack a réservé un hangar de trirème pour l'épave minoenne qu'il espérait trouver depuis si longtemps. Il est presque plein et les fouilles ont à peine commencé. »

La base méditerranéenne de l'UMI était le site antique de Carthage, en Tunisie, où le port de guerre circulaire des Phéniciens avait été magnifiquement reconstruit. Les hangars jadis utilisés pour les galères abritaient désormais les objets découverts dans les nombreuses épaves anciennes qui avaient été fouillées au cours des dix dernières années.

Jack se mit soudain à bouillonner de colère. Il était inconcevable qu'un artefact aussi inestimable tombe entre les mains de la pègre. Même le musée ne constituait plus un refuge suffisamment sûr. Depuis que cette silhouette était apparue à l'horizon, les trajets en hélicoptère avaient été interrompus. Le Lynx avait une capacité de suralimentation lui permettant de distancer n'importe quel aéronef à voilure tournante sur un trajet court, mais il était tout aussi vulnérable qu'un avion subsonique face aux missiles mer-air à guidage laser. Leur ennemi repérerait le lieu du crash par GPS et s'emparerait de l'épave à l'aide de submersibles télécommandés. Tout survivant serait exécuté sommairement, les attaquants rafleraient leur butin et les artefacts disparaîtraient à tout jamais.

C'était une nouvelle forme de piraterie meurtrière qui sévissait en haute mer.

Jack et ses compagnons se dirigèrent vers la cabine du capitaine. Tom York était un Anglais trapu aux cheveux gris, qui avait terminé sa brillante carrière dans la Royal Navy en tant que capitaine de vaisseau d'un porte-avions à décollage vertical. En face de lui, se trouvait un bel homme robuste, international de rugby qui avait le physique de l'emploi et jouait pour la Nouvelle-Zélande, son pays natal. Peter Howe avait servi vingt ans dans les Royal Marines et le Service aérien spécial d'Australie avant de devenir chef de la sécurité à l'UMI. Il avait quitté l'après-midi même le siège de l'UMI, en Cornouailles, pour rejoindre la *Seaquest*. Il s'était lié d'amitié avec Jack pendant leurs études et les trois hommes avaient travaillé ensemble lorsque celui-ci faisait partie du service de renseignements de la Marine.

Sur la table, se trouvaient une radio UHF bidirectionnelle et une carte marine de l'Égée. Costas et Katya se firent une petite place à côté de York et de Howe. Jack resta debout ; il était aussi grand que l'embrasure de la porte. Il adopta un ton laconique et direct.

« Bien. Que savons-nous exactement ?

– C'est un nouvel assaillant, commença Howe. Il s'appelle Aslan. »

Katya frémit, les yeux écarquillés. Elle n'arrivait pas à y croire. « *Aslan.* » Sa voix était presque inaudible.

« Vous connaissez cet homme ? demanda Jack.

– Je connais cet homme, dit-elle avec hésitation. Aslan. Cela signifie Lion. C'est… » Elle s'interrompit, le visage pâle. « C'est un chef de guerre, un truand. Le pire de tous.

– Originaire du Kazakhstan, pour être précis. » Tom York sortit une photo et la posa sur la carte d'un geste brusque. « J'ai reçu ça par e-mail de l'agence de presse de l'UMI, à Londres, il y a quelques minutes. »

On y voyait un groupe d'hommes en treillis et en tenue islamique traditionnelle. Ceux-ci se trouvaient devant un paysage aride de vallées brûlées par le soleil et d'éboulis. Ils tenaient des kalachnikovs et, devant eux, le sol était couvert de matériel de guerre datant de l'époque soviétique, des mitrailleuses de gros calibre aux lance-roquettes RPG.

Ce n'était pas tant cet arsenal impressionnant qui avait attiré leur attention. Les images de ce genre étaient courantes depuis les premiers moudjahiddin d'Afghanistan ; c'était le personnage assis au centre. Un homme d'une corpulence extraordinaire, les mains posées sur les genoux et les coudes relevés dans une attitude de défi, qui portait une ample djellaba blanche et une casquette bien ajustée. On distinguait l'ombre d'une moustache de chaque côté de sa bouche. Son visage, souligné par le nez aquilin et les pommettes hautes des nomades d'Asie centrale, avait été fin, même beau. Ses yeux de jais, enfoncés dans les orbites, lançaient un regard perçant.

« Aslan, répéta York. De son vrai nom Piotr Alexandrovitch Nazarbetov. Père mongolien, mère originaire du Kirghizstan. Basé au Kazakhstan, mais dispose d'un bastion au bord de la mer Noire en Abkhazie, région séparatiste de la république de Géorgie. Ancien académicien soviétique et professeur d'histoire de l'art à l'université de Bichkek avec ça ! »

Howe acquiesça. Il était dans son élément. « Toutes sortes de gens ont été séduits par les bénéfices prodigieux de la criminalité dans cette région du monde. Et il faut être historien d'art pour connaître la valeur des antiquités et savoir où les trouver. » Il se tourna vers les nouveaux venus. « Je suis sûr que vous êtes tous au courant de la situation au Kazakhstan, dit-il en montrant la carte murale située derrière lui. C'est le topo habituel. Le Kazakhstan obtient son indépendance après l'effondrement de l'Union soviétique. Mais l'ancien dirigeant du parti communiste prend la tête du gouvernement. La corruption s'installe et la démocratie n'est qu'une mascarade. Malgré les réserves de pétrole et l'investissement étranger, la sécurité intérieure se dégrade progressivement. Un soulèvement populaire donne aux Russes un prétexte pour envoyer l'armée, qui se replie après une guerre sanglante. Les forces nationalistes sont extrêmement affaiblies et le pays est abandonné à l'anarchie.

– Et c'est là qu'interviennent les chefs de guerre, lança Costas.

– Exactement. Les insurgés qui luttaient ensemble contre les Russes se battent désormais les uns contre les autres pour occuper la place vide. Les idéalistes d'antan ont cédé le pas aux truands et aux extrémistes religieux. Les plus impitoyables tuent et pillent sur leur passage dans tout le pays. Ils s'octroient des territoires, comme les barons du Moyen Âge, disposent de leurs propres armées, et s'engraissent du trafic de drogue et de la vente d'armes.

– J'ai lu quelque part que le Kazakhstan est actuellement le plus grand producteur d'opium et d'héroïne du monde », dit Costas.

Howe acquiesça. « Et cet homme en contrôle la majeure partie. Apparemment, c'est un hôte charmant pour les journalistes qui sont invités à le rencontrer, un érudit qui a une collection époustouflante d'œuvres d'art et d'antiquités. » Il balaya les autres du regard avant d'ajouter : « Et aussi un psychopathe meurtrier.

– Depuis combien de temps nous surveille-t-il ? demanda Jack.

– Il est entré à portée de vue il y a vingt-quatre heures, juste avant que Costas vous appelle à Alexandrie, répondit York. SATSURV[2] nous avait déjà prévenus de l'intrusion potentiellement hostile d'un navire de type bâtiment de guerre ne répondant à aucun indicatif d'appel international.

– C'est à ce moment-là que vous avez changé de position. »

La *Seaquest* se trouvait désormais de l'autre côté de l'atoll, à deux milles nautiques de l'épave.

« Pas avant d'avoir truffé le site de guirlandes de mines flottantes », répondit York.

Katya lança un regard interrogateur à Jack.

« Une innovation de l'UMI, expliqua-t-il. Ce sont des mines à contact miniatures, de la taille de balles de ping-pong, reliées entre elles par des monofilaments pour créer un écran de flotteurs. Elles se déclenchent sous l'action de capteurs photoélectriques sensibles au mouvement des plongeurs et des submersibles. »

Costas se tourna vers York.

« Qu'est-ce qu'on peut faire ?

– Quoi que nous fassions, ça ne servirait à rien, répondit York d'un ton monocorde dépourvu de toute émotion. Nous avons reçu un ultimatum. » Il tendit à Jack un texte qui venait d'arriver par e-mail. Jack le parcourut rapidement et ne laissa rien paraître de son trouble.

---

2. Système de surveillance par satellite.

« *Seaquest*, ici *Vultura*. Quittez les lieux avant dix-huit heures ou vous serez anéantis. »

Costas jeta un coup d'œil au texte. « Il n'y va pas par quatre chemins, on dirait. »

À peine avaient-ils pris connaissance du message qu'ils entendirent un son terrible s'approcher à toute vitesse, comme un avion à réaction à basse altitude, suivi d'une espèce de coup de tonnerre sur le tribord avant. Tom York se tourna vers le hublot le plus proche lorsqu'une immense colonne d'eau s'abattit avec fracas sur la vitre. Les détonations étouffées par la distance des tirs d'artillerie suivirent immédiatement.

« Les salauds ! » s'exclama York, les mâchoires serrées, avec la colère d'un officier de marine professionnel qui n'est pas en mesure de répondre aux attaques.

À ce moment-là, la radio bidirectionnelle commença à grésiller et York alluma d'un coup-de-poing rageur l'interphone pour que tout le monde puisse entendre.

« Ici *Seaquest*, gronda York d'une voix à peine contrôlée, presque hargneuse. Précisez vos intentions. À vous. »

Au bout de quelques instants, une voix se fit entendre à travers l'interphone. Son accent traînant et guttural était incontestablement russe.

« Bonjour, capitaine York. Major Howe. Et docteur Howard, je présume ? Toutes nos félicitations. Ici la *Vultura*. » Un court silence suivit. « On vous aura prévenus ! »

York raccrocha le récepteur avec dégoût et ouvrit d'un coup sec une plaque située à côté de lui. Avant d'abaisser le levier, qu'elle dissimulait, il s'adressa à Jack avec une froideur composée.

« Que chacun se rende à son poste de combat. »

Quelques minutes après le retentissement de la sirène, le navire de recherche s'était transformé en navire de guerre. L'équipement de plongée qui encombrait généralement le pont avait été rangé dès que la *Vultura* était entrée en scène. Désormais, dans la cale située en avant du rouf, un groupe de techniciens en combinaison blanche antiflash armait le canon de la *Seaquest*, un Breda L70 de 40 millimètres modifié conformément aux spécifications de l'UMI. Successeur du célèbre canon antiaérien Bofors de la Seconde Guerre mondiale, le « Fast Forty » était doté d'un mécanisme à double alimentation qui tirait des explosifs brisants et des obus perforants à raison de neuf cents coups par minute. Il était dissimulé dans un caisson rétractable et élevé juste avant utilisation.

Dans la cale, tout le personnel disponible préparait le *Neptune II*, submersible de sauvetage de la *Seaquest*. Celui-ci atteindrait bientôt les eaux territoriales grecques et rejoindrait une frégate de la marine hellénique, qui devait partir de Crète dans l'heure. Il transporterait le rhyton à tête de taureau et les autres artefacts qui avaient été trouvés trop tard pour être évacués par le dernier vol en hélicoptère à destination de Carthage.

York conduisit rapidement le groupe jusqu'à un ascenseur qui les fit descendre bien au-dessous de la ligne de flottaison. La porte s'ouvrit sur une cloison en métal courbe, qui donnait l'impression qu'une soucoupe volante avait pénétré dans la coque.

York se tourna vers Katya. « Le module de commande, dit-il en tapotant la surface brillante. Acier renforcé au titane de quinze centimètres d'épaisseur. Il peut s'éjecter de la *Seaquest* et se déplacer sans être détecté, grâce à la même technologie furtive que celle que nous avons utilisée pour le submersible de sauvetage.

– Une sorte de siège éjectable géant, déclara Costas en souriant, comme le module de commande des anciennes fusées Saturne. »

York parla dans un interphone et la porte circulaire s'ouvrit. Une lumière tamisée rouge provenant de la batterie des pupitres de commande, au fond, projetait une lueur sinistre à l'intérieur du module. Ils jetèrent un coup d'œil à l'intérieur et le capitaine referma la porte étanche derrière eux en tournant la roue centrale jusqu'à ce que les bras de verrouillage soient tout à fait enclenchés.

Juste en face, plusieurs membres d'équipage étaient occupés à préparer des munitions, à remplir des chargeurs et à assembler des armes. Katya s'approcha et prit un fusil, qu'elle chargea et arma d'une main experte.

« Enfield SA80 Mark 2, annonça-t-elle. Arme individuelle de l'armée britannique. Chargeur trente coups ; 5,56 millimètres. Système bullpup, gâchette devant le chargeur, adapté aux espaces réduits. » Elle regarda dans le viseur. « La quadruple portée infrarouge est un atout appréciable, mais donnez-moi un de ces jours la nouvelle kalachnikov AK102. » Elle retira le chargeur et vérifia que la chambre était vide avant de reposer l'arme sur le râtelier.

Elle semblait un peu décalée, dans l'élégante robe noire qu'elle portait depuis la conférence, se dit Jack, mais elle était visiblement tout à fait capable de se débrouiller lors d'un combat.

« Vous êtes une sacrée bonne femme ! s'exclama Costas. D'abord experte mondiale en paléographie grecque, et maintenant instructeur en armes légères.

– Là d'où je viens, répondit Katya, c'est la seconde qualification qui compte. »

Lorsqu'ils sortirent de l'armurerie, York s'adressa à Jack. « Nous devons décider sur-le-champ d'une ligne de conduite. »

Jack acquiesça et conduisit le groupe en haut d'un petit escalier menant à une plate-forme d'environ cinq mètres de large. Il se dirigea vers un demi-cercle de fauteuils pivotants orientés face à une batterie de postes de travail.

« La passerelle de commandement, indiqua York à Katya. Elle fait office de centre de commandement et de passerelle virtuelle. Elle nous permet de diriger la *Seaquest* en utilisant les systèmes de surveillance et d'imagerie du pont supérieur. »

Au-dessus d'eux, un écran concave affichait une reproduction numérique panoramique de la vue depuis la passerelle de la *Seaquest*. Les caméras étaient équipées de capteurs d'imagerie infrarouge et thermique, grâce auxquels, malgré la tombée de la nuit, ils pouvaient distinguer la silhouette rase de la *Vultura* et la signature thermique déclinante de sa tourelle avant.

York se tourna vers Howe. « Peter va faire le bilan de nos options de sécurité. »

Peter Howe regarda ses compagnons d'un air contrit. « Je ne vais pas tourner autour du pot. La situation est grave, très grave. Nous sommes confrontés à un navire de guerre spécialisé armé jusqu'aux dents en matériel de pointe, capable d'anéantir et de distancer pratiquement n'importe quel vaisseau ou garde-côte chargé de gérer ce genre de menace.

– La politique de l'UMI consiste à faire appel aux pays amis dans les situations comme celle-ci, précisa Jack à Katya. En général, la présence d'avions et de navires de guerre est suffisamment intimidante même si ceux-ci se trouvent en dehors des eaux territoriales et ne peuvent légalement pas intervenir. »

Howe tapa sur une touche et l'écran afficha la carte marine de l'Égée. « Les Grecs ne peuvent ni arrêter la *Vultura* ni la prendre en chasse. Même entre les îles du Nord, celle-ci peut se frayer un chemin à plus de six milles nautiques de la côte, et les détroits de la mer Noire font partie des eaux internationales. Les Russes s'en sont assurés. Elle a la voie libre pour rentrer à son port, en Abkhazie. »

Il dirigea un pointeur lumineux sur leur position actuelle, dans la partie inférieure de la carte. « D'ici ce soir, la marine hellénique aura des frégates ici, ici et ici, dit-il en indiquant des zones situées au nord et à l'ouest du volcan submergé. La plus proche sera à près de six milles nautiques au sud-est du volcan Santorin, presque à portée visuelle de la *Seaquest*. Mais elles ne s'approcheront pas davantage.

– Pourquoi ? demanda Katya.

– À cause d'une chose merveilleuse qu'on appelle la politique, répondit Howe en faisant tourner son fauteuil pour lui faire face. À quelques milles nautiques à l'est se trouve un ensemble d'îlots inhabités revendiqués à la fois par les Grecs et les Turcs. Ce conflit a conduit les deux nations au bord de la guerre. Nous avons informé les Turcs de notre problème avec la *Vultura*, mais ils s'intéressent davantage aux Grecs qu'à un renégat kazakh. La simple présence de navires de guerre grecs à proximité de la zone a suffi à mettre le commandement maritime turc en alerte. Il y a une heure, quatre F16 de l'armée de l'air turque ont balayé le périmètre, à cinq milles nautiques à l'est. Les Grecs et les Turcs ont toujours été en bons termes avec l'UMI mais, en ce moment, ils ne peuvent pas intervenir. » Howe ferma l'image et l'écran afficha à nouveau la vue autour de la *Seaquest*.

York se leva et se mit à marcher de long en large derrière les fauteuils, les poings serrés derrière le dos.

« Nous ne pourrions jamais sortir vainqueurs d'une attaque contre la *Vultura*. Nous ne pouvons pas compter sur l'aide extérieure. Notre seule chance est d'accéder à leur demande, de partir immédiatement et d'abandonner l'épave. En tant que capitaine, je dois d'abord penser à la sécurité de mon équipage.

– Nous pourrions tenter de négocier, proposa Costas.

– Hors de question ! cria York en tapant sur la console, soudain rattrapé par la tension des dernières heures. Ces individus ne négocieront que face à face et à leurs conditions. Quiconque mettrait le pied sur la *Vultura* deviendrait immédiatement un otage. Je ne mettrai pas la vie d'un seul membre de mon équipage entre les mains de ces truands.

– Laissez-moi essayer. »

Tout le monde dévisagea Katya.

« Je suis votre seule chance, dit-elle calmement. Je suis neutre. Aslan n'aurait rien à gagner à me prendre en otage et tout à perdre dans ses transactions avec le gouvernement russe. » Elle réfléchit un instant et reprit d'une voix plus ferme. « Les femmes sont respectées parmi son peuple. Et ma famille a de l'influence. Je peux mentionner quelques noms qui l'intéresseront beaucoup. »

Un long silence suivit pendant que les autres assimilaient ses paroles. Jack essayait d'envisager toutes les possibilités sans se laisser envahir par ses émotions. Il n'avait pas envie de la mettre en danger, mais il savait qu'elle avait raison. En voyant son expression, il comprit qu'il n'avait pas vraiment le choix.

« D'accord, dit Jack en se levant. J'ai invité Katya à m'accompagner, alors c'est à moi de décider. Ouvrez un canal de sécurité et mettez-moi en communication avec la *Vultura*. »

Chapitre 6

Jack regarda à travers ses jumelles et fixa la tache lointaine qui constituait le seul point de repère entre la mer et le ciel. Il faisait déjà noir, mais il pouvait voir chaque détail du navire, grâce à l'amplificateur optique qui intensifiait la lumière pour créer une image aussi claire que le jour. Il parvenait même à lire les lettres cyrilliques sur la proue.

Vultura. Elle portait bien son nom, se dit-il. C'est exactement ce qu'était ce navire, un abominable charognard qui tournait autour de sa proie en attendant le bon moment pour piquer et dévorer le fruit du travail des autres.

Tom York s'approcha de lui. « Projet 911, dit-il en suivant le regard de Jack. C'est ce que les Russes appellent des navires d'escorte, l'équivalent des corvettes et des frégates dans le code Otan. C'est le dernier, construit après les événements de 2001 pour les patrouilles antiterroristes. Il a approximativement la même taille que les navires *Sea* avec des lignes plus épurées. Côté machinerie, en revanche, il ne joue pas dans la même catégorie. Deux turbines à gaz GT d'une puissance de 52 000 chevaux pour une vitesse de croisière de trente-six nœuds. Avec ses servoréacteurs, il peut atteindre une vitesse d'hydrofoil de soixante nœuds, presque aussi élevée que celle d'un avion léger. La *Vultura* fait partie de la demi-douzaine de navires retirés du service lorsque la marine russe a réalisé son dernier dégraissage. Le traité d'Oslo oblige la Fédération russe à vendre ses navires de guerre surnuméraires uniquement aux gouvernements reconnus par les Nations unies, alors celui-ci a dû être récupéré lors d'une transaction véreuse avant même de quitter le chantier naval. »

Jack dirigea ses jumelles vers les fuseaux réacteurs, de part et d'autre de la poupe de la *Vultura*, et se déplaça légèrement pour avoir une vue de la tourelle avant, dont le canon était braqué directement sur eux.

« Canon automatique Tulamahzavod 130 millimètres, observa York, qui avait repéré son mouvement. Télémétrie GPS informatisée qui opère des ajustements instantanément au moment de l'impact. Il est capable de tirer des obus perforants d'uranium appauvri qui pourraient percer un trou dans le module de commande de la *Seaquest* à vingt milles nautiques. »

Ils se trouvaient sur l'hélistation de la *Seaquest* et la brise fraîche agitait légèrement le drapeau de l'UMI à la poupe. Ils avaient regardé avec angoisse Katya, à présent vêtue de façon plus appropriée dans une combinaison de l'UMI, conduire dans l'obscurité un des Zodiac de la *Seaquest*, dont les moteurs hors-bord jumelés de 90 CV la propulseraient jusqu'à la *Vultura* en quelques minutes. Avant qu'elle ne descende l'échelle, Jack l'avait discrètement prise à part pour revoir une dernière fois avec elle le fonctionnement du Zodiac et lui répéter les instructions de York et de Howe sur la ligne de conduite à tenir si la situation tournait mal.

Elle n'était partie que depuis vingt minutes et l'attente semblait déjà interminable. Afin de s'occuper l'esprit de façon plus productive, Jack décida d'organiser une téléconférence avec Dillen et Hiebermeyer. Il rejoignit Costas dans la salle de navigation, derrière la passerelle de la *Seaquest*. Une fois Jack installé, Costas lança une commande et le moniteur situé devant eux fit apparaître leurs deux interlocuteurs aussi clairement que s'ils avaient été assis de l'autre côté de la table. Jack s'approcha de Costas pour que leur image soit projetée de la même façon. L'expertise de Katya leur manquerait, mais cette téléconférence semblait être le meilleur moyen de clore les opérations. Dillen et Hiebermeyer étaient restés à Alexandrie dans l'attente de recevoir des nouvelles de la *Seaquest* et Costas les avait déjà mis au courant de la situation.

« Bonjour professeur. Maurice.

– Ravi de vous revoir, Jack, répondit Dillen. J'aimerais reprendre où nous en sommes restés, avec ces symboles. »

En tapant sur une touche, ils ouvrirent une série d'images qui avaient été scannées auparavant. Dans l'angle inférieur droit du moniteur, se trouvait la sublime découverte de Costas, le superbe disque d'or de l'épave minoenne. Les étranges symboles de la surface avaient été numérisés pour pouvoir être étudiés de plus près.

Hiebermeyer se pencha en avant. « Tu as dit que tu avais déjà vu le symbole central, Jack.

– Oui. Ainsi que les symboles du pourtour, les petites têtes, les pagaies, etc. Je me suis soudain souvenu où je les avais vus dans l'hélicoptère, après avoir quitté Alexandrie. Sur les disques de Phaistos. »

Jack ouvrit une image montrant deux disques d'argile, apparemment identiques et recouverts d'une spirale de symboles miniatures. L'un de ces symboles ressemblait de façon remarquable à celui du papyrus et du disque d'or. Les autres semblaient issus d'un autre monde, notamment les petites têtes au nez busqué et à la chevelure de Mohican. Costas se tourna vers Jack d'un air interrogateur.

« Aztèque ? risqua-t-il.

– Bien essayé, mais non, répondit Jack. Bien plus proche de nous. Crète minoenne.

– Le disque de gauche a été trouvé à proximité du palais de Phaistos, il y a près de cent ans », précisa Dillen. Tout en parlant, il cliqua sur l'écran pour faire apparaître une vue d'une grande cour de pierre surplombant une plaine, avec des montagnes aux sommets enneigés en arrière-plan. Après quelques instants, l'écran afficha de nouveau les disques. « C'est de l'argile, environ seize centimètres de diamètre, avec des symboles sur les deux faces dont beaucoup sont identiques, estampés avec le même poinçon. »

Il élargit le disque de droite. « Celui-ci a été trouvé lors de fouilles françaises, l'année dernière.

– À quand remonte-t-il ? demanda Hiebermeyer.

– Le palais a été abandonné au seizième siècle avant Jésus-Christ, après l'éruption de Théra. Contrairement à celui de

Cnossos, il n'a jamais été réoccupé. Les disques peuvent donc avoir été perdus approximativement au même moment que votre épave.

– Mais ils pourraient être antérieurs à cette date, suggéra Jack.

– Largement antérieurs, lui répondit Dillen avec une pointe d'excitation dans la voix qui lui était désormais familière. Costas, que savez-vous de la datation par thermoluminescence ? »

Costas semblait perplexe mais répondit avec enthousiasme. « Quand on enterre des cristaux minéraux, ceux-ci absorbent progressivement des isotopes radioactifs issus de la matière environnante jusqu'à ce qu'ils atteignent un niveau équivalent. Ensuite, si l'on chauffe les minéraux, les électrons emmagasinés sont émis sous forme de thermoluminescence. » Il commençait à comprendre pourquoi Dillen lui avait posé cette question. « Quand on chauffe une poterie, elle émet la TL qu'elle contient jusqu'à vider son stock. Si on l'enterre, elle réabsorbe des isotopes à un taux donné. Si l'on connaît ce taux, ainsi que le niveau de TL du sédiment environnant, on peut dater la poterie en la chauffant et en mesurant l'émission de TL.

– Dans quelle mesure ? demanda Dillen.

– Les derniers progrès réalisés en luminescence stimulée optiquement permettent de remonter à cinq cent mille ans, répondit Costas. C'est la date des fragments de foyers issus des premiers sites néanderthaliens d'Europe. En ce qui concerne la céramique, qui apparaît pour la première fois au cinquième millénaire avant Jésus-Christ au Proche-Orient, la TL et la LSO combinées permettent de dater un tesson à quelques centaines d'années près si les conditions sont favorables. »

Costas avait acquis une grande expertise dans les sciences appliquées à l'archéologie depuis qu'il travaillait à l'UMI, car il était convaincu que la plupart des questions que Jack se posait sur notre passé trouveraient un jour leur réponse dans les sciences expérimentales.

« Le second disque, celui qui a été découvert l'année dernière, a été chauffé, déclara Dillen en prenant une feuille de papier. Un fragment a été envoyé au laboratoire de thermoluminescence d'Oxford. Il a été analysé avec une nouvelle méthode au strontium, qui peut déterminer la date de cuisson avec encore plus de précision. Je viens de recevoir les résultats. »

Les autres attendaient impatiemment.

« À quelques centaines d'années près, ce disque a été cuit en 5500 avant Jésus-Christ. »

Tout le monde resta bouché bée.

« Impossible, s'étrangla Hiebermeyer.

– C'est juste un peu plus tôt que notre épave, murmura Costas.

– Juste quatre mille ans avant, répondit Jack sur le même ton calme.

– Deux mille cinq cents ans avant le palais de Cnossos, dit Hiebermeyer en continuant à secouer la tête. Seulement quelques siècles après l'arrivée des premiers agriculteurs en Crète. Et s'il s'agit d'écriture, elle précède la première forme connue de deux mille ans. Le cunéiforme du Proche-Orient et les hiéroglyphes d'Égypte n'apparaissent pas avant la fin du quatrième millénaire avant Jésus-Christ.

– Cela paraît incroyable, répliqua Dillen, mais vous allez voir pourquoi j'en suis convaincu. »

Jack et Costas regardaient l'écran avec attention pendant que Dillen chargeait un CD-ROM dans son portable et reliait celui-ci au projecteur multimédia. L'image des disques d'argile disparut pour laisser la place à des symboles, disposés en colonne. En face de chacun de ces symboles, se trouvaient des groupes assemblés comme des mots. Ils comprirent que Dillen avait appliqué les mêmes techniques d'analyse que celles qu'il avait utilisées pour étudier le texte grec du papyrus.

Jack réactiva le module de téléconférence et ils furent de nouveau face à face avec Dillen et Hiebermeyer, qui se trouvaient à plus de trois cents kilomètres de là, à Alexandrie.

« Ce sont les symboles des disques de Phaistos, dit Jack.

– Exact. » Dillen tapa sur une touche et les deux disques réapparurent, cette fois dans l'angle inférieur gauche. « Le plus déconcertant pour les experts, c'est que ces deux disques sont presque identiques, tout en présentant une différence cruciale. » Il déplaça le curseur pour sélectionner divers éléments. « Sur une face, que j'appellerai la face A, les deux disques comportent exactement cent vingt-trois symboles. Ils sont segmentés en trente-quatre groupes, dont chacun comprend deux à sept symboles. Le menu, en quelque sorte, est le même et se compose de trente et un symboles différents. La fréquence est également identique. Ainsi, le Mohican apparaît treize fois, le piéton six fois, la peau de bœuf onze fois, etc. C'est la même chose sur la face B, qui contient vingt-sept mots et cent dix-huit symboles.

— Mais l'ordre et les regroupements sont différents, précisa Jack.

— Absolument. Regardez le premier disque. Piéton plus arbre, trois fois. Disque solaire plus Mohican, huit fois. Et la séquence flèche, bâton, pagaie, bateau, peau de bœuf et tête d'homme, deux fois. Le second disque ne comporte aucun de ces groupes.

— Bizarre, murmura Costas.

— Je pense que ces disques allaient ensemble, l'un étant lisible et l'autre dénué de sens. L'objectif était de faire croire que, ce qui comptait, c'étaient le type, le nombre et la fréquence des symboles, et non leur association. C'était une ruse, un moyen de ne pas attirer l'attention sur la façon dont les symboles étaient regroupés, de dissuader les curieux de chercher à donner un sens à la séquence.

— Mais il est évident qu'il y a un sens dans tout cela », intervint Costas avec impatience. Il cliqua sur la souris pour sélectionner plusieurs groupes du premier disque. « Bateau et pagaie. Piéton. Mohican qui regarde toujours dans la même direction. Gerbe de blé. Symbole circulaire, probablement le soleil, dans environ la moitié des groupes. C'est une sorte de voyage, peut-être pas au sens propre du terme mais un voyage à travers l'année, qui illustre le cycle des saisons.

— C'est exactement la théorie des experts convaincus que le premier disque contient un message, qu'il n'était pas simplement décoratif, répliqua Dillen en souriant. Il semble effectivement avoir davantage de sens que le second disque, davantage de logique dans la séquence des images.

— Mais ?

— Mais cela peut faire partie de la ruse. Le créateur du premier disque a peut-être délibérément associé des symboles qui semblent aller ensemble, comme la pagaie et le bateau, dans l'espoir de nous inciter à les déchiffrer ainsi.

— Mais la pagaie et le bateau vont forcément ensemble, c'est indiscutable, protesta Costas.

— Seulement si l'on part du principe qu'il s'agit de pictogrammes, auquel cas pagaie signifie pagaie et bateau signifie bateau. Ensemble, pagaie et bateau prennent alors le sens d'aller sur l'eau, naviguer en mer, se déplacer.

– Les pictogrammes constituent la première forme d'écriture, ajouta Hiebermeyer, mais même les premiers hiéroglyphes égyptiens n'étaient pas tous des pictogrammes.

– Un symbole peut aussi être un phonogramme, un signe qui représente un son et non un objet ou une action, poursuivit Dillen. Dans notre langue, la pagaie pourrait représenter la lettre P ou la syllabe *pa*.

– Alors vous voulez dire que les symboles des disques pourraient constituer une sorte d'alphabet ? dit Costas d'un air perplexe.

– Oui, mais pas au sens strict du terme. La première version de notre alphabet était le précurseur nord-sémitique de l'alphabet phénicien du second millénaire avant Jésus-Christ. La nouveauté, c'était qu'il associait un signe différent à chaque son principal correspondant à une voyelle ou à une consonne. D'une façon générale, les systèmes précédents étaient syllabiques, chaque signe représentant une voyelle et une consonne. C'est ainsi que nous interprétons l'écriture linéaire A des Minoens et le linéaire B des Mycéniens. »

Dillen tapa sur une touche et l'écran afficha de nouveau le disque d'or. « Ce qui nous ramène à la découverte que vous avez faite dans l'épave. »

Il agrandit l'image pour faire apparaître le mystérieux symbole profondément imprimé au centre du disque d'or. Quelques instants plus tard, une autre image s'ouvrit. C'était une dalle noire irrégulière dont la surface comportait trois différentes bandes d'écriture dense.

« La pierre de Rosette ? demanda Hiebermeyer déconcerté.

– Comme vous le savez, l'armée conquérante de Napoléon, qui est arrivée en Égypte en 1804, comptait beaucoup d'érudits et de dessinateurs. Cette pierre, trouvée près de l'ancienne Saïs sur la branche de Rosette, a été la plus sensationnelle de ses découvertes. Hiéroglyphes égyptiens, démotique égyptien, grec hellénistique, annonça Dillen en sélectionnant tour à tour chaque section de texte du haut vers le bas. Vingt ans plus tard, un philologue du nom de Champollion a compris qu'il s'agissait de traductions du même texte, un décret trilingue de Ptolémée V datant de 196 avant Jésus-Christ, lorsque l'Égypte était sous domination grecque. Grâce à sa connaissance du grec ancien, Champollion parvint à traduire les deux autres textes. C'est donc la pierre de Rosette qui a permis de déchiffrer les hiéroglyphes. » Dillen tapa sur une touche et la pierre disparut. L'écran afficha de nouveau le disque d'or.

« Pour le moment, ne tenez pas compte du symbole central et concentrez-vous sur les signes du pourtour », reprit Dillen. Il sélectionna chacune des trois bandes, de l'intérieur vers l'extérieur. « Linéaire B mycénien. Linéaire A minoen. Symboles de Phaistos. »

Jack l'avait déjà deviné, mais la confirmation de son hypothèse lui fit battre le cœur d'émotion.

« Messieurs, nous avons notre pierre de Rosette. »

Les Mycéniens qui ont pris le pouvoir en Crète après l'éruption de Théra n'avaient initialement pas d'écriture propre. Ils avaient emprunté des symboles du linaire A aux marins minoens qui faisaient du négoce avec la Grèce. Leur écriture, le linéraire B, avait été brillamment déchiffrée peu après la Seconde Guerre mondiale et considérée comme une version primitive du grec. Mais la langue des Minoens était restée un mystère jusqu'au début de cette année, lorsque la plus grande cache de tablettes en linéaire A avait été découverte à Cnossos. Par chance, plusieurs de ces tablettes étaient bilingues en linéaire A et linéaire B. Aujourd'hui, le disque d'or offrait l'extraordinaire opportunité de déchiffrer également les symboles des disques de Phaistos.

« Il n'y a pas de symboles de Phaistos issus de Cnossos ni de texte bilingue où ils apparaissent, expliqua Dillen. Je dirais donc qu'il s'agissait d'une langue morte, relativement différente du minoen ou du grec mycénien. »

Ils écoutèrent tous Dillen sans l'interrompre pendant qu'il analysait méthodiquement les signes du linéaire A et du linéaire B du disque d'or pour montrer qu'ils correspondaient bien à ceux d'autres exemples d'écriture de la Crète de l'âge du bronze. Il avait disposé tous les symboles en lignes et en colonnes pour étudier leur concordance.

« J'ai commencé avec le premier disque de Phaistos, celui qui a été trouvé il y a une centaine d'années, précisa Dillen. Comme vous, j'ai pensé que ce serait le plus intelligible. »

Il tapota sur le clavier et les trente-quatre groupes de symboles de la face A apparurent, accompagnés de leur transcription phonétique.

« Voilà ce que ça donne, en lisant du centre vers l'extérieur, et en suivant la direction du piéton et l'orientation des visages, comme semble l'imposer la logique. »

Jack parcourut rapidement la transcription. « Je ne reconnais aucun mot du linéaire ni aucune combinaison courante de syllabes.

– J'ai bien peur que ce soit impossible. » Dillen tapota à nouveau sur les touches et une image des trente-quatre groupes apparut dans la partie inférieure de l'écran. « Et voilà le résultat dans l'autre sens, en allant de l'extérieur vers le centre. C'est la même chose. Absolument rien. »

Les images disparurent et il y eut un bref silence.

« Et le second disque ? » demanda Jack.

L'expression de Dillen en disait long. Seule l'esquisse d'un sourire trahissait son excitation. Il reprit le clavier et recommença l'exercice.

« Voilà, du centre vers l'extérieur. »

Jack fut dépité. Encore une fois, il ne voyait rien de reconnaissable dans les mots. Puis il commença à discerner des regroupements qui lui semblaient étrangement familiers.

« Il y a quelque chose là-dedans, mais ce n'est pas clair. »

Dillen le laissa regarder l'écran encore un moment.

« Dans l'autre sens », lui souffla-t-il.

Jack fixa une nouvelle fois l'écran et frappa brusquement sur la table. « Bien sûr ! »

Dillen ne pouvait plus se contenir davantage. Avec un large sourire, il tapota une dernière fois et la séquence apparut dans l'autre sens. Tout le monde retint sa respiration et Jack déchiffra immédiatement ce qu'il voyait.

« Extraordinaire, murmura-t-il. Ce disque date de plus de deux mille ans avant le début de l'âge du bronze. Et pourtant, c'est du linéaire A, la langue de la Crète à l'époque de notre épave. » Il croyait à peine à ce qu'il disait. « *C'est un disque minoen.* »

À ce moment-là, l'interphone de la *Seaquest* crépita et rompit le charme.

« Jack. Rejoignez-moi immédiatement sur le pont. Ça bouge sur la *Vultura.* »

On sentait l'urgence dans la voix de Tom York. Jack bondit de sa chaise sans un mot et se précipita sur le pont. Costas lui emboîta le pas. Quelques secondes plus tard, les deux hommes étaient aux côtés de York et de Howe, qui fixaient l'horizon au loin.

Droit devant, ils discernèrent une faible perturbation à la surface de la mer, un tourbillon d'écume qui s'avéra rapidement être le

83

Zodiac de la *Seaquest*. Bientôt, ils distinguèrent Katya au gouvernail, ses longs cheveux flottant au vent. *Dieu merci, elle était saine et sauve.* Jack s'agrippa au bastingage, l'angoisse des dernières heures cédant brusquement le pas à un immense soulagement.

Costas regarda son ami. Il le connaissait trop bien.

Une fois le bateau arrivé, quand les moteurs hors-bord s'éteignirent, l'air se remplit d'un nouveau son, le grondement sourd et lointain de moteurs Diesel. Jack saisit la lunette de vision nocturne et l'orienta vers l'horizon. Il repéra la silhouette grise de la *Vultura*, avec sa coque rasante et menaçante. Soudain, une vague blanche apparut derrière la poupe, un arc ondulant, qui brilla sous la phosphorescence produite par le démarrage des moteurs. Lentement, avec indolence, comme une bête qui se réveille sans avoir rien à craindre, la *Vultura* fit un large demi-tour et s'enfonça dans l'obscurité. Son sillage subsista comme la fumée d'une fusée, longtemps après qu'elle eut été engloutie par la nuit.

Jack abaissa la lunette et regarda la jeune femme qui venait de sauter d'un bond sur le navire. Elle lui sourit et lui fit un rapide signe de la main. Debout à côté de Costas, qui fut le seul à pouvoir entendre ses paroles, Jack dit à voix basse :

« Katya, vous êtes un ange. »

Chapitre 7

L'hélicoptère descendit au-dessus des montagnes côtières de la Turquie occidentale. Son rotor résonnait dans les baies profondes qui découpaient le littoral. À l'est, les teintes rosées de l'aurore révélaient les contours déchiquetés du plateau anatolien et, de l'autre côté de l'Égée, les ombres fantomatiques des îles se discernaient à peine à travers la brume matinale.

Jack relâcha le levier de commande du Lynx et passa en pilotage automatique. L'hélicoptère suivait immanquablement la trajectoire qu'il avait définie dans l'ordinateur de navigation et les conduirait à la destination programmée, à près de cinq cents milles nautiques au nord-est.

Une voix familière se fit entendre dans l'interphone.

« Il y a quelque chose que je ne comprends pas au sujet du disque d'or, dit Costas. Je pars du principe qu'il a été réalisé en 1600 avant Jésus-Christ environ, peu avant le naufrage. Pourtant, en qui concerne les symboles de la bande extérieure, on ne peut faire de parallèle qu'avec le second disque de Phaistos, provenant de Crète, qui date de quatre mille ans plus tôt.

– Il est surprenant que la langue de la Crète de l'âge du bronze ait déjà été parlée par les premiers colons du néolithique, ajouta Katya. Le déchiffrage du professeur Dillen va révolutionner notre vision des origines de la civilisation grecque. »

Jack n'arrivait toujours pas à croire que Kayta ait pu désamorcer le conflit avec la *Vultura* la veille au soir. Il savait que leur délivrance tenait un peu du miracle. Elle avait dit qu'elle avait montré à Aslan des photos de l'épave romaine que Jack avait fouillée la semaine précédente. Apparemment, elle l'avait convaincu qu'ils n'avaient trouvé que des amphores, que l'épave ne méritait pas leur attention et que la *Seaquest* était là uniquement pour tester un nouveau matériel de cartographie.

Jack était persuadé qu'il y avait autre chose, davantage que Katya ne voulait ou ne pouvait en dire. Il ne connaissait que trop le monde sinistre du marchandage, la corruption et les compromis mafieux auxquels les citoyens de l'ex-Union soviétique étaient contraints de se plier. Visiblement, Katya savait se débrouiller dans ce monde-là.

Il ne restait rien de l'angoisse tenaillante qu'il avait ressentie pendant la téléconférence. Seul subsistait un immense désir d'en savoir plus. À son retour, Katya avait refusé de se reposer et rejoint Jack et Costas, qui avaient étudié le plan de l'épave et organisé la prochaine étape des fouilles jusque tard dans la nuit. Maintenant qu'ils savaient qu'ils pouvaient poursuivre leur projet sans encombre, ils mouraient d'envie d'aller de l'avant.

Il avait fallu que Katya l'assure que la *Vultura* ne reviendrait pas pour que Jack décide d'effectuer le vol de ce matin. Au départ, c'était une simple visite de routine, une inspection programmée de la *Sea Venture*, le *sistership* de la *Seaquest*, dans la mer Noire. Mais ce voyage avait pris une tout autre allure, car une découverte surprenante avait été faite au large de la côte nord de la Turquie.

« Ce que vous ne savez pas, dit Jack, c'est que nous avons maintenant une date indépendante pour le disque d'or. Elle a été envoyée par courrier électronique pendant que vous dormiez. » Il tendit une feuille de papier à Costas, assis sur le siège du copilote. Quelques instants plus tard, celui-ci cria de joie.

« Datation par hydratation ! Ils l'ont fait ! » Costas, toujours plus à l'aise avec les certitudes de la science qu'avec les théories qui ne semblaient jamais aboutir à aucune conclusion définitive, était comme un poisson dans l'eau.

« C'est une technique très au point à l'UMI, expliqua-t-il à Katya. Certains minéraux absorbent une minuscule quantité d'eau en surface au fil du temps. Lorsqu'ils sont taillés par l'homme, la surface s'hydrate à nouveau. L'épaisseur de la couche hydratée permet donc de dater les artefacts en pierre et en métal.

– L'obsidienne est l'exemple type, ajouta Jack. C'est une roche volcanique vitreuse. En Égée, on n'en trouve que sur l'île de Mélos. Des outils en obsidienne découverts sur des sites de chasseurs-cueilleurs en Grèce continentale ont été datés grâce à cette méthode à 12000 avant Jésus-Christ, l'étape finale de la période glaciaire. C'est la plus ancienne preuve de l'existence d'un commerce maritime dans le monde antique.

– La datation par hydratation de l'or n'a été possible que grâce à un matériel de très haute précision, poursuivit Costas. L'UMI est en tête de la recherche THP[3], car nous trouvons relativement souvent de l'or.

– Quelle est la date ? demanda Katya.

– Les symboles des trois bandes ont été imprimés au milieu du deuxième millénaire avant Jésus-Christ, d'après l'estimation, en 1600 avant Jésus-Christ, à une centaine d'années près.

– Cela concorde avec l'épave ! s'exclama Katya.

– Il ne pouvait pas être beaucoup plus ancien, fit remarquer Jack. La bande intérieure est en linéaire B mycénien, langue qui ne s'est développée qu'à cette époque.

– Mais il s'agit seulement de la date des symboles, du moment où ceux-ci ont été imprimés dans le métal. La datation a été effectuée à partir de la couche hydratée des symboles eux-mêmes, précisa Costas avec une excitation à peine contenue. Mais le disque est plus ancien. Beaucoup plus ancien. Et le symbole central faisait partie du moule. Des suggestions ? » Il leur laissa à peine le temps de répondre.

« Il date de 6000 avant Jésus-Christ. »

C'était une radieuse matinée d'été. Rien ne brouillait la vue autour d'eux. Ils survolaient le promontoire nord-ouest de la Turquie en direction des Dardanelles, le détroit séparant l'Europe de l'Asie. À l'est, celui-ci débouchait dans la mer de Marmara, elle-même séparée de la mer Noire par le détroit du Bosphore.

Jack ajusta légèrement le pilote automatique et regarda par-dessus l'épaule de Costas. Il voyait clairement la presqu'île de

---

3 Très haute précision.

Gallipoli, grande langue de terre qui s'avançait dans l'Égée et délimitait le rivage nord des Dardanelles. Juste au-dessous d'eux, s'étendait la plaine d'Hissarlik, le site de la légendaire Troie. Ils étaient dans un des vortex de l'histoire, un endroit où la mer et la terre s'étaient rapprochées pour canaliser les nombreux déplacements des hommes, du sud au nord et d'est en ouest, depuis les premiers hominidés jusqu'à la montée de l'islam. Le paysage paisible ne laissait rien transparaître des conflits sanglants qui y avaient eu lieu, du siège de Troie au massacre de Gallipoli, trois mille ans plus tard, au cours de la Première Guerre mondiale.

Pour Jack et Costas, c'était davantage qu'un site historique. C'était un endroit familier qui avait un doux parfum de triomphe. C'est là qu'ils avaient réalisé leur première fouille commune, lorsqu'ils avaient été envoyés sur la base de l'Otan d'Izmir. Un agriculteur avait déterré des poutres calcinées et des fragments d'armure en bronze entre la côte actuelle et les ruines de Troie. Grâce à leur fouille, le site s'était révélé être le littoral ensablé de l'âge du bronze. Ils avaient mis au jour les vestiges carbonisés d'une rangée de galères de guerre, brûlées lors d'un immense incendie qui avait eu lieu vers 1150 avant Jésus-Christ.

Cette découverte avait eu un impact sensationnel. Il s'agissait des tout premiers artefacts de la guerre de Troie, une preuve qui avait obligé les experts à porter un regard neuf sur les légendes initialement considérées comme des demi-vérités. Pour Jack, cette expérience avait été décisive. Elle avait ravivé sa passion pour l'archéologie et les énigmes irrésolues du passé.

« Bon, récapitulons, dit Costas en essayant de rassembler les extraordinaires découvertes des derniers jours en un tout cohérent. D'abord, on trouve en Égypte un papyrus qui prouve que Platon n'a pas inventé la légende de l'Atlantide. Il s'agit d'un texte dicté par un prêtre égyptien à un Grec du nom de Solon, vers 580 avant Jésus-Christ. L'histoire, extrêmement ancienne, remonte à des milliers d'années avant l'époque des pharaons.

– Le papyrus fait également apparaître une confusion dans le récit de Platon, ajouta Jack.

– Le papyrus n'a jamais été révélé au monde, car il a été volé et perdu. Ce qui en a survécu a fait l'objet d'un amalgame entre la fin des Minoens, au milieu du deuxième millénaire avant Jésus-Christ, et ce que Solon avait retenu de l'Atlantide. Cette confusion a incité les experts à rapprocher l'histoire de l'Atlantide de l'éruption de Théra et de la destruction des palais crétois.

– C'était la seule interprétation plausible, observa Jack.

– Nous savons désormais que l'Atlantide était une sorte de citadelle et non un continent ou une île. Elle se trouvait au bord de la mer, au-dessus d'une vaste plaine entourée de montagnes. Elle était surmontée du signe du taureau. À plusieurs jours de bateau, se trouvait une cataracte et, entre la cataracte et l'Égypte, s'étendait une mer jalonnée d'îles. Il y a sept à huit mille ans, elle a disparu sous les flots.

– Et nous avons les disques, qui recèlent une extraordinaire énigme, intervint Katya.

– Le lien entre le papyrus et les disques, c'est un symbole, exactement le même, semblable à la lettre H avec quatre bras sur chaque côté.

– Je pense qu'on peut l'appeler sans trop s'avancer le symbole d'Atlantis, affirma Katya.

– C'est le seul qui ne concorde avec aucun signe du linéaire A ni du linéaire B, précisa Jack. Il s'agit peut-être d'un logogramme représentant l'Atlantide elle-même, comme le taureau de Cnossos à l'époque minoenne ou la chouette d'Athènes à l'époque classique.

– Ce que je me demande, avoua Costas, c'est pourquoi les disques d'argile et le disque d'or ont été fabriqués. Maurice Hiebermeyer a dit que le savoir sacré était transmis oralement de grand prêtre en grand prêtre pour qu'il ne soit pas corrompu et reste secret. Alors pourquoi avaient-ils besoin de ces disques comme décodeur ?

– J'ai une théorie à ce sujet », répondit Jack.

Un voyant rouge s'alluma sur le tableau de bord. Jack reprit les commandes et mit en service les deux réservoirs auxiliaires, nécessaires pour un vol de cette distance. Après avoir réactivé le pilotage automatique, il inséra un CD-ROM dans la console et abaissa un écran miniature fixé au plafond du cockpit. Celui-ci afficha une procession de chaloupes colorées quittant un port, sous le regard des habitants regroupés devant leurs maisons en gradins élaborées.

« La célèbre fresque marine découverte dans les années 1960 dans la Maison de l'ouest d'Akrotiri, à Santorin. Généralement interprétée comme une cérémonie, peut-être la consécration d'un nouveau grand prêtre. »

Il tapa sur une touche pour faire apparaître une photographie aérienne montrant des couches de murs en ruine et des balustrades se détachant du flanc d'une falaise.

« Le tremblement de terre qui a endommagé le Parthénon l'année dernière a également déplacé le flanc de la falaise bordant Paléa Kaméni, l'"Ancienne Brûlée", le deuxième îlot de l'archipel de Santorin. Il a mis au jour les vestiges d'une sorte de monastère bâti sur la falaise. Presque tout ce que nous savons de la religion minoenne provient de ce que l'on appelle des sanctuaires de sommet, des lieux sacrés surplombant les collines et les montagnes de Crète. On pense actuellement que Théra était le plus grand sanctuaire de sommet de tous.

– La demeure des dieux, l'entrée des Enfers, suggéra Costas.

– Quelque chose comme ça, réplique Jack. Le sanctuaire de sommet proprement dit a volé en éclats lors de l'éruption de Théra. Mais il y avait aussi une communauté religieuse, enterrée sous la cendre et la pierre ponce de l'autre côté de la caldera. On pense que les édifices découverts l'année dernière sont les structures illustrées sur la fresque marine.

– Et ta théorie au sujet des disques ? s'enquit Costas.

– J'y viens, répondit Jack. D'abord, revenons-en à notre épave. Selon toute probabilité, son naufrage a été provoqué par l'éruption de Théra, par une onde de choc précédant l'explosion principale. »

Les deux autres acquiescèrent d'un murmure.

« Je pense désormais qu'il ne s'agissait pas simplement d'un riche navire marchand. Pensez à la cargaison. Calices et colliers en or. Statues en or et en ivoire, parfois presque de grandeur nature. Autels à libations taillés dans le porphyre égyptien, une roche rare. Rhyton à tête de taureau. Cela représente énormément de richesses pour une seule et même cargaison.

– Qu'est-ce que tu veux dire par là ? demanda Costas.

– Je pense que nous avons trouvé le trésor des grands prêtres de Théra, l'écrin le plus sacré de la civilisation de l'âge du bronze. Je crois que les disques étaient les biens les plus convoités des grands prêtres. Le disque d'or, le plus ancien, n'était utilisé que lors des cérémonies les plus sacrées et ne portait initialement pas d'autre inscription que le symbole central. Le plus ancien des deux disques de Phaistos était une tablette d'archives plutôt qu'un objet vénéré. S'il contenait la clé du savoir, il était écrit en symboles anciens que seuls les prêtres pouvaient déchiffrer. Après les tremblements de terre, craignant une apocalypse imminente, le grand prêtre a ordonné que ces symboles soient estampés sur le pourtour du disque d'or. Il s'agissait d'un lexique établissant une concordance entre les symboles anciens du disque d'argile et les écritures de l'époque, le linéaire A et le linéaire B. N'importe quel Minoen lettré aurait pu constater que les regroupements syllabiques constituaient une version ancestrale de sa propre langue.

– C'était une police d'assurance, en conclut Katya, un code pour déchiffrer le disque d'argile au cas où les prêtres devraient tous périr.

– Oui, confirma Jack en se tournant vers elle. Outre le magnifique rhyton à tête de taureau, les plongeurs ont remonté une série de cannes en ébène et en ivoire superbement sculptées avec des images de la grande déesse mère. On pense qu'il s'agit des crosses sacrées des Minoens, d'objets rituels semblables aux crosses des évêques et des cardinaux. Ceux-ci accompagnaient sans doute le grand prêtre lui-même alors qu'il fuyait le sanctuaire de l'île.

– Et les disques de Phaistos ?

– En même temps qu'il a fait estamper les symboles sur le disque d'or, le grand prêtre a fait faire une réplique de l'ancien disque d'argile, un disque semblant contenir un texte similaire mais qui n'avait en réalité aucun sens. Comme l'a dit le professeur Dillen, cette réplique était un moyen d'empêcher les étrangers de chercher à trouver un sens dans les symboles. Les prêtres devaient être les seuls à connaître le sens du texte et à avoir accès au lexique du disque d'or.

– Mais comment les disques se sont-ils retrouvés à Phaistos ? demanda Costas.

– Je pense qu'ils se trouvaient initialement au même endroit que le disque d'or, dans la réserve du temple de Théra, répondit Jack. Le grand prêtre a dû les envoyer lors d'une expédition précédente, qui est arrivée sans encombre en Crète. Phaistos, qui surplombait la mer et bénéficiait de la protection du mont Ida, au nord, a sans doute semblé être le meilleur refuge.

– Et c'était un centre religieux, ajouta Katya.

– À côté du palais, se trouve Haghia Triada, un ensemble de ruines qui a laissé les archéologues perplexes pendant longtemps. C'est là que les deux disques ont été trouvés, à cent ans d'intervalle. On pense aujourd'hui qu'il s'agissait d'une sorte de séminaire, un établissement préparant les jeunes prêtres avant qu'ils rejoignent les sanctuaires de sommet.

– Mais Phaistos et Haghia Triada ont tous deux été détruits au moment de l'éruption, intervint Katya. Ils ont été rasés par un tremblement de terre et jamais réoccupés. Les disques ont donc été enterrés dans les ruines seulement quelques jours après avoir quitté Théra.

– J'ai une dernière question, dit Costas. Comment le grand prêtre du temple de Saïs, dans le delta du Nil, a-t-il eu connaissance de l'existence de l'Atlantide, près de mille ans après l'éruption de Théra et la perte des disques ?

– Je pense que les Égyptiens tenaient cette histoire de la même source, depuis la préhistoire, et qu'elle a survécu séparément dans chaque civilisation. C'était une histoire sacrée, transmise scrupuleusement sans être embellie ni modifiée, comme le montrent les détails du symbole d'Atlantis, identiques sur le papyrus et les disques.

– C'est grâce à Solon le Législateur que le lien a été fait, observa Katya. S'il n'avait pas méticuleusement copié ce symbole à côté du mot grec *Atlantis*, on n'en serait peut-être pas là.

– Les disques de Phaistos n'avaient aucune valeur puisqu'ils étaient en argile, dit Costas. Ils ne valaient que par leurs symboles. Mais le disque de l'épave est en or massif pur. C'est peut-être le plus gros lingot qui ait survécu depuis la préhistoire. » Il se tourna vers Jack et le regarda avec insistance. « J'ai le pressentiment que nous ne sommes pas au bout de nos découvertes. Je pense que notre presse-papiers en or est la clé d'un mystère encore plus grand. »

Ils avaient dépassé la mer de Marmara et survolaient le Bosphore. L'air limpide de l'Égée s'était transformé en brouillard depuis qu'ils étaient entrés dans le ciel d'Istanbul. Ils parvenaient à peine à distinguer la Corne d'Or, l'estuaire où les colons grecs avaient fondé Byzance au VIIIe siècle avant Jésus-Christ. Juste à côté, une forêt de minarets transperçait la brume matinale. Sur le promontoire, ils distinguaient le palais de Topkapi, qui avait été jadis le symbole même de la décadence orientale mais faisait désormais partie des plus beaux musées archéologiques du monde. En bordure de mer, s'élevaient les grands remparts de Constantinople, capitale de l'Empire byzantin, qui avait assuré la survivance de Rome à l'est jusqu'à ce qu'elle tombe aux mains des Turcs, en 1453.

Droit devant, s'étendait la mer Noire. La large courbure des côtes, de part et d'autre du Bosphore, semblait s'étendre à l'infini. Le GPS affichait la dernière étape du trajet, plein est, en direction d'une position à environ dix milles nautiques au nord du port turc de Trabzon. Jack ouvrit le canal de l'UMI sur le transmetteur VHF et activa le brouilleur pour envoyer un signal de routine indiquant sa position à l'équipage de la *Sea Venture*.

Quelques instants plus tard, un voyant bleu s'alluma dans l'angle inférieur droit de l'écran situé au-dessus de la console centrale.

« Nous avons un e-mail », dit Costas.

En un double-clic Jack fit apparaître l'adresse de l'expéditeur.

« C'est le professeur Dillen. Espérons que c'est sa traduction du disque de Phaistos. »

Katya, assise sur le siège arrière, se pencha en avant et ils attendirent le message avec impatience. Bientôt, celui-ci s'afficha sur l'écran.

Mon cher Jack,

Depuis notre téléconférence d'hier soir, j'ai travaillé d'arrache-pied sur la traduction. Sa réalisation n'a été possible que grâce à la coopération de collègues du monde entier. Les archives en linéaire A trouvées à Cnossos l'année dernière ont été réparties entre de nombreux experts pour être étudiées, et vous savez à quel point les universitaires protègent leurs travaux lorsque ceux-ci ne sont pas publiés – souvenez-vous des difficultés que nous avons eues pour accéder aux manuscrits de la mer Morte lorsque nous avons commencé nos recherches concernant Sodome et Gomorrhe.

Heureusement, la plupart des experts en épigraphie minoenne font partie de mes anciens élèves.

Seule la face A du second disque a un sens. La tentative de dissimuler le véritable texte était encore plus importante que nous le pensions.

Notre mystérieux symbole revient trois fois et je l'ai tout simplement traduit par Atlantis.

Voilà la traduction :

Sous le signe du taureau se trouve le dieu aigle déployé. (À) sa queue (voici) Atlantis aux murs d'or, la grande porte d'or de la (citadelle ?). L'extrémité de (ses) ailes touche le soleil levant et couchant. (Au) soleil levant (voici) la montagne de feu et de cristal [pierres précieuses ?]. (Voici) le hall des grands prêtres [salle du trône ? salle d'audience ?]. Au-dessus (voici) Atlantis. (Voici) la déesse mère. (Voici) le domaine (des) dieux (et) l'antichambre (du) savoir.

Je ne sais pas encore quoi en faire. Est-ce une énigme ? Maurice et moi sommes impatients de savoir ce que vous en pensez.

Bien à vous,

James Dillen

Ils lurent la traduction plusieurs fois en silence. Costas, dont l'esprit cherchait toujours l'aspect pratique là où les autres ne voyaient que le mystère, fut le premier à parler.

« Ce n'est pas une énigme. C'est une carte au trésor. »

Chapitre 8

« Jack ! Bienvenue à bord ! »

La voix se fit entendre par-dessus le vacarme des turbomoteurs Rolls-Royce Gem qui s'arrêtaient progressivement. Jack venait de sauter sur le train d'atterrissage à patin pneumatique, une modification du modèle naval traditionnel à roues solidaires qui permettait aux engins de l'UMI de se poser sur l'eau. Il s'empressa d'aller serrer la main que lui tendait Malcolm Macleod. Sa longue silhouette se pencha alors que le rotor s'arrêtait dans un dernier vrombissement. Costas et Katya lui emboîtèrent le pas. Alors que ceux-ci se frayaient un chemin, plusieurs membres d'équipage se pressèrent autour du Lynx pour l'attacher au pont et commencèrent à décharger le matériel de la soute.

La *Sea Venture* ne se distinguait de la *Seaquest* que par son équipement, adapté à sa fonction de premier navire de recherche en haute mer de l'UMI. Récemment, elle avait été à la tête de la première exploration en bathyscaphe de la fosse des Mariannes, dans le Pacifique occidental. Son actuelle mission dans la mer Noire consistait à effectuer une analyse sédimentologique classique mais prenait désormais une tout autre dimension.

« Suivez-moi dans la passerelle de commandement. »

Malcolm Macleod les conduisit sous le même écran en forme de coupole qu'ils avaient vu sur la *Seaquest*. Macleod était l'homologue de Jack dans le service d'océanographie. Celui-ci avait eu l'occasion d'apprécier son expertise lors des nombreux projets sur lesquels ils avaient collaboré dans le monde entier.

Le robuste Écossais aux cheveux roux s'assit sur le siège de l'opérateur, à côté de la console.

« Bienvenue sur la *Sea Venture*. Je pense que votre inspection peut attendre que je vous aie montré ce que nous avons trouvé.

– Bien sûr, répondit Jack en hochant la tête.

– Avez-vous entendu parler de la crise de salinité messinienne ? »

Jack et Costas acquiescèrent, mais Katya sembla perplexe.

« Bon, alors juste pour notre nouvelle collègue, dit Macleod en souriant à Katya, ce nom provient des dépôts qui ont été trouvés près du détroit de Messine, en Sicile. Au début des années 1970, le navire de forage en haute mer *Glomar Challenger* a prélevé des carottes dans le sol méditerranéen. Sous le lit marin, on a trouvé une énorme couche d'évaporites condensées, parfois de trois kilomètres d'épaisseur. Elle s'est formée au miocène supérieur, l'époque géologique située juste avant la nôtre, il y a environ cinq millions et demi d'années.

– Des évaporites ? demanda Katya.

– Essentiellement de la halite, du sel gemme, le dépôt laissé par l'évaporation de l'eau de mer. Au-dessus et au-dessous, se trouvent des marnes, des sédiments marins normaux composés d'argile et de carbonate de calcium. La couche de sel s'est formée à la même époque sur toute la Méditerranée.

– Qu'est-ce que cela signifie ?

– Cela signifie que la Méditerranée s'est évaporée.

– Évaporée ? Entièrement ? s'exclama Katya incrédule.

– Oui, à cause d'une chute considérable de la température atmosphérique, expliqua Macleod, une période de froid bien plus intense que notre récente période glaciaire. La glace polaire a absorbé une grande partie des océans du monde entier, ce qui a provoqué une diminution du niveau de la mer de cinq cents mètres. La Méditerranée, devenue inaccessible, a commencé à s'évaporer, pour ne laisser que de la vase dans les bassins les plus profonds.

– Comme la mer Morte, suggéra Katya.

– Encore plus saline, quasiment plus liquide du tout. Trop salée pour la plupart des formes de vie, d'où la rareté des fossiles. De grandes zones sont devenues désertiques.

– Quand s'est-elle emplie à nouveau ?

– Environ deux cent mille ans plus tard. Le processus, résultat d'une fonte massive de la glace polaire, a dû être spectaculaire. Les premières gouttes de l'Atlantique ont fini par créer un torrent, puis la plus grande chute d'eau jamais vue, cent fois plus importante que les chutes du Niagara, qui a creusé le détroit de Gibraltar jusqu'à sa profondeur actuelle.

– Et quel rapport avec la mer Noire ? demanda Katya.

– La crise de salinité messinienne est un fait scientifique reconnu, répondit Macleod en lançant un regard impatient à Jack, cela vous aidera à croire à l'incroyable, c'est-à-dire à ce que je vais vous raconter maintenant. »

Ils se rassemblèrent derrière les commandes du ROV, véhicule téléopéré de la *Sea Venture*, tout au bout de la console. Macleod invita Katya à s'asseoir derrière l'écran et lui montra comment utiliser le levier de commande.

« Faites comme s'il s'agissait d'un simulateur de vol. Actionnez le levier pour orienter le ROV dans la direction de votre choix, vers le haut ou le bas, sur les côtés ou en arrière. Le régulateur de vitesse est le cadran situé sur la gauche. »

Macleod posa sa main sur celle de Katya et fit un tour complet dans le sens des aiguilles d'une montre pour faire tourner le ROV à l'angle maximal. Le grand écran vidéo resta totalement noir mais l'indicateur de direction tourna à 360 degrés. Le bathymètre indiquait 135 mètres et une série de coordonnées GPS signalait la position du ROV avec une précision de moins de cinquante centimètres.

Macleod remit le levier de commande dans sa position initiale.

« Vrille en chute libre, suivie d'un redressement parfait, dit-il en souriant à Jack, qui se souvenait bien de leurs courses de ROV à l'époque où ils suivaient ensemble une formation au centre d'équipement de haute mer de l'UMI, au large des Bermudes.

– Les ROV sont très utilisés par les équipes scientifiques depuis une vingtaine d'années maintenant, expliqua Macleod, mais la technologie s'est considérablement améliorée au cours de ces dernières années. Pour les missions d'exploration, nous utilisons des AUV, des véhicules sous-marins autonomes, équipés de détecteurs multitâches, notamment de matériel vidéo et d'un sonar latéral. Une fois l'objectif identifié, nous déployons les ROV à commande directe. Le Mark 7 de l'UMI que nous utilisons actuellement est à peine plus grand qu'un porte-documents et donc assez petit pour pénétrer dans une cavité sous-marine.

– Ce petit bijou est ultramaniable, ajouta Costas. Et avec son système d'impulsion radio à effet Doppler, il peut parcourir quinze milles nautiques, horizontalement ou jusque dans le plus profond des abysses.

– Presque arrivé, intervint Macleod, activation des projecteurs. »

Il inclina le levier de commande tout en actionnant plusieurs commutateurs sur la console. Soudain, l'écran s'anima et l'obscurité totale fut remplacée par un ensemble de taches miroitantes.

« Du limon, expliqua Macleod. Nos projecteurs reflètent les particules qui dansent dans l'eau. »

Ils commencèrent à distinguer quelque chose de plus substantiel, un arrière-plan sombre qui devenait de plus en plus visible. C'était le lit marin, une étendue morne et monotone de gris. Macleod alluma le radar de suivi de terrain du ROV, grâce auquel ils virent que le lit marin descendait selon une pente de 30 degrés à partir du sud.

« Profondeur 148 mètres. »

Une étrange structure semblable à une tour surgit soudain sur l'écran et Macleod arrêta le ROV à quelques mètres de là.

« Encore une invention ingénieuse de Costas. C'est un excavateur télécommandé, capable de carotter à cent mètres au-dessous du lit marin et d'évacuer d'immenses quantités de sédiments. »

De sa main libre, Macleod saisit une boîte située à côté de son siège.

« Et voilà ce qu'on a trouvé juste au-dessous du lit marin. »

Il donna à Katya un objet noir luisant de la taille de son poing. Elle le soupesa et le regarda d'un air interrogateur.

« Un galet ?

– Poli au bord de la mer. Tout au long de cette pente, nous avons trouvé des preuves de la présence d'un ancien littoral, à cent cinquante mètres de profondeur et à dix milles nautiques de la côte. Et la date est encore plus surprenante. C'est l'une des découvertes les plus remarquables que nous ayons jamais faites. »

Macleod saisit une série de coordonnées GPS et l'image de l'écran commença à se déplacer. Le ROV suivait la même courbe bathymétrique et le lit marin éclairé ne présentait pas beaucoup de changement.

« Je l'ai mis en pilotage automatique. Objectif dans quinze minutes. »

Katya rendit le galet noir à Macleod.

« Cet objet peut-il avoir un rapport avec la crise de salinité messinienne ?

– Nous l'aurions certainement situé avant l'arrivée des hominidés dans cette région, il y a deux millions d'années.

– Mais ?

– Nous aurions eu tort. Vraiment tort. Les littoraux submergés sont courants dans notre discipline, mais celui-ci est tout à fait extraordinaire. Suivez-moi, je vais vous montrer. »

Macleod téléchargea une carte isométrique générée par ordinateur de la mer Noire et du Bosphore.

« La Méditerranée et la mer Noire constituent une sorte de microcosme de l'Atlantique et de la Méditerranée, expliqua-t-il. Le Bosphore a une profondeur d'environ cent mètres seulement. Si le niveau de la Méditerranée baisse d'autant, il se transforme en pont de terre, qui isole la mer Noire. C'est ce qui a permis aux premiers hominidés de passer de l'Asie à l'Europe. »

Il déplaça le curseur pour sélectionner trois systèmes fluviaux débouchant dans la mer.

« Lorsque le Bosphore était un pont de terre, l'évaporation a fait baisser le niveau de la mer Noire, tout comme c'est arrivé en Méditerranée lors de la crise de salinité. Mais la mer Noire a été davantage alimentée par des fleuves que la Méditerranée. Elle bénéficiait des eaux du Danube, du Dniepr et du Don. À un moment donné, le taux d'évaporation a été équivalent au taux d'arrivée d'eau douce. Le véritable changement résidait donc dans la salinité et la mer Noire a fini par devenir un vaste lac d'eau douce. »

Il tapa sur une touche et l'ordinateur entama une simulation des événements qu'il venait de décrire. Le Bosphore s'assécha et le niveau de la mer Noire se mit à baisser jusqu'à environ 150 mètres au-dessous du niveau actuel et 50 mètres au-dessous du niveau du sol du Bosphore pour finalement se stabiliser grâce à l'alimentation fluviale.

Il pivota sur son fauteuil pour regarder ses compagnons.

« Et maintenant, surprise. Ce n'est pas une image du Pléistocène inférieur surgissant des profondeurs de la période glaciaire. Ce que vous voyez ici, c'est la mer Noire il y a moins de dix mille ans.

– Vous voulez dire *après* la période glaciaire ? » demanda Katya sidérée.

Macleod hocha vigoureusement la tête. « La glaciation la plus récente a atteint son apogée il y a environ vingt mille ans. On pense que la mer Noire a été isolée avant cette période et que son niveau avait déjà baissé de cent cinquante mètres. Notre plage de galets a été le rivage de la mer pendant les douze mille ans qui ont suivi.

– Et que s'est-il passé ensuite ?

– La même chose que lors de la crise de salinité messinienne. Les glaciers ont fondu, le niveau de la Méditerranée a remonté et l'eau est tombée en cascade par-dessus le Bosphore. Ce phénomène a peut-être été provoqué par une phase de recul, il y a environ sept mille ans, de la calotte glaciaire de l'Antarctique occidental. On pense qu'il n'a pas fallu plus d'un an pour que la mer Noire atteigne son niveau actuel. À son débit maximal, la cascade déversait près de vingt kilomètres cubes d'eau par jour, ce qui a entraîné une augmentation du niveau de la mer d'environ dix centimètres par jour, soit deux à trois mètres par semaine.

– Pourrais-tu faire un gros plan à cet endroit ? demanda Jack en pointant le doigt sur la partie inférieure de la carte.

– Bien sûr. » Macleod saisit une séquence et l'écran zooma sur la côte nord de la Turquie. Le logiciel de cartographie isométrique montrait toujours la topographie de la zone avant l'inondation.

Jack se pencha en avant. « Nous sommes actuellement à onze milles nautiques au large de la côte turque, disons à dix-huit kilomètres, et la profondeur de la mer est ici d'environ cent cinquante mètres. Une pente constante jusqu'au littoral actuel équivaudrait à un gain de dix mètres par kilomètre et demi, ce qui correspond à un mètre sur cent cinquante. C'est une pente très douce, à peine visible. Si le niveau de la mer a monté aussi vite que tu le dis, les terres ont été inondées à raison de trois à quatre cents mètres par semaine, soit environ cinquante mètres par jour.

– Ou même plus, répliqua Macleod. Avant l'inondation, l'endroit où nous nous trouvons n'était en grande partie qu'à quelques mètres au-dessus du niveau de la mer. La pente augmente à proximité de la côte actuelle, au fur et à mesure qu'on se rapproche du plateau anatolien. En quelques semaines, de nombreuses zones ont dû être submergées. »

Jack regarda la carte en silence pendant quelques instants. « Nous nous situons au début du néolithique, pendant la première période du développement de l'agriculture, songea-t-il. À quoi pouvait bien ressembler cet endroit à l'époque ?

– Pour le savoir, j'ai fait faire quelques heures supplémentaires à nos paléoclimatologues. Ils ont fait une série de simulations avec toutes les variables possibles pour reconstituer l'environnement entre la fin du pléistocène et l'inondation.

– Et ?

– Ils pensent qu'il s'agissait de la région la plus fertile de tout le Proche-Orient.

– Cela pourrait être une nouvelle trame de l'histoire de l'humanité, intervint Katya. Une bande de terre de vingt kilomètres de large et de plusieurs centaines de kilomètres de long, dans une des régions clés du développement de la civilisation… Et jamais explorée par les archéologues. »

Macleod remuait sur son siège. « Et maintenant, la raison pour laquelle vous êtes là ! Il est temps de retourner au moniteur du ROV. »

Le lit marin ondulait désormais davantage, avec quelques affleurements rocheux et des dépressions là où il y avait jadis eu des ravins et des vallées. D'après le bathymètre, le ROV se trouvait au-dessus des terres submergées, environ quinze mètres plus haut et à un kilomètre de l'ancien littoral en direction de la côte actuelle. Les coordonnées GPS commençaient à converger vers les chiffres que Macleod avait programmés.

« La mer Noire doit être le paradis des archéologues, dit Jack. Les cent premiers mètres ont une faible teneur en sel en raison de l'existence d'un ancien lac d'eau douce et de l'alimentation fluviale. Les xylophages marins comme le taret, *teredo navalis*, nécessitent un environnement plus salin. Ici, le vieux bois peut donc rester en parfait état. J'ai toujours rêvé de trouver une trirème, un navire de guerre à rames.

– Mais c'est le cauchemar des biologistes, répliqua Macleod. Passés les cent premiers mètres, la mer est contaminée par le sulfure d'hydrogène, que les bactéries utilisent pour assimiler les énormes quantités de matières organiques apportées par les fleuves. L'eau de mer a subi une altération chimique et, dans les profondeurs abyssales, c'est encore pire. Quand l'eau très saline de la Méditerranée est passée par-dessus le Bosphore, elle a coulé à près de deux mille mètres, dans les zones les plus profondes de la mer. Elle est encore là et constitue une couche stagnante de deux cents mètres d'épaisseur ne pouvant accueillir aucune forme de vie. C'est l'un des environnements les plus nocifs du monde.

– À la base de l'Otan d'Izmir, j'ai interrogé un sous-marinier qui avait quitté la flotte soviétique de la mer Noire, murmura Costas, un ingénieur qui avait participé à des explorations en haute mer top secrètes. Il prétendait avoir vu sur le lit de la mer des épaves entières, dont le gréement était intact. Il m'a montré une photo où l'on pouvait même discerner des corps humains, un amas de silhouettes fantomatiques prisonnières du sel. C'est l'une des choses les plus lugubres que j'aie jamais vues.

– Presque aussi remarquable que ça. »

Dans l'angle inférieur droit de l'écran, un voyant rouge s'alluma pour indiquer la convergence des données GPS. Presque aussitôt, ils découvrirent un environnement si extraordinaire qu'ils en eurent le souffle coupé. Juste en face du ROV, les projecteurs éclairaient un ensemble de bâtiments, dont les toits plats s'imbriquaient les uns dans les autres comme dans un *pueblo* indien. Des échelles reliaient les pièces des différents étages. Le tout était enveloppé d'une couche spectrale de limon semblable à la cendre d'une éruption volcanique. C'était une scène de désolation sinistre et, pourtant, ils étaient au comble de l'excitation.

« Fantastique ! s'exclama Jack. Peut-on voir cela de plus près ?

– Je vais nous emmener où nous étions quand je vous ai téléphoné hier. »

Macleod reprit les commandes et propulsa le ROV vers une entrée, à travers l'un des toits. En maniant le levier avec précaution, il entra dans le bâtiment et promena la caméra sur les murs. Ceux-ci étaient ornés de motifs moulés, à peine visibles dans l'obscurité, des ongulés à long cou, des ibex peut-être, ainsi que des lions et des tigres bondissant les membres tendus.

« Mortier hydraulique, murmura Costas.

– Quoi ? demanda Jack distraitement.

« – C'est la seule chose qui explique que ces murs aient survécu sous l'eau. Le mélange doit contenir un liant hydraulique. Ils avaient accès à la poussière volcanique. »

Au fond de la pièce submergée, se trouvait une forme que n'importe quel étudiant en préhistoire aurait pu reconnaître instantanément. C'était la forme en U des cornes de taureau, une immense sculpture fixée à un large socle semblable à un autel.

« Début du néolithique, cela ne fait aucun doute. » Jack exultait, complètement absorbé par les images extraordinaires qui défilaient devant eux. « C'est un sanctuaire privé, semblable en tout point à celui qui a été mis au jour il y a plus de trente ans à Çatal Hüyük.

– Où ça ? demanda Costas.

– En Turquie centrale, dans la plaine de Konya, à environ quatre cents kilomètres au sud d'ici. C'est probablement la cité la plus ancienne du monde, une communauté d'agriculteurs qui s'est établie il y a dix mille ans, à l'aube de l'agriculture. Un ensemble de bâtiments de pisé bâtis les uns contre les autres, avec des charpentes en bois exactement comme celles-ci.

– Un site unique, dit Katya.

– Jusqu'à aujourd'hui. Ce que nous venons de voir change tout.

– Et ce n'est pas fini, s'écria Macleod, loin de là. Le sonar détecte des anomalies comme celle-ci le long de l'ancien littoral sur toute la distance que nous avons explorée, soit environ trente kilomètres de chaque côté. Elles surviennent tous les deux ou trois kilomètres et il s'agit incontestablement à chaque fois d'un village ou d'une propriété.

– Fascinant ! s'exclama Jack qui réfléchissait à cent à l'heure. Cette terre a dû être incroyablement productive et nourrir une population beaucoup plus importante que celles du Croissant fertile de Mésopotamie et du Levant. Pour un spécialiste des cheminées hydrothermales en haute mer, tu n'as pas perdu ta journée, dit-il à Macleod avec un grand sourire. »

Chapitre 9

La *Sea Venture* décrivit un arc de cercle blanc lorsqu'elle quitta sa position au-dessus de l'ancien littoral submergé pour se diriger vers le sud. Le ciel était clair mais la mer sombre contrastait avec le bleu profond de la Méditerranée. Droit devant, se dessinaient les versants boisés du Nord de la Turquie et le sommet du plateau anatolien, hauteur qui marquait le début des hautes terres d'Asie.

Dès que le ROV avait été récupéré, la *Sea Venture* avait progressé au maximum en direction de sa base de ravitaillement de Trabzon, port dont les bâtiments blanchis à la chaux étaient nichés contre le littoral. Katya profitait de sa première occasion de se détendre depuis son arrivée à Alexandrie, trois jours plus tôt. Les cheveux au vent, elle se déshabilla pour se mettre en maillot de bain, lequel laissait peu de place à l'imagination. En face d'elle, sur le pont, Jack avait des difficultés à se concentrer sur la conversation qu'il tenait avec Costas et Macleod.

Costas donnait des conseils à Macleod pour cartographier le village néolithique englouti, encouragé par les résultats qu'avait donnés la photogrammétrie sur l'épave minoenne. Ils étaient tombés d'accord pour que la *Seaquest* rejoigne la *Sea Venture* en mer Noire aussitôt que possible ; son matériel et son expertise étaient essentiels pour une investigation complète. Un autre navire avait déjà été envoyé de Carthage pour l'assister sur le site de l'épave et prendrait désormais la relève.

« Si le niveau de la mer augmentait de dix centimètres par jour après l'ouverture du Bosphore, dit Costas en élevant la voix à cause du vent, la population a dû s'en rendre compte très rapidement. Au bout de quelques jours, elle a dû se douter qu'il y avait des risques à long terme.

– Oui, confirma Macleod. Le village néolithique se trouve dix mètres au-dessus de l'ancien littoral. La population a dû avoir environ un mois pour évacuer les lieux. Cela expliquerait l'absence d'artefacts dans les pièces que nous avons vues.

– Peut-il s'agir du Déluge de la Bible ? risqua Costas.

– Presque toutes les civilisations ont leur mythe du déluge mais, dans la plupart des cas, celui-ci est associé à une inondation causée par une rivière plutôt qu'à un déluge océanique, répondit Jack. En général, les catastrophes liées à ce genre d'inondation ont eu lieu plus tôt, avant que l'homme ne sache bâtir des barrages et des canaux pour réguler les cours d'eau.

– Pour l'*Épopée de Gilgamesh*, c'est l'explication qui semble la plus vraisemblable, ajouta Katya. C'est un récit reprenant le mythe du déluge, écrit sur douze tablettes d'argile en 2000 avant Jésus-Christ environ et découvert dans les ruines de Ninive, en Irak. Gilgamesh était un roi d'Uruk, cité sumérienne de la plaine de l'Euphrate établie à la fin du sixième millénaire avant Jésus-Christ.

– Le déluge biblique a peut-être une origine différente, reprit Macleod. L'UMI a exploré la côte méditerranéenne d'Israël et trouvé des signes d'activité humaine remontant à la fin de la période glaciaire, à l'époque de la fonte des glaciers, il y a douze mille ans. À cinq kilomètres au large de la côte, on a trouvé des outils en pierre et des kjoekken-moeddings[4] sur un site fréquenté par des chasseurs-cueilleurs avant d'être submergé.

– Les Juifs de l'Ancien Testament auraient gardé le souvenir de cet événement ? demanda Costas.

– La tradition orale peut survivre pendant des milliers d'années, surtout dans une société très unie. Mais certains de nos agriculteurs évacués se sont peut-être installés en Israël.

– Souvenez-vous de l'arche de Noé, dit Jack. Un immense bateau construit après l'annonce d'un déluge. Des couples de chaque espèce d'animaux. Pensez à nos agriculteurs de la mer Noire. La mer a dû être

---

4. Amas préhistoriques de coquillages et d'ossements. (NdT)

leur seul moyen de s'échapper et ils ont dû emmener autant d'animaux que possible, par couples pour engendrer de nouvelles populations.

– Je pensais qu'à cette époque ils n'avaient pas de gros bateaux, répliqua Costas.

– La civilisation néolithique savait construire de grandes chaloupes capables de transporter une cargaison de plusieurs tonnes. Les premiers agriculteurs de Chypre avaient de gigantesques aurochs, les ancêtres du bétail d'aujourd'hui, ainsi que des porcs et des cerfs. Aucune de ces espèces n'était indigène. Celles-ci n'ont pu être qu'importées par bateau. C'était vers 9000 avant Jésus-Christ. La même chose a dû se produire en Crète un millier d'années plus tard.

– Alors il y aurait du vrai dans l'histoire de Noé, dit Costas en se grattant le menton d'un air songeur. Il n'y aurait pas eu un immense bateau mais plusieurs petits bateaux transportant des agriculteurs et des animaux d'élevage en provenance de la mer Noire.

– C'est une idée très alléchante », répondit Jack.

Les moteurs de la *Sea Venture* s'arrêtèrent lorsque celle-ci entra dans le port de Trabzon, la base de ravitaillement de l'UMI dans la mer Noire. Le long du quai est, ils aperçurent les silhouettes grises de deux navires d'attaque rapide FPB-57 de type Dogan, qui faisaient partie des moyens mis en œuvre par la marine turque pour lutter contre le fléau grandissant de la contrebande sur la mer Noire. Les Turcs, qui avaient adopté une position ferme, frappaient sans hésiter avec l'intention de tuer. Jack se sentit rassuré. Ses contacts de la marine turque réagiraient rapidement s'ils rencontraient le moindre problème dans les eaux territoriales.

Debout contre le bastingage du pont supérieur, ils regardèrent la *Sea Venture* s'aligner le long du quai ouest. Costas leva les yeux vers les versants densément boisés qui surplombaient la ville.

« Où sont-ils allés après l'inondation ? Ils n'auraient pas pu développer d'activités agricoles là-haut.

– Il aurait fallu qu'ils parcourent un long chemin à l'intérieur des terres, admit Jack. Et il s'agissait d'une population très importante. Ils étaient au moins des dizaines de milliers à en juger par le nombre d'habitations détectées par le sonar.

– Alors, ils se sont séparés.

– Peut-être y a-t-il eu un exode organisé, orchestré par une autorité centrale pour augmenter les chances de trouver de nouvelles terres pouvant accueillir toute la population. Certains sont allés vers le sud, au-delà du plateau, d'autres à l'est et d'autres encore à l'ouest. Malcolm a mentionné Israël, mais il y a d'autres destinations probables.

– Les premières civilisations ! s'écria Costas. L'Égypte. La Mésopotamie. La vallée de l'Indus. La Crète.

– Ce n'est pas si loin, dit Katya, qui s'était assise, désormais pleinement absorbée par la discussion. Ce qu'il y a de plus frappant dans l'histoire des langues, c'est que elle proviennent pour l'essentiel d'une racine commune. Dans toute l'Europe, en Russie, au Moyen-Orient, dans le sous-continent indien, la plupart des langues parlées aujourd'hui ont la même origine.

– L'indo-européen, intervint Costas.

– Une langue ancienne, dont beaucoup de linguistes pensaient déjà qu'elle provenait de la région de la mer Noire. Nous pouvons en reconstruire le vocabulaire à partir des mots que les langues ultérieures ont en commun, comme *pitar* en sanscrit, *pater* en latin, *vater* en allemand, à l'origine de *father* en anglais.

– Existe-t-il des termes d'agriculture ? demanda Costas.

– Le vocabulaire montre que les Indo-Européens labouraient la terre, portaient des vêtements en laine et travaillaient le cuir. Ils avaient des animaux domestiques, notamment des bœufs, des porcs et des moutons. Ils avaient une structure sociale complexe et différents niveaux de ressources. Ils rendaient un culte à une grande déesse mère.

– Où voulez-vous en venir ?

– Nous sommes beaucoup à penser que l'expansion indo-européenne s'est faite parallèlement au développement de l'agriculture, selon un processus qui a duré de nombreuses années. Je pense désormais que c'était le résultat d'une seule migration. Nos agriculteurs de la mer Noire étaient les premiers Indo-Européens. »

Jack posa un bloc à dessin en équilibre sur le bastingage et esquissa rapidement une carte du monde de l'époque.

« Prenons l'hypothèse suivante, dit-il, nos Indo-Européens quittent leur terre natale en bordure de la mer Noire. » Il dessina une flèche en direction de l'est. « Un groupe se dirige vers le Caucase, l'actuelle Géorgie. Certains membres de ce groupe poursuivent leur route jusqu'aux monts Zagros et finissent par atteindre la vallée de l'Indus, au Pakistan.

– Ils ont dû voir le mont Ararat peu après s'être enfoncés dans les terres, affirma Macleod. Celui-ci a dû leur sembler imposant, beaucoup plus haut que les montagnes qu'ils connaissaient. Peut-être est-il resté dans la tradition comme l'endroit où ils se sont finalement rendu compte qu'ils avaient échappé au déluge. »

Jack traça une autre flèche sur la carte. « Un deuxième groupe se dirige vers le sud, au-delà du plateau anatolien, et s'installe en Mésopotamie, sur les rives du Tigre et de l'Euphrate.

– Et un troisième s'enfuit vers le nord-ouest jusqu'au Danube, suggéra Costas. »

Jack traça une troisième flèche sur la carte. « Certains s'y installent, tandis que d'autres empruntent le système fluvial pour atteindre le cœur de l'Europe.

– La Grande-Bretagne est devenue une île à la fin de la période glaciaire, quand la mer du Nord a inondé les terres, poursuivit Macleod avec enthousiasme, mais ils avaient les moyens technologiques de traverser la Manche. Peut-être étaient-ils les premiers agriculteurs de Grande-Bretagne, les ancêtres des hommes qui ont bâti Stonehenge.

– La langue celte de Grande-Bretagne était indo-européenne », ajouta Katya.

Jack dessina en direction de l'ouest une flèche qu'il sépara en plusieurs branches. « Et le dernier groupe, peut-être le plus important, navigue vers l'ouest, effectue un portage au niveau du Bosphore et embarque à nouveau pour traverser l'Égée. Certains s'installent en Grèce et en Crète, d'autres en Israël et en Égypte et d'autres encore vont jusqu'en Italie et en Espagne.

– Le Bosphore devait être très impressionnant, songea Costas. Il a dû rester ancré dans la mémoire collective, comme le mont Ararat pour le groupe oriental, d'où la mention de la cataracte de Bos sur le disque. »

Katya lança un regard intense à Jack. « Votre hypothèse est tout à fait cohérente avec les faits linguistiques, dit-elle. Il existe plus de quarante langues anciennes d'origine indo-européenne. »

Jack hocha la tête et regarda sa carte. « Le professeur Dillen dit que le linéaire A minoen et les symboles de Phaistos constituent ce qui se rapproche le plus de l'indo-européen. C'est peut-être en Crète que la culture indo-européenne a été le mieux préservée. »

La *Sea Venture* était désormais à quai à Trabzon. Plusieurs membres d'équipage avaient sauté à terre et tendaient des haussières pour amarrer le navire. Un petit groupe attendait sur le quai, des représentants de la Turquie et le personnel du centre de ravitaillement de l'UMI, tous impatients de connaître les dernières découvertes. Parmi eux, on distinguait le visage barbu de Mustafa Alközen, ancien officier de marine turc, qui était le représentant de l'UMI dans le pays. Jack et Costas firent signe à leur vieil ami, heureux de reprendre une collaboration entamée lorsqu'il les avait rejoints sur la base d'Izmir, où ils avaient tous deux été affectés, pour fouiller les galères de la guerre de Troie.

Costas se retourna vers Macleod. « J'ai une dernière question.

– Laquelle ?

– La date.

– Je me demandais quand tu me la poserais », répondit Macleod avec un grand sourire en tapotant sur le porte-documents qu'il avait à la main.

Il sortit trois grandes photos et les lui tendit. C'étaient des vues fixes de la caméra du ROV. La profondeur et les coordonnées étaient imprimées en bas à droite. On y voyait une grande charpente en bois, à côté de laquelle se trouvaient des piles de rondins.

« On dirait un site de construction, dit Costas

– Nous l'avons découvert hier, à côté de la maison au sanctuaire. De nouvelles pièces allaient être ajoutées au moment où le village a été abandonné. » Macleod indiqua une pile de bois sur le lit marin. « Nous avons utilisé la lance à eau du ROV pour retirer le limon. Ces troncs venaient d'être abattus, l'écorce était encore fermement en place et il y avait de la sève à la surface. »

Il ouvrit son porte-documents et en sortit un tube en plastique transparent d'environ cinquante centimètres. Celui-ci contenait une petite tige de bois.

« Le ROV est équipé d'un foret creux qui peut prélever des carottes de deux mètres de long de bois ou de toute autre matière compacte. »

Les fibres de couleur miel étaient remarquablement bien conservées, comme si elles venaient d'être prélevées sur un arbre vivant.

Macleod tendit le tube à Costas, qui comprit immédiatement où il voulait en venir.

« Dendrochronologie.

– Exactement. Il existe une séquence continue d'anneaux de croissance en Asie Mineure de 8500 avant Jésus-Christ à nos jours. Nous avons foré au cœur du rondin et trouvé cinquante-quatre anneaux de croissance, assez pour effectuer une datation.

– Et ? insista Costas.

– Dans le laboratoire de la *Sea Venture*, nous avons un scanner qui apparie les séquences en quelques secondes. »

Jack s'interrogeait et regardait Macleod, qui prenait plaisir à faire durer le suspens.

« C'est toi, l'archéologue ! s'écria Macleod. Quelle est ton estimation ? »

Jack entra dans le jeu. « Peu après la fin de la période glaciaire, mais il y a suffisamment longtemps pour que la Méditerranée se soit trouvée juste au niveau du Bosphore. Je dirais huitième, peut-être septième siècle avant Jésus-Christ. »

Macleod se pencha sur le bastingage et regarda Jack dans les yeux. Tout le monde attendait en retenant son souffle.

« Pas loin, mais encore trop loin. Cet arbre a été abattu en 5545 avant Jésus-Christ, à un an près.

– Impossible ! s'exclama Costas incrédule. C'est bien trop tard !

– Cette date est corroborée par celle de tous les autres anneaux de croissance issus du site. Il semble que l'on ait sous-estimé d'un millénaire le temps qu'il a fallu à la Méditerranée pour atteindre son niveau actuel.

– La plupart des linguistes situent les Indo-Européens entre 6000 et 5000 avant Jésus-Christ, s'écria Katya. Tout concorde parfaitement. »

Jack et Costas se tenaient au bastingage pendant que l'équipage fixait la passerelle de la *Sea Venture* au quai, au-dessous d'eux. Après avoir partagé tant d'aventures, ils avaient les mêmes intuitions et pouvaient lire dans les pensées l'un de l'autre. Pourtant, ils avaient peine à croire à ce qu'ils pressentaient. C'était une possibilité si fantastique que leur esprit s'est longtemps rebellé, jusqu'à ce que la force de la logique devienne implacable.

« Cette date, dit Costas à voix basse. Nous l'avons déjà vue.

– Bien sûr ! » s'exclama Katya.

Jack se pencha vers Macleod et affirma avec la plus grande conviction : « Je peux te parler de ces Indo-Européens. Ils avaient une grande citadelle au bord de la mer, une antichambre du savoir, à laquelle on accédait par de grandes portes d'or.

– De quoi est-ce que tu parles ? »

Jack marqua un temps d'arrêt et dit à voix basse : « De l'Atlantide. »

« Jack, mon ami ! Ravi de te voir. »

La voix grave qui provenait du quai était celle d'un bel homme, dont la peau sombre contrastait avec le pantalon de coutil et la chemise blanche ornée du logo de l'UMI. Jack s'avança et serra la main de Mustafa Alközen, alors qu'il descendait de la passerelle avec Costas. Quand on regardait la ville moderne, en direction de la citadelle en ruine, il était difficile d'imaginer que cet endroit avait jadis été la capitale du royaume de Trébizonde, épigone médiéval de Byzance renommé pour sa splendeur et sa décadence. Très tôt, la cité avait prospéré pour devenir une plaque tournante du commerce entre l'est et l'ouest, une tradition tristement prolongée par le développement du marché noir, après la chute de l'Union soviétique, qui faisait la part belle aux contrebandiers et aux agents du crime organisé de l'Est.

Malcolm était parti devant pour se mettre à la disposition des nombreux représentants officiels et journalistes qui s'étaient attroupés dès l'arrivée de la *Sea Venture*. Ils avaient convenu que ses déclarations concernant la découverte du village néolithique seraient délibérément vagues jusqu'à ce qu'ils aient effectué une exploration plus approfondie. Ils savaient que des yeux sans scrupule surveillaient déjà leur travail par satellite et ne souhaitaient pas en dire plus qu'il n'en fallait pour satisfaire les journalistes. Par chance, le site se trouvait à onze milles nautiques au large de la côte, juste à la limite des eaux territoriales. Le navire d'attaque rapide de la marine turque, qui mouillait déjà de l'autre côté du port, assurerait une surveillance totale, vingt-quatre heures sur vingt-quatre, tant que les recherches ne seraient pas terminées et jusqu'à ce que le gouvernement turc déclare le site protégé.

« Mustafa, je te présente notre nouvelle collègue, le docteur Katya Svetlanova. »

Katya, qui avait enfilé une robe par-dessus son maillot de bain, portait un porte-documents et un ordinateur de poche. Elle serra la main que lui tendait Mustafa en souriant.

« Docteur Svetlanova. Dans son message radio, Jack m'avait parlé de votre formidable expertise, mais il ne m'avait pas dévoilé tous vos charmes. Ravi de faire votre connaissance. »

Précédant Katya et Costas, Jack et Mustafa se dirigèrent vers le dépôt de l'UMI, au bout du quai. Calmement mais avec passion, Jack mit Mustafa au courant de tous les événements qui avaient eu lieu depuis la découverte du papyrus. Il avait décidé de profiter de l'étape de ravitaillement de la *Sea Venture* pour intégrer son ami turc dans le petit cercle d'initiés qui connaissait l'existence du papyrus et des disques afin de bénéficier de ses sompétences.

Juste avant d'entrer dans le bâtiment, Jack sortit un carnet, que Mustafa tendit à sa secrétaire en arrivant à la porte. Celui-ci contenait une liste qu'il avait dressée quelques minutes avant de débarquer de la *Sea Venture*. Il s'agissait du matériel archéologique et de l'équipement de plongée qu'il souhaitait prendre dans l'entrepôt de l'UMI. Katya et Costas les rejoignirent devant la grande porte d'acier. Mustafa saisit un code de sécurité et celle-ci s'ouvrit. Il leur fit traverser une série de laboratoires et d'ateliers de réparations. Tout au bout, ils entrèrent dans une pièce bordée de meubles en bois entourant une table.

« La chambre de veille, expliqua Mustafa. C'est aussi notre siège opérationnel. Je vous en prie, asseyez-vous. »

Il ouvrit un tiroir et sortit une carte hydrographique au 1:250 000 de l'Égée et de la région sud de la mer Noire comprenant toute la côte turque jusqu'à la frontière orientale avec la république de Géorgie. Il la déplia et la fixa sur la table ; d'un petit tiroir, il sortit un compas à pointes sèches et une règle rapporteur qu'il plaça côte à côte pendant que Katya allumait son ordinateur.

Quelques instants plus tard, celle-ci leva les yeux. « Je suis prête. »

Ils avaient convenu que Katya lirait la traduction du papyrus tandis qu'ils tenteraient de suivre sur la carte.

Elle lut lentement : « *À travers les îles jusqu'à ce que la mer se rétrécisse.*

– Si l'on se place du point de vue l'Égypte, cela fait clairement référence à l'archipel égéen, dit Jack. L'Égée abrite plus de mille cinq cents îles dans un espace limité. Par temps clair, au nord de la Crète, on ne peut naviguer sans qu'il y ait au moins une île en vue.

– Donc l'étranglement doit être le détroit des Dardanelles, affirma Costas.

– Ça collerait avec le passage suivant, dit Katya sous le regard impatient des trois hommes. *Au-delà de la cataracte de Bos.*

– C'était d'une évidence aveuglante, s'exclama Jack enthousiaste. Le Bosphore, l'entrée de la mer Noire.

– Le mot Bosphore peut-il être aussi ancien ? demanda Costas à Katya d'un ton incrédule.

– Il date d'il y a au moins deux mille cinq cents ans, de l'époque des premiers écrits géographiques grecs. Mais il existait sans doute déjà depuis des millénaires. *Bos* est un terme indo-européen, qui signifie *taureau.*

– Le détroit du Taureau, réfléchit Costas. Je vais peut-être un peu loin, mais je repense aux signes du taureau qu'on a vus dans la maison néolithique et en Crète minoenne. Ils sont relativement abstraits. Les cornes de taureau sont semblables à un col, à une sorte d'appuie-tête japonais. C'est exactement ce à quoi devait ressembler le Bosphore vu depuis la mer Noire avant l'inondation, un vaste col creusé dans un rocher surplombant la mer.

– Tu ne cesseras jamais de me surprendre, dit Jack en regardant son ami avec reconnaissance. C'est la meilleure idée que j'aie entendue depuis longtemps.

– Pour des individus qui vouaient un culte au taureau, la vue de toute cette eau se déversant entre les cornes a dû être assimilée à un signe des dieux de mauvais augure », continua Costas en suivant avec enthousiasme le fil de son raisonnement.

Jack acquiesça et se tourna vers Katya. « Nous nous situons donc dans la mer Noire. Et ensuite ?

– *Puis à vingt courses le long du rivage sud.*

– Là, il y a un problème, dit Jack en se penchant en avant. Il existe des documents concernant la durée des voyages en mer Noire à l'époque romaine. Un de ces voyages débute à cet endroit, que les Romains appelaient le lac Méotide, précisa-t-il en montrant du doigt la mer d'Azov, lagune située à côté de la péninsule de Crimée. De là, il fallait onze jours pour aller à Rhodes, dont seulement quatre pour traverser la mer Noire.

– Donc un voyage de vingt jours en partant du Bosphore nous emmènerait au-delà du rivage oriental de la mer Noire, affirma Mustafa en regardant pensivement la carte.

– Peut-être les premiers bateaux étaient-ils plus lents, risqua Costas déconcerté.

– Au contraire, dit Jack. Les chaloupes devaient être plus rapides que les bateaux à voiles, moins soumises aux caprices des vents.

– Et la montée des eaux pendant l'inondation a dû créer un fort courant en direction de l'est, ajouta Mustafa abattu, assez puissant pour propulser un bateau jusqu'au rivage d'en face en seulement quelques jours. Je crains que l'Atlantide ne puisse figurer sur cette carte pour plusieurs raisons. »

Tout le monde ressentit une cruelle déception. Soudain, l'Atlantide semblait plus inaccessible que jamais, consignée dans les annales des mythes et légendes.

« Il y a une explication, dit Jack d'une voix tranquille. Les Égyptiens n'ont pas basé ce récit sur leur propre expérience, sinon ils n'auraient jamais qualifié le Bosphore de cataracte. La Méditerranée et la mer Noire étaient au même niveau bien avant qu'ils ne commencent à explorer le nord. Ils se sont basés sur le récit des immigrants de la mer Noire, qui ont raconté leur voyage *depuis* l'Atlantide. Ils l'ont simplement inversé.

– Bien sûr ! s'exclama Mustafa de nouveau enthousiaste. *Depuis* l'Atlantide, ce qui signifie à contre-courant. Lorsqu'ils ont décrit l'itinéraire *en direction de* l'Atlantide, les Égyptiens ont repris le temps de trajet qui leur avait été indiqué pour l'aller. Jamais ils n'auraient pu imaginer qu'il y ait une grande différence entre les deux.

– Ce qu'il nous faut, c'est un moyen d'estimer la vitesse du courant, de calculer la progression d'un bateau du néolithique à contre-courant, dit Jack en s'adressant à Mustafa. On devrait pouvoir en déduire la distance parcourue par jour et celle qui sépare le Bosphore d'un point d'embarquement vingt jours plus tôt.

– Tu as frappé à la bonne porte », répondit Mustafa en se redressant d'un air confiant.

Chapitre 10

Le soleil se couchait sur la côte ouest lorsque le groupe se rassembla dans la chambre de veille. Mustafa avait passé trois heures penché au-dessus d'une série d'écrans d'ordinateur dans une annexe et cela faisait seulement dix minutes qu'il avait appelé pour annoncer qu'il était prêt. Après avoir programmé une conférence de presse pour faire part de la découverte du village néolithique quand le navire d'attaque rapide de la marine serait en position au-dessus du site, le lendemain matin, Malcom Macleod avait rejoint ses compagnons.

Costas fut le premier à prendre une chaise. Tandis qu'il scrutait impatiemment la console, les autres s'agglutinèrent autour de lui.

« Qu'est-ce que ça donne ? »

Mustafa répondit sans quitter l'écran central des yeux. « Quelques pépins avec le logiciel de navigation que j'ai dû régler, mais tout colle parfaitement. »

Ils avaient collaboré pour la première fois avec Mustafa lorsqu'il était capitaine de corvette en charge de l'unité de recherche-développement pour la navigation assistée par ordinateur de la base de l'Otan d'Izmir. Après avoir quitté la marine turque et obtenu un doctorat d'archéologie, il s'était spécialisé dans l'application de la NAO à la science. Au cours de l'année précédente, il avait travaillé avec Costas sur un progiciel novateur servant à calculer l'effet des vents et des courants sur la navigation dans l'Antiquité. Considéré comme un des meilleurs experts dans son domaine, c'était aussi un chef de station formidable, qui avait largement prouvé sa valeur lorsque l'UMI avait été amenée à intervenir dans les eaux turques.

Il tapota sur le clavier et l'écran central afficha une image de bateau. « Voici ce que Jack et moi proposons. Cette image est basée sur le bois d'œuvre datant du néolithique trouvé l'année dernière à l'embouchure du Danube. Notre bateau est non ponté et mesure environ vingt-cinq mètres de long et trois mètres de large au barrot. Les embarcations à rames ne se sont répandues qu'à la fin de l'âge du bronze, il dispose donc de quinze pagayeurs de chaque côté. Il pouvait transporter deux bœufs, illustrés ici, plusieurs couples d'animaux plus petits comme des porcs et des daims, environ une vingtaine de femmes et d'enfants, et une deuxième équipe de pagayeurs pour assurer la relève.

– Vous êtes sûrs qu'ils n'avaient pas de voiles ? » demanda Macleod.

Jack acquiesça. « La navigation à voile a été inventée au début de l'âge du bronze sur le Nil, fleuve sur lequel les bateaux pouvaient naviguer librement jusqu'au Delta et hisser leur voile pour remonter à contre-courant grâce aux vents dominants du nord. Ce sont peut-être les Égyptiens qui ont introduit la navigation à voile dans l'Égée, où la pagaie constituait en fait le meilleur moyen de se déplacer autour des îles.

– D'après le logiciel, ce bateau aurait pu progresser à une vitesse de six nœuds par calme plat, affirma Mustafa. Cela équivaut à six milles nautiques par heure, soit environ onze kilomètres. Je suis parti du principe qu'il y avait une équipe assurant la relève, de l'eau et des provisions, et que les passagers passaient huit heures en mer.

– Ils avaient besoin de voir clair pour échouer le bateau, nourrir les animaux et installer leur campement, dit Jack. Et faire l'inverse le matin.

– Nous savons désormais que l'exode a eu lieu à la fin du printemps ou au début de l'été, révéla Macleod. Nous avons promené notre profileur sous-marin haute résolution au-dessus d'une zone d'un kilomètre carré, à proximité du village néolithique. Le limon dissimulait un ensemble de champs parfaitement préservés, avec sillons de labour et rigoles d'irrigation. Le laboratoire paléoenvironnemental vient d'achever l'analyse des carottes que nous avons prélevées à l'aide du ROV. Celle-ci révèle la présence de blé – d'engrain, *Triticum monococcum*, pour être précis – semé environ deux mois avant l'inondation.

– Sous ces latitudes, le blé est généralement semé en avril ou en mai, observa Jack.

– Exact. Nous sommes en juin ou en juillet, environ deux mois après l'ouverture du Bosphore.

– Une vitesse de six nœuds équivaut à quarante-huit milles nautiques par journée de huit heures, reprit Mustafa. Par mer calme, notre bateau aurait longé toute la côte sud en un peu plus de onze jours. » Il tapa sur une touche onze fois de suite pour faire avancer la représentation miniature du bateau le long de la carte isométrique de la mer Noire. « C'est là que le logiciel de NAO entre vraiment en jeu. »

Il tapa encore une fois et la simulation se transforma subitement. La mer s'agita et se mit à couler en cascade par-dessus le Bosphore.

« Nous sommes au cours de l'été 5545 avant Jésus-Christ, environ deux mois après le début de l'inondation. »

Il repositionna le bateau à proximité du Bosphore.

« La première variable est le vent. Les vents dominants d'été proviennent du nord. Les bateaux naviguant vers l'ouest n'ont peut-être pu progresser sérieusement qu'après avoir atteint Sinope, qui se trouve au milieu du rivage sud, là où le littoral s'oriente peu à peu vers l'ouest-sud-ouest. Avant, pour longer la côte dans la direction ouest-nord-ouest, ils ont dû avoir besoin de pagaies.

– En quoi le climat était-il différent ? demanda Katya.

– Aujourd'hui les principales fluctuations sont dues à l'oscillation nord-atlantique, répondit Mustafa. En période chaude, la basse pression atmosphérique dans la région du pôle Nord entraîne de forts vents d'ouest qui maintiennent l'air arctique dans le nord. En Méditerranée et en mer Noire, le climat est donc chaud et sec. En période froide, l'air arctique se déplace vers le sud et des vents du nord traversent la mer Noire. D'une façon générale, le climat est plus humide et venteux.

– Et dans l'Antiquité ?

– On pense que le début de l'holocène, les premiers millénaires qui ont suivi la fonte des glaciers, correspondait plutôt à une période froide. La région était donc moins aride qu'aujourd'hui, avec beaucoup plus de précipitations. Le rivage sud de la mer Noire a dû être particulièrement propice au développement de l'agriculture.

— Et quelles sont les conséquences sur la navigation ? demanda Jack.

— Des vents du nord et des vents d'ouest de vingt à trente pour cent plus forts. J'ai intégré ces variables et obtenu la simulation la plus proche possible par segment de cinquante milles nautiques le long de la côte, deux mois après le début de l'inondation, en tenant compte de l'effet du vent sur le mouvement de l'eau.

— L'inondation elle-même constitue une autre variable.

— Il faut compter quinze kilomètres cubes d'eau de mer par jour pendant dix-huit mois, chiffre qui décroît au cours des six mois suivants jusqu'à ce que l'équilibre soit atteint. L'exode a eu lieu pendant la période optimale de montée des eaux. »

Il tapota sur le clavier et une série de chiffres apparurent sur l'écran de droite.

« Voilà la vitesse du courant à l'est du Bosphore. Elle passe de douze nœuds à la cascade à moins de deux nœuds dans la zone la plus à l'est, près de huit cents kilomètres plus loin.

— Si nos agriculteurs du néolithique n'avançaient qu'à six nœuds, il semble impossible qu'ils aient pu atteindre le Bosphore, intervint Costas.

— Je peux même vous dire où ils ont accosté pour la dernière fois, répondit Mustafa. À quarante-cinq kilomètres de l'endroit où le courant était trop fort. De là, ils ont dû réaliser des portages le long du rivage asiatique du Bosphore jusqu'aux Dardanelles. Le courant dans les détroits devait également être très fort, alors je doute qu'ils aient réembarqué avant d'atteindre l'Égée.

— C'est énorme pour un portage, observa Macleod. Près de deux cents milles nautiques.

— Ils ont probablement démonté les coques et transporté le bois à l'aide d'attelages de bœufs, répliqua Jack. En général, les premiers bateaux composés de planches étaient assemblés avec des cordes. Les coques pouvaient donc être facilement démontées.

— Peut-être ceux qui sont allés vers l'est ont-ils vraiment laissé leurs bateaux sur le mont Ararat, songea Katya. Ils ont pu défaire les planches et les hisser jusqu'à un endroit où il était clair qu'ils n'en auraient plus besoin, contrairement à ceux du groupe occidental, qui ont probablement toujours eu la mer en vue pendant le portage.

– Ceux-ci ont même pu repartir de la butte d'Hissarlik, reprit Costas en regardant les Dardannelles. Et certains d'entre eux sont peut-être restés pour devenir les premiers Troyens. »

Ses mots les ramenèrent à l'énormité de leur découverte et, l'espace d'un instant, ils furent envahis par un sentiment de révérence. Méthodiquement et avec précaution, ils avaient reconstitué le puzzle qui avait laissé les experts perplexes pendant des générations, découvert un contexte qui n'était plus du domaine de la spéculation. Ils étaient non seulement en train de compléter une partie du puzzle mais aussi en passe de réécrire l'histoire du monde. Pourtant, leur source était si ancrée dans l'imaginaire qu'elle semblait toujours être une légende, une révélation dont ils avaient peine à reconnaître la vérité.

Jack se tourna vers Mustafa. « Où mènent vingt courses dans ces conditions ? »

Mustafa montra l'écran de droite. « Nous allons revenir en arrière à partir du point de débarquement situé à proximité du Bosphore. Le dernier jour, ils n'ont avancé qu'à un demi-nœud contre le vent et le courant, ce qui représente une course de seulement six kilomètres. » Il tapa sur une touche et le bateau se déplaça légèrement vers l'est.

« Ensuite, les distances augmentent progressivement, jusqu'à la course d'après Sinope, où ils ont parcouru quarante-cinq kilomètres. » Il tapa douze fois et le bateau recula pour arriver au milieu du rivage de la mer Noire. « Puis cela devient légèrement plus difficile pendant quelques jours, car ils se dirigent vers le nord-ouest, contre les vents dominants.

– Cela fait quinze courses, compta Jack. Où nous emmènent les cinq dernières ? »

Mustafa tapa encore cinq fois et le bateau arriva dans l'angle sud-est de la mer Noire, exactement sur l'ancienne courbe de la côte avant l'inondation.

« Bingo », dit Jack d'une voix tranquille.

Après avoir imprimé les données de NAO, Mustafa conduisit ses compagnons dans une zone cloisonnée adjacente à la chambre de

veille. Il disposa plusieurs chaises autour d'une console centrale de la taille d'une table de cuisine puis éteignit les lumières. Il fit jouer un interrupteur et la surface s'éclaira.

« C'est une table holographique, expliqua Mustafa. Ce qui se fait de mieux en représentation bathymétrique. On peut obtenir une image tridimensionnelle de n'importe quelle zone du lit marin dont on a les données topographiques, d'un océan entier à des secteurs de seulement quelques mètres carrés, comme les sites archéologiques, par exemple. »

Il saisit une commande et la table se remplit de couleurs. Il s'agissait d'un site de fouille sous-marin, extraordinairement clair, dont chaque détail était nettement représenté. Une couche de sédiments avait été retirée pour mettre au jour des rangées de cuves en terre cuite et de lingots en métal, éparpillés autour d'une quille et entourés de planches de bois. La coque était nichée dans un ravin, au-dessus d'une pente abrupte. De part et d'autre, de grandes langues de roche disparaissaient là où la lave avait jadis coulé.

« L'épave minoenne telle qu'elle était il y a dix minutes. Jack m'a demandé d'effectuer une liaison afin de pouvoir suivre la progression de l'équipe. Quand cet équipement sera en ligne en permanence, nous entrerons véritablement dans l'ère de l'archéologie à distance. Nous pourrons diriger les fouilles sans jamais nous mouiller. »

Autrefois, il était très difficile de cartographier les sites sous-marins, car les mesures étaient prises à la main. Aujourd'hui, tous ces efforts étaient devenus inutiles grâce à la photogrammétrie numérique, une technique de cartographie élaborée qui consistait à envoyer un véhicule téléopéré prendre des images envoyées directement à la *Seaquest*. Après avoir balayé le site de l'épave en dix minutes, le ROV avait recueilli davantage de données que ne l'aurait permis une fouille par le passé. Comme pour l'hologramme, les données étaient transmises à un projecteur laser, qui créait dans la salle de conférence de la *Seaquest* une reproduction du site, modifiée au fur et à mesure que les fouilleurs retiraient des sédiments et découvraient des artefacts. L'UMI devait ce système novateur à Efram Jacobovich, son bienfaiteur, qui avait mis l'expertise de son énorme société de services informatiques à son entière disposition.

Jack avait passé plusieurs heures de l'après-midi à scruter l'hologramme lors d'une téléconférence avec l'équipe de fouille.

Mais les autres restèrent interdits, comme s'ils avaient été subitement transportés jusqu'au lit marin de l'Égée, à huit cents milles nautiques de là. Ils constatèrent les progrès remarquables réalisés au cours des vingt-quatre heures qui s'étaient écoulées depuis leur départ en hélicoptère. L'équipe avait retiré la majeure partie du limon et mis une autre série d'artefacts en sécurité au musée de Carthage. Sous une couche d'amphores en terre cuite remplies d'encens rituel, se trouvait une coque bien mieux préservée que Jack n'avait osé l'imaginer, dont l'assemblage à tenon et mortaise était aussi impeccable que s'il avait été fait la veille.

Mustafa saisit une autre commande. « Et maintenant, la mer Noire. »

L'épave se désintégra dans un kaléidoscope de couleurs d'où émergea une reproduction de la mer Noire. Au centre, on pouvait voir la plaine abyssale, l'enfer toxique de près de 2 200 mètres de profondeur et, tout autour, les bas-fonds côtiers, dont la pente était globalement moins raide qu'en Méditerranée.

Il tapa sur une touche pour sélectionner le littoral tel qu'il était avant l'inondation.

« Notre objectif. »

Un rai de lumière apparut à l'angle sud-est.

« Quarante-deux degrés de latitude nord, quarante-deux degrés de longitude est. C'est l'estimation la plus précise que nous puissions obtenir avec notre calcul à distance à partir du Bosphore.

– Cela représente une grande zone, observa Costas. Un mille nautique équivaut à une minute de latitude et un degré à soixante minutes. Cela fait trois cent soixante milles carrés.

– N'oublions pas que nous cherchons un site côtier, répondit Jack. Si nous suivons l'ancien littoral côté terre, nous devrions finir par atteindre notre objectif.

– Plus notre estimation sera précise, mieux ce sera, dit Mustafa. D'après la bathymétrie, dans ce secteur, l'ancien littoral se trouve au moins à trente milles nautiques au large de la côte, bien au-delà des eaux territoriales. Il sera facile de repérer que nous suivons une courbe particulière. Nous allons attirer les regards indiscrets. »

Les autres acquiescèrent d'un murmure devant les risques malheureusement évidents. Sur la carte, ils voyaient qu'ils seraient dangereusement proches du rivage est de la mer Noire, cette côte de Barbarie des temps modernes où l'Orient rencontrait désormais l'Occident dans les conditions les plus sinistres.

« Quelque chose m'intrigue », remarqua Macleod en montrant une irrégularité dans le lit marin, une crête d'environ cinq kilomètres de long, parallèle à l'ancien littoral. Côté mer, se trouvait un abysse étroit d'environ cinq cents mètres de profondeur, une anomalie dans un secteur où il fallait parcourir encore trente milles nautiques pour que la pente moyenne atteigne cette profondeur. C'est la seule hauteur à des kilomètres à la ronde. Si je devais bâtir une citadelle, je rechercherais un emplacement dominant. C'est l'endroit idéal.

– Mais le dernier passage du papyrus parle de lacs salés », objecta Costas.

Katya sortit son ordinateur de poche et se mit à lire.

« *On atteint la citadelle. Et au-dessous se trouvent une vaste plaine d'or, les profonds bassins, les lacs salés, à perte de vue.*

– C'est l'idée que je me fais de la Méditerranée pendant la crise de salinité messinienne, reprit Costas. Des lacs d'eau de mer stagnante, comme le sud de la mer Morte aujourd'hui.

– Je pense que j'ai une explication », dit Mustafa. Il tapota sur le clavier et l'hologramme se transforma en gros plan du secteur sud-est. « Le niveau de la mer étant inférieur de cent cinquante mètres, la plupart des terres à partir de cette crête étaient émergées puisqu'elles surplombaient d'un mètre ou deux l'ancien littoral. Mais de grandes zones se situaient à quelques mètres au-dessous du niveau de la mer. Lorsque la mer est descendue au plus bas, vers la fin du pléistocène, elle a dû laisser des lacs salés dans ces dépressions. Celles-ci étant peu profondes, l'eau a dû s'évaporer rapidement pour créer des puits salants, visibles de loin depuis une position élevée puisqu'ils ne devaient abriter aucune végétation.

– Et n'oublions pas l'importance du sel à cette époque, rappela Jack. C'était un conservateur essentiel, une marchandise importante. Si les premiers Romains ont prospéré, c'est parce qu'ils contrôlaient les puits salants situés à l'embouchure du Tibre. C'était peut-être le même cas de figure ici, des milliers d'années auparavant.

– La *plaine d'or* pourrait faire référence à des champs de blé et d'orge. C'était peut-être une vaste étendue de céréales surplombée

124

au loin par les montagnes anatoliennes, la "plaine entourée circulairement par des montagnes" dont parle Platon.

– Exactement, répondit Mustafa.

– Une partie de la crête est encore émergée, si je ne m'abuse, fit remarquer Costas en observant la géomorphologie du site sur l'hologramme.

– C'est le sommet d'un petit volcan. La crête fait partie de la zone de perturbation sismique qui longe la plaque asiatique et s'étend à l'ouest jusqu'à la faille nord-anatolienne. Le volcan n'est pas complètement éteint, mais aucune éruption n'a été enregistrée dans l'histoire. La caldera fait environ un kilomètre de diamètre et s'élève à trois cents mètres au-dessus du niveau de la mer.

– Comment s'appelle ce volcan ?

– Il n'a pas de nom, répondit Macleod. C'est un territoire contesté depuis la guerre de Crimée de 1853-1856 entre la Turquie ottomane et la Russie tsariste. Il se trouve dans les eaux territoriales mais presque en face de la frontière entre la Turquie et la Géorgie.

– L'accès à cette zone a été longtemps été interdit, poursuivit Mustafa. Quelques mois à peine après l'effondrement de l'Union soviétique, en 1991, un sous-marin nucléaire a coulé quelque part par là, dans des circonstances très mystérieuses. » Devant le regard intrigué de ses compagnons, Mustafa ajouta avec circonspection : « Le sous-marin n'a jamais été retrouvé mais, pendant les opérations de recherche, des coups de feu ont été échangés entre les navires de guerre turcs et soviétiques. La Turquie étant membre de l'Otan, cette poudrière aurait pu embraser le monde entier. Les deux camps ont accepté de se retirer et l'affaire a été étouffée mais, en raison de ce contexte, il n'y a quasiment pas eu de recherche hydrographique dans cette zone.

– On dirait que nous allons encore nous retrouver seuls, dit Costas d'un air sombre. Des pays amis des deux côtés, mais qui sont dans l'impossibilité d'intervenir.

– On fait ce qu'on peut, répondit Mustafa. L'accord de coopération économique de la mer Noire de 1992 a permis la création du Blackseafor, Groupe de coopération navale de la mer Noire. Pour le moment, peu de mesures concrètes ont été prises et la plupart des opérations d'interdiction maritime de la Turquie sont encore unilatérales mais, au moins, les bases d'une intervention sont jetées. Il y a aussi une lueur d'espoir du côté scientifique. La Commission océanographique nationale de Turquie étudie en ce moment une offre de collaboration de l'Académie des sciences de Géorgie concernant le levé topographique d'un secteur incluant cette île.

– Mais on ne peut espérer aucune force de protection, dit Costas.

– Rien de préventif. La situation est bien trop délicate. La balle est dans notre camp. »

Le soleil s'était couché et les versants boisés, derrière les lumières de Trabzon, étaient plongés dans l'obscurité. Jack et Katya marchaient paisiblement le long de la plage de galets. Le crissement de leurs pas s'ajoutait au bruit des vagues qui déferlaient sur le rivage.

Ils étaient désormais loin de l'embarcadère est. Auparavant, ils avaient été conviés à une réunion dans la résidence du vice-amiral d'escadre à la tête du Blackseafor. L'odeur des aiguilles de pin planant au-dessus de cette réception en plein air semblait les suivre dans la nuit. Jack était encore en costume, mais il avait desserré son col et retiré sa cravate avant de la mettre dans sa poche.

Katya portait une robe noire brillante. Elle avait détaché ses cheveux et retiré ses chaussures pour marcher nu-pieds dans les vagues.

« Vous êtes éblouissante.

– Vous n'êtes pas mal non plus. »

Katya leva les yeux vers Jack en lui souriant et lui dit en posant la main sur son bras : « Je pense que nous sommes assez loin maintenant. »

Ils gagnèrent le haut de la plage et s'assirent sur un bloc de pierre surplombant la mer. La lune montante diffusait une lumière étincelante sur l'eau, tandis que les vagues dansaient et miroitaient devant eux. Au-dessus de l'horizon nord, le ciel était obscurci par une bande noire, une tempête provenant des steppes de Russie. Une brise fraîche annonçait le risque d'un temps inhabituel pour la saison qui allait modifier la physionomie de la mer dans les jours à venir.

Jack replia les jambes et referma les bras autour de ses genoux, les yeux rivés sur l'horizon. « C'est toujours le moment le plus intense, quand on sait qu'une grande découverte est à sa portée. Toute attente devient frustrante. »

Katya lui sourit à nouveau. « Vous avez fait tout ce que vous pouviez. »

Ils avaient convenu de rejoindre la *Seaquest* le lendemain. Avant la réception, Jack avait contacté Tom York par le canal de sécurité de l'UMI. À cette heure, la *Seaquest* devait se diriger vers le Bosphore à vitesse maximale, après avoir confié le site de l'épave au navire de relève. Lorsqu'ils la rejoindraient en hélicoptère, dans la matinée, elle serait arrivée en mer Noire. Ils étaient impatients de remonter à bord pour s'assurer que tout l'équipement était prêt.

Katya regardait dans le vague l'air préoccupé.

« Vous ne partagez pas mon enthousiasme. »

Jack avait l'impression que quelque chose la troublait et, lorsqu'elle lui répondit, il en eut la confirmation.

« Pour vous, les Occidentaux, les hommes comme Aslan n'ont pas de visage, pas plus que les ennemis de la guerre froide. Mais pour moi, ce sont des personnes, en chair et en os. Des monstres qui ont fait de mon pays une friche abandonnée à la violence et à la cupidité. Il faut y vivre pour comprendre. C'est un monde de terreur et d'anarchie comme il n'y en a pas eu en Occident depuis le Moyen Âge. Les années de répression ont entraîné un véritable chaos sur lequel seuls les truands et les chefs de guerre exercent un semblant de contrôle. » La voix enrouée par l'émotion, elle fixait la mer.

« Et ces gens sont mes frères. Je suis des leurs.

– Mais vous avez la volonté et la force de lutter contre cela. »

Jack se sentait irrésistiblement attiré vers cette silhouette sombre, assise contre l'horizon menaçant.

« C'est dans mon monde que nous allons entrer, et je ne sais pas si je peux vous protéger. » Elle se tourna pour lui faire face et plongea son regard impénétrable dans le sien. « Mais bien sûr que je partage votre enthousiasme. »

Ils s'approchèrent l'un de l'autre et s'embrassèrent, d'abord doucement puis longuement et passionnément. Jack fut soudain submergé par le désir lorsqu'il sentit son corps contre son torse. Il fit glisser sa robe le long de ses épaules et l'attira contre lui.

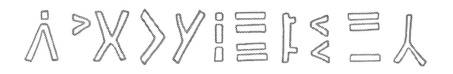

Chapitre 11

« Cap à trois cent quinze degrés. Profondeur soixante-cinq mètres, taux d'ascension un mètre par seconde. Nous devrions bientôt voir la surface. »

Jack regarda sur sa gauche à travers la coupole de Plexiglas. Malgré l'obscurité, il parvint à discerner Costas sous une coupole identique, véritable tête sans corps éclairée par la lueur lugubre du tableau de bord, environ quinze mètres plus loin. Au fur et à mesure qu'ils remontaient, le submersible devenait plus visible. La coupole surmontait un habitacle monoplace jaune, allongé à l'avant pour que le pilote puisse s'asseoir confortablement. Au-dessous, se trouvaient des ballasts semblables à des flotteurs. Une dizaine de lances à eau radioguidées, disposées tout autour d'une armature externe, étaient reliées à une batterie logée à l'arrière. Enfin, deux bras automatisés articulés comme une pince donnaient au submersible l'allure d'un immense scarabée.

« La voilà. »

Jack leva les yeux et aperçut la silhouette de la *Seaquest* vingt mètres plus haut. Il ajusta le rejet d'eau de ballast pour ralentir son ascension et regarda à nouveau Costas, qui manœuvrait à côté de lui pour se préparer à faire surface.

Costas sourit à son ami. « Mission accomplie. »

Il avait toutes les raisons d'être content de lui. Ils venaient d'achever les essais en mer d'Aquapod IV, le dernier submersible individuel que son équipe avait conçu pour l'UMI. Celui-ci pouvait atteindre une profondeur opérationnelle maximale de mille cinq cents mètres, près du double de celle du modèle précédent. La batterie au lithium hyperchargée avait une autonomie de cinquante heures à une vitesse de croisière optimale de trois nœuds. Ce matin, leur plongée d'une heure au fond de la mer Noire avait montré que l'équipement était à la hauteur de la tâche qui les attendait, une exploration de l'ancien littoral à l'est de la zone où ils s'étaient trouvés précédemment.

« *Seaquest*, ici Aquapod Alpha. Nous rentrons sains et saufs. Terminé. »

Ils voyaient déjà quatre plongeurs, qui les attendaient juste au-dessous de la surface pour les guider à l'intérieur. À dix mètres du navire, ils s'arrêtèrent pour arrimer les Aquapod, une procédure classique destinée à éviter qu'ils s'entrechoquent par mer agitée. Tandis que Jack restait immobile, Costas manœuvra avec précaution jusqu'à ce que les pignons d'arrimage soient alignés. Il appuya sur un bouton et quatre tiges en métal jaillirent des taquets de l'armature externe.

« Arrimage effectué. Faites-nous remonter. »

Les plongeurs descendirent rapidement et fixèrent le harnais d'élévation. Jack et Costas passèrent en *stand-by* et rentrèrent les stabilisateurs qui les maintenaient à l'horizontale. Lorsque les plongeurs eurent rejoint leur position de sécurité, le treuilliste fit lentement remonter les submersibles dans la coque.

Ils firent surface dans une salle éclairée, de la taille d'un petit hangar d'avion. La *Seaquest* était équipée d'un poste d'amarrage intégré, très utile lorsque le temps ne permettait pas d'opérer depuis le pont ou lorsqu'ils souhaitaient ne pas être vus. La coque s'était ouverte comme la trappe de la soute à bombes d'un immense avion. Lorsque les deux portes se refermèrent, Jack et Costas ouvrirent les coupoles, qui faisaient également office de verrières d'entrée. Une plate-forme glissa sous eux et s'éleva comme l'ascenseur d'un porte-avions pour se verrouiller une fois que toute l'eau se fut écoulée.

Tom York était sur place pour accueillir les deux hommes lorsqu'ils sortirent de leurs engins.

« Essai concluant, je présume. »

Jack fut le premier à sauter sur le pont. Il parla à toute vitesse en retirant sa combinaison d'immersion.

« Aucun problème à signaler. Nous utiliserons les Aquapod pour la reconnaissance de cet après-midi. Les bras automatisés devront être remplacés par la caméra numérique et les projecteurs.

– C'est en train d'être fait. »

Jack jeta un coup d'œil autour de lui et vit que l'équipe de maintenance travaillait déjà sur les submersibles. Costas, penché au-dessus de l'unité de rechargement de la batterie, était en pleine conversation avec un des techniciens. Jack sourit intérieurement en remarquant que son ami, dans son enthousiasme, avait oublié de retirer son casque pour discuter des performances du submersible avec son équipe technique.

Tout en avançant à grandes enjambées pour ranger sa combinaison dans un des casiers bordant la salle, Jack dit à York :

« Nous avons une heure avant que la *Seaquest* soit en position. C'est l'occasion pour nous de revoir une dernière fois nos options. Que l'ensemble du personnel soit réuni sur la passerelle de commandement à onze heures. »

Vingt minutes plus tard, ils se trouvaient devant un demi-cercle d'hommes et de femmes répartis à l'intérieur du module de commande de la *Seaquest*. York avait activé la navigation automatique et le système de surveillance. La passerelle virtuelle permettait de diriger le navire depuis la console située à côté de Jack. Au-dessus d'eux, l'écran hémisphérique affichait une vue panoramique de la mer, dont la surface grise agitée annonçait de façon menaçante la tempête qui se préparait au nord depuis vingt-quatre heures.

Jack croisa les bras et prit la parole devant le groupe.

« L'équipage est réduit au strict minimum et notre tâche en sera d'autant plus difficile. Je ne vais pas tourner autour du pot. Nous allons devoir faire face à un risque réel, sans doute le plus grand auquel nous ayons jamais été confrontés. »

La veille, après avoir rejoint la *Seaquest* en hélicoptère, Jack avait décidé de réduire l'effectif au plus bas. Tous les membres d'équipage s'étaient portés volontaires, mais il avait refusé de mettre en danger la vie de scientifiques dont la tâche ne commencerait vraiment qu'une fois qu'ils auraient fait une découverte. Outre les officiers de pont et les officiers techniques, il avait sélectionné les techniciens de l'armement les plus expérimentés, dont des anciens membres des forces spéciales qu'il avait rencontrés dans la marine.

« Quel soutien peut-on espérer de l'extérieur ? »

La question avait été posée par Katya, debout parmi l'équipage dans une tenue réglementaire bleue ornée de l'éclair de l'UMI sur l'épaule. Jack avait essayé de la convaincre de partir avec les autres quand la *Sea Venture* était venue à leur rencontre après leur départ de Trabzon, mais elle avait affirmé que son expertise linguistique serait indispensable au cas où ils trouveraient des inscriptions. Après qu'ils aient passé la nuit ensemble, Jack savait qu'elle ne le quitterait plus, qu'ils étaient unis par un lien indéfectible et qu'elle partageait désormais sa responsabilité pour la *Seaquest* et son équipage, tandis qu'ils s'enfonçaient encore davantage dans la zone dangereuse.

« Je laisse notre chef de la sécurité répondre à cette question. »

Peter Howe s'avança et prit la place de Jack.

« La mauvaise nouvelle, c'est que nous serons dans les eaux internationales, au-delà de la limite de douze milles fixée lors du protocole de 1973 entre l'URSS et la Turquie. La bonne, c'est qu'en 1998 la Géorgie et la Turquie ont signé un accord de coopération en matière de sécurité côtière et accepté d'apporter leur soutien en cas de découverte majeure. Le protocole d'entente qu'elles viennent de signer dans le cadre des Nations unies pour effectuer en collaboration des recherches géologiques sur cette île leur servirait de prétexte. Leur intervention relèverait de la législation internationale. »

Il fit un pas en arrière et leva les yeux vers la carte marine de la mer Noire orientale située au-dessus de la console.

« Le problème, c'est qu'ils ne nous aideront que si nous parvenons à dissiper les soupçons des Russes concernant le sous-marin qui a donné signe de vie pour la dernière fois dans cette zone en 1991. Si ceux-ci entrevoient la moindre possibilité que d'autres nations entreprennent une recherche, ils n'hésiteront pas à se servir de leurs armes. Et ce n'est pas tout. Depuis le début des années 1990, les Russes participent activement à la guerre civile abkhazienne, officiellement en tant que force de stabilisation. En réalité, ils cherchent à ramener la région sous la coupe de Moscou, essentiellement pour le pétrole. En 1999, leur monopole sur la production de la mer Caspienne a été menacé par le premier oléoduc créé en dehors du territoire russe, reliant Bakou, en Azerbaïdjan, à Supsa, sur la côte géorgienne, près de l'Abkhazie. Les Russes

132

feraient n'importe quoi pour empêcher un nouvel investissement occidental, y compris plonger les peuples dans l'anarchie et la guerre civile. » Howe se retourna pour faire face au groupe.

« Nous avons dit à l'ambassade russe que nous réalisions un levé hydrographique sous contrat commun avec les gouvernements turc et géorgien. Ils semblent avoir marché. Mais s'ils voyaient des navires de guerre converger vers le site, ils en concluraient que nous cherchons le sous-marin. Si l'ours russe a perdu la plupart de ses griffes, il possède encore la plus grande flotte de la région. Les relations entre Ankara et Moscou sont déjà extrêmement tendues en raison du trafic de stupéfiants. Cela provoquerait un incident international pour le moins fâcheux, très probablement une lutte armée qui pourrait rapidement dégénérer et se répandre dans toute cette région du monde.

– C'est un détail, mais je ne pensais pas que la Géorgie possédait une marine de guerre, intervint Costas.

– C'est un autre problème, répondit York d'un air sombre. Les Géorgiens n'ont presque rien hérité de la flotte soviétique de la mer Noire. Ils ont un navire d'attaque rapide Projet 206MP construit en Ukraine et un ancien garde-côte américain transféré dans le cadre du programme Articles militaires en surplus des États-Unis. Mais ne vous emballez pas. Le navire d'attaque rapide n'a pas de missiles, car il n'y a pas de dispositif de test ni de stockage. Et le garde-côte n'a qu'une mitrailleuse simple de calibre 50.

– Ce n'est pas la véritable marine géorgienne. »

Tout le monde se tourna vers Katya.

« La véritable marine géorgienne est cachée le long de la côte, vers le nord. C'est la marine des chefs de guerre, des hommes d'Asie centrale qui utilisent l'Abkhazie pour piller les richesses de la mer Noire et de la Méditerranée. C'est d'eux qu'il faut se méfier, croyez-moi, pas des Russes. Je sais de quoi je parle. »

Les membres de l'équipage écoutaient Katya avec respect. Pour eux, c'était une figure inattaquable depuis qu'elle avait désamorcé, à elle seule, le conflit larvé de l'Égée, deux jours plus tôt.

« Et la marine turque ? » Costas, plein d'espoir, regarda Mustafa, qui était monté à bord la veille depuis la *Sea Venture*.

« Nous sommes très présents en mer Noire, répondit le Turc. Mais nous sommes débordés par la guerre que nous menons contre la contrebande. Pour apporter son soutien à la *Seaquest*, la marine turque serait obligée de transférer des unités postées en Égée. Or, nous ne pouvons pas nous redéployer à l'avance, car le moindre changement dans notre flotte en mer Noire éveillerait immédiatement des soupçons chez les Russes. Mon gouvernement ne prendra ce risque que si une découverte majeure se confirme.

– Alors nous sommes seuls.

– J'en ai bien peur. »

Pendant la courte pause qui suivit, York envoya deux membres d'équipage sur le pont supérieur. Le vent menaçait d'emporter le matériel qui n'était pas encore fixé. Jack reprit rapidement la parole pour ramener la discussion sur la raison de leur présence dans ce secteur. Son débit reflétait le peu de temps qu'il leur restait avant que la *Seaquest* n'arrive sur le site.

« Nous devons absolument atteindre notre objectif du premier coup. Vous pouvez être sûrs que nous sommes, en ce moment même, sous surveillance satellite. Ceux qui nous observent ne croiront pas longtemps à l'histoire des travaux hydrographiques. »

Un des ex-membres de la marine leva la main. « Excusez-moi, mais qu'est-ce qu'on cherche exactement ? »

Jack fit un pas de côté pour que l'équipage puisse voir l'écran d'ordinateur situé à l'avant de la console.

« Mustafa, je te laisse expliquer comment nous en sommes arrivés là. »

Mustafa ouvrit l'image isométrique de la mer Noire et résuma brièvement leur interprétation du papyrus en faisant reculer le bateau le long du rivage jusqu'au secteur sud-est. Maintenant qu'ils avaient quitté leur dernier port d'escale, Jack avait décidé de mettre l'équipage de la *Seaquest* au courant de tout. Ceux qui n'étaient pas encore dans la confidence restèrent cloués sur place ; même les vétérans étaient médusés par l'énormité de cette découverte, qui semblait surgir comme par magie des brumes de la légende.

« Nous atteindrons notre objectif en suivant cette courbe de 150 mètres de profondeur, le littoral tel qu'il était avant l'inondation. Il émerge quand on se dirige vers l'est en partant de Trabzon. Actuellement, la *Seaquest* se trouve à un peu plus de douze milles nautiques au large de la côte, mais nous allons nous éloigner au fur et à mesure que nous progresserons vers l'est. »

Il tapa sur une touche pour faire apparaître un gros plan de la zone.

« Voici notre estimation la plus probable concernant l'emplacement de l'Atlantide. Il s'agit d'un secteur du lit marin de vingt milles nautiques de long sur cinq milles de large. La courbe de 150 mètres de profondeur correspond à la limite nord, donc ce que nous voyons ici se situait sur la terre ferme. Si nous abaissons le niveau de la mer jusqu'à l'ancien littoral, nous avons une idée de ce à quoi l'endroit ressemblait avant l'inondation. »

L'image se transforma pour montrer une plaine, qui menait à une crête longeant la côte sur plusieurs kilomètres. De l'autre côté, se trouvait un volcan.

« Ce n'est pas très détaillé, car nous disposons de très peu de données bathymétriques pour ce secteur. Mais nous sommes convaincus que le site se trouve soit sur la crête, soit sur le volcan. La crête s'élève à cent mètres au-dessus de l'ancien littoral. Le problème, c'est qu'il n'y pas d'acropole, aucune trace de citadelle, ce qui rend le papyrus difficile à comprendre.

— Le volcan est l'élément dominant, remarqua Howe.

— Le versant nord-ouest forme une série de plates-formes en terrasses qui se terminent par une falaise. Ce serait un emplacement impressionnant pour une citadelle, avec une vue plongeante à des kilomètres à la ronde. On peut imaginer une ville s'étendant sur les versants moins abrupts, à côté du rivage.

— La défense était probablement un facteur omniprésent mais secondaire s'il n'y avait aucune autre cité à proximité, affirma Jack. La seule menace provenait peut-être de bandes de chasseurs-cueilleurs qui maraudaient, un dernier vestige de la période glaciaire, mais ceux-ci devaient être peu nombreux. L'intérêt de trouver un site élevé était essentiellement lié au risque d'inondation dans les plaines et les marais.

— Et l'activité volcanique ? demanda York.

— Pas d'éruption importante depuis bien plus d'un million d'années, répondit Mustafa. Aujourd'hui, l'activité est réduite à la cheminée. Seuls des geysers de gaz et de vapeur jaillissent occasionnellement, au fur et à mesure que la pression dans le cratère augmente. »

Ils regardèrent l'écran de réalité virtuelle, sur lequel ils ne pouvaient pour l'instant que discerner une île à l'horizon. C'était le sommet du volcan, qui était resté au-dessus du niveau de l'eau après l'inondation. Les volutes de vapeur qui s'en échappaient semblaient rejoindre le ciel gris et menaçant, le front d'une tempête qui progressait depuis le nord à une vitesse alarmante.

Jack reprit la parole. « Dans l'Antiquité, les événements sismiques étaient presque toujours considérés comme des signes des dieux. Un volcan de faible activité aurait pu devenir un lieu d'observance rituelle. C'est peut-être l'une des premières raisons qui ont motivé le choix de ce site. Dans une région aussi fertile, je suppose que le volcan et la crête étaient tous deux occupés. Mais nous devons choisir entre les deux. Nous n'aurons peut-être pas de deuxième chance avant d'être dérangés par des visiteurs importuns. Il nous reste vingt minutes avant que la *Seaquest* n'atteigne cette crête. Toutes les suggestions sont les bienvenues. »

Il y eut une autre pause pendant laquelle Jack s'entretint avec York. Les deux hommes firent plusieurs ajustements sur la console de navigation et parcoururent les images de surveillance radar. Comme ils se retournaient vers l'équipage, Katya sortit son ordinateur de poche et saisit une séquence de commandes.

« Les deux endroits peuvent correspondre au texte, dit-elle. La crête et le volcan surplombent une large vallée au sud, avec des montagnes au loin, précédées de lacs salés.

– Y a-t-il quelque chose d'autre dans le papyrus qui puisse nous mettre sur la voie ? demanda un des membres d'équipage.

– Pas vraiment, répondit Katya en secouant la tête après avoir lu le texte une nouvelle fois. Les derniers fragments d'écriture semblent faire référence à l'intérieur de la citadelle.

– Si, il y a quelque chose. »

Tout le monde se tourna vers Costas, qui n'avait pas cessé de fixer intensément l'image de l'île, de plus en plus grande et de plus en plus nette. Il détacha son regard de l'écran pour s'adresser à Katya.

« Lisez-nous le premier syntagme une fois qu'on a atteint l'Atlantide. »

Katya saisit une commande et lut sur l'écran.

« *Sous le signe du taureau.* »

Tous regardaient Costas d'un air interrogateur.

« Vous connaissez le bar situé sur le toit du musée maritime de Carthage. »

Un murmure d'assentiment se fit entendre.

« La vue de l'autre côté de la baie de Tunis en direction de l'est, le soleil du soir qui inonde la mer de sa lumière rosée, les montagnes jumelles de Baal Qarnaïn qui percent le ciel à l'horizon. »

Tout le monde acquiesça.

« Bien, mais peut-être êtes-vous peu nombreux à avoir admiré cette vue au petit matin. Le soleil d'été se lève juste au-dessus du col qui relie les deux sommets. Pour les Phéniciens, il s'agissait d'une montagne sacrée, dédiée au dieu du ciel. Baal Qarnaïn signifie *Seigneur bicorne*. » Il se tourna vers Jack. « Je pense que le *signe du taureau* fait référence au profil de cette île. »

Tous les regards convergèrent vers la masse sombre visible sur l'écran.

« Je suis perplexe, intervint Howe. D'où nous sommes, l'île ne ressemble pas du tout à cela.

– Placez-vous d'un autre point de vue, répondit Costas. Nous regardons vers le sud-est. Mais si on se situait sur le littoral, au-dessous du volcan, où il peut y avoir eu un village ? »

Mustafa tapota rapidement sur le clavier pour réorienter l'image, de façon à montrer l'île vue depuis le nord-est, tout en la grossissant pour se placer au niveau de l'ancien littoral, au-dessous du volcan.

Une fois stabilisée, l'image les plongea dans la stupéfaction. Au-dessus d'eux, se dressaient deux pics reliés par un col profond.

Costas regarda l'écran d'un air triomphant. « Mesdames, messieurs, voici nos cornes de taureau ! »

Jack adressa un large sourire à son ami avant de se tourner vers York.

« Je pense que nous avons notre réponse. Mettez le cap sur cette île à vitesse maximale. »

Chapitre 12

Les projecteurs situés de part et d'autre des Aquapod, dont les faisceaux orientés vers l'intérieur convergeaient cinq mètres plus bas, projetaient une lueur étincelante sur le lit marin. La lumière reflétait des millions de particules limoneuses en suspension, comme si elle traversait d'infinis voiles de brume tachetée. Des affleurements rocheux isolés surgissaient puis disparaissaient derrière eux, alors qu'ils avançaient à vitesse maximale. À gauche, le lit tombait abruptement dans l'abîme et le gris désolé des fonds marins glissait dans une noirceur inhospitalière dépourvue de toute forme de vie.

L'interphone grésilla.

« Jack, ici la *Seaquest*. Est-ce que vous me recevez ? À vous.

– Nous vous recevons cinq sur cinq.

– Le drone a trouvé quelque chose, dit York avec une pointe d'excitation dans la voix. Vous devriez le rejoindre à environ cinq cents mètres si vous maintenez votre trajectoire actuelle. Je vous envoie les coordonnées pour que vous puissiez programmer la position. »

Un peu plus tôt dans la journée, l'île avait surgi à l'horizon comme quelque apparition mythique. Juste avant l'arrivée de la *Seaquest*, c'était le calme plat, une accalmie inquiétante qui semblait draper la mer d'un linceul mortuaire. Tandis que le vent se levait à nouveau et poussait la brume vers la côte aride, ils avaient l'impression d'être des explorateurs tombant par hasard sur un monde perdu. L'île rocheuse et escarpée, sans la moindre végétation, semblait incroyablement ancienne, abandonnée au temps et au climat, qui l'avaient réduite à son état primitif. Pourtant, si leur instinct ne les avait pas trompés, c'était ici que tous les espoirs et tout le potentiel de l'humanité avaient vu le jour.

La *Seaquest* s'était arrêtée à deux milles nautiques à l'ouest de l'île. Pour effectuer leur reconnaissance autour des versants immergés du volcan, ils avaient utilisé un drone équipé d'un sonar plutôt que le ROV, qui était limité à l'exploration visuelle. Cela faisait trois heures que le sonar n'avait rien repéré d'anormal et ils avaient décidé de déployer également les Aquapod. Ils progressaient à vitesse maximale.

Le pouce levé, Jack fit signe à Costas, qui frôlait le lit marin en suivant une courbe de niveau de 140 mètres. Leur excitation était palpable. Ils n'avaient pas besoin de mots pour exprimer l'impatience qui les tenaillait. Dès l'instant où Hiebermeyer avait téléphoné et prononcé ce mot issu du papyrus, Jack avait su qu'ils seraient propulsés vers une révélation encore plus grande. Pendant tout le long processus de traduction et de déchiffrement, il avait su que son heure était venue, que les étoiles s'étaient alignées au-dessus de sa tête. Cependant, le rythme auquel les événements s'étaient enchaînés depuis qu'ils avaient décrypté le code avait laissé peu de temps à la réflexion. Quelques jours plus tôt, il avait déjà été transporté de joie par l'épave minoenne. Et maintenant, ils étaient en passe de faire l'une des plus grandes découvertes archéologiques de tous les temps.

Les Aquapod ralentirent et poursuivirent au pas, en silence. Chacun avait conscience de la présence de l'autre à travers sa coupole de Plexiglas, alors que les sous-marins jaunes avançaient à quelques mètres d'intervalle dans l'obscurité.

Quelques instants plus tard, des formes spectrales commencèrent à se matérialiser à travers le voile de limon. Ils avaient étudié les images du village néolithique de Trabzon en prévision de ce moment. Mais rien n'aurait pu les préparer à ce qu'ils ressentirent en entrant dans un endroit inconnu du monde depuis près de huit mille ans.

Soudain, c'était arrivé.

« Ralentis, dit Jack en retenant son souffle. Regarde ça. »

Ce qui ressemblait à une ondulation étrangement régulière du lit marin prit une nouvelle forme lorsque Jack propulsa un jet d'eau pour retirer les sédiments. Lorsque les particules retombèrent, ils virent l'embouchure grande ouverte de deux immenses jarres en terre, enterrées debout côte à côte, entre des murs de soutènement peu élevés. Un autre jet fit apparaître une autre paire de jarres ; l'ondulation se poursuivait en amont à perte de vue.

« C'est un entrepôt, probablement destiné aux céréales, dit Jack. Elles sont tout à fait identiques aux *pithoi* de Cnossos, si ce n'est qu'elles ont quatre mille ans de plus. »

Soudain, une forme plus imposante apparut devant eux et leur barra la route. L'espace d'un instant, ils eurent l'impression d'être arrivés au bout du monde. Ils étaient au pied d'une immense falaise s'étendant en ligne droite des deux côtés, dont la paroi abrupte comportait des saillies et des fissures comme la façade d'une carrière. Ensuite, ils virent de curieuses taches rectangulaires noires comme de la suie, dont certaines se situaient au même niveau, à intervalles réguliers.

Stupéfaits, ils comprirent de quoi il s'agissait.

C'était un immense conglomérat de murs et de toits plats, percé de fenêtres et de portes, le tout enveloppé d'un manteau de limon. Semblable au village néolithique, mais à une échelle gigantesque. Les bâtiments comptaient quatre à cinq étages. On accédait aux blocs les plus élevés par des toits en terrasses reliés entre eux par des escaliers et des échelles.

Ils stationnèrent leurs Aquapod et regardèrent fixement avec révérence, obligeant leur esprit à enregistrer une image qui semblait relever davantage du fantasme que de la réalité.

« C'est une sorte d'immense condominium », s'émerveilla Costas.

Jack ferma les yeux avec force et les rouvrit, l'incrédulité cédant le pas à la fascination, tandis que le limon soulevé par les Aquapod commençait à se redéposer pour laisser entrevoir des signes indubitables d'activité humaine tout autour d'eux.

« Les habitants passaient par les toits, à travers ces portes. » Son cœur battait à tout rompre, il avait la bouche sèche, mais il se forçait à parler sur le ton calme d'un archéologue professionnel. « Je pense que chacun de ces blocs abritait une famille au sens large du terme. Au fur et à mesure que celle-ci s'agrandissait, ils bâtissaient en hauteur en ajoutant des étages de pisé avec une charpente en bois. »

En montant, ils constatèrent que les blocs étaient criblés d'allées, qui rappelaient étonnamment les bazars orientaux du Moyen Âge.

« Cet endroit devait grouiller d'artisans et de commerçants, dit Jack. Il est impossible que ces gens aient été de simples agriculteurs. Il s'agissait de potiers, de charpentiers et de ferronniers expérimentés. »

Il s'interrompit pour observer à travers le Plexiglas ce qui ressemblait à une devanture de boutique au niveau du sol.

« Quelqu'un a fabriqué le disque d'or ici. »

Pendant quelques minutes, ils passèrent au-dessus d'autres blocs au toit plat, tandis que les fenêtres sombres les fixaient, tels des yeux aveugles pris dans la lumière éblouissante de leurs projecteurs. À environ cinq cents mètres à l'est de l'entrepôt, le conglomérat s'acheva brutalement. Devant eux, ils discernèrent dans l'obscurité un autre complexe, à peut-être vingt mètres de là, et, au-dessous, un espace plus large et plus régulier que les allées.

« C'est une route, dit Jack. Elle doit descendre jusqu'à l'ancien littoral. Faisons demi-tour et reprenons notre trajectoire initiale. »

Ils virèrent au sud et suivirent la route, légèrement en côte. Deux cents mètres plus loin, elle croisait par une autre route allant d'est en ouest. Ils tournèrent et suivirent celle-ci en direction de l'est, tandis que les Aquapod maintenaient une altitude de vingt mètres pour éviter la masse des bâtiments qui s'étendaient des deux côtés.

« Extraordinaire ! s'exclama Jack. Ces blocs sont séparés par un réseau régulier de rues, le plus ancien à des milliers d'années près.

– Cet endroit a été bâti selon un plan précis. »

La tombe de Toutankhamon, le palais de Cnossos, les remparts légendaires de Troie, toutes les vénérables découvertes de l'archéologie devenaient soudain banales et insipides, de simples pierres de gué comparées aux merveilles qu'ils distinguaient devant eux.

« L'Atlantide, s'émerveilla Costas. Il y a encore quelques jours, je ne croyais même pas en son existence. »

Il regarda la silhouette située sous l'autre coupole de Plexiglas.

« De simples remerciements seraient les bienvenus. »

Jack ne put que sourire, tout obsédé qu'il était par le paysage fabuleux qui les entourait.

« D'accord. Tu nous as mis dans la bonne direction. Je te dois un gin tonic.

– C'est ce que tu m'as offert la dernière fois !

– Alors un stock pour le restant de tes jours. »

Les deux rangées de bâtiments disparurent d'un seul coup et le lit marin chuta à perte de vue. Cinquante mètres plus loin, il n'y avait toujours rien, excepté un voile de limon en suspension.

« D'après mon sondeur, le lit marin est à près de vingt mètres au-dessous du niveau de la route, s'exclama Jack. Je suggère que nous descendions en retournant à l'endroit où les bâtiments ont disparu. »

Ils purgèrent leurs ballasts jusqu'à ce que les projecteurs fassent apparaître le lit marin. Celui-ci était plat et uniforme, contrairement à la surface ondulée qu'ils avaient traversée lorsqu'ils se dirigeaient vers la façade ouest de la cité.

Quelques minutes plus tard, ils se trouvaient de nouveau à la limite des bâtiments. Devant eux, le lit marin s'élevait de façon abrupte selon un angle de quarante-cinq degrés pour atteindre la base des bâtiments et l'extrémité de la route.

Costas avança son Aquapod jusqu'à ce que les ballasts soient posés sur le sol, juste avant le début de la côte. Il envoya un long jet d'eau et retourna à la position de Jack.

« C'est exactement ce que je pensais ! »

Le limon s'effaça pour faire apparaître une terrasse étagée semblable aux gradins d'un théâtre. Entre le sol et le début de la terrasse, se trouvait un mur vertical de trois mètres de haut.

« Ce mur a été taillé dans la pierre, dit Costas. C'est du tuf, non ? La même pierre sombre que celle qui était utilisée dans la Rome antique. Légère mais solide, facile à tailler mais capable de supporter une lourde charge.

– Mais nous n'avons vu aucun ouvrage de maçonnerie, protesta Jack.

– Il doit y avoir des structures impressionnantes quelque part. »

Jack regarda attentivement ce qui se trouvait devant eux. « Ce n'est pas une simple carrière. Suivons ces terrasses et voyons où elles nous mènent. »

Vingt minutes plus tard, ils avaient balayé trois côtés d'une vaste cour engloutie de près d'un kilomètre de long et cinq cents mètres de large. Tandis que le réseau des rues suivait l'ancien littoral, avec des artères parallèles ou perpendiculaires à la côte, la cour était alignée sur le sud-est. Ils en avaient fait le tour dans le sens des aiguilles d'une montre et se trouvaient désormais à la limite sud-est, en face de leur point de départ. Au-dessus d'eux, les bâtiments et la route reprenaient juste en face de l'endroit où ils apparaissaient de l'autre côte de la cour.

« Cela ressemble à un stade, murmura Costas. Je me souviens t'avoir entendu dire que les cours des palais crétois étaient destinées à la tauromachie, aux sacrifices et autres rituels.

– Les cours minoennes étaient plus petites, répondit Jack. Même l'arène du Colisée de Rome ne mesure que quatre-vingts mètres de large. C'est immense. » Il réfléchit un instant. « C'est juste un pressentiment mais, avant de continuer à suivre la route, j'aimerais aller au milieu de cet espace. »

À l'intérieur de sa coupole, Costas hocha la tête.

Ils commencèrent à traverser la cour en direction de l'ouest. Au bout de cent cinquante mètres, ils s'arrêtèrent. Devant eux, se trouvait une masse rocheuse recouverte de limon, dont la forme irrégulière était très différente des parois de la cour.

Costas envoya un jet d'eau à la surface du rocher et sa coupole fut entourée de limon. Après quelques instants, sa voix se fit entendre dans l'interphone.

« C'est ce qu'il reste d'une ancienne carrière. »

Jack balayait lentement le sud-est le long d'une saillie qui s'étendait sur vingt mètres à partir de la masse principale et se terminait par un bord arrondi d'environ deux mètres de haut et cinq mètres de large. Costas le suivit et le regarda nettoyer la surface avec sa lance à eau, tandis que le limon dansait autour de la roche nue.

Ils restèrent interdits devant la forme qui se dessinait devant eux, incapables d'accepter ce qu'ils voyaient.

« Mon Dieu.

– C'est… bredouilla Jack.

– C'est une patte, murmura Costas.

– Une patte de lion. »

Jack retrouva rapidement son sang-froid.

« Ce doit être une statue gigantesque, d'au moins cent mètres de long et trente mètres de large.

144

– Est-ce que tu penses à la même chose que moi ?

– *Un sphinx.* »

L'espace d'un instant, les deux hommes se regardèrent fixement à travers leurs coupoles dans un silence ébahi. Finalement, la voix de Costas grésilla dans l'interphone.

« Cela semble incroyable, mais tout est possible ici. Ce qui se trouve là-haut est très loin de l'itinéraire que nous suivions et nous ne l'aurions pas repéré. Je vais voir ce que c'est. »

Jack resta immobile tandis que Costas se dirigeait vers le haut. La coupole s'éloigna progressivement jusqu'à ce qu'il ne reste qu'un halo de lumière de plus en plus faible. Alors que celui-ci était sur le point de disparaître, il s'arrêta brusquement à environ trente mètres du lit marin.

Jack attendait anxieusement les observations de Costas. Après plus d'une minute, il ne put s'empêcher d'intervenir.

« Qu'est-ce que tu vois ? »

La voix qui lui parvint semblait étrangement étouffée.

« Rafraîchis-moi la mémoire. Un sphinx a un corps de lion et une tête d'homme, n'est-ce pas ?

– Oui.

– Que penses-tu de cette variante ? »

Costas alluma ses projecteurs au maximum. L'image qui apparut tout en haut était à la fois imposante et terrifiante, comme dans un cauchemar. C'était comme si un éclair, par une nuit d'orage, avait fait apparaître devant eux une bête immense, dont les traits se seraient profilés dans une lueur spectrale éclatant entre des bancs déferlants de nuages.

Jack resta figé. Il avait grand-peine à assimiler cette image à laquelle, malgré toute leur expérience, toutes leurs années d'exploration et d'extraordinaires découvertes, ils n'auraient jamais pu se préparer.

C'était une énorme tête de taureau, dont les cornes immenses se dressaient dans l'obscurité au-dessus de l'arc de lumière. La gueule à demi ouverte donnait l'impression que l'animal s'apprêtait à baisser la tête et à gratter le sol avant de charger.

Après ce qui sembla être une éternité, Costas orienta son Aquapod vers l'avant et dirigea la lumière le long du cou de la bête jusqu'à l'endroit où celle-ci se transformait en lion.

« Il est taillé dans la pierre, précisa-t-il, du basalte, on dirait. Les cornes s'élèvent à au moins dix mètres au-dessus des bâtiments. À l'origine, il devait s'agir d'une crête saillante de lave, qui s'étendait jusqu'à la mer. »

Il descendait plus rapidement maintenant et ne tarda pas à rejoindre Jack.

« Il fait face au volcan, poursuivit-il, ce qui explique l'étrange alignement de la cour. Il est orienté en fonction des sommets jumeaux et non de l'ancien littoral, qui a dû être un point de repère plus commode pour la configuration du réseau de rues. »

Jack saisit immédiatement le sens des paroles de Costas.

« Et le soleil levant devait briller juste entre les cornes et les deux sommets, dit-il. Même les Anciens n'auraient pas pu imaginer un tel spectacle dans leurs rêves les plus fous sur la cité perdue de l'Atlantide. »

Les deux Aquapod s'élevèrent lentement au-dessus du sol, provoquant un nuage de limon dans la cour. La silhouette imposante de l'immense sphinx à tête de taureau fut engloutie derrière eux par l'obscurité, mais l'image de cette tête colossale surmontée de longues cornes resta gravée dans leur esprit.

Le périmètre sud-est était plus élevé que le reste. Il se dressait à au moins dix mètres à la verticale.

« C'est un escalier, dit Jack. Une grande entrée donnant accès à la cour. »

Les deux Aquapod virèrent de part et d'autre, Jack à gauche et Costas à droite. Bientôt, chacun ne fut plus pour l'autre qu'une petite tache jaune dans le noir. Au sommet, se trouvait une large voie, dont leurs lances à eau firent apparaître la surface blanche lustrée.

« On dirait un pavage en marbre.

— Je ne savais pas que les hommes avaient exploité la pierre si tôt. » Costas avait déjà été stupéfié par l'ampleur de l'extraction de pierre dans la cour et, maintenant, il avait la preuve de l'existence de travaux de maçonnerie. « Je pensais que l'exploitation de la pierre n'avait pas commencé avant les Égyptiens.

— Les chasseurs de l'âge de la pierre ont cherché des silex pour faire des outils, mais ce sont les premiers indices de la taille de pierre à bâtir. Ceux-ci sont antérieurs d'au moins deux mille ans aux premières carrières égyptiennes. »

Ils continuèrent à avancer en silence, incapables de saisir l'énormité de leur découverte. Deux tourbillons phosphorescents tournoyaient derrière eux comme des traînées de condensation. La route était orientée de la même façon que la cour et menait directement du regard du sphinx à tête de taureau au pied du volcan.

« Je vois des structures sur ma droite, annonça Costas. Des piédestaux, des piliers, des colonnes. Je viens d'en voir une d'environ deux mètres de diamètre, de forme quadrangulaire. Elle s'élève à perte de vue. Elle ressemble à un obélisque.

– J'aperçois la même de mon côté, dit Jack. Elles sont disposées de façon symétrique, comme à l'entrée des temples égyptiens de Louxor et de Karnak. »

Les projecteurs leur laissaient entrevoir une succession de formes fantomatiques de part et d'autre de la voie processionnelle, des silhouettes apparaissant et disparaissant comme des visions furtives dans une tempête de sable. Ils virent des autels et des plinthes, des statues à tête d'animaux et les membres sculptés de créatures trop bizarres pour être discernées. Ils commençaient à se sentir mal à l'aise, comme s'ils étaient attirés par ces sentinelles qui leur faisaient signe de les suivre dans un monde dépassant les limites de leur expérience.

« On dirait l'entrée des Enfers », murmura Costas.

Ils foncèrent entre les sinistres rangées de statues, dont la présence inquiétante et menaçante semblait leur reprocher de profaner un domaine qui avait été à elles seules pendant des millénaires.

Quelques instants plus tard, la pâleur disparut et la voie se termina de façon brutale au pied de deux grandes structures séparées par un passage central. Celui-ci mesurait environ dix mètres de large, soit moins de la moitié de la largeur de la voie principale, et comportait de longues marches, comme celles qui partaient de la cour.

« Je vois des blocs carrés de quatre ou cinq mètres de côté et peut-être deux mètres de haut, s'écria Costas avec enthousiasme. Voilà à quoi a servi la pierre de la carrière ! » Il s'arrêta juste à l'entrée du passage et, à l'aide de sa lance à eau, retira le limon qui recouvrait la base de la paroi. Il orienta la lumière de façon à ce qu'elle éclaire la structure.

Jack se trouvait à environ dix mètres de Costas et aperçut son visage sous la coupole en regardant de côté.

« À mon tour de partir en reconnaissance. »

Il vida de l'eau et commença à monter mais, au lieu d'aller progressivement vers le haut, il disparut brusquement au-dessus d'un rebord, non loin de là.

Quelques longues minutes plus tard, sa voix grésilla dans l'interphone.

« Costas, tu me reçois ? C'est incroyable.

– Qu'est-ce que c'est ? »

Après une brève pause, Jack répondit : « Pense aux monuments les plus fantastiques de l'Égypte ancienne. » L'Aquapod de Jack réapparut, tandis qu'il redescendait à l'intérieur du passage.

« Pas une pyramide ?

– Si, justement.

– Mais les faces des pyramides sont en pente. Ici, elles sont verticales.

– Ce que tu vois est la base d'une immense terrasse, expliqua Jack. Environ dix mètres plus haut, il y a une plate-forme de dix mètres de large. Et au-dessus, une autre terrasse de même largeur, et encore une autre... J'ai suivi toute cette face et j'ai vu que la structure en terrasses continuait sur la face sud-est. C'est le modèle de base des premières pyramides égyptiennes, les pyramides à degrés du début du troisième millénaire avant Jésus-Christ.

– Combien mesure-t-elle ?

– C'est toute la différence. Elle est immense, plutôt comme la grande pyramide de Gizeh. Je dirais qu'elle mesure cent cinquante mètres de large à la base et quatre-vingts mètres de haut, soit plus de la moitié de la profondeur de la mer. C'est incroyable. Ce doit être le plus ancien et le plus grand ouvrage de maçonnerie du monde.

– Et de mon côté ?

– Pareil. Une paire de pyramides gigantesques marquant la fin de la voie processionnelle. Derrière, il doit y avoir une sorte de temple ou de complexe mortuaire, peut-être taillé dans la paroi du volcan. »

Costas activa le moniteur de navigation, qui s'éleva devant lui comme le viseur d'un pilote de chasse. Jack regarda le modem à impulsion radio, qui fit apparaître la même image sur son écran.

« C'est une carte hydrographique récemment déclassifiée, expliqua Costas, réalisée par un navire hydrographique britannique qui a effectué des sondages manuels après la défaite de la Turquie ottomane face aux Alliés, à la fin de la Première Guerre mondiale. Malheureusement, la Royal Navy a eu très peu de temps avant que la république de Turquie ne prenne le contrôle et que la montée du communisme soviétique ne ferme l'accès à la mer Noire. C'est la carte la plus détaillée dont on dispose mais, à une échelle de 1:50 000, elle ne montre que les principales courbes bathymétriques.

– Où veux-tu en venir ?

– Regarde l'île, dit-il en saisissant une commande pour faire un gros plan. Les seuls éléments irréguliers suffisamment gros pour apparaître sur le levé sont ces deux monts sous-marins situés contre le flanc nord-ouest de l'île. Étrangement symétriques, non ?

– Les pyramides ! s'exclama Jack avec un large sourire. Notre travail de détective en prend un coup. L'Atlantide se trouve sur une carte depuis plus de quatre-vingts ans. »

Ils traversèrent le passage. De part et d'autre, les pyramides imposantes, à la maçonnerie parfaite, étaient à peine visibles dans l'obscurité. Conformément à l'estimation de Jack, ils arrivèrent à l'autre extrémité cent cinquante mètres plus loin. Les marches se poursuivaient dans le noir.

Ils progressaient lentement à une altitude constante d'un mètre au-dessus du lit marin et le seul son audible était le bruissement des jets d'eau.

« Attention ! »

Soudain, Jack entendit un grand bruit suivi d'un juron étouffé. Pendant une fraction de seconde, Costas avait relâché son attention et il venait de heurter un obstacle droit devant.

« Ça va ? »

Jack, qui était resté cinq mètres en arrière, s'approcha à sa hauteur et regarda à travers le tourbillon de limon, le visage marqué par l'inquiétude.

« Pas de dommages apparents, répondit Costas. Heureusement, nous avancions au pas. »

Costas vérifia l'état du bras automatisé et des projecteurs avant de reculer de quelques mètres. Jack se détendit lorsqu'il vit que le submersible n'était pas endommagé.

« Règle numéro un de la conduite, toujours regarder où on va, dit-il à Costas.

– Merci du conseil.

– Bon, qu'est-ce que c'est ? »

Ils s'efforcèrent de voir à travers le limon. Le choc avait réduit la visibilité à moins d'un mètre mais, lorsque les sédiments se redéposèrent, ils commencèrent à distinguer une forme curieuse, juste devant eux.

« On dirait un énorme miroir de salle de bains », affirma Costas.

C'était un immense disque, de peut-être cinq mètres de diamètre, posé sur un piédestal d'environ deux mètres de haut.

« Regardons les inscriptions, suggéra Jack. Tu retires le limon et je vais me placer un peu au-dessus pour essayer de voir quelque chose. »

Costas détacha un gant métallique de son tableau de bord, y enfila son bras gauche et plia les doigts. Le bras automatisé situé à l'avant de l'Aquapod reproduisit ses gestes avec exactitude. Costas orienta le bras vers l'ajutage de la lance à eau, qui dépassait du train d'atterrissage, et sélectionna un tube de la taille d'un stylo. Après avoir activé la lance, il entreprit un nettoyage méthodique du centre vers l'extérieur du disque en traçant des cercles concentriques sur la pierre.

« C'est une roche à grain fin. » La voix provenait d'un halo jaune qui constituait tout ce que Jack voyait de Costas dans le limon. « Du granit ou de la brèche, semblable au porphyre égyptien, sauf qu'il y a des particules vertes rappelant le *lapis lacedaemonius* de Sparte. Cela devait être un affleurement de marbre local, submergé par l'inondation.

– Tu vois des inscriptions ?

– Il y a des cannelures linéaires. »

Costas recula un peu pour monter au niveau de Jack. Lorsque le limon se redéposa, tout le motif apparut.

Jack poussa un cri de joie. « On a réussi ! »

Avec une précision géométrique, le maçon avait sculpté un ensemble de cannelures horizontales et verticales sur la surface polie. Au centre, se trouvait un symbole semblable à la lettre H, avec une ligne verticale sous la barre horizontale et une rangée de petites lignes horizontales partant des côtés comme l'extrémité d'un râteau.

Jack glissa sa main libre dans sa combinaison et en sortit une copie électrolytique du disque d'or pour la montrer à Costas. C'était une réplique exacte réalisée par laser au musée de Carthage, où l'original avait été mis en sécurité. Elle avait été transférée sur la *Sea Venture* par hélicoptère peu après leur arrivée.

« J'ai apporté ça, au cas où, précisa Jack.

– *L'Atlantide*, dit Costas en souriant.

– Ceci doit marquer l'entrée. »

Malgré son enthousiasme, Jack regarda son ami avec détermination.

« Nous devons nous dépêcher. Nous avons déjà dépassé notre temps de reconnaissance et la *Seaquest* va nous attendre au moment de rétablir le contact. »

Ils accélérèrent et s'élancèrent de part et d'autre du disque de pierre, mais ils durent ralentir presque immédiatement. Une pente abrupte se dressait devant eux. Le passage rétrécissait jusqu'à un escalier raide à peine plus large que les deux Aquapod. Lorsqu'ils commencèrent leur ascension, ils ne purent que discerner les versants vertigineux du volcan de chaque côté.

Costas leva ses projecteurs et regarda attentivement devant lui, conscient d'avoir frôlé la catastrophe quelques minutes auparavant. Après seulement quelques mètres, il dit à Jack : « Il y a quelque chose d'étrange ici. »

Jack, quant à lui, était fasciné par les têtes d'animaux sculptées qui bordaient son côté de l'escalier. Elles semblaient monter en procession tout en l'attirant avec elles. Il y en avait une par marche. Au premier abord, elles ressemblaient aux lions féroces de l'art sumérien et égyptien. Mais, en y regardant de plus près, Jack constata avec étonnement qu'elles avaient d'immenses incisives, comme les tigres à dents de sabre de la période glaciaire. Il y avait tant de merveilles à découvrir, se dit-il.

« Qu'est-ce qu'il y a ? demanda-t-il.

– Il fait incroyablement sombre au-dessus de nous, répondit Costas perplexe. Il fait presque noir. Nous sommes remontés à une profondeur de seulement cent mètres et il devrait y avoir davantage de lumière naturelle résiduelle. Il devrait faire de plus en plus clair et non de plus en plus sombre. Il doit y avoir une sorte de surplomb. Je suggère que nous… Stop ! »

Les Aquapod s'arrêtèrent à seulement quelques centimètres de l'obstacle.

« Bon Dieu, s'exclama Costas en poussant un grand soupir, j'ai failli recommencer. »

Les deux hommes restèrent bouche bée. Au-dessus d'eux, se dressait une forme colossale qui s'étendait à perte de vue de chaque côté. Juste en travers de l'escalier, elle leur bloquait le chemin et dissimulait toute entrée pouvant se trouver au-delà.

« Mon Dieu, s'écria Jack, je vois des rivets. *C'est une épave.* »

Son esprit passa à une vitesse vertigineuse de l'Antiquité la plus reculée au monde moderne, face à cette intrusion qui semblait presque blasphématoire après tout ce qu'ils avaient vu.

« Elle a dû se glisser entre les pyramides et le volcan.

– Il ne manquait plus que ça, dit Jack d'un ton résigné. Elle date probablement de la Première ou de la Seconde Guerre mondiale. Dans la mer Noire, il y a beaucoup de bateaux non répertoriés qui ont été coulés par des U-Boots.

– J'ai un mauvais pressentiment, lui confia Costas, qui avait commencé à monter en longeant la coque. Je reviens dans une minute. »

Il s'éloigna sur la gauche, presque à perte de vue, puis fit demi-tour pour revenir sur ses pas sans s'arrêter, ses projecteurs orientés en direction de la masse sombre. Jack s'interrogeait sur l'étendue des dégâts, sur le temps précieux qu'il faudrait pour franchir ce nouvel obstacle.

« Alors, qu'est-ce que c'est ? »

Costas arriva à sa hauteur et lui dit d'une voix posée, mêlée d'appréhension et d'excitation :

« Tu peux oublier l'Atlantide pour le moment. On vient de tomber sur un sous-marin nucléaire russe. »

Chapitre 13

« C'est un SNA de type *Akula*, un sous-marin nucléaire d'attaque. Je suis sûr qu'il s'agit du *Kazbek*, le bateau qui a disparu dans ce secteur en 1991. »

York était penché au-dessus des écrans de la passerelle de commandement de la *Seaquest* et regardait tour à tour l'image sonar acquise par l'intermédiaire d'un ROV qui avait balayé le secteur de l'épave et une série de caractéristiques techniques téléchargées sur la base de données de l'UMI concernant les vaisseaux de l'ex-bloc soviétique.

Jack et Costas, qui avaient regagné la *Seaquest* moins d'une heure auparavant, étaient déjà en conférence avec York et Howe. La tempête avait couvé dans le ciel du nord toute la matinée et commençait à faire sentir ses effets. Howe avait activé le système de régulation d'eau de ballast pour assurer la stabilité du bateau. C'était un contretemps fâcheux qui n'avait fait que renforcer le désir de Jack de retourner sous l'eau de toute urgence. Tout le personnel disponible était réuni autour de la console pour tenter d'identifier la sinistre présence qui leur barrait la route sur le lit marin.

« *Akula* est l'appellation de l'Otan. Cela signifie requin en russe. *Kazbek* est le nom de la plus haute montagne du Caucase central. » Katya s'approcha de la console, un café à la main. « L'appellation soviétique est Projet 971.

– Comment pouvez-vous savoir tout cela ? »

La question était posée par un scientifique qui avait rejoint la *Seaquest* à Trabzon, un homme aux cheveux raides affublé de lunettes à verres épais, qui regardait Katya avec un mépris non dissimulé.

« Avant de passer mon doctorat, j'ai fait mon service militaire en tant qu'analyste dans la section de lutte sous-marine du service de renseignement de la marine soviétique. »

Le scientifique tripota ses lunettes et garda le silence.

« Nous considérions les *Akula* comme les meilleurs sous-marins d'attaque, l'équivalent des *Los Angeles* américains, ajouta-t-elle. Le *Kazbek* a été mis sur cale à Komsomolsk-sur-Amour en 1988 et mis en service début 1991. Un seul réacteur, contrairement aux estimations des services de renseignement occidentaux. Quatre tubes de lancement de 650 millimètres et six de 533 millimètres pour des armes multiples, notamment des missiles de croisière.

– Mais il n'a pas de têtes nucléaires, affirma York. Ce n'est pas un SNLE, un sous-marin nucléaire lance-engins. Ce que je ne comprends pas, c'est pourquoi les Russes ont tout fait pour garder le secret sur cette disparition. Nous connaissions la majeure partie de cette technologie depuis l'apparition de ce type de sous-marin, au milieu des années 1980. Juste avant que je ne quitte la Royal Navy, j'ai participé à une visite de la base sous-marine de la flotte du Nord, à Yagelnaya, près de Mourmansk, dans le cadre du traité sur la réduction des armes stratégiques. Nous avons eu droit à une visite guidée du dernier *Akula*. Nous avons tout vu, excepté le compartiment du réacteur et le centre des opérations tactiques.

– Une équipe de l'UMI a retiré un *Akula I* du service après l'accord de Vladivostok, il y a deux ans, ajouta Costas. Je l'ai dépecé personnellement morceau par morceau.

– Qu'est-il arrivé au *Kazbek* ? demanda un membre d'équipage. Une défaillance du réacteur ?

– C'est ce que nous avons craint à l'époque, répondit Mustafa Alközen en s'avançant pour s'adresser au groupe. Une fusion aurait provoqué une fuite radioactive importante, qui aurait tué l'équipage et irradié la mer sur des kilomètres à la ronde. Cependant, le système d'alerte avancée de la Turquie n'a pas détecté de radiations anormales dans les eaux territoriales.

154

– De toute façon, une défaillance du réacteur entraîne rarement une fusion, mais plutôt une réduction de l'émission de radiations, affirma York. Et cela n'a pas de conséquences directes car, si le cœur ne peut être réactivé, il y a toujours les diesels auxiliaires pour prendre le relais.

– Ce que nous allons voir va peut-être apporter une réponse à cette question », dit Costas en attirant leur attention vers l'écran situé au-dessus de la console, après avoir téléchargé les images prises depuis son Aquapod. Il saisit la télécommande et fit défiler en avance rapide des vues extraordinaires du sphinx à tête de taureau et des pyramides, jusqu'à ce que les formes deviennent moins distinctes. Il arrêta la vidéo lorsqu'apparut une masse d'objets métalliques enchevêtrés, l'épave, qui se dessinait dans un halo jaune là où les projecteurs reflétaient les sédiments en suspension dans l'eau.

« La poupe, annonça Costas. L'hélice, ou ce qu'il en reste. Les sept pales sont intactes, mais elle a été arrachée au niveau de l'arbre. Cet amas, au premier plan, est l'aileron stabilisateur inférieur et, au-dessus, on peut voir l'aileron arrière supérieur caractéristique des *Akula*.

– L'impact a dû être terrible, dit un membre d'équipage.

– Nous avons observé la pyramide orientale juste avant de refaire surface, poursuivit Costas. La maçonnerie a été très endommagée à l'angle qui se trouve en face du volcan. Nous pensons que le sous-marin se dirigeait vers le sud-ouest à sa vitesse maximale, soit plus de trente nœuds, et qu'il a détecté ces structures trop tard pour les contourner. Il a évité la collision frontale en virant à bâbord mais, pendant la manœuvre, la poupe a heurté la pyramide et provoqué les dégâts que nous voyons ici. Il a continué à avancer pendant encore cent mètres, jusqu'à ce que la proue soit bloquée dans une impasse juste devant l'escalier. Il coulé tout droit entre la pyramide et le volcan.

– Incroyable ! s'exclama York. Cela aurait été de la folie d'avancer à cette vitesse si près d'une île aussi mal cartographiée.

– Il y a certainement eu un gros problème, admit Costas.

– À notre connaissance, il n'y a eu aucun survivant, poursuivit York. Pourtant, même à cent mètres, l'équipage aurait eu une chance de s'en sortir grâce à la version soviétique du gilet de sauvetage avec cagoule Steinke et système de respiration intégré. Même un seul corps flottant à la surface aurait été repéré par satellite grâce l'émetteur radio miniature intégré à la cagoule. Pourquoi n'ont-ils pas éjecté une bouée SLOT, un émetteur unidirectionnel lancé par sous-marin ? Quant à la coque, c'est encore plus déconcertant. Vous dites que les dommages sont externes et que la carène ne semble pas avoir été percée. Alors pourquoi n'ont-ils pas chassé aux ballasts ? L'*Akula* est doté d'une double coque avec une réserve de flottaison trois fois plus importante que celle d'un navire monocoque.

– Bonnes questions, intervint Jack en sortant de l'ombre où il écoutait tranquillement. Et il se pourrait bien que nous trouvions des réponses. Mais nous devons nous en tenir à notre objectif. Le temps passe vite. »

Il se plaça en face du groupe, à côté de Costas, et balaya l'assemblée du regard.

« Nous sommes ici pour trouver le cœur de l'Atlantide, pas pour relancer la guerre froide. Nous pensons que le texte nous mène à l'intérieur du volcan, en haut de la voie processionnelle qui va du sphinx à tête de taureau à une sorte de sanctuaire. L'escalier se poursuit sous le sous-marin mais pas au-delà. Nous avons vérifié. »

Il posa les mains sur ses hanches.

« Notre objectif se trouve sous un cylindre de métal de cent huit mètres de long et de neuf mille tonnes. Nous partons du principe que la chasse aux ballasts est impossible. Même si vous aviez le matériel nécessaire pour déplacer le sous-marin, nos activités seraient repérées à la surface et les Russes ne tarderaient pas à nous tomber dessus. En tentant d'obtenir de l'aide de l'extérieur, nous perdrions immédiatement l'initiative. L'Atlantide serait à la merci d'Aslan et de sa bande de pillards. Ces images du site seraient les dernières qu'il vous serait donné de voir. »

Il marqua un temps d'arrêt et ajouta d'une voix calme :

« Nous n'avons qu'une seule solution. Nous allons devoir y pénétrer et nous frayer un chemin à travers la paroi rocheuse. »

« Profondeur soixante-quinze mètres. Soixante-seize. Le sous-marin devrait bientôt être à portée de vue. »

Katya regarda à travers le hublot de Plexiglas, sur sa gauche. L'obscurité qui semblait d'abord impénétrable se transforma peu à peu en un paysage marin habité de formes et d'ombres gigantesques. La coque sombre de l'épave surgit soudain dans toute sa terrible ampleur. Costas relâcha la colonne de direction et se tourna vers son copilote.

« Jack, prépare le train d'atterrissage. Attention aux secousses. »

Katya était assise à côté de deux membres d'équipage et de tout un tas d'équipements dans le fuselage central du DSRV-4, le véhicule de sauvetage en grande profondeur présent sur tous les navires *Sea* de l'UMI. À l'avant du plancher, se trouvait une trappe d'évacuation universelle pouvant être couplée avec l'écoutille de secours de pratiquement n'importe quel sous-marin pour évacuer les sous-mariniers bloqués par groupe de huit ou dix. Les membres d'équipage avaient effectué les derniers ajustements sur le collet d'arrimage standard pour l'adapter au SNA russe.

Vingt minutes plus tôt, ils avaient jeté un dernier coup d'œil à la *Seaquest*, tandis que sa silhouette vacillante s'éloignait au-dessus d'eux sur une mer agitée.

« Direction 180 degrés plein sud. Profondeur 95 mètres. »

Ils se posèrent sur l'avant du sous-marin avec un bruit sourd. Devant eux, se trouvaient le kiosque, le périscope et le réseau d'antennes, à peine visibles dans la lumière des projecteurs, au-dessus des hublots sombres de la passerelle. Pour la première fois, ils purent se rendre compte de la taille du sous-marin. Long comme un terrain de football, il avait un tonnage deux fois plus important que celui de la *Seaquest*.

Costas se tourna vers Jack. « L'*Akula* est le sous-marin le plus discret que les Soviétiques aient jamais conçu. Il est doté d'un revêtement anéchoïque, une fine couche de mousse de caoutchouc collée sur la paroi externe absorbant les impulsions des sonars actifs. C'est pour cette raison que nous n'avons pas fait davantage de bruit en atterrissant. Cela facilite également l'adhésion des ventouses hydrauliques de notre train d'atterrissage. »

Il poussa le levier de commande en avant. Le DSRV bondit de quelques mètres en direction de l'aileron et redescendit jusqu'à ce que le sas de secours soit en vue.

« Exactement ce que soupçonnait York. Le sas est bel et bien fermé. S'ils avaient tenté de s'échapper, il serait ouvert. »

Costas avait calculé que l'escalier antique devait se trouver sous la salle des torpilles, près de la pointe avant, si bien que l'écoutille de secours avant était le point d'accès le plus proche. Katya avait expliqué qu'en cas d'urgence, même de niveau faible, les cloisons devaient se fermer automatiquement pour isoler le réacteur de la zone opérationnelle avant. La salle des torpilles n'était donc pas accessible par l'arrière.

« Tout en douceur. »

Costas avait utilisé l'écran de navigation numérique pour aligner le DSRV avec son objectif. Quelques instants plus tard, il avait entendu avec satisfaction un bruit sourd lui confirmant que l'anneau d'arrimage s'était positionné sur l'écoutille de secours. Il éteignit le système de navigation et actionna quatre manettes de part et d'autre du levier de commande. Le DSRV s'accrocha au pont à l'aide de ses stabilisateurs à ventouses.

« Atterrissage parfait. Arrimage effectué. »

Il détacha sa ceinture et tourna la tête pour s'adresser à Katya et aux deux membres d'équipage.

« Répétons la manœuvre une dernière fois. D'après le sonar à pénétration profonde du ROV, la partie avant du sous-marin est restée étanche. Pour le reste, nous n'en sommes pas sûrs, car le réacteur et les autres pièces de machinerie occupent la majeure partie de l'espace interne, mais ce n'est pas forcément inondé. »

Il se glissa vers le dispositif de couplage, suivi de Jack.

« Juste au-dessous de nous se trouve le sas de secours avant, poursuivit-il. En cas de sortie en milieu aquatique, les sous-mariniers grimpent dans la chambre équipés de leur recycleur. La porte inférieure se ferme, le sas se remplit d'eau et les membres d'équipage sortent par la porte supérieure.

– Et en cas de sortie à sec ? demanda Katya.

– Le DSRV est couplé directement avec l'écoutille de secours externe, répondit Costas. Dans la version modifiée de l'*Akula I*, la porte étanche se trouve dans la coque au bout d'un couloir de deux mètres, qui constitue un sas externe supplémentaire destiné à renforcer la sécurité de l'équipe de sauvetage. Nous pouvons nous coupler avec la coque, trappe d'évacuation fermée, ouvrir l'écoutille externe, pomper l'eau de la chambre externe et ouvrir la porte du sas, deux mètres plus loin, à l'aide d'un bras automatisé. Ensuite, nous utiliserons la batterie de capteurs externes du DSRV pour tester l'environnement intérieur sans nous y exposer. »

Costas fit un signe de tête aux membres d'équipage et ceux-ci effectuèrent les opérations d'étanchéité. Après avoir verrouillé manuellement l'anneau d'arrimage, ils se glissèrent à l'arrière du submersible et s'assirent côte à côte devant une petite console. L'un d'eux appuya sur un bouton et la partie du plancher surmontant la trappe d'évacuation, devant Katya, se rétracta dans la coque du DSRV pour faire apparaître un dôme de Plexiglas concave, qui s'éclaira sous la lumière d'un projecteur. Les membres d'équipage entreprirent d'ouvrir l'écoutille du sous-marin. Quelques instants plus tard, on entendit un sifflement aigu tandis que l'eau de mer située à l'intérieur de la chambre était pompée et remplacée par de l'air issu d'un des cylindres à haute pression externes du DSRV.

« Évacuation effectuée, pression équilibrée, annonça l'un des membres d'équipage. Activation du bras automatisé. »

Katya se faufila entre Costas et Jack pour mieux voir. Au-dessous d'eux, ils virent un long tube fin se terminant par une sorte de grappin, dont le mouvement était contrôlé par un des membres d'équipage à l'aide d'un petit levier de commande et d'un écran de navigation.

« Tout est basé sur le différentiel de pression, expliqua Costas. Nous avons rempli la chambre d'air à pression barométrique ambiante, celui que nous respirons dans le DSRV. Nous allons accrocher ce bras à la porte étanche, exercer une traction, puis réduire progressivement la pression dans la chambre jusqu'à ce qu'elle soit inférieure à celle du sous-marin. Et bingo, la porte s'ouvrira. »

Ils regardèrent le bras automatisé déclencher le verrouillage de sécurité et saisir la poignée centrale avant de se redresser pour exercer la traction. À l'extrémité de la console, l'homme d'équipage était concentré sur l'écran, qui affichait un gros plan de la porte.

« Pression un bar. » Il ouvrit une valve sur une conduite située au-dessus de lui et activa une pompe à extraction, qui aspira l'air de la chambre. « Réduction en cours. »

« 0,95 bar. 0,90. 0,85. 0,80. Ouverture ! »

Il referma brusquement la valve et ils virent la porte étanche voler dans la chambre comme si elle surfait sur une vague. Le bras automatisé se rétracta et tira la porte contre la paroi. Ils aperçurent l'intérieur du sous-marin, tandis que le projecteur éclairait les canalisations et les cloisons du passage qui s'ouvrait au-dessous d'eux.

« Pression 0,795 bar.

– Approximativement ce que j'avais estimé. » Costas se tourna vers les membres d'équipage. « Donnez-moi toutes les spécifications environnementales avant de compenser. »

Une batterie de capteurs externes intégrant un spectromètre à gaz, un compteur Geiger et un dosimètre de radiation s'abaissa devant eux.

« Dose de radiation 0,6 millirem par heure, moins que dans un avion de ligne. Niveau de toxicité général moyen, aucun signe de fuite gazeuse ou chimique. Teneur en ammoniac élevée, sans doute en raison d'une décomposition organique. Oxygène 8,2 %, azote 70 %, dioxyde de carbone 22 %, monoxyde de carbone 0,8 %, un peu risqué pour une exposition prolongée. Température plus deux degrés Celsius. »

« Merci, Andy. » Costas regarda Jack en faisant la grimace. « Si on rentrait là-dedans, on aurait l'impression d'atterrir au sommet de l'Everest en tenue tropicale, la bouche pleine d'œufs pourris.

– Merveilleux ! s'exclama Jack. Pourquoi est-ce que ce genre de choses arrive toujours quand tu mènes les opérations ? »

Costas sourit et se tourna de nouveau vers la console. « Andy, compense avec de l'oxygène pur et active les absorbeurs-neutralisateurs de CO_2. »

Un sifflement aigu se fit entendre lorsque le DSRV commença à envoyer de l'oxygène dans le sas grâce à ses cylindres à gaz externes.

« L'*Akula* a ses propres absorbeurs-neutralisateurs, fit remarquer Katya. Si nous parvenions à les activer, l'opération s'effectuerait en interne. Il est également doté d'un dispositif qui décompose l'eau de mer pour libérer de l'oxygène. Ces sous-marins peuvent rester au fond de l'eau pendant des mois d'affilée et disposer d'un air plus pur et plus riche en oxygène qu'en surface.

– Cela prendrait trop de temps, répondit Costas en s'épongeant le front. La batterie qui alimente ces systèmes a dû se vider quelques mois après l'arrêt des diesels auxiliaires et je préfère garder la batterie du DSRV pour réactiver l'éclairage de secours. Notre absorbeur-neutralisateur intègre des brûleurs de monoxyde de carbone et d'azote et toute une série de filtres chimiques. »

Une voix parvint de la console. « Nous sommes à pression ambiante. Dans dix minutes, le cycle de neutralisation sera terminé.

– Bien, dit Costas, enfilons notre équipement. »

Ils portaient une combinaison environnementale, une tenue ajustée en néoprène renforcée de Kevlar, adaptée à tout type d'environnement, qui associait les caractéristiques des dernières combinaisons de plongée et de l'équipement de guerre chimique et biologique des Navy Seals américains. Fixées autour des mollets, des palmes en silicone flexibles pouvaient se tirer sur les pieds en milieu sous-marin.

Costas les briefa rapidement en attachant ses sangles. « Nous devrions pouvoir respirer en toute sécurité, mais je suggère que chacun porte tout de même son masque intégral pendant que les régulateurs humidifient et réchauffent l'air tout en filtrant les impuretés résiduelles. Un supplément d'oxygène sera libéré dès que le capteur détectera un changement atmosphérique. »

Le masque était un casque enrichi au silicium qui suivait étroitement la forme du visage. Une fois prêt, Costas aida Katya à mettre son backpack, un équipement aérodynamique en polypropylène qui comportait un recycleur d'oxygène compact, un détendeur à deux étages et un tribouteilles renforcé au titane rempli à huit cents fois la pression ambiante. Les bouteilles de l'UMI étaient ultralégères et peu encombrantes, moins lourdes que l'ancien bloc monobouteille du scaphandre autonome et ergonomiques. Par conséquent, ils se rendaient à peine compte du volume supplémentaire.

Ils portaient au poignet une microconsole affichant toutes les données environnementales ainsi que les calculs effectués pour le mélange d'hélium, d'oxygène et d'air à partir des bouteilles. Ce mélange s'effectuait automatiquement en fonction de la profondeur, du type de plongée, de la température et même de la physiologie de l'individu.

« L'interphone devrait nous permettre de communiquer avec le DSRV, précisa Costas. Allumez-le quand vous activerez le système autonome de survie, juste avant qu'on entre. »

Après avoir mutuellement vérifié leur équipement, Jack prit un Beretta 92 FS 9 millimètres rangé au-dessus la trappe. Il enfonça un chargeur quinze coups dans la crosse et glissa le pistolet dans un étui étanche avant de ranger un autre chargeur sur sa poitrine.

« Équipement standard. » Il sourit à Katya pour la rassurer en se souvenant de leur conversation de la nuit précédente sur les risques qu'ils encouraient. « On n'est jamais trop prudent dans ces cas-là.

– Docteur Howard. Un message urgent de la *Seaquest*.

– Passez en mode audio », répondit Jack. Il ouvrit sa visière et prit le micro que lui tendait l'homme d'équipage.

« Howard. À vous.

– Jack, c'est Tom, dit la voix grésillante de parasites. Cette tempête a fini par nous rattraper. Orages électriques violents, visibilité réduite à cinquante mètres. Vents de force dix minimum. C'est bien pire que je ne le craignais. Je ne peux pas maintenir notre position actuelle à proximité de l'île. Je répète, je ne peux pas maintenir notre position actuelle. À vous. »

Malgré la perturbation, le ton pressant de sa voix était parfaitement audible. Jack reprit la ligne.

« Quelles sont les prévisions météorologiques ? À vous.

– Une des plus grandes tempêtes jamais enregistrées à cette époque de l'année. Si vous voulez abandonner, faites-le maintenant. À vous. »

Le DSRV, qui était trop grand pour être déployé dans le poste d'amarrage interne de la *Seaquest*, avait été largué par le bossoir de la poupe. Cette manœuvre leur avait donné une idée précise des risques qu'ils encourraient en rentrant par mer agitée.

« Et si nous décidons de rester ? À vous.

– Vous serez seuls vingt-quatre heures. J'ai l'intention d'emmener la *Seaquest* au nord, à vingt milles nautiques derrière le front de la tempête, et de suivre celui-ci en revenant vers le sud. À vous.

– Le DSRV ne pourra pas suivre la *Seaquest* sous l'eau aussi loin, marmonna Costas entre ses dents. La batterie est conçue pour assurer la survie de l'équipage pendant les opérations de sauvetage et se viderait au bout de quelques milles. »

Jack tarda à lever le micro. « Tom, accordez-nous un moment. »

Pendant le bref silence qui suivit, il regarda ses compagnons, qui acquiescèrent tous d'un signe de tête. Andy et Ben étaient des vétérans de l'UMI. Andy, spécialiste des submersibles, était le technicien en chef de Costas et Ben, ex-membre du Royal Marine, avait servi dans la Special Boat Section avant de rejoindre le département de sécurité de Peter Howe. Tous deux fidèles à leur engagement envers l'UMI, ils suivraient Jack n'importe où.

Jack eut une poussée d'adrénaline lorsqu'il vit que la réponse était unanime et sans réserve. Ils étaient allés trop loin pour laisser leur objectif leur échapper. Les déplacements de la *Seaquest* devaient déjà avoir attiré l'attention de leurs adversaires, qui les élimineraient sans la moindre hésitation s'ils se mettaient en travers de leur route. Ils savaient que c'était leur unique chance.

Jack leva à nouveau le micro.

« Nous restons. Je répète, nous restons. Nous tirerons avantage du temps. Je pense que les navires hostiles ne pourront pas s'approcher non plus. Il nous faudra toute la durée de votre absence pour traverser le sous-marin. À vous.

– Je comprends, dit la voix difficile à discerner derrière les parasites. Rétractez votre bouée radio et utilisez-la uniquement en cas d'urgence, car elle sera détectée par tous les récepteurs à des kilomètres à la ronde. Attendez que nous vous contactions. Bonne chance à vous tous. Terminé. »

Pendant un moment, on n'entendit que le ronflement des absorbeurs-neutralisateurs de CO_2 et le vrombissement du moteur électrique qui entraînait la bouée radio à l'intérieur.

« Les dix minutes se sont écoulées, annonça Ben depuis la console. Vous pouvez y aller.

– Bien. Passons à l'action. »

Andy se fraya un chemin pour aller ouvrir le loquet d'arrimage. La trappe s'ouvrit vers l'extérieur sans aucune résistance, la pression à l'intérieur du sous-marin étant désormais égale à celle du DSRV.

Costas s'engouffra les jambes les premières et trouva les barreaux de l'échelle sur la paroi interne. Alors qu'il s'apprêtait à mettre son masque, il s'interrompit.

« Une dernière chose. »

Jack et Katya baissèrent les yeux vers lui.

« Ce n'est pas la *Marie Céleste*. Le *Kazbek* comptait un effectif de soixante-treize hommes lorsqu'il a coulé. Nous risquons de faire quelques découvertes macabres. »

« Nous allons suivre cette coursive. La cloison située derrière nous condamne le compartiment du réacteur », indiqua Costas en descendant du dernier barreau de l'échelle du sas de secours.

Il se retourna et sa lampe frontale projeta un faisceau vacillant dans le cœur du sous-marin. Jack le suivait de près. Il se plia presque en deux lorsqu'il remonta pour tendre la main à Katya. Celle-ci jeta un dernier coup d'œil aux hommes d'équipage, qui les regardaient depuis le DSRV, avant de baisser la tête pour passer l'écoutille et suivre ses deux compagnons.

« Qu'est-ce que c'est que cette pellicule blanche ? » demanda-t-elle.

Toutes les surfaces étaient recouvertes d'une couche pâle semblable à de la glace. Katya passa son gant le long d'une rampe et la substance se dissémina comme de la neige pour faire apparaître le métal brillant.

« C'est un précipité, répondit Costas. C'est sans doute le résultat d'une réaction d'ionisation entre le métal et le dioxyde de carbone, dont le niveau s'est élevé après l'arrêt des absorbeurs-neutralisateurs. »

Ce lustre spectral ne faisait que renforcer la sensation d'isolement dans cet endroit à la fois si proche et si éloigné de la cité antique, qui semblait appartenir à un monde imaginaire.

Ils avancèrent lentement le long d'un plan incliné qui menait à un espace plus vaste, plongé dans l'obscurité. Après avoir fait quelques pas à l'intérieur de la pièce, Costas s'arrêta sous un coffret électrique, situé entre les canalisations qui couraient au-dessus de leur tête. Il sortit de sa ceinture porte-outils un nettoyeur pneumatique miniature relié à une cartouche de CO_2, qu'il utilisa pour retirer le précipité recouvrant une douille. Il brancha un câble qu'il avait tiré depuis le DSRV et un voyant orange s'alluma en haut du tableau de distribution.

« Et voilà ! Ça marche encore après toutes ces années. Et nous qui pensions que la technologie soviétique était inférieure à la nôtre... Sans vouloir vous offenser, ajouta-t-il en regardant Katya.

– Il n'y a pas de mal. »

Quelques instants plus tard, l'éclairage fluorescent s'alluma. Les premières oscillations électriques surgirent comme un éclair à l'horizon. Lorsqu'ils éteignirent leurs lampes frontales, ils découvrirent un monde étrange, un amas de consoles et d'équipements marbrés de blanc. C'était comme s'ils se trouvaient dans un puits à glace, une impression renforcée par l'éclairage bleuté et les nuages que formaient leurs souffles dans l'air glacial en sortant de leurs masques.

« C'est le centre d'attaque du poste de commandement, dit Costas. Il devrait y avoir des indices de ce qui s'est passé. »

Ils entrèrent avec précaution en descendant un petit escalier. Sur le sol, se trouvait une pile de kalachnikovs, dont les chargeurs typiquement recourbés étaient tournés du côté de l'escalier. Jack en prit une sous le regard attentif de Katya.

« Arme des forces spéciales, avec crosse rétractable. L'AK-74M, la version de 5,45 millimètres dérivée de l'AK-47. Face à l'aggravation de la situation politique, le service de renseignement de l'état-major soviétique a envoyé des *spetsialnoye nazranie*, forces spéciales plus connues sous le nom de *spetsnaz*, dans certains sous-marins nucléaires. Le GRU était terrifié à l'idée d'un passage à l'Ouest ou d'une insurrection et les *spetsnaz* étaient directement sous ses ordres, sans passer par le capitaine.

– Mais ces armes devraient être dans l'armurerie, fit remarquer Jack. Et il y a encore quelque chose d'étrange, ici. » Il retira le chargeur et referma la culasse. « Le chargeur est à moitié vide et il y a une balle dans la chambre. Quelqu'un s'est servi de cette arme. »

Après une brève vérification, il s'avéra que les autres armes étaient dans le même état. Sous les fusils d'assaut, ils virent tout un tas de pistolets, chargeurs et douilles vides.

« On dirait que quelqu'un a remis de l'ordre après une bataille.

– C'est exactement ce qui s'est passé, confirma Costas depuis le centre de la pièce. Regardez autour de vous. »

Au milieu, se trouvait un fauteuil de commandement flanqué de deux colonnes dans lesquelles étaient logés les tubes périscopiques. Tout au long de l'estrade, des consoles destinées au commandement des armes et de la navigation étaient fixées aux murs et constituaient le centre opérationnel du sous-marin.

Tout était détruit. Les moniteurs n'étaient que des gouffres béants de verre brisé, dont les entrailles débordaient en un amas de fils électriques et de circuits imprimés. Les deux tubes périscopiques, dont les oculaires mutilés pendaient selon des angles insensés, étaient défigurés. La table à cartes avait été violemment fendue en deux. Les entailles dont elle était couverte provenaient incontestablement de tirs au fusil automatique.

« La station de contrôle du bateau a été dévastée par des coups de feu, dit Costas, qui observait les dégâts depuis un angle du fond de la pièce. Maintenant, je comprends pourquoi ils n'ont pas pu bouger.

– Où sont-ils ? demanda Katya. Où est l'équipage ?

– Il y avait des survivants. » Costas réfléchit un instant. « Quelqu'un a planqué ces armes et je pense qu'il y avait des cadavres, qui ont été jetés quelque part.

– Où qu'ils soient entassés, ce n'est pas ici en tout cas, intervint Jack. Je suggère que nous allions dans la zone vie. »

Katya les conduisit le long de la coursive vers les compartiments avant du sous-marin. Encore une fois, ils furent plongés dans l'obscurité, car le système électrique auxiliaire ne fournissait qu'un éclairage de secours dans les compartiments principaux. Ils sortirent lentement. Jack et Costas parvenaient tout juste à distinguer la silhouette de Katya, qui suivait la rampe et cherchait des doigts l'interrupteur de sa lampe frontale.

Soudain, ils entendirent un grand bruit, suivi d'un cri perçant. Ils bondirent en avant. Katya s'était effondrée dans la coursive.

Jack s'agenouilla au-dessus d'elle et vérifia son détendeur. Le visage crispé par l'inquiétude, il la regarda dans les yeux.

Elle marmonnait des paroles incohérentes en russe. Au bout d'un moment, elle se dressa sur un coude et les deux hommes l'aidèrent à se relever. Elle dit d'une voix entrecoupée : « J'ai eu un... choc, c'est tout. J'ai seulement vu... »

Elle n'alla pas plus loin et leva le bras en direction de la salle du sonar, au bout du couloir.

Jack alluma sa lampe frontale. Celle-ci éclaira une scène d'horreur, un spectre sorti tout droit du pire des cauchemars. Dans l'obscurité se dessinait la silhouette voilée de blanc d'un pendu, les bras désarticulés comme une marionnette lugubre, le visage monstrueux, rejeté en arrière, qui regardait dans le vague à travers des yeux morts depuis longtemps.

C'était l'apparition même de la mort, le gardien d'une tombe où la vie n'avait plus sa place. Jack se sentit soudain frissonner jusqu'aux os.

Katya reprit ses esprits et se redressa. Ils se faufilèrent tous les trois avec précaution dans la salle du sonar. Le corps, qui portait l'uniforme des officiers de marine soviétiques, était suspendu par le cou par un nœud coulant. Le sol était jonché de cartons de nourriture et d'autres débris jetés autour de lui.

« Il s'appelait Sergei Vassilyevich Kuznetsov, dit Katya en lisant un journal qu'elle avait trouvé sur une table à côté du cadavre.

Capitaine de second rang, marine soviétique. Décoré de l'ordre de l'Étoile rouge pour ses services à la sécurité de l'État. C'était le *zampolit* du *Kazbek*, le *zamestitel' komandira po politicheskoi chasti*, le commandant adjoint aux affaires politiques. Responsable de la supervision de la fidélité politique, il veillait à ce que le capitaine exécute ses ordres.

– Un larbin du KGB, en conclut Costas.

– Je connais des capitaines de la flotte de la mer Noire qui ne seraient pas mécontents de voir cela, dit-elle avant de poursuivre sa lecture. Il a passé ses derniers jours ici même. Le sonar actif avait été mis hors d'état, si bien qu'il ne pouvait pas envoyer de signal. Mais il surveillait le détecteur radar passif à ondes pulsées dans l'espoir qu'un navire de surface passe dans le secteur. » Elle tourna la page.

« *Mon Dieu !* Le dernier passage date du vingt-cinq décembre 1991. Quelle coïncidence ! C'est le dernier jour où le drapeau rouge a flotté au-dessus du Kremlin. » Les yeux écarquillés, elle regarda Jack et Costas. « Le sous-marin a coulé le dix-sept juin de la même année, ce qui signifie que cet homme a survécu ici pendant encore six mois ! »

Ils regardèrent le cadavre avec la fascination de l'horreur.

« C'est plausible, finit par dire Costas. Physiquement, en tous cas. La batterie a pu alimenter les absorbeurs-neutralisateurs de CO_2 et la machine de désalinisation par électrolyse qui extrait l'oxygène de l'eau de mer. Et il y avait apparemment de quoi manger et boire. » Il balaya du regard les bouteilles de vodka vides éparpillées au milieu des détritus jonchant le sol. « Psychologiquement, c'est une autre affaire. Je ne vois pas comment on peut rester sain d'esprit dans ces conditions.

– Le journal est un tissu de rhétorique politique, le genre de propagande communiste creuse dont on nous abreuvait comme d'une religion, dit Katya. Seuls les membres les plus fanatiques du parti étaient sélectionnés pour devenir fonctionnaires politiques, l'équivalent de la Gestapo des nazis.

– Il s'est passé quelque chose de bizarre ici, murmura Jack. Je n'arrive pas à croire qu'en six mois il n'ait trouvé aucun moyen d'envoyer un signal à la surface. Il aurait pu éjecter manuellement une bouée par un lance-torpilles ou décharger des déchets flottants. Ça n'a pas de sens.

– Écoutez ça », dit Katya. Au fur et à mesure qu'elle tournait les pages, en s'arrêtant de temps à autre pour survoler un passage, elle comprenait ce qui s'était passé. Elle réfléchit un instant et commença à traduire.

« Je suis l'élu. J'ai enterré mes camarades avec tous les honneurs militaires. Ils ont sacrifié leur vie pour la patrie. Leur force me donne de la force. Vive la Révolution ! »

Elle leva les yeux.

« Qu'est-ce que cela signifie ? demanda Costas.

– D'après ce journal, ils étaient douze. Cinq jours après le naufrage, ils ont sélectionné un survivant. Les autres ont pris des capsules de cyanure. Leurs corps ont été lestés et éjectés par les lance-torpilles.

– Avaient-ils perdu tout espoir ? demanda Costas incrédule.

– Ils étaient prêts à tout pour que le sous-marin ne tombe pas entre les mains de l'Otan. Ils auraient détruit le navire si un éventuel sauveteur s'était avéré hostile.

– Je commence à comprendre leur raisonnement, dit Costas. Il suffit d'un homme pour faire détoner une charge. Un homme seul nécessite moins d'air et de nourriture et le sous-marin peut être gardé d'autant plus longtemps. Toute autre personne aurait été de trop, car elle aurait utilisé inutilement de précieuses ressources. Ils ont dû choisir l'homme le moins susceptible de craquer. »

Jack s'agenouilla à côté des bouteilles vides en hochant la tête. « Il doit y avoir autre chose. Il y a quelque chose qui cloche.

– Leur monde était sur le point de s'effondrer, observa Costas. Les fondamentalistes comme eux étaient peut-être convaincus de représenter le dernier bastion du communisme, l'ultime rempart contre l'Occident. »

Ils levèrent les yeux vers Katya.

« Nous savions tous que la fin était proche, dit-elle, et certains refusaient de l'admettre. Mais ils n'envoyaient pas de fous dans les sous-marins nucléaires. »

Depuis qu'ils avaient découvert le cadavre désarticulé, une question était restée en suspens et Costas finit par la poser.

« Qu'est-il arrivé au reste de l'équipage ? »

Katya, qui lisait un autre passage du journal, avait une expression d'incrédulité de plus en plus marquée au fur et à mesure qu'elle reconstituait toute l'histoire.

« C'est ce que nous avions suspecté au service de renseignement de la marine, en pire, répondit-elle. C'était un navire rebelle. Son capitaine, Yevgeni Mikhailovich Antonov, a quitté la base sous-marine de la flotte de la mer Noire, à Sébastopol, pour une patrouille de routine. Il a disparu au sud sans même avoir rétabli un contact.

— Il ne pouvait espérer sortir de la mer Noire sans être détecté, affirma Costas. Les Turcs assurent une couverture sonar totale au-dessus du Bosphore.

— Je ne pense pas qu'il en ait eu l'intention. Je crois qu'il se rendait à un rendez-vous, peut-être autour de cette île.

— Le moment était mal choisi pour passer à l'Ouest, fit remarquer Jack. C'était la fin de la guerre froide et l'effondrement de l'Union soviétique était prévisible. N'importe quel officier de marine clair-voyant l'aurait vu venir. Il aurait été plus logique de tenir bon et d'attendre.

— Antonov était un brillant sous-marinier, mais c'était un indépendant. Il haïssait tant les Américains qu'on considérait qu'il était trop risqué de lui confier un sous-marin armé de missiles balistiques. Je ne crois pas qu'il ait voulu passer à l'Ouest.

— Il devait avoir quelque chose à offrir à quelqu'un, dit Jack encore troublé, quelque chose qui en vaille la peine.

— Le journal dit-il ce qui lui est arrivé ? » demanda Costas.

Katya continua à lire et leva les yeux. « Notre ami le *zampolit* a appris ce qui se tramait quelques heures avant le naufrage. Il a rallié les *spetsnaz* et défié le capitaine au poste de commandement. Antonov avait déjà fourni des armes de poing à ses officiers, mais celles-ci ne faisaient pas le poids à côté des fusils d'assaut. Après une bataille sanglante, ils forcèrent le capitaine et les membres d'équipage qui avaient survécu à se rendre mais, entre-temps, le sous-marin avait échappé à tout contrôle et heurté le lit marin.

— Qu'ont-ils fait du capitaine ?

— Avant la confrontation, Kuznetsov avait bouclé la salle des machines et inversé les ventilateurs d'extraction pour refouler le monoxyde de carbone que contenaient les absorbeurs-neutralisateurs. Les mécaniciens ont dû mourir avant d'avoir pu savoir ce qui se passait. Quant à Antonov et ses hommes, ils ont été repoussés derrière le sas de secours et enfermés dans le compartiment du réacteur.

– Mort par irradiation lente. Cela a pu prendre des jours, voire des semaines », dit Costas. Il regarda le visage momifié de ce factionnaire hideux qui semblait lié par le devoir même dans la mort. Il aurait pu mettre un coup de poing dans cette tête flétrie.

« *Tu as mérité ta mort, ordure.* »

Chapitre 14

« C'est le navire de la mort. Plus vite nous sortirons d'ici, mieux ce sera », dit Katya. Elle ferma le journal et conduisit ses compagnons hors de la salle du sonar en passant devant le cadavre pendu. Elle évita de jeter un dernier regard au corps, dont le visage horrible était déjà imprimé dans son esprit.

« Allumez vos lampes frontales en permanence à partir de maintenant, ordonna Costas. Nous devons partir du principe qu'il a tout prévu pour faire sauter ce sous-marin. »

Après avoir fait quelques pas, il leva la main.

« La trappe de chargement des missiles se trouve juste au-dessus de nous, dit-il. Nous devrions pouvoir prendre la rampe qui mène à la salle des torpilles. C'est une sorte de cage d'ascenseur ouverte, mais il y a une échelle le long de la paroi. »

Ils avancèrent au bord de la cage, située au-dessous de la trappe. Alors qu'il allait poser le pied sur le premier barreau de l'échelle, Costas s'arrêta et regarda une des canalisations qui allait de la salle du sonar au bout de la rampe. Une arête saillante courait sur toute la longueur d'un tuyau. Il retira la pellicule blanche qui la recouvrait et fit apparaître deux fils électriques rouges fixés au métal.

« Attendez-moi ici. »

Il revint sur ses pas jusqu'à la salle du sonar en époussetant le tuyau de temps à autre. Il disparut brièvement derrière le pendu, puis rejoignit ses compagnons.

« Exactement ce que je soupçonnais. Ces fils mènent à un interrupteur qui a été fixé à la console. C'est un interrupteur SPDT, un dispositif unipolaire inverseur qui peut rétablir le courant et commander deux circuits différents. Je suppose que les fils descendent dans la salle des torpilles, où notre ami a activé une paire d'ogives. L'explosion ferait voler ce sous-marin en éclats, et nous avec. »

Costas passa devant en suivant les fils qui longeaient la rampe. Jack et Katya le suivirent avec précaution. La pellicule blanche atténuait le bruit de leurs pas, dont l'écho sourd résonnait de façon inquiétante dans la cage. À mi-chemin, ils s'arrêtèrent pour regarder le carré des officiers à travers une écoutille. Leurs lampes frontales éclairèrent le désordre dans lequel il se trouvait. Le sol était jonché de matériel de couchage et de paquets.

Quelques instants plus tard, Costas arriva en bas de la rampe.

« Bien, l'éclairage de secours fonctionne ici aussi. »

Le compartiment était occupé par un immense râtelier. Seule une allée étroite donnait accès à l'autre côté. Les missiles passant par la rampe arrivaient directement dans le râtelier rotatif avant d'être chargés par un portique automatique dans les tubes de lancement.

« Normalement, un Projet 971U contient trente missiles, affirma Katya. Jusqu'à douze missiles de croisière SS-N-21 Sampson et un assortiment de missiles antinavires. Mais les plus grandes ogives sont probablement sur les torpilles. »

Costas suivit les fils jusque dans un passage étroit entre les torpilles, à gauche de l'allée centrale. Après s'être agenouillé, il se releva avec un regard triomphant.

« Bingo ! Ce sont ces deux berceaux, juste devant vous. Une paire de torpilles 65-76 Kit. Les plus grandes torpilles jamais construites, près de onze mètres de long. Chacune contient 450 kilogrammes d'explosifs, assez pour perforer une coque de haute pression blindée au titane. Mais il devrait être facile de désactiver les ogives et de retirer les fils.

– Depuis quand sais-tu désamorcer les torpilles russes ? demanda Jack sceptique.

– À chaque fois que j'expérimente quelque chose, ça marche. Tu devrais le savoir depuis le temps. » Costas reprit brusquement son sérieux. « Nous n'avons pas le choix. Les détonateurs sont électromagnétiques et les circuits doivent être en mauvais état après tant d'années dans cet environnement. Ces torpilles sont probablement déjà dangereusement instables et notre équipement va perturber le champ magnétique. Nous ne pouvons pas y couper.

– D'accord, tu as gagné, dit Jack en regardant Katya, qui acquiesça d'un signe de tête. Nous nous en sommes sortis jusque-là, alors allons-y. »

Costas, couché sur le dos, se faufila sous le râtelier les pieds devant jusqu'à ce qu'il ait la tête au quart de la longueur des torpilles. Il souleva sa visière et fronça le nez en respirant pour la première fois l'air du sous-marin sans bénéficier du filtre de son système autonome de survie.

Ses compagnons s'approchèrent. Jack entra dans le passage étroit, à gauche, et Katya resta dans l'allée centrale, plus large. Ils s'accroupirent pour voir le visage retourné de Costas entre les torpilles. Celui-ci se tortilla en direction de la torpille située à côté de Jack en avançant la tête au maximum.

« Nous avons de la chance. Une cheville qui se dévisse a été fixée sur la paroi externe pour que les ogives puissent être armées manuellement en cas de défaillance électronique. Celle-ci a été ouverte et le fil y est relié. Je devrais pouvoir désamorcer le détonateur et couper le fil. » Il se tourna de l'autre côté et inspecta l'autre torpille. « Pareil sur celle-ci.

– N'oubliez pas qu'elles contiennent des substances volatiles, lui rappela Katya. Elles ne sont pas électriques comme la plupart des torpilles mais propulsées par un mélange de kérosène et de peroxyde d'hydrogène. En 2000, le *Koursk* a été détruit dans la mer de Barents par une explosion due à une fuite de peroxyde d'hydrogène issu d'une torpille 65-76 semblable à celles-ci. »

Costas fit une grimace et hocha la tête. Il se remit sur le dos et resta immobile entre les deux torpilles, sa lampe frontale tournée vers le haut.

« Combien de temps avons-nous ? demanda Jack.

– Je me mets à la place de notre ami. Si ses camarades et lui voulaient à tout prix protéger ce sous-marin, ils ont dû prévoir le cas où ils mourraient tous. Ils ont dû partir du principe que l'épave finirait par être retrouvée. J'ai le pressentiment que ce détonateur a été piégé. Sinon, ce serait trop simple.

– Qu'est-ce que tu insinues ?

– Il y a une possibilité évidente. » Costas chercha dans sa ceinture porte-outils et en sortit un dispositif de la taille d'une calculatrice de poche. Ils discernèrent la lueur verte d'un écran LCD numérique lorsqu'il activa le capteur. Il leva l'instrument au niveau du fil qui courait entre les torpilles, juste au-dessus de sa tête, et le relia précautionneusement à l'aide d'une pince crocodile miniature.

– Bon Dieu ! C'est ce que je craignais.

– Quoi ?

– Ceci est un voltampèremètre. Il affiche 15 milliampères. Ce fil est sous tension.

– Et alors ?

– Alors le circuit doit être raccordé à une batterie. La tension stockée dans l'accumulateur au plomb-acide principal du sous-marin doit encore être suffisante pour produire un courant d'aussi faible intensité. Ce doit être un circuit continu qui va du pôle positif au pôle négatif de la batterie. L'interrupteur de la salle du sonar fait office d'organe de commande et les deux détonateurs des ogives constituent le récepteur. Ils ont pris des risques en créant ce circuit, mais ils ont dû estimer que l'intensité était trop faible pour provoquer une détonation. Tout repose sur la saute de courant qui se produirait si quelqu'un tentait de retirer les fils. Si on déconnecte le détonateur de l'ogive, la surtension est instantanée. Si on ferme l'interrupteur de la salle du sonar, le résultat est le même. Il n'y a pas de disjoncteur pour couper le courant. Nous serions atomisés avant que je n'aie retiré mes doigts du fil. »

Jack laissa échapper un long soupir et s'assit contre le râtelier. « Alors qu'est-ce qu'on fait maintenant ?

– C'est un courant continu, le flux électrique est donc unidirectionnel. Si je coupe le fil négatif, il y aura surtension et ce sera fini pour nous. Si je coupe le fil positif, tout s'arrêtera et nous serons sains et saufs.

– Lequel est le bon ? »

Costas tourna la tête vers la droite et regarda Jack avec accablement à travers le râtelier. « Notre ami pourrait bien avoir le dernier mot. Avec une intensité aussi faible, il n'y a aucun moyen de le savoir. »

Jack s'allongea dans le passage et ferma les yeux. Au bout d'un moment, Costas reprit la parole.

« Pour déclencher une bombe par surtension, le point d'ignition doit être en contact direct avec les matériaux explosifs présents dans le détonateur ou la charge principale. Il a fallu qu'ils ouvrent l'ogive pour y introduire le fil de sortie. Il y a davantage de place pour effectuer cette manœuvre du côté de Katya. C'est là qu'ils ont dû opérer. Autrement dit, le fil positif serait celui qui se trouve de l'autre côté. »

Costas se tourna du côté de Katya et s'enfila aussi loin que possible sous la torpille en tendant le bras gauche sous le râtelier jusqu'à ce qu'il touche le fil qui sortait de l'ogive. Il laissa tomber sa main sur le sol et se mit à gratter la pellicule blanche.

« Je sens un fil. »

Katya l'aida à le nettoyer et remonta jusqu'à la rampe de chargement des missiles. Elle regarda en haut de l'échelle et revint sur ses pas.

« Il remonte à l'interrupteur, annonça-t-elle.

– Bon, je suis convaincu », répondit Costas. Il replia son bras et chercha dans sa ceinture une pince multiple compacte, dont il ouvrit la pince coupante de précision. Le gant en caoutchouc de sa combinaison environnementale était isolant et le protégerait en cas de décharge électrique mais, s'il devait y en avoir une, il ne vivrait pas assez longtemps pour la sentir.

Il pencha la tête en direction de Jack.

« Tu me suis sur cette action ?

– Je te suis. »

Costas se remit en position. Il tenait la pince coupante de la main gauche, juste au-dessous du fil, à l'endroit où celui-ci pendait en arc de cercle de l'extrémité de l'ogive.

Pendant quelques secondes, il resta immobile. On n'entendait que les gouttes de condensation qui tombaient à espaces réguliers et le bruit sourd de leur respiration à travers leur respirateur. Katya et Jack échangèrent un regard sous le râtelier.

Costas suait derrière son masque et l'ouvrit de la main droite pour mieux voir ce qu'il faisait. Il retira son gant en le coinçant entre ses genoux et s'essuya le front avant de regarder fixement le fil avec détermination.

Katya ferma les yeux avec force pendant la fraction de seconde qu'il fallut à Costas pour refermer les mâchoires de la pince sur le fil. Il serra vigoureusement et on entendit un bruit sec.

Puis plus rien.

Ils retinrent tous les trois leur respiration pendant une éternité. Et Costas laissa échapper un long soupir avant de s'effondrer sur le sol. Après quelques instants, il rangea sa pince multiple et remit son masque et son respirateur. Il pencha la tête vers Jack les yeux pétillants.

« Tu vois ? Pas de problème. »

Jack avait le regard lointain d'un homme qui avait vu la mort en face une fois de trop. Il se tourna vers Costas et esquissa un demi-sourire.

« Pas de problème. »

Chapitre 15

À l'entrée du compartiment des armes, Costas sortit un autre appareil de sa ceinture, un boîtier jaune de la taille d'un téléphone cellulaire. Il l'ouvrit et un petit écran LCD apparut dans une faible lueur verte.

« Système de navigation GPS. Cela devrait faire l'affaire.

– Comment peut-il fonctionner ici ? » demanda Katya.

Une série de chiffres s'afficha sur l'écran.

« C'est notre spécialité, répondit Jack. C'est un récepteur GPS d'acoustique sous-marine associé à un ordinateur de navigation. À l'intérieur du sous-marin, nous ne pouvons pas envoyer d'ondes acoustiques. Nous n'avons donc pas accès au GPS. Mais nous avons téléchargé les caractéristiques techniques de ce type de sous-marin à partir de la base de données de l'UMI et nous les avons confrontées à une série de coordonnées GPS que nous avons relevées ce matin, pendant notre reconnaissance en Aquapod, à l'aide de bouées de surface fixées au sous-marin. L'ordinateur devrait donc nous permettre de nous déplacer comme si nous avions accès au GPS.

– Voilà, dit Costas. Dans l'Aquapod, j'ai relevé les coordonnées de l'endroit où l'escalier disparaît sous le sous-marin. Cet endroit se trouve à bâbord de la salle des torpilles. À 241 degrés de notre position actuelle, à 7,6 mètres d'ici, et deux mètres plus bas. Cela nous emmène de l'autre côté du râtelier à torpilles, juste devant le côté bâbord du ballast. »

Alors qu'il commençait à chercher un moyen de passer de l'autre côté du râtelier bondé, Katya le retint par le bras.

« Avant que nous partions, j'aimerais vous montrer quelque chose. »

Elle pointa le doigt en direction de l'allée centrale du compartiment des armes, juste à côté de l'endroit où la peur de la mort les avait paralysés quelques minutes auparavant.

« Cette aile centrale devrait être dégagée afin que le portique puisse soulever les missiles du râtelier et les charger dans les tubes. Or, elle est bloquée. »

Ils auraient pu s'en rendre compte tout de suite, mais ils avaient été tellement obnubilés par le détonateur piégé qu'ils n'avaient pas observé le reste de la pièce.

« C'est une pile de caisses », dit Costas en s'enfilant dans un passage étroit entre les caisses et le râtelier. Sa tête dépassait à peine le haut de la pile.

« Il y en a deux autres derrière, ajouta-t-il d'une voix de plus en plus étouffée au fur à mesure qu'il s'enfonçait. Et encore deux. En tout, cela fait six caisses de quatre mètres de long sur un mètre et demi de large. Elles ont dû être descendues par la rampe et déposées à l'aide du harnais de torpille.

– Est-ce qu'elles contiennent des armes ? » demanda Jack.

Costas réapparut et secoua le précipité blanc dont il était couvert. « Elles ne sont pas assez grandes pour contenir une torpille ou un missile et trop larges pour les tubes de lancement. Il faudrait qu'on en ouvre une, mais nous n'avons ni l'équipement ni le temps nécessaires.

– Il y a une inscription », observa Katya, qui s'était accroupie devant la caisse du bas et frottait vigoureusement la pellicule blanche. Sur la surface métallique, elle fit apparaître deux groupes de chiffres. « Des codes du ministère de la Défense soviétique. » Elle déchiffra le premier groupe de symboles. « Ce sont bien des armes. »

Sa main se déplaça vers le deuxième groupe, qu'elle observa plus attentivement.

« Electro…, dit-elle d'une voix hésitante. *Electrochimpribor.* »

Ils commencèrent à envisager l'impossible.

« Le complexe Electrochimpribor, dit Katya à voix basse, également connu sous le nom d'Usine 418, le plus grand site d'assemblage d'armes thermonucléaires soviétique. »

Costas se laissa tomber lourdement contre le râtelier à torpilles.

« *Nom de Dieu !* Ce sont des armes nucléaires. Chacune de ses caisses correspond tout à fait à la taille d'une tête de missile MSBS.

– De type SS-N-20 Sturgeon, pour être précis, ajouta Katya avant de se lever pour faire face aux deux hommes. Chaque caisse contient une série d'ogives multiples manœuvrables, soit dix têtes nucléaires, dont chacune est cinq fois plus puissante que la bombe d'Hiroshima. Six caisses, dix têtes par caisse. » Son regard s'attarda un instant sur ces armes. « Les autorités n'ont reculé devant rien pour garder le secret sur la perte du sous-marin. Peu de temps après, il y a eu un certain nombre de disparitions étranges, notamment au port d'attache du *Kazbek*, à Sébastopol. Je pense désormais que les disparus ont été victimes d'une version moderne des purges staliniennes. Les exécutions sont passées inaperçues au milieu des événements importants de cette année-là.

– Est-ce que vous insinuez que ces armes nucléaires ont été volées ? demanda Costas incrédule.

– L'armée soviétique était profondément désabusée après la guerre d'Afghanistan des années quatre-vingt. La marine avait commencé à se désagréger. Les bateaux étaient désarmés et les équipages oisifs. Les salaires étaient lamentables, voire inexistants. Davantage de renseignements ont été vendus à l'Occident pendant les dernières années de l'Union soviétique qu'à l'apogée de la guerre froide.

– Et Antonov dans tout cela ? demanda Costas.

– C'était un homme efficace dans le cadre de missions précises, mais il était dangereux lorsqu'il était livré à lui-même. Il détestait la *glasnost* et la *perestroïka*. Il en était arrivé à mépriser le régime pour sa collusion avec l'Occident. C'était sans doute son dernier geste de défi.

– Si le régime ne pouvait plus frapper l'Occident, lui, il le pouvait, murmura Costas.

– Et son équipage l'aurait suivi n'importe où, l'appât de la part de prise aidant.

– À qui pouvait-il bien livrer ces armes ?

– Saddam Hussein en Irak. Les talibans en Afghanistan. Le Hamas en Syrie. Les Nords-Coréens. Nous sommes en 1991, souvenez-vous.

– Il doit y avoir eu un intermédiaire, affirma Jack.

– Les vautours tournaient déjà, même avant l'effondrement de l'Union soviétique, répondit Katya d'un ton morne.

– J'ai sous-estimé notre ami le fonctionnaire politique, dit Costas. C'était un fanatique, mais il a peut-être sauvé l'humanité de la pire des catastrophes.

– Ce n'est pas encore fini, rectifia Jack. Il y a quelque part un client insatisfait, quelqu'un qui observe de loin et attend depuis des années. Et ses propres clients potentiels sont désormais bien plus à craindre que jamais ; ce sont des terroristes mus uniquement par la haine. »

De l'autre côté de la salle des torpilles, la lueur bleue de l'éclairage de secours du sous-marin pénétrait à peine l'obscurité. Costas alluma sa lampe frontale au maximum avant de traverser le râtelier en direction des coordonnées indiquées par son émetteur-récepteur. Jack et Katya lui emboîtèrent le pas. Leurs combinaisons de survie prenaient une teinte de plus en plus spectrale, tandis qu'ils se frottaient contre la pellicule blanche recouvrant tout l'intérieur du sous-marin. Après s'être faufilés entre les derniers obstacles, ils s'accroupirent en file indienne dans une galerie étroite contre la paroi interne de la coque.

Costas s'arrêta, le dos contre la paroi. Il referma les doigts sur une des grilles d'un mètre de long du sol.

« Allons-y. »

Il se pencha en avant et tira de toutes ses forces. Quelques secondes plus tard, la grille céda dans un crissement métallique, sous une pluie blanche. Jack rampa en avant pour l'écarter du chemin, afin que Costas puisse faire passer ses jambes et plonger dans l'obscurité, au-dessous de la galerie. Celui-ci descendit jusqu'à ce qu'on ne voie plus que son casque.

« Je suis au-dessus des sentines, annonça-t-il. On ne peut pas aller plus bas sans barboter dans une soupe toxique. »

Il sortit le terminal GPS de sa poche. Jack passa par-dessus le trou pour que Katya puisse s'approcher du bord. Les trois lampes frontales étaient désormais dirigées vers l'affichage vert.

« Bingo ! » s'exclama Costas en levant les yeux pour observer la paroi, à moins d'un mètre. Je suis à cinq mètres au-dessus du point où les marches disparaissent sous le sous-marin. Nous sommes à deux doigts de notre objectif.

– Comment est la paroi ? demanda Jack.

– Nous avons de la chance. Sur presque toute sa longueur, le *Kazbek* a une double peau, une coque pression interne et une coque hydrodynamique externe séparées l'une de l'autre par vingt centimètres de caoutchouc. Cette configuration offre une meilleure isolation acoustique et un espace de ballast supplémentaire. Mais au niveau de la pointe avant, il n'y a plus qu'une seule épaisseur pour laisser davantage d'espace à l'intérieur, tandis que la coque s'effile.

– Il y a quelque chose que je ne parviens pas à comprendre, avoua Katya en se penchant en avant.

– Quoi ?

– Il y a entre nous et la paroi rocheuse une cloison de métal de vingt centimètres d'épaisseur. Comment sommes-nous censés la traverser ? »

Costas leva la tête pour regarder Katya. Il avait laissé sa visière ouverte depuis qu'il avait désamorcé les ogives et le mélange de sueur dégoulinante et de précipité blanc ressemblait à une étrange peinture de guerre.

« Amplification de lumière par émission stimulée de rayonnement !

– Le laser ? demanda Katya.

– Exactement. »

À cet instant, Jack et Katya entendirent un bruit métallique derrière eux. Avant de quitter le compartiment des armes, Costas avait envoyé à Ben et Andy, restés dans le DSRV, un message radio indiquant l'itinéraire à suivre pour se rendre à la salle des torpilles. Les deux hommes, qui avaient fait le tour par la coursive, arrivaient équipés d'une combinaison environnementale et de sacs remplis de matériel.

« Il va falloir une plus grande ouverture, dit Costas aux hommes. Ensuite, descendez me rejoindre. »

Jack et Katya retirèrent deux autres grilles afin que les hommes puissent descendre au-dessus des sentines. Dès qu'ils arrivèrent dans l'espace confiné, ils ouvrirent les sacs et commencèrent à assembler l'appareil.

181

Costas traça à la craie un cercle d'environ un mètre de diamètre sur la paroi de la coque en utilisant un mètre à ruban en guise de compas. Puis il s'écarta pour que les hommes d'équipage puissent mettre l'appareil en place. Celui-ci ressemblait à un module lunaire miniature, avec ses bras articulés qui s'étendaient à partir d'une unité centrale polyédrique de la taille d'un ordinateur de bureau. Ben orienta l'unité en face des coordonnées GPS et Andy positionna les bras autour du cercle tracé à la craie. Après une brève inspection, il appuya sur un bouton et les ventouses se collèrent contre la coque. Au même moment, une série de tiges surgit de chaque articulation pour arrimer l'appareil en une seule structure rigide.

Ben sortit un tube télescopique qui traversait l'unité de part en part ; il dirigea une extrémité vers le centre du cercle et l'autre vers la zone sombre située sous les grilles du sol. Derrière l'unité, se trouvait un caisson ouvert à trois côtés d'environ cinquante centimètres de large. Le tube était surmonté d'un viseur et d'une manette à gâchette.

Après une dernière vérification, Ben brancha un câble qu'ils avaient tiré depuis le DSRV. L'écran LCD situé derrière l'unité s'alluma et affiicha une série de données avant de faire apparaître un ensemble d'icônes.

« Bon travail, les gars, dit Costas. Maintenant, voyons de quoi ce petit bijou est capable. »

Il saisit une série de commandes en regardant tour à tour le clavier et l'écran. Une fois le programme finalisé, il se pencha en avant et approcha son œil droit du viseur pour ajuster l'alignement du tube à l'aide de manettes situées sur les côtés.

Moins de cinq minutes après la mise en route, il recula et se tourna vers Jack.

« Nous sommes prêts.

– Alors allons-y. »

Costas saisit la manette à gâchette. Lorsqu'il appuya, un tube cathodique situé au-dessus du clavier commença à devenir orange.

« T moins 60 secondes. »

La lumière se stabilisa après avoir viré au vert.

« C'est bon, annonça Costas.

– Quel est le délai ? demanda Jack.

– Deux minutes. Nous pourrions rentrer dans la paroi comme dans du beurre, mais les batteries du DSRV s'épuiseraient rapidement. Même ce que nous faisons en ce moment réduit notre marge de sécurité au cas où nous devrions retourner à la *Seaquest* avec le DSRV. » Costas leva les yeux vers Katya. Son visage trahissait un enthousiasme refoulé.

« Ce que vous voyez est un laser à semi-conducteurs et à gaz émettant dans l'infrarouge lointain, expliqua-t-il. Quand on le branche aux deux batteries argent-zinc de sept cents ampères du DSRV, on obtient un faisceau de 10 kilowatts et de 10,6 microns. Il y a de quoi faire réfléchir les Klingons… »

Jack grommela impatiemment. Costas regarda le minuteur et ouvrit un interrupteur situé sur le clavier.

« Le viseur est un dispositif de positionnement qui permet de diriger le faisceau perpendiculairement à la coque, poursuivit-il. En ce moment, le laser fait un trou d'un centimètre de diamètre dans la paroi. J'ai dirigé le faisceau sur une soupape de retenue, afin que nous puissions procéder à l'extrusion du matériau tout en évitant que l'eau de mer n'entre à l'intérieur.

– En théorie, répliqua Jack.

– Une douche froide n'a jamais fait de mal à personne. »

Le module émit un signal sonore grave. Costas reprit position derrière l'écran et lança une série de diagnostics. Après quelques instants, il plaça la main droite autour de la manette à gâchette.

« Le faisceau s'éteint automatiquement cinq millimètres avant la fin. Je l'ai réactivé. »

Il appuya sur la gâchette et resta immobile. Au bout d'un moment, la lumière verte vira de nouveau à l'orange. Costas regarda à travers le viseur. La sueur qui coulait sur son front gouttait sur le tube. Il se redressa, détendu.

« La soupape a tenu. C'est gagné. »

Il s'écarta pour laisser Ben s'installer à la console. Ensemble, ils achevèrent de monter le caisson à gauche de l'unité. À l'intérieur, on commença à discerner un réseau de lignes en treillis d'un vert lumineux, semblable à la toile de fond d'un théâtre miniature.

« Ben a plus d'entraînement que moi, dit Costas. Certains de ces logiciels sont si récents que je n'ai pas eu l'occasion de les essayer avant que nous partions pour la fouille de l'épave.

« – Vous voulez dire que vous ne vous en êtes jamais servi ? demanda Katya.

– Il faut un début à tout. »

Katya ferma les yeux un instant. Malgré une technologie de pointe et une organisation quasi militaire, les opérations de l'UMI, y compris le désamorçage de bombes, semblaient se dérouler à la grâce de Dieu.

« Et voilà le meilleur moment ! s'exclama Costas avec enthousiasme. C'est un des lasers multitâches les plus sophistiqués au monde. Regardez dans ce caisson. »

La lumière verte se transforma en minuscules particules chatoyantes, qui clignotaient à intervalles réguliers. Chaque impulsion projetait une image d'une complexité grandissante, avec des lignes de plus en plus concrètes. Au bout d'une minute, l'image était devenue tridimensionnelle. C'était comme si quelqu'un avait moulé une grotte miniature avec du mastic d'un vert lumineux.

« Un hologramme ! s'écria Katya.

– Exactement, répondit Costas en fixant l'image. La deuxième étape consiste à faire passer un faisceau laser ultraviolet à faible énergie dans le trou de la paroi, un système de repérage qui reproduit l'image sous forme d'hologramme dans le caisson. On peut ajuster le laser de sorte qu'il reflète uniquement la matière d'une densité déterminée, dans ce cas le basalte vacuolaire du volcan.

– On utilise cette technique pour faire des copies d'artefacts, dit Jack en regardant Katya. Les données sont transférées à un laser infrarouge à haute intensité, qui peut couper presque n'importe quelle matière avec une précision d'un micron, c'est-à-dire inférieure à une particule de poussière.

– C'est avec cette technique qu'a été fabriquée la copie en polymère synthétique du disque provenant de l'épave minoenne. »

Jack acquiesça. « L'UMI a également mis au point le matériel nécessaire pour reproduire les marbres d'Elgin du Parthénon d'Athènes. »

Costas se pencha au-dessus de l'homme d'équipage aux commandes de la console. « OK, Ben. Résolution maximale. »

Les impulsions de lumière verte commencèrent à délimiter avec précision des formes dont on ne voyait jusque-là que les contours. Ils discernèrent la structure grossière du basalte, un mur de lave qui

184

s'était formé des millénaires avant que les premiers hominidés n'atteignent ces rivages.

C'est Katya qui remarqua la première les irrégularités visibles à la base de l'image.

« Je vois des marches ! » s'exclama-t-elle.

Ils regardèrent les lignes horizontales prendre une forme immédiatement reconnaissable. Les cinq dernières marches longeant le volcan se terminaient par une plate-forme de cinq mètres de large. Au-dessus, un surplomb rocheux s'étendait jusqu'au sous-marin et bloquait complètement l'accès à la plate-forme.

Ben commença le compte à rebours à chaque impulsion du laser. « 97...98...99...100. Résolution maximale. »

Tous les regards convergèrent vers la zone sombre au centre de l'image. Ce qui, dans un premier temps, ressemblait à un voile opaque se révéla être une niche rectiligne de quatre mètres de haut et de trois mètres de large. Celle-ci se trouvait au bout de la plate-forme, derrière les escaliers. Elle avait visiblement été taillée dans la pierre.

Lorsque le scanner se rétracta, la niche devint plus distincte. Au centre, ils distinguèrent une rainure verticale allant du haut vers le bas. Des rainures horizontales s'étendaient également sur les côtés. Chaque panneau était orné de la forme en U caractéristique des cornes de taureau.

Costas siffla longuement. Jack fouilla dans sa poche avant et en sortit un morceau de papier froissé. Il lit à voix basse la traduction de Dillen : « *La grande porte d'or de la citadelle.* »

Costas regarda son ami et reconnut sur son visage une fébrilité qui lui était familière.

« Pour l'or, je ne garantis rien, déclara Jack, mais je peux vous dire une chose. Nous avons trouvé la porte de l'Atlantide. »

Chapitre 16

Jack observa Katya, de l'autre côté de la galerie. Elle était penchée au-dessus du trou pour parler à Costas. En voyant à quel point elle était contorsionnée, il eut pleinement conscience du peu d'espace qu'il y avait entre le râtelier et la paroi de la coque. La lumière dansante de leurs lampes frontales semblait renforcer l'obscurité sépulcrale qui les enveloppait. On aurait au moins dû entendre le grincement des vieilles cloisons, des signes de faillibilité qui donnent de la vie à n'importe quelle coque. Mais il se souvint que le *Kazbek* avait coulé moins de vingt ans auparavant et qu'il était encore largement capable de résister à la pression de l'eau. Cet endroit n'avait rien à voir avec l'intérieur fantomatique, avec le voile de précipité qui semblait s'être déposé avec le temps comme les concrétions d'une grotte de calcaire.

Comme son regard balayait la zone sombre derrière Katya, Jack ressentit une soudaine crispation, un accès d'angoisse qu'il ne pouvait contrôler.

Cela ne pouvait pas recommencer.

Pas ici. Pas maintenant.

Il s'astreignit à détacher les yeux de l'intérieur pour se concentrer sur l'activité déployée au-dessous. Pendant un instant, il ferma les yeux et serra les mâchoires en rassemblant toutes ses forces pour lutter contre le cauchemar de la claustrophobie. L'anxiété de ces dernières heures l'avait rendu vulnérable. Elle avait ouvert une faille dans son armure.

Il faudrait qu'il fasse attention.

Juste au moment où Jack commençait à reprendre sa respiration, Costas leva les yeux vers lui et lui montra l'affichage holographique présentant une image virtuelle de la paroi de la falaise. Ils avaient atteint leur objectif. Ils en avaient une preuve incontestable.

« La troisième étape consiste à traverser la coque pour arriver à cette porte d'entrée, dit Costas à Katya.

– Un jeu d'enfant, je suppose.

– Vous allez voir. »

On entendit soudain un sifflement, comme si de l'eau s'échappait d'une soupape de radiateur.

« Il y a un espace de cinq mètres entre la paroi du sous-marin et la falaise, expliqua Costas. Nous devons créer une sorte de tunnel de secours. Ceci est rempli de silicate liquéfié, ajouta-t-il en montrant un cylindre fixé à l'unité, de l'hydrosilicate électromagnétique-4 ou HE-4. C'est ce qu'on appelle le gel magique. Ce sifflement, c'est le son qu'il fait en passant sous pression à travers le trou que nous venons de faire dans la paroi, sur laquelle il se coagule comme de la gelée. »

Il s'interrompit pour jeter un œil à un pourcentage s'affichant sur l'écran. À 100 %, le sifflement s'arrêta brusquement.

« C'est bon, Andy. Extrusion effectuée. »

Andy ferma la soupape et fixa un deuxième cylindre.

Costas se tourna vers Katya. « Pour simplifier, nous réalisons une chambre gonflable en créant une extension de la paroi du sous-marin à partir du silicate.

– Le gel magique.

– Oui. C'est là que Lanowski entre en jeu. »

Katya fit la grimace en se souvenant de sa rencontre, à son retour de Trabzon, avec cet individu négligé qui refusait de croire qu'elle puisse s'y connaître en sous-marin.

« Ce n'est peut-être pas le partenaire idéal pour un dîner aux chandelles, admit Costas, mais c'est un brillant expert en polycomposés. Nous l'avons débauché de l'Institut technologique du Massachusetts lorsque le ministère de la Défense des États-Unis a chargé l'UMI de trouver un moyen de préserver les épaves de Pearl Harbour datant de la Seconde Guerre mondiale. Il a découvert un enduit hydraulique capable de tripler la résistance de ce qu'il reste des coques de métal, d'extraire les sels marins nocifs de la ferraille et de ralentir la corrosion. Ici, nous utilisons cette substance dans un autre but, bien sûr. Elle s'est également révélée être un liant exceptionnel pour certains minéraux cristallins.

– Comment pouvez-vous en souffler une bulle ? demanda Katya.

– C'est là tout le génie ! »

Pendant qu'ils discutaient, Ben et Andy avaient assemblé un autre élément de l'unité laser. Autour du cercle tracé à la craie, ils avaient positionné une couronne de petits dispositifs, dont chacun était fixé à la paroi par une ventouse activée par un pistolet à vide. Un éventail de fils était relié à un panneau de commande situé à proximité de la console.

« Ce sont des diodes, précisa Costas en montrant les dispositifs. Des semi-conducteurs. Chacun contient un solénoïde qui réagit comme un aimant droit lorsqu'il est traversé par un courant électrique. Le câble du DSRV est branché dans le panneau de commande et relié à ces fils. Nous avons utilisé le câble pour charger une batterie de réserve de façon à pouvoir opérer de manière indépendante si nécessaire. Dans les deux cas, nous avons une tension suffisante pour diffuser un faisceau directionnel de rayonnement électromagnétique à travers la paroi de la coque. »

Costas s'écarta dans l'espace de plus en plus réduit pour permettre aux hommes d'équipage de reprendre leur position derrière le panneau de commande.

« Le mélange extrudé est en suspension dans du dioxyde de carbone liquide, de l'hydrate de CO_2, expliqua-t-il. La solution est plus dense que l'eau de mer et la pression, à cette profondeur, l'empêche de se décomposer en gouttelettes. Le revêtement anéchoïque du sous-marin, semblable à du papier de verre, devrait la retenir. »

Les deux hommes d'équipage firent apparaître l'image holographique sur l'écran d'ordinateur. Andy relevait des coordonnées, tandis que Ben saisissait les chiffres sur le clavier. Chaque entrée créait une petite hachure rouge sur l'écran. Les hachures commencèrent à décrire un cercle discontinu autour de la porte.

« Lanowski a trouvé un moyen d'utiliser la nanotechnologie cristalline pour créer un réseau magnétique dans la solution, poursuivit

Costas. Le mélange ressemble désormais à de la fibre de verre liquéfiée, avec des millions de filaments minuscules comprimés les uns contre les autres. Quand on fait intervenir un rayonnement électromagnétique, ceux-ci s'unissent en un filet dur comme de la pierre en direction de l'impulsion.

– Comme du béton armé, dit Katya.

– En quelque sorte. Sauf qu'en raison de sa masse et de sa densité, ce truc est environ cent fois plus résistant que n'importe quel autre matériau de construction. »

Les hachures se transformèrent en un cercle continu et un voyant vert s'alluma sur la barre de commande, en bas de l'écran. Andy se leva du siège et laissa Costas prendre sa place devant le caisson holographique.

« Bien, déclara Costas en se redressant. Allons-y. »

Ben ouvrit un interrupteur sur le panneau de commande. On entendit un bourdonnement grave et la lumière entourant l'image se mit à clignoter. Le témoin de progression atteignit rapidement 100 % et envoya un signal vert.

« Le tour est joué ! s'exclama Costas en regardant Katya tout excité. Nous venons d'envoyer un courant électromagnétique de 140 volts à travers les diodes pour magnétiser le HE-4 en un anneau, qui a ensuite été projeté sous la forme d'une membrane d'un centimètre d'épaisseur vers les coordonnées représentées par les hachures. La chambre est en forme de cône, dont la base englobe toute la paroi rocheuse. » Il tapota sur le clavier. « Le courant relie la membrane à la coque pour constituer une masse solide continue. La sonde a montré que le basalte possède un degré élevé de magnétisme, le courant a donc pu assurer l'adhésion à la roche malgré les irrégularités de la surface. »

Andy débrancha les fils reliant les diodes au panneau de commande.

« Maintenant que le rayonnement initial est effectué, il suffit de deux fils pour maintenir la charge, expliqua Costas. En retirant tout le reste, nous aurons accès à la paroi et nous pourrons passer à l'étape finale.

– Couper la coque ? » demanda Katya.

Il acquiesça. « Nous devons d'abord vider la chambre. Andy va activer une pompe, qui va aspirer l'eau par le trou et la déverser dans le sous-marin. L'eau des sentines peut encore monter d'un mètre. Ce bateau ne va plus nulle part de toute façon.

– Pas pour le moment », rectifia Jack. Les combinaisons environnementales et cet étrange engin laser aidant, il avait suivi toute la procédure en silence comme s'il s'était agi d'une scène de science-fiction. Dans la galerie, ses pensées allaient surtout à la catastrophe nucléaire qu'il était désormais de leur responsabilité de prévenir.

« Prêt à activer la pompe », annonça Ben.

Costas appuya sur le bouton et le bourdonnement du transformateur fut couvert par le vrombissement d'un moteur électrique. Quelques secondes plus tard, ils entendirent l'eau qui était éjectée dans l'obscurité, au-dessous d'eux.

« Nous injectons simultanément de l'air à pression atmosphérique, dit Costas. La membrane est suffisamment solide pour empêcher la chambre d'imploser sous le poids de l'eau de mer. »

L'aspiration s'arrêta brusquement et Andy montra l'écran. « C'est sec, annonça-t-il. Lancement de la quatrième étape. »

Jack se pencha vers le bas et regarda attentivement le caisson holographique pour voir si l'apparence de la paroi rocheuse avait changé. L'image vibrait, car le scanner s'était réactivé et transmettait des données au convertisseur holographique.

« La porte taillée dans la pierre semble tenir », observa-t-il.

Costas jeta un coup d'œil à l'hologramme. « La sonde a détecté une petite fuite le long du jambage. C'est exactement ce que nous avions prévu.

– Nous avons envisagé ce scénario la nuit dernière sur la *Seaquest*, expliqua Jack. Nous sommes partis du principe que les escaliers menaient à une sorte de porte d'entrée et que l'eau de mer s'était infiltrée pour inonder tout l'intérieur de la citadelle. La porte ne s'étant pas ouverte sous le poids de l'eau qui se trouve derrière, on peut en déduire qu'un jambage taillé dans la pierre l'empêche de s'ouvrir vers l'extérieur. Il y a très peu de salissures marines, car le sulfure d'hydrogène présent dans l'eau élimine les sécrétions calciques. »

L'aspiration reprit brusquement. La pompe à vide s'était remise en marche automatiquement pour évacuer la flaque d'eau qui avait commencé à se former au fond de la chambre.

« Il doit aussi y avoir un système de verrouillage, murmura Jack. Si cette porte donne vraiment accès au cœur de l'Atlantide, les occupants ont sans doute tout prévu pour empêcher les visiteurs indésirables d'entrer.

– Quoi qu'il en soit, nous serons sous l'eau au moment d'entrer, répliqua Costas.

– Sous l'eau ? répéta Katya déconcertée.

– C'est le seul moyen de passer cette porte, expliqua Costas. Nous allons sortir au sec mais, ensuite, nous devrons refermer la coque et inonder la chambre. Si la porte s'ouvre vers l'intérieur, nous devrons équilibrer la pression par rapport au poids de l'eau qui se trouve de l'autre côté. Une fois dans la chambre, nous serons sous l'eau jusqu'à ce que nous atteignions le niveau de la mer. »

Ben et Andy effectuaient les derniers ajustements sur un bras robotisé qu'ils avaient étendu de l'unité centrale à un point situé juste au-dessus du cercle tracé à la craie. Après qu'ils eurent tous deux vérifié sa position, Ben le fixa avec une goupille, tandis qu'Andy s'assit derrière la console pour saisir une séquence de commandes.

Costas se pencha pour inspecter le dispositif et se retourna vers ses compagnons.

« Ce bras est un prolongement du laser que nous avons utilisé pour percer le trou dans la paroi. Il tourne dans le sens des aiguilles d'une montre sur un axe central et devrait découper la coque facilement. Par chance, l'*Akula* est en acier et non en titane.

– Comment allez-vous éviter que la trappe n'implose quand la chambre se remplira d'eau ? demanda Katya.

– Le faisceau est incliné selon un angle qui permet uniquement une ouverture vers la chambre. La trappe se refermera avec la pression de l'eau une fois que nous serons sortis. »

Andy pivota sur son siège en direction de Costas. « Tout est prêt. Nous pouvons lancer la phase finale. »

Costas s'agrippa au rebord de la galerie et examina l'équipement une dernière fois.

« Allons-y. »

Katya observa avec fascination le laser, qui commença à décrire un arc de cercle dans le sens des aiguilles d'une montre sur la paroi du sous-marin. Le bras manipulateur tournait autour de l'unité centrale comme un immense compas de dessinateur. L'entaille ne faisait que quelques millimètres de large et suivait le cercle tracé par Costas autour de la position GPS. Après que le faisceau eut balayé le premier quart de cercle, Ben positionna un petit tube métallique contre la fente. D'un geste sûr, il cassa une capsule de CO_2 à l'extrémité, qui propulsa une bande magnétique à travers la fente, créant ainsi une charnière pour que la trappe s'ouvre contre la membrane de la chambre.

« Il n'y en a plus que pour quinze minutes, annonça Costas. Enfilons notre équipement. »

Jack lui tendit la main pour l'aider à se hisser sur la galerie. « Quand la trappe se sera refermée, nous travaillerons sans filet. Nous ne pourrons nous reposer que sur notre équipement et notre soutien mutuel. »

Lentement, méthodiquement, il revérifia les systèmes autonomes de survie qu'ils avaient mis dans le DSRV. Après avoir calibré l'ordinateur de décompression qu'il portait au poignet gauche, il s'assura que la combinaison environnementale de Katya était bien fermée.

« Le Kevlar résiste bien à la pierre et au métal, dit-il. Les joints en caoutchouc divisent la combinaison en plusieurs compartiments. Par conséquent, en cas de fuite, l'eau ne s'infiltrera pas partout. Malgré tout, il va falloir que nous soyons prudents. À près de cent mètres de profondeur, nous sommes au-dessous de la thermocline la plus profonde et la température de l'eau, aussi froide que l'Atlantique, sera de quelques degrés seulement. »

Après avoir demandé à Jack de jeter un œil à son équipement, Costas sortit d'un étui situé sur son épaule gauche une petite console, équipée d'un écran LCD numérique, reliée à la robinetterie de son backpack.

« Lorsque la chambre sera inondée, nous serons soumis à la pression de l'eau de mer environnante, soit approximativement dix atmosphères, expliqua-t-il. Il se trouve que nous sommes à la même profondeur que dans l'épave minoenne, nous utiliserons donc le mélange trimix que nous avons déjà testé. Plus nous descendrons, plus l'oxygène sera toxique. Il faut absolument que ce passage mène vers le haut et non vers le bas.

– Et la maladie des caissons ? demanda Katya.

– Cela ne devrait pas être un problème, dit-il en remettant la console dans son étui. À cette profondeur, le trimix se compose essentiellement d'hélium et d'oxygène. L'azote augmente au fur et à mesure que nous montons. Le régulateur ajuste automatiquement le mélange lorsque la pression décroît. À moins que nous ne tardions trop longtemps, nous ne devrions avoir besoin que de quelques paliers de décompression quand nous remonterons pour évacuer l'excès de gaz de notre système sanguin.

– Nous irons vers le haut, affirma Jack. Je pense que le passage mène à une sorte de sanctuaire de sommet.

– Ce serait logique du point de vue géologique, ajouta Costas. Creuser horizontalement à travers des couches compactes de basalte aurait représenté une tâche herculéenne. Ils se seraient heurtés à des cheminées secondaires et même à la chambre magmatique. Il aurait été plus facile de creuser vers le haut, en suivant le flux de la lave, selon l'angle de l'escalier.

– Cela dit, nous savons que les Atlantes étaient de brillants ingénieurs, fit remarquer Katya en mettant son transmetteur VHF sur la même fréquence que celle de ses compagnons. Ils ont été capables de tailler une plate-forme de la taille d'un terrain de football, de bâtir des pyramides plus impressionnantes que n'importe quel monument d'Égypte ancienne. Je ne pense pas que creuser leur ait posé beaucoup de problèmes. » Elle replaça la console de communication sur son casque. « Il faut s'attendre à tout. »

On n'entendait que le grondement sourd du générateur, tandis que le laser avait déjà effectué la moitié de son trajet. Contrairement à un chalumeau d'oxycoupage, qui aurait déchiqueté la matière, le laser découpait une ouverture aussi lisse que si elle avait été percée par une machine de haute précision. La progression régulière du bras manipulateur leur fournissait une sorte de compte à rebours des dernières minutes qu'il leur restait avant de plonger dans l'inconnu.

Alors que le laser venait d'entrer dans le dernier quart, une brusque vibration, semblable à une secousse sismique, ébranla tout le sous-marin. Un bruit sourd puis un son métallique étouffé résonnèrent, suivis d'un silence inquiétant.

« Activez la batterie de réserve ! ordonna Costas.

– C'est fait. Aucune coupure de courant n'a été détectée. »

Le bourdonnement électrique reprit, tandis qu'Andy tirait sur le câble provenant du DSRV et scrutait l'écran à l'affût d'un message d'erreur.

« Qu'est-ce qui a bien pu se passer ? demanda Jack.

– Ça a traversé la paroi de la coque, répondit Andy. Je ne vois pas d'où ça vient.

– Pas de l'avant, affirma Ben. Nous ne sommes qu'à quelques mètres de la carène avant et, s'il y avait eu un impact à cet endroit, on l'aurait senti. Ce doit être à l'arrière, peut-être juste de ce côté de la cloison qui ferme le compartiment du réacteur.

– Nous devons considérer que le DSRV a été compromis, dit Costas en regardant Jack d'un air sombre.

– Comment ça, *compromis* ? demanda Katya.

– Je pense que nous avons des visiteurs. »

Jack actionna la culasse de son Beretta et vérifia que la balle était engagée dans la chambre. Après s'en être assuré, il relâcha la culasse pour refermer la crosse et rabattit lentement le percuteur en position de sécurité. Il pourrait vider le chargeur de quinze balles de calibre 9 millimètres Parabellum en quelques secondes si cela s'avérait nécessaire.

« Je ne comprends pas, dit Katya. S'agit-il de membres de la *Seaquest* ?

– Impossible, répondit Costas. La tempête va faire rage jusqu'à l'aube, pendant encore douze heures. La *Seaquest* est encore au moins à dix milles nautiques au nord, trop loin pour un accès en Aquapod. Et par ce temps, l'hélicoptère ne pourrait pas descendre assez bas pour larguer des plongeurs à proximité du site.

– S'il s'agissait des plongeurs de l'UMI, ils auraient déjà établi un contact, ne serait-ce qu'en faisant du morse contre la paroi, ajouta Ben.

– Comment se fait-il que la *Seaquest* ne les ait pas remarqués ? demanda Katya perplexe. Ils ont dû arriver avant le début de la tempête. Pourtant, aucun navire de surface n'a été repéré dans un rayon de quinze milles à la ronde.

– Dans ces conditions, la surveillance satellite ne sert pratiquement à rien, mais le radar de la *Seaquest* aurait dû détecter toute anomalie de surface dans ce secteur », observa Costas. Il fit tambouriner ses doigts contre la grille. « Il y a une possibilité, poursuivit-il en regardant Jack. Un navire était peut-être déjà en position de l'autre côté du volcan, trop près pour que sa signature radar soit perceptible. Un submersible a ensuite trouvé le *Kazbek* et s'est arrimé au DSRV, ce qui a permis à une équipe d'assaut d'entrer dans le sas de secours.

– Cela expliquerait le bruit, risqua Ben.

– *Déjà en position* ? répéta Katya sans conviction. Comment auraient-ils déjà pu être en position derrière l'île ? Personne d'autre que nous n'a le texte de l'Atlantide, personne d'autre que nous n'a les compétences nécessaires pour traduire et interpréter l'itinéraire. » Elle regarda ses compagnons. « J'ai peur que la *Seaquest* soit en danger. »

Jack soutint le regard de Katya plus longtemps que les autres. L'espace d'une seconde, il eut l'impression que quelque chose clochait, qu'elle cachait quelque chose de plus que l'appréhension qu'ils tentaient tous de réprimer. Juste au moment où il allait l'interroger, une autre secousse fit trembler le sous-marin et mit un terme à toute conjecture. Il glissa le Beretta dans l'étui qu'il portait contre la poitrine.

« Costas, reste ici avec Andy. Cette trappe est peut-être notre seule issue de secours. Ben, tu viens avec moi.

– Je viens aussi, annonça Katya d'un ton qui n'attendait pas de réponse. Nous aurons besoin de toute la puissance de feu que nous pourrons rassembler. Les sous-marins *Akula* ont un magasin d'armes de réserve dans le carré, sur le pont situé au-dessus de nous. Je sais où il se trouve. »

Le temps n'était plus à la discussion. Ils retirèrent rapidement leurs backpacks et les laissèrent contre la paroi.

« Ces gens ne sont pas là pour dénicher des reliques de l'Antiquité, affirma Jack tandis qu'ils remontaient la galerie accroupis. Ils doivent se dire que nous avons trouvé leur prise et que nous ne pouvons pas communiquer avec la surface. S'ils nous éliminent, ils pourront conclure la transaction qui avait si mal tourné il y a des années. Ce n'est plus seulement l'Atlantide qui est en jeu. À cinq mètres d'ici, il y a suffisamment d'armes nucléaires pour anéantir la civilisation occidentale. »

Quand Katya mit le pied sur le premier barreau de l'échelle menant au pont situé juste au-dessus, elle se pencha sur le côté pour éviter la pluie de précipité blanc que Jack faisait tomber en montant. Après avoir gravi avec précaution une dizaine de barreaux, elle tapa sur l'échelle avec sa jambe pour signaler à Ben qu'il pouvait suivre.

« Ça y est », murmura-t-elle.

Ils étaient au-dessus de la salle des torpilles, à l'endroit où ils avaient vu le carré des officiers en descendant, moins d'une heure auparavant. Katya entra par l'écoutille et poussa les débris éparpillés autour de l'entrée. Jack lui emboîta le pas et Ben arriva quelques instants plus tard. Une fois qu'ils furent tous regroupés dans l'obscurité, Jack tendit le bras et alluma la lampe frontale de Katya.

« Je l'ai réglée au minimum, chuchota-t-il. Ça devrait aller si vous ne vous tournez pas en direction de la rampe, où la lumière pourrait se refléter dans la coursive située au-dessus de nous. »

Katya orienta le faible faisceau vers le fond de la salle. Derrière quelques tables, une porte était entrouverte. Elle fit signe à ses compagnons de l'attendre sur place et traversa la pièce en veillant à ne pas faire de bruit et à maintenir le faisceau lumineux devant elle. Lorsqu'elle passa la porte, accroupie, Ben se pencha en arrière vers la rampe pour écouter s'il y avait du bruit au-dessus d'eux.

Au bout d'un silence crispant de plusieurs minutes, Katya réapparut, lampe frontale éteinte pour ne pas illuminer la rampe. Comme elle s'avançait vers eux, ils virent qu'elle avait trouvé des armes.

« Un AKS-74U, murmura-t-elle. Et un pistolet Makarov 9 millimètres, identique au Walther PPK. L'armoire forte a été presque entièrement vidée et c'est tout ce que j'ai pu trouver. Il y a aussi une boîte de munitions.

– Cela fera parfaitement l'affaire », dit Ben en prenant l'arme que Katya portait à l'épaule. L'AKS-74U avait les mêmes dimensions que le Heckler & Koch MP5, l'arme couramment utilisée dans la police en Occident mais, contrairement à la plupart des fusils d'assaut, il tirait des balles à haute vélocité de 5,45 millimètres. Les ingénieurs du bureau d'études des armes Kalachnikov avaient mis au point un silencieux qui ne compromettait pas la vitesse de sortie de bouche et une chambre de détente qui rendait l'arme plus maniable en tir automatique que n'importe quelle autre arme à feu de même calibre.

Un autre bruit étouffé résonna dans les entrailles du sous-marin. Jack leva la tête en état d'alerte et tout le monde se figea pour écouter. Ce qui, dans un premier temps, ressemblait à un claquement métallique lointain devint progressivement plus distinct.

C'était une succession de bruits sourds qui durèrent encore une vingtaine de secondes puis s'arrêtèrent.

« Des pas, murmura Jack. Juste au-dessus de nous, en direction du sas de secours. Je pense que nos amis sont au poste de commandement. Nous devons les intercepter avant qu'ils n'atteignent la rampe de chargement. »

Jack et Katya prirent chacun un chargeur de kalachnikov et le remplirent rapidement de balles en se servant dans la boîte de munitions. Katya tendit son chargeur à Ben, qui le rangea avec le reste de balles dans un étui de sa ceinture. Il engagea l'autre chargeur dans son arme, actionna la culasse et remit la sécurité. Katya arma le Makarov et le glissa sous sa ceinture porte-outils.

« Bon, murmura Jack. On y va. »

Il leur semblait qu'il s'était passé une éternité depuis qu'ils étaient tombés sur l'horrible spectre posté à l'entrée de la salle du sonar. Lorsqu'ils atteignirent les derniers barreaux de l'échelle, Jack se réjouit que l'obscurité leur épargne le regard sinistre de la sentinelle.

Il tendit la main pour aider Katya à se hisser jusqu'en haut. Quelques secondes plus tard, ils étaient tous trois dans la coursive, prêts à faire feu. En direction de la poupe, ils virent la lueur de l'éclairage de secours du poste de commandement.

Jack conduisit ses compagnons en file indienne le long de la paroi gauche de la coursive, son Beretta en avant. Juste avant l'entrée, il se figea et leva un bras en signe d'avertissement. Katya se blottit derrière lui, tandis que Ben semblait se fondre dans l'obscurité.

D'où elle se trouvait, Katya ne voyait que les machines désarticulées et les consoles fracassées. Le voile de précipité donnait l'impression que la pièce était en deux dimensions, comme s'il s'était agi d'une peinture trop abstraite pour qu'on puisse y voir des formes ou des textures distinctes.

Soudain, elle vit pourquoi Jack s'était arrêté. À côté des restes enchevêtrés du périscope, une silhouette fantomatique, discernable seulement lorsqu'elle bougeait, se détachait du fond blanc. Lorsqu'elle s'avança vers eux, ils comprirent qu'elle n'avait pas conscience de leur présence.

Le Beretta de Jack produisit une détonation assourdissante. À travers la tempête de précipité qui tombait des murs, Katya regarda la silhouette chanceler contre le périscope et s'effondrer lourdement sur le sol. Jack tira encore cinq fois de suite. Chaque coup envoya une pluie de fragments de balle qui retentit et crépita tout autour de la pièce.

Katya était abasourdie par la férocité du bruit. Terrifiée, elle vit la silhouette se relever lentement et diriger son pistolet mitrailleur Uzi vers la coursive. Elle distingua les trous qu'avaient faits les balles de Jack en rebondissant de façon inoffensive contre l'exosquelette de Kevlar. Leur adversaire ouvrit le feu. Les balles rebondirent avec une extrême brutalité dans la coursive.

Puis une série de détonations saccadées surgit de l'obscurité. Avec son silencieux, l'AKS-74U de Ben était moins impressionnant que le Beretta mais plus meurtrier. Les balles percutèrent la silhouette qui avançait et la projetèrent contre le périscope, tandis que celles de l'Uzi traçaient un arc de cercle sur le plafond. Chaque impact la perfora avec la force d'un marteau-piqueur et ses membres tressaillirent pour retomber comme ceux d'une poupée de chiffon. Comme le Kevlar se déchiquetait, son torse, privé de colonne vertébrale, tomba en avant dans une position grotesque. L'homme était mort avant d'avoir touché le sol.

Quelque part au fond de la pièce, le son d'une autre arme automatique vint s'ajouter au vacarme étourdissant. Les balles fendaient l'air avec un bruit strident et l'écho traversait tout le sous-marin.

Jack s'accroupit et se balança sur ses pieds comme un sprinteur avant une course.

« Couvre-moi ! »

Ben vida le reste de son chargeur dans la pièce. Jack sortit à découvert et courut vers l'estrade centrale en tirant en direction des tubes périscopiques, d'où provenaient les coups de feu. On entendit un hurlement, suivi d'un bruit de pas d'individus battant en retraite. Katya courut derrière Jack. Elle avait encore les oreilles qui bourdonnaient. Ben les rejoignit et ils restèrent accroupis côte à côte contre la base fracassée du périscope.

« Combien en reste-t-il ? demanda Ben.

– Deux, peut-être trois. Nous en avons touché un. Si nous parvenons à les bloquer dans la coursive, leur champ de tir sera plus limité. »

Les deux hommes éjectèrent leurs chargeurs et rechargèrent leurs armes. Alors que Ben mettait les dernières balles qu'il restait dans son chargeur, Katya regarda le carnage qu'ils venaient de faire.

C'était un spectacle écœurant. Dans une flaque de sang coagulé, au milieu de douilles vides, le cadavre était assis dans une position insolite, le torse plié en deux et le visage à terre. Les balles avaient déchiré son respirateur. Ses bouteilles et son détendeur étaient éparpillés autour de lui avec des fragments d'os et de chair. Plus bas, on pouvait voir un trou aux bords déchiquetés à l'emplacement de son cœur et de ses poumons. Un embout de son détendeur d'oxygène avait été projeté dans la cavité et produisait une mousse de sang, qui chuintait et bouillonnait dans une parodie grotesque de son dernier souffle.

Katya s'agenouilla et souleva la tête de la victime. Jack eut la certitude qu'elle avait reconnu l'homme. Il tendit le bras pour poser la main sur son épaule et elle se retourna.

« Il y a eu assez de morts sur ce bateau. » Elle eut soudain l'air fatigué. « Il est temps d'en finir. »

Avant que Jack ait eu le temps de l'arrêter, elle se redressa et leva les mains en signe de reddition. Elle passa entre les deux tubes périscopiques.

« Je m'appelle Katya Svetlanova », dit-elle en russe. Elle avait parlé d'une voix sonore et ses mots résonnaient dans toute la pièce. On entendit immédiatement un brouhaha, suivi d'une conversation étouffée. Au loin, une voix d'homme répondit dans un dialecte que ni Jack ni Ben ne connaissaient. Katya baissa les mains et engagea d'un ton ferme un dialogue qui dura plusieurs minutes. Elle semblait maîtriser totalement la situation. Elle parlait avec autorité et assurance, tandis que son interlocuteur semblait indécis et déférent. Après une dernière phrase lancée d'un ton cassant, elle s'effondra et rangea le pistolet dans sa ceinture.

« Il est kazakh, dit-elle. Je lui ai dit que nous avions piégé le passage menant à la salle des torpilles. J'ai ajouté que nous négocierions uniquement en tête à tête avec leur chef. Cela n'arrivera pas, mais nous gagnerons le temps qu'ils mettront à réfléchir à leur prochaine offensive. »

Jack la regarda. C'était la deuxième fois qu'elle les sauvait d'une catastrophe, d'abord en évitant l'attaque de la *Vultura*, dans l'Égée, et maintenant en négociant avec des hommes armés. Apparemment, tant qu'elle serait là, leurs adversaires garderaient leurs distances et attendraient le bon moment pour agir.

« Ces hommes, je suppose que ce sont nos amis de la *Vultura*.

– C'est exact, répondit-elle d'un ton calme. Et ils sont très dangereux.

– Qu'est-ce qu'on fait maintenant ? » demanda Ben.

On entendit une série de bruits sourds au loin, dans le sous-marin.

« Voilà ta réponse », répliqua Jack. C'était le signal dont ils avaient convenu avec Costas, qui signifiait que l'opération de découpage de la coque était terminée. Jack se leva et conduisit ses compagnons hors du poste de commandement, après avoir contourné la flaque de sang entourant le cadavre. Lorsqu'ils arrivèrent à la coursive, Jack regarda une dernière fois les décombres de la pièce pour s'assurer qu'ils n'étaient pas suivis.

Ils laissèrent Ben posté dans l'ombre au sommet de la rampe de chargement. Avec seulement un chargeur et demi à sa disposition, il était en position d'infériorité, mais Jack savait qu'en cas d'attaque chaque balle atteindrait sa cible.

Il ne fallut que quelques minutes à Jack et Katya pour parcourir en sens inverse l'itinéraire qui leur était désormais familier. Ils descendirent le long de la rampe et traversèrent la salle des torpilles. Lorsqu'ils atteignirent l'ouverture entre les grilles, ils remirent sans un mot les systèmes autonomes de survie qu'ils avaient laissés sur place, vérifièrent mutuellement leur équipement et activèrent les consoles des détendeurs.

Ils savaient ce qu'ils avaient à faire. Ils n'avaient aucun intérêt à s'attarder avec Ben et Andy. Le siège n'avait plus qu'une issue. Leur défense reposait sur la force de la menace de Katya et, dès que ce subterfuge serait découvert, ils n'auraient plus aucun moyen de résister. C'était leur seule chance, leur seul espoir d'obtenir de l'aide, tandis que la tempête faisait rage au-dessus d'eux.

L'enjeu était considérable.

Lorsqu'ils descendirent sur les sentines, ils constatèrent que Costas avait déjà abaissé sa visière et fermé son casque. Ils firent de même, après que Katya eut donné son pistolet à Andy, assis devant la console.

« Vous en aurez plus besoin que moi », lui avait-elle dit.

Andy avait acquiescé avec reconnaissance et rangé l'arme avant de se tourner de nouveau vers l'écran. Pendant que Jack lui racontait brièvement ce qui s'était passé au poste de commandement, Costas acheva de rétracter le bras télescopique. Le laser avait découpé un cercle parfait d'un mètre et demi de diamètre dans la paroi de la coque.

« La trappe pivote sur le gond que nous avons inséré, précisa Andy. Il suffit de réduire la pression de l'air dans la chambre et elle s'ouvrira vers l'extérieur comme une écoutille. »

Ils regardèrent la paroi avec un sentiment mitigé. S'ils appréhendaient les dangers qui les attendaient, ils étaient néanmoins tenaillés par l'envie irrésistible de découvrir un monde perdu dont ils n'avaient même pas osé imaginer l'existence.

« Bon, dit Costas. Allons-y. »

Chapitre 17

Costas s'accroupit en faisant attention d'éviter le rebord tranchant de la paroi découpée par le laser. Il tendit le bras pour évaluer la résistance de la membrane magnétisée et se retourna pour aider Katya et Jack. Dès qu'ils furent tous sortis, il referma la trappe de peur qu'une déchirure dans la membrane ne provoque une inondation incontrôlable du sous-marin. Le raccord parfait entre la trappe et la paroi témoignait de la précision microchirurgicale du laser.

La membrane était translucide mais, à cette profondeur, il n'y avait quasiment pas de lumière naturelle. De plus, celle-ci était bloquée par le surplomb rocheux, qui s'étendait tout au long du sous-marin et leur interdisait l'accès à la mer.

Lorsqu'ils activèrent leurs lampes frontales, la lumière se refléta tout autour d'eux contre la structure cristalline de la membrane et produisit un chatoiement blanc. Ils eurent peine à reconnaître le flanc de falaise qu'ils avaient devant eux. L'hologramme monochrome vert ne permettait pas de se faire une idée de sa surface lustrée. C'était comme s'ils regardaient une vieille photo sépia, un cadre dans lequel se trouvait l'image teintée d'une grotte perdue depuis longtemps.

Ils avancèrent lentement en se redressant au fur et à mesure que le tunnel s'élargissait. L'eau s'écoulait sur le sol depuis l'autre côté de la plate-forme, mais la membrane était dure comme du roc et offrait une prise sûre. Environ huit mètres plus loin, ils atteignirent l'endroit où la membrane avait été fixée magnétiquement au flanc de la falaise. Costas s'approcha le premier des escaliers et s'accroupit pour en observer la surface.

« Il n'y a quasiment pas de salissures marines, même pas d'algues. Je n'ai jamais vu une mer aussi hostile à toute forme de vie. Si nous retirions nos casques, nous serions envahis par une odeur d'œuf pourri tant il y a de sulfure d'hydrogène dans l'eau. »

Il ajusta le volume de sa console de communication et regarda ses compagnons pour s'assurer qu'ils pouvaient l'entendre. Jack acquiesça d'un murmure, mais il était absorbé parce qu'il voyait devant lui. Katya et lui étaient debout côte à côte, à quelques mètres seulement de l'obscurité qui enveloppait le fond de la plate-forme.

Lorsque Costas les rejoignit, sa lampe frontale ajouta encore plus de détails au décor. Juste en face, se trouvait une niche rectiligne taillée dans la pierre environ deux fois plus haute et trois fois plus large qu'un homme. Minutieusement polie, elle s'enfonçait à une profondeur d'environ trois mètres dans la falaise. Au fond, ils discernèrent ce qui les avait stupéfiés sur l'hologramme, les contours d'une grande porte double.

Katya, la voix étranglée par l'émotion, fut la première à admettre l'évidence.

« C'est de l'or ! »

Quand leurs faisceaux convergèrent, ils furent presque aveuglés par l'éclat du métal. Katya abaissa prudemment sa lampe frontale sous le miroitement doré.

« Plaqué or, je suppose, dit Costas d'un ton neutre. Battu et bruni, puis fixé sur des blocs de pierre. Il y avait beaucoup de rivières aurifères dans le Caucase à cette période, mais les ressources auraient été vite épuisées si ces pavés étaient en or massif. Et puis ceux-ci n'auraient de toute façon pas été assez résistants. »

Autour de la porte, un mince filet d'eau provenant de l'autre côté s'écoulait sur la surface et la lumière de leurs lampes frontales se réfractait en une foule d'arcs-en-ciel minuscules, un halo kaléidoscopique qui renforçait la brillance de l'or.

« Elle est bloquée par un seuil, un rebord en pierre sur toute la largeur, observa Costas en regardant l'angle inférieur droit. C'est ce qui l'empêche de s'ouvrir de notre côté. Elle est conçue pour s'ouvrir vers l'intérieur, comme nous le pensions. »

Il se tourna vers ses compagnons. « Nous allons devoir inonder cette chambre pour équilibrer la pression de l'eau des deux côtés de la porte. Vous êtes prêts ? »

Ils acquiescèrent et ajustèrent la console de leur détendeur pour passer de l'air comprimé au trimix nécessaire pour survivre à près de cent mètres au-dessous du niveau de la mer. Katya vacilla légèrement, un peu étourdie par l'arrivée du mélange auquel elle n'était pas habituée. Costas tendit le bras pour la soutenir.

« Vous vous y habituerez, dit-il. Ça va vous éclaircir les idées pour traduire toutes les inscriptions que nous allons trouver. »

Katya et Jack vérifièrent mutuellement la pression de leurs bouteilles avant de donner le signal à Costas, qui glissa le long de la membrane jusqu'au sous-marin. Après avoir activé son détendeur, il donna quelques coups secs contre la coque avec sa pince multiple. Quelques secondes plus tard, un violent jet d'eau sortit du trou situé au centre de la trappe et s'abattit contre la falaise avec la force d'un canon à eau. Andy avait inversé la pompe à haute pression et aspiré l'eau des sentines à travers un dispositif de filtrage retenant toutes les toxines et les matières solides.

Ils s'aplatirent contre la paroi pour éviter le jet d'eau qui grondait en sortant devant eux. Lorsqu'il rebondit contre la roche et les inonda, Jack se tordit de douleur.

« Que se passe-t-il ? demanda Katya. Ça va ?

– Ce n'est rien. »

D'après sa position, Jack semblait pourtant souffrir. Complètement contorsionné, il s'agrippait à la paroi. Ce n'est que lorsque l'eau commença à monter le long de leurs jambes qu'il put lentement se redresser. Ses compagnons l'entendaient haleter à travers l'interphone.

« C'est arrivé pendant notre petit échange d'amabilités, dit-il en tentant de dissimuler son agonie. Je n'ai rien dit parce qu'on ne pouvait rien faire. La balle a traversé le Kevlar et j'ai une fuite dans un compartiment. L'eau est froide. Ça va passer. »

En réalité, c'était plus bien grave. La balle de l'Uzi, bien qu'à faible vélocité, lui avait fracturé une côte et laissé une plaie ouverte. Il avait déjà perdu beaucoup de sang et il savait qu'il était en sursis. L'eau avait étanché le sang et engourdissait la douleur, mais la déchirure de sa combinaison était plus importante qu'il ne l'avait laissé entendre. Dans l'eau glacée, la température de son corps ne tarderait pas à descendre au-dessous du niveau critique.

Alors qu'il tentait de reprendre sa respiration, il fut soudainement pris d'un vertige, signe incontestable d'un manque d'oxygène. Le besoin en nutriments de son organisme, privé de tant de sang, n'était pas satisfait. Il commença à s'hyperventiler.

Encore ! Non...

Il se raidit au fur et à mesure que l'eau l'enveloppait en bouillonnant. Plus elle montait, plus il éprouvait un besoin impérieux d'espace, une peur grandissante tandis que la claustrophobie refermait ses griffes.

Il fallait absolument qu'il se dise que c'était un problème physiologique, une réaction naturelle de son organisme, qui luttait pour s'ajuster, et non une forme de panique aveugle.

Détends-toi. Laisse-toi aller.

Il respirait de façon saccadée. Il s'agenouilla sur le sol, les bras ballants et la tête penchée en avant. Le bruit de la soupape d'expiration de son détendeur était couvert par le chaudron bouillonnant qui l'entourait. Il n'avait que vaguement conscience de Katya et Costas, entourés d'eau blanche, qui regardaient l'eau monter sans s'occuper de lui.

Il ferma les yeux.

Soudain, un mouvement brusque de l'eau le repoussa en arrière et l'entoura comme s'il se trouvait au cœur d'un tourbillon. Le courant semblait le caresser de haut en bas telle une masse sirupeuse qui le projetait contre la membrane.

Il ouvrit les yeux, terrorisé.

Un visage hideux, sans yeux, se pressait contre lui avec un sourire malveillant et rebondissait comme une marionnette désarticulée. Des bras fantomatiques se tendaient vers lui dans l'espoir de l'enlacer dans une étreinte mortelle. À chaque mouvement, l'eau était troublée par des particules blanches et grises qui semblaient se détacher comme de la neige de l'apparition.

Jack ne pouvait lutter, paralysé par ce cauchemar sans issue. Le visage fonçait sur lui avec acharnement, inlassablement.

Il s'arrêta de respirer, la bouche figée au milieu d'un cri.

C'était une hallucination.

Son esprit rationnel lui souffla qu'il était en proie à la narcose. *L'homme qu'ils avaient tué dans la bataille. Le cadavre pendu dans la salle du sonar.* C'étaient les fantômes du sous-marin, des esprits qui étaient restés pour les hanter.

Il ferma les yeux et lutta de toutes ses forces pour ne pas glisser dans l'obscurité.

Un flash le ramena au puits de mine où il se trouvait cinq mois auparavant, le lieu de son calvaire. À nouveau, il sentit le gaz surgir du puits et le projeter contre la poutre en coupant toutes les lumières et son approvisionnement en air. La suffocation dans la nuit noire jusqu'à ce que Costas le trouve et le ramène à la vie en effectuant un échange d'embout. L'horreur lorsque la seconde explosion le souffla loin de Costas vers la surface. Les heures passées dans la chambre de recompression, les heures d'épuisement écrasant, ponctuées de moments de terreur quand la conscience le ramenait toujours et encore à ses moments de panique. C'était l'expérience que tous les plongeurs redoutaient, celle qui ébranle la confiance précaire forgée au fil des ans et fait basculer dans un monde où il faut péniblement tout reconstruire depuis le début.

Et maintenant, ça recommençait.

« Jack ! Regarde-moi. Tout va bien. Il est parti. »

Jack avait les yeux grands ouverts et Costas le regardait en le tenant par les épaules. Le bruit de l'eau était moins fort et il entendait de nouveau sa respiration. Il poussa un soupir saccadé et commença à se détendre.

C'était Costas. Il était toujours dans la chambre.

« Ce devait être un des corps que Kuznetsov a éjectés par les lance-torpilles. Il a dû se loger dans la niche et être soufflé par le jet d'eau. Il n'est pas beau à voir. » Costas montra la forme tachetée de blanc qui flottait désormais dans l'eau en direction de la paroi du sous-marin, le torse mutilé de façon indécente à l'endroit où il l'avait agrippé pour le repousser, provoquant ainsi la désintégration des tissus adipeux encore accrochés au squelette.

Jack ressentit non pas du dégoût mais un profond soulagement, l'ivresse du survivant qui a vu la mort en face et l'a vaincue. Cette poussée d'adrénaline lui permettrait de surmonter tout ce qui les attendait.

Il regarda Katya et lui dit d'une voix rauque encore secouée par l'émotion :

« C'était à mon tour d'avoir un choc, voilà tout. »

Elle ne saurait jamais rien des démons qui le hantaient, de la force qui l'avait attiré jusqu'à lui faire entrevoir sa fin.

Le tourbillon disparut et l'eau devint d'une clarté limpide peu après que la turbulence eut cessé. Costas ne quitta pas Jack des yeux tant qu'il ne le vit pas complètement détendu. Au bout d'un moment, il tendit la main vers les palmes de Jack, ouvrit les pattes de Velcro qui les maintenaient contre ses jambes et les lui enfila aux pieds.

Jack tourna sur lui-même et regarda les bulles s'échappant de sa soupape d'expiration s'agglomérer en petits ronds translucides qui vacillaient et miroitaient l'un dans l'autre sur le plafond de la membrane. Il sentit son bloc-bouteilles racler le fond et injecta rapidement de l'air dans sa combinaison pour atteindre une flottabilité neutre.

Costas nagea de la coque à la paroi rocheuse. Lorsqu'il arriva au bout, un bruit aigu inattendu traversa leurs écouteurs. Jack se mit à trembler comme une feuille. La terreur de ces dernières minutes s'était transformée en une sorte d'euphorie délirante.

« Eh, Mickey, dit-il, je crois que tu devrais activer ton modulateur de voix. »

L'association d'une pression extrême et de l'hélium avait distordu sa voix de façon comique. L'UMI avait mis au point un système de compensation pour éviter la réaction que Jack avait précisément tant de mal à contrôler.

« Toutes mes excuses, répondit Costas. Je vais essayer. » Il tourna une molette située sur un côté de sa visière. Il trouva une fréquence plus adaptée et passa en mode automatique pour que le modulateur s'ajuste aux changements de pression et à la composition du gaz en fonction de la profondeur.

« Andy a réduit la magnétisation pour rendre la membrane semi-flexible, afin que la pression de la chambre soit équivalente à la pression ambiante de la mer et donc à celle de l'eau se trouvant derrière la porte. Nous sommes à 9,8 bars et à près de cent mètres. À cette profondeur, le trimix ne nous permet de rester qu'une demi-heure. »

En réglant leurs lampes en position moyenne pour limiter les reflets, ils purent discerner les motifs qui ornaient la porte. Sur chaque panneau se trouvait le magnifique symbole des cornes de taureau qu'ils avaient vu sur l'hologramme, des cornes grandeur nature en or battu, légèrement en relief.

Costas sortit un autre gadget de sa ceinture porte-outils.

« C'est un truc que j'ai bricolé au laboratoire de géophysique de l'UMI. Un radar pénétrant GPR, qui génère des ondes électromagnétiques à large bande et transmet une image de la subsurface. Une sorte de torche acoustique. Le signal GPR ne dépasse pas cinq mètres, mais cela devrait suffire pour savoir s'il y a un obstacle solide de l'autre côté. »

Il sortit l'antenne du transducteur et nagea le long de la base de la porte avant de s'asseoir au milieu.

« C'est clair. Pas de résistance après cinquante centimètres, ce qui doit correspondre à l'épaisseur de la porte. J'ai bien regardé tout au long du seuil et rien ne devrait nous empêcher d'entrer.

– Et la corrosion métallique ? demanda Katya.

– L'or ne se corrode pas beaucoup dans l'eau de mer. »

Costas rangea l'unité dans sa ceinture et referma les doigts sur le seuil. Il fit glisser son corps d'avant en arrière plusieurs fois puis s'arrêta.

« C'est parti ! » s'exclama-t-il.

En battant des pieds à toute vitesse, il se projeta de tout son poids contre la porte. Il répéta la manœuvre plusieurs fois, puis renonça, épuisé. La porte semblait inébranlable. Du haut de ses deux mètres, ce n'était qu'une simple égratignure sur le flanc de la falaise.

« Rien à faire, dit-il le souffle coupé.

– Attends. Regarde ça. »

Jack, qui avait nagé à un mètre au-dessus de lui, était entouré de bulles s'échappant de sa soupape d'expiration. Un curieux motif se réfractant à travers la turbulence, une anomalie trop petite pour être détectée par le laser et reportée sur l'hologramme, avait attiré son attention.

C'était une sorte de creux peu profond de la taille d'une soucoupe, situé entre deux symboles de cornes de taureau. Les deux battants se rejoignaient juste à cet endroit. On aurait dit un sceau estampé sur le métal lorsque la porte avait été fermée pour la dernière fois.

Katya rejoignit Jack et tendit la main vers le motif.

« Au toucher, je dirais que c'est du cristal, dit-elle. C'est une forme complexe, avec beaucoup d'angles droits et de zones planes. »

Le cristal était immaculé, si proche de la perfection qu'il était presque invisible. Les gestes de Katya, qui suivait de la main les contours du motif, rappelaient ceux d'un mime. Ce n'est que lorsqu'ils diminuèrent l'intensité de leurs faisceaux lumineux qu'ils commencèrent à distinguer une forme. La lumière, qui se réfractait comme dans un prisme, fit apparaître des lignes et des angles.

Jack changea de position et les lignes convergèrent en une forme familière.

« Mon Dieu, murmura-t-il. *Le symbole d'Atlantis !* »

L'espace d'un instant, ils restèrent ébahis. Les épreuves de ces dernières heures se dissipèrent d'un seul coup et ils furent de nouveau envahis par l'émotion extraordinaire de la découverte.

« Dans les Aquapod, nous avons vu ce symbole taillé sur un immense disque, juste devant les pyramides, se souvint Jack. Cela aurait un sens de le retrouver ici.

– Oui, dit Katya. C'est une sorte de talisman attestant du caractère sacré du lieu.

– C'est magnifiquement sculpté, ajouta Costas en appuyant sa visière contre le cristal. La plupart des composés siliceux ne se conserveraient pas aussi longtemps dans une eau de mer aussi riche en souffre sans former une patine. »

Jack fixait la porte en réfléchissant à cent à l'heure. Soudain, il sortit un paquet qu'il avait rangé à côté du Beretta.

« J'ai apporté mon propre talisman. »

Il retira de son enveloppe la copie du disque d'or provenant de l'épave minoenne. Lorsqu'il la retourna pour voir le symbole, la lumière de sa lampe frontale dansa sur la surface estampée.

« Voici la clé de l'Atlantide, dit-il avec jubilation.

– Bien sûr ! » s'écria Costas radieux en prenant le disque que Jack lui tendait. La forme convexe correspond exactement à la concavité de la porte. Le symbole du disque a été estampé dans le métal en relief et celui du cristal a été taillé en creux. Le disque devrait s'insérer comme une clé dans une serrure.

– J'avais le pressentiment qu'il nous serait utile un jour, avoua Jack.

– Cette porte ne va pas bouger d'un centimètre, fit remarquer Costas. C'est peut-être notre seule chance. »

Jack effectua quelques brasses jusqu'à ce qu'il se trouve juste en face du symbole de la porte.

« Il n'y a qu'un moyen de le savoir », dit-il.

Chapitre 18

Lorsque Jack plaça le disque contre la porte, le cristal sembla attirer celui-ci, comme si une force primitive réunissait les deux moitiés d'un tout, dont les destinées avaient été trop longtemps séparées. Le disque, qui s'insérait parfaitement dans le cristal, glissa en douceur à l'intérieur jusqu'à ce qu'il soit au ras de la porte.

« Bingo », dit Jack à voix basse.

Il posa la paume sur le métal et poussa sur ses palmes contre la porte pour exercer une pression. Tout à coup, le disque fut happé à l'intérieur et tourna rapidement dans le sens des aiguilles d'une montre. Le mouvement fit tourbillonner l'eau comme le sillage d'une hélice. Lorsqu'il s'arrêta de tourner, on entendit un grincement grave. Il se dégagea et la porte s'entrebâilla.

Jack ouvrit les deux battants sans rencontrer beaucoup de résistance. Il fut momentanément aveuglé par la turbulence créée par la rencontre de l'eau glaciale de l'intérieur avec l'eau de mer qui les entourait. Jack retint sa respiration pour dissimuler un spasme de douleur, une sensation lancinante à l'endroit où la déchirure de sa combinaison avait exposé sa poitrine à l'eau froide. Ses deux compagnons eurent conscience de son agonie mais savaient qu'il refusait leur compassion.

Costas flottait au-dessus du seuil et observait le mécanisme désormais visible au pied de la porte.

« Fascinant, murmura-t-il. La porte était retenue par une poutre de granit, une sorte de barre transversale en deux morceaux fixés l'un à l'autre. La face supérieure est striée comme une roue dentée. Le cristal est enchâssé dans un cylindre de pierre avec un système d'encoches encastrables. Quand Jack a appuyé sur le disque, les dents se sont emboîtées. »

Costas retira le disque du cristal et le confia à Jack pour qu'il le range précieusement.

« Comment a-t-il pu tourner tout seul ? demanda Kayta.

– Les extrémités de la poutre sont lestées, probablement à l'intérieur de cavités adjacentes aux piédroits. Quand la roue dentée a été enclenchée, les poids ont écarté les deux morceaux l'un de l'autre et fait tourner le cylindre.

– À l'époque, l'automatisation devait être apparentée à un miracle, à l'œuvre des dieux, dit Jack. C'est une merveille de technique.

– Facilité d'utilisation, simplicité du design, durabilité des matériaux, déclara Costas en leur souriant à travers sa visière. Ce mécanisme aurait gagné le premier prix haut la main au concours des étudiants du MIT à l'époque où j'y étais. »

Ils réglèrent leurs lampes en position maximale. L'eau était claire comme de l'eau de roche, dépourvue de substances polluantes malgré les milliers d'années qui s'étaient écoulées depuis qu'elle avait commencé à s'infiltrer à travers la porte.

La lumière étincelait contre les murs tandis que leurs faisceaux oscillaient d'un côté à l'autre. Ils se trouvaient dans une salle rectangulaire de la taille de la salle des torpilles du sous-marin. Juste en face, se dressait un grand piédestal taillé dans la pierre.

« C'est un autel ! s'exclama Jack. On voit les rigoles par lesquelles le sang dégoulinait le long des escaliers extérieurs.

– Des sacrifices humains ? demanda Costas.

– Ils remontent loin dans l'histoire des peuples sémitiques du Proche-Orient, répondit Katya. Pensez à Abraham et Isaac, dans l'Ancien Testament.

– Mais ils n'étaient jamais pratiqués en nombre, répliqua Jack. Si l'histoire d'Abraham et Isaac a eu une telle portée, c'est justement parce qu'elle était exceptionnelle. Les Minoens sacrifiaient également des êtres humains, mais la seule preuve se trouve dans un sanctuaire de sommet, près de Cnossos, où un tremblement de terre a provoqué l'effondrement du temple en plein rituel et préservé le squelette. Les sacrifices n'avaient probablement lieu qu'en cas de catastrophe, comme l'éruption de Théra. »

Ils nagèrent vers le piédestal situé au centre de la salle et leurs faisceaux lumineux convergèrent sur le côté de la table sacrificielle. Lorsque le dessus apparut, ils virent une image presque trop fantastique pour être saisie, un spectre qui s'était évanoui tel un génie dès qu'ils s'en étaient approchés.

« Avez-vous vu ce que j'ai vu ? demanda Katya dans un souffle.

– Extraordinaire, murmura Costas. Les os ont dû se désintégrer il y a des milliers d'années mais, dans l'eau stagnante, les sels de calcium sont restés sur place. À la moindre perturbation, ceux-ci ont disparu comme une bouffée de fumée. »

L'espace d'une fraction de seconde, ils avaient vu un taureau gisant, dont la silhouette massive était réduite à une empreinte composée de rayures blanches, semblable à un négatif de photo. Aux angles de la table, ils virent les trous où ses membres avaient été attachés, avant le sacrifice, avec une corde disparue depuis longtemps, lorsque l'eau avait progressé et emporté la carcasse dans une étreinte glacée.

Jack prit une dague posée sur un côté de la table. Sur la poignée de pierre, était gravée une bête effroyable, mi-taureau, mi-aigle.

« Tu as ta réponse, dit-il à voix basse à Costas. La cour avec la statue colossale près de la côte était la première arène de tauromachie du monde. Les animaux condamnés étaient conduits le long de la voie processionnelle, entre les pyramides, et en haut des escaliers jusqu'à cet autel. Ce devait être un site impressionnant, qui surplombait toute la cité s'étendant sur la plaine en contrebas. Le sacrifice coïncidait peut-être avec le moment où le soleil passait entre les sommets jumeaux du volcan et les cornes du sphinx à tête de taureau, dans la cour. Toute la cité devait assister à ce spectacle. »

Il s'interrompit et regarda solennellement ses compagnons à travers sa visière. « Nous venons d'être témoins du dernier sacrifice, de la tentative désespérée des prêtres de repousser la montée des eaux avant que la porte de ce sanctuaire ne se referme à jamais. »

Ils nagèrent au-dessus de l'autel et se dirigèrent vers un trou noir béant au fond de la salle. Lorsqu'ils s'approchèrent, le miroitement s'accentua. La lumière de leurs lampes frontales se reflétait sur les murs comme s'il s'agissait de rideaux ondulants de cristal et d'or.

« *Atlantis aux murs d'or* », dit Jack à voix basse.

Juste avant qu'ils n'atteignent le portail, Costas vira à droite et réduisit son faisceau au minimum en s'approchant du mur.

« De la pyrite, l'or des fous, dit-il impressionné. Les cristaux sont si gros et si rapprochés que, de loin, on dirait de l'or plaqué.

– Mais nous sommes sur une île volcanique, faite de roche ignée, observa Katya.

– De basalte, essentiellement, admit Costas. Du magma en fusion qui a refroidi trop rapidement pour que des cristaux minéraux puissent se former. Le basalte situé entre la falaise et l'ancien littoral était pauvre en silice. Il a donc refroidi lentement en s'écoulant sur le substrat calcaire. Plus haut, il s'agissait de lave acide riche en silice, qui s'est solidifiée dès qu'elle a atteint la surface. Dans les Aquapod, nous avons vu des fissures d'obsidienne, du verre volcanique noir qui se forme lorsque la lave rhyolitique se refroidit rapidement.

– Les lames en obsidienne ont été les plus tranchantes jusqu'à l'apparition de l'acier à forte teneur en carbone au Moyen Âge, précisa Jack. D'ailleurs, la dague était en obsidienne. »

Costas les rejoignit le long du mur noir. « Incroyable, dit-il, de l'obsidienne pour les outils, du tuf pour la maçonnerie, de la poussière volcanique pour le mortier, du sel pour conserver la nourriture. Sans parler des riches terres arables et de la mer grouillante de poissons. Ce peuple avait tout.

– Et le granit de la porte ? insista Katya.

– Roche ignée également, répliqua Costas. Mais ce n'est pas le résultat d'une éruption volcanique. C'est une roche intrusive qui se forme dans la croûte terrestre lorsque le magma refroidit lentement et produit des structures cristallines, essentiellement du feldspath et du quartz. C'est ce qu'on appelle une roche plutonique, qui tire son nom du dieu grec des Enfers. Elle est poussée vers le haut par la tectonique des plaques.

– Cela explique une autre ressource, intervint Jack. La pression a également transformé le calcaire du lit marin en marbre et fourni la roche à grain fin dans laquelle ont été réalisées les sculptures de l'extérieur. Il doit y en avoir des affleurements en bas de ces versants et sur la crête, à l'ouest.

– Nous sommes à l'intérieur d'un volcan composite, poursuivit Costas, qui cumule les caractéristiques du cône de scories et du volcan bouclier. La lave s'est intercalée entre les couches de cendre et de roche pyroclastique. Pensez au mont Saint-Hélène, au Vésuve, à Santorin. Au lieu de s'accumuler derrière un culot et de provoquer une éruption explosive, le magma monte progressivement le long d'un affleurement de roche plutonique et se solidifie sous la forme d'un bouclier de basalte, un événement qui se répète à chaque fois que la pression augmente. À mon avis, en profondeur, il y a un chaudron bouillonnant de gaz et de lave qui déborde à travers les fissures pour créer un dédale de galeries et de cavernes. Ce volcan doit être littéralement criblé de rivières de feu.

– Et l'or des fous ? demanda Katya.

– Un nœud de fer exceptionnellement dense qui s'est formé avec le granit. Le refroidissement lent à l'intérieur de la croûte terrestre a entraîné la création d'immenses cristaux. Ceux-ci sont fabuleux. C'est une découverte unique. »

Ils se retournèrent pour regarder une dernière fois le monde extérieur. L'eau éclairée par leurs faisceaux lumineux était baignée de couleurs et la paroi rocheuse étincelait d'un miroitement doré.

« Cette salle est le paradis des géologues, murmura Costas avec déférence. Une fois nettoyée, elle serait éblouissante. Pour les prêtres, ce devait être un don des dieux impressionnant, qui venait s'ajouter à la pyrotechnie du volcan lui-même. »

Derrière l'autel, ils discernèrent la paroi du sous-marin au bout du tunnel. Cette vision leur rappela qu'un sinistre ennemi leur barrait le chemin du retour vers le monde extérieur et que leur seul espoir de sauver Ben et Andy résidait dans la nuit noire s'étendant devant eux.

Avant de plonger dans l'obscurité inhospitalière, derrière le portail, Costas retourna au centre de la salle. Il sortit un outil de sa ceinture et fit le tour de l'autel avant de rejoindre ses compagnons. Un ruban orange se déroulait d'un dévidoir fixé à son backpack.

« C'est une chose à laquelle j'ai pensé quand vous avez parlé des légendes liées au conflit entre les Mycéniens et les Minoens à l'âge du bronze, expliqua-t-il. Quand Thésée est arrivé à Cnossos pour tuer le Minotaure, Ariane lui a donné un fil pour qu'il retrouve son chemin dans le labyrinthe. Sous la roche, nous n'avons pas accès au GPS. Nous pouvons uniquement naviguer à l'estime, avec une boussole et un profondimètre. Le fil d'Ariane sera peut-être notre seul filin de sécurité. »

Jack sortit le premier de la salle sacrificielle, sa lampe orientée vers la galerie qui s'ouvrait devant eux. Au bout d'une dizaine de mètres, celle-ci rétrécit et se courba vers la droite. Il s'arrêta pour laisser le temps à ses compagnons de le rejoindre. Il y avait tout juste assez d'espace pour qu'ils puissent se tenir côte à côte.

Ils étaient seuls dans le silence de mort de ce lieu où aucun être humain n'avait pénétré depuis l'aube de la civilisation. Jack ressentit une bouffée d'excitation. Cette poussée d'adrénaline réduisit momentanément les effets débilitants de sa blessure et l'incita à se précipiter dans l'inconnu.

La galerie commença à serpenter d'un côté puis de l'autre et chaque coude augmentait artificiellement la distance qui les séparait de l'entrée. C'était une expérience étrangement déroutante, comme si les architectes de ce monde antique avaient connu les effets perturbants de l'absence de lignes droites sur le sens de l'orientation humain.

Ils s'arrêtèrent afin que Costas fixe l'extrémité du ruban et sorte un nouveau rouleau. Dans cet espace étroit, leurs lampes projetaient une lumière brillante sur les murs, dont la surface était lustrée, comme polie par les millénaires.

Jack s'avança de quelques mètres et remarqua une anomalie dans le mur.

« Il y a des inscriptions. »

Les deux autres le rejoignirent rapidement.

« Faites à la main, affirma Costas. Taillées dans la pierre. Elles sont tout à fait identiques aux cartouches entourant les hiéroglyphes anciens qu'Hiebermeyer a trouvés sur cette pierre issue du temple où Solon a rendu visite au grand prêtre. »

Des centaines d'inscriptions presque identiques étaient alignées sur vingt registres horizontaux qui s'étendaient au-delà du virage suivant de la galerie. Chacune d'elles se composait d'un symbole entouré d'une bordure ovale, le cartouche auquel Costas avait fait référence. Les symboles étaient rectilignes, avec une hampe verticale et un nombre variable de barres horizontales disposées différemment de part et d'autre.

« On dirait des runes, observa Costas.

– Impossible, répondit Katya. Les runes sont dérivées des alphabets étrusque et latin, d'un contact avec la Méditerranée à l'époque classique. Six mille ans trop tard pour nous. »

Les deux hommes se retirèrent pour lui laisser davantage d'espace. Elle étudia de près un des registres, puis recula pour avoir une vue d'ensemble.

« Je ne crois pas qu'il s'agisse d'un alphabet, dit-elle. Dans un alphabet, il y a une correspondance directe entre les graphèmes et les phonèmes, entre le symbole et l'unité de son. La plupart des alphabets contiennent vingt à trente symboles et peu de langues comptent plus de quarante sons. Il y a trop de combinaisons ici. Le nombre et l'emplacement des barres horizontales varient considérablement. D'un autre côté, il n'y en a pas assez pour qu'il s'agisse de logogrammes, où le symbole représente un mot, comme en chinois.

– Un système syllabique ? suggéra Costas.

– Les signes des disques sont des phonogrammes syllabiques, répondit Katya en hochant la tête. Les Atlantes ne peuvent pas avoir créé deux systèmes syllabiques différents à utiliser dans le même contexte sacré.

– Préparez-vous à une surprise », annonça Costas, dont la voix était parfaitement audible à travers l'interphone bien qu'il ait disparu derrière le virage suivant de la galerie. Jack et Katya nagèrent jusqu'à lui et leurs lampes convergèrent à l'endroit où il regardait.

Les symboles s'arrêtaient brusquement contre une ligne verticale, gravée du sol au plafond. De l'autre côté, se trouvait un magnifique taureau sculpté en bas-relief. Grandeur nature, son énorme tête surmontée de cornes recourbées vues de face, il était couché sur une plate-forme, les pattes tournées en dehors. Ses yeux, sculptés en profondeur pour que l'iris soit visible, étaient surnaturellement larges, comme s'il avait été saisi dans un moment de peur primordiale.

« Bien sûr ! s'exclama Katya. Ce sont des symboles numériques.

– C'est le rituel sacrificiel à l'entrée de la salle, ajouta Jack qui comprit immédiatement. Ces symboles doivent correspondre à un décompte, à un recensement des sacrifices.

– Ils se lisent en *boustrophêdon*, précisa Katya à l'intention de Costas. Vous avez probablement deviné la signification de ce mot d'après le grec moderne. *Bous* signifie bœuf et *strophos* tourner. "En tournant comme un bœuf labourant un champ », de droite à gauche et de gauche à droite. Comme dans un jeu de l'oie."

Katya montra en suivant du doigt que les lignes encadrant les registres se coudaient aux extrémités pour passer de l'un à l'autre. L'ensemble commençait en haut, à côté des cornes de taureau, et se terminait à mi-chemin entre le plafond et le sol.

Les yeux pétillants, Costas se retourna pour faire face à Jack.

« Quand les sacrifices pouvaient-ils avoir lieu ?

– Ces événements étaient associés à la moisson et aux saisons. Ils pouvaient avoir lieu aux solstices d'été et d'hiver, à l'arrivée du printemps et lors de l'action de grâces après la première récolte.

– En fonction du cycle lunaire ? demanda Costas.

– C'est tout à fait possible, répondit Jack. L'intervalle entre les pleines lunes a probablement été le tout premier instrument de mesure du temps. La différence entre l'année lunaire et l'année solaire comptait beaucoup pour les peuples qui avaient besoin de savoir où ils en étaient dans le cycle de la moisson. Le cycle synodique, c'est-à-dire le cycle lunaire, compte onze jours de moins que l'année solaire. Il faut donc intercaler un mois supplémentaire tous les trois ou quatre ans. On pense que les Minoens observaient le ciel en vue de mesurer cette différence depuis les sanctuaires de sommet. Je parie qu'il y a un observatoire ici. »

Costas indiqua un ensemble de symboles étranges, juste au-dessus du taureau.

« C'est pour ça que je demande », dit-il.

Ce qui, au premier abord, semblait être un ornement abstrait prit soudain tout son sens. Juste au-dessus de la colonne vertébrale du taureau, se trouvait un disque d'environ deux paumes de diamètre. De chaque côté, une série d'images inversées se déployait symétriquement, d'abord un demi-disque, puis un quart de disque et finalement une simple ligne courbe.

« C'est le cycle lunaire, proclama Costas. Nouvelle lune, quartier de lune, demi-lune, pleine lune, et la même chose dans l'autre sens.

– Le disque d'or, dit Jack à voix basse. C'était un symbole lunaire. La face représente la pleine lune et son profil elliptique la trajectoire de la lune lors de son cycle mensuel. »

Il n'eut pas besoin de sortir le disque pour que ses compagnons sachent qu'il avait raison, que la forme lentoïde correspondait exactement au rond concave taillé dans la pierre.

Costas parcourut quelques mètres sur la gauche du taureau. L'ensemble des inscriptions se déroulait devant lui tel un tapis oriental.

« Il y a au maximum six barres sur le côté droit de chaque hampe et, souvent, les obliques remontent jusqu'au côté gauche. Il y a parfois sept barres de ce côté, ce qui a failli contredire ma théorie.

– Tu as une théorie ? » demanda Jack.

Ils entendirent Costas prendre une profonde respiration à travers son détendeur. « Chaque cartouche représente une année, chaque barre horizontale un mois. On remonte d'abord le long du côté droit, puis le long du côté gauche. Janvier se trouve en bas à droite et décembre en haut à gauche. »

Jack nageait le long du mur au-dessus de Costas, où la plupart des cartouches contenaient le nombre maximum de lignes.

« Bien sûr, s'exclama-t-il. Ceux qui ont une ligne de plus en contiennent treize en tout. Ils doivent représenter les années comptant le mois supplémentaire du calendrier lunaire. Regardez cette séquence. Le mois surnuméraire revient alternativement tous les trois et quatre cartouches, juste ce qu'il faut pour mettre l'année lunaire en phase avec le cycle solaire.

– Et les mois qui manquent ? » demanda Katya. Elle se trouvait au niveau du sol et examinait les cartouches du bas. Certains ne contenaient que la hampe verticale et d'autres seulement une ou deux barres apparemment réparties au hasard de chaque côté.

« La plupart des sacrifices étaient propitiatoires, non ? Ils étaient effectués dans l'espoir de recevoir un signe favorable des dieux. Ce volcan actif était l'endroit idéal : coulées de lave, secousses sismiques et même arcs-en-ciel créés par le gaz et la vapeur.

– Chaque sacrifice avait donc lieu au début du mois lunaire, intervint Katya qui avait immédiatement compris où Costas voulait en venir. Si un signe survenait avant la nouvelle lune, on traçait une ligne, sinon on laissait un blanc.

– Exactement, confirma Costas. La partie centrale, en face de Jack, compte beaucoup de symboles, presque tous les mois pendant vingt-cinq à trente ans. Ensuite, il y a de longues périodes avec peu de symboles. Je pense que nous pourrions constater une alternance comparable, pour ce type de volcan, de périodes d'activité et de périodes de quasi-inactivité, chacune pouvant durer plusieurs décennies. Il ne s'agit pas ici d'éruptions spectaculaires mais d'une sorte de chaudron bouillonnant qui déborde avant de lentement se remplir à nouveau.

– À en juger par les inscriptions, observa Katya, le dernier sacrifice a été effectué en mai ou juin, précisément à l'époque de l'année où l'inondation a eu lieu, d'après les analyses polliniques réalisées à Trabzon. Avant, il n'y a pas de marques du tout pendant plusieurs années. Pour leur tout dernier sacrifice, il semble qu'ils aient eu de la chance.

– Ils en avaient besoin », dit Costas en souriant.

Ils regardèrent le dernier symbole, une marque taillée à la hâte, qui contrastait nettement avec les encoches précises des années précédentes. Ils imaginaient difficilement la terreur de ce peuple, confronté à une catastrophe inconcevable, qui avait cherché désespérément un signe susceptible de lui redonner espoir avant d'abandonner la terre où il avait prospéré depuis l'aube de l'histoire.

Jack recula jusqu'au mur d'en face pour avoir une vision d'ensemble de la plupart des symboles.

« Il y a environ mille cinq cents cartouches, calcula-t-il. Si l'on remonte dans le temps à partir de la date de l'inondation, c'est-à-dire 5545 avant Jésus-Christ, cela nous ramène au huitième millénaire avant Jésus-Christ. C'est incroyable. Mille cinq cents ans interrompus ni par la guerre ni par les catastrophes naturelles, à une époque où il y avait suffisamment d'animaux pour sacrifier un taureau par mois. L'Atlantide n'a pas été bâtie du jour au lendemain.

– Et cette galerie n'a été utilisée pour consigner ces événements qu'à partir du moment où elle s'est élargie, précisa Costas. À l'origine, il s'agissait d'une fissure volcanique accessible de l'extérieur. Je suis sûr que cet endroit a été visité bien avant le premier sacrifice. »

Le taureau en bas-relief prenait une forme sinueuse et allongée en se courbant sur le dernier virage du mur. Lorsqu'ils eurent passé la queue, la galerie devint rectiligne. Elle se poursuivait sans le moindre coude aussi loin que portaient leurs lumières. Des niches arrondies et peu profondes, semblables à des chapelles miniatures, étaient taillées dans la pierre sur chaque paroi.

« Pour les torches ou les bougies, observa Jack, probablement fabriquées avec du suif, de la graisse d'animal.

– Content de savoir qu'ils faisaient bon usage de ces carcasses de taureau », dit Costas.

Ils continuèrent à avancer. Au bout de quinze mètres, la galerie s'acheva brusquement devant trois entrées, deux disposées obliquement de chaque côté et une au centre. Les passages semblaient tous plonger dans l'obscurité, au cœur du volcan.

« Encore une épreuve, dit Costas d'un ton morne.

– Pas le passage central, déclara Jack. Ce serait trop évident. »

Katya regardait l'entrée de droite et les deux autres s'approchèrent. Ils se rassemblèrent sur le seuil et hochèrent la tête l'un après l'autre, sans un mot. Katya s'élança et s'engagea la première. C'était une petite galerie, dans laquelle ils pouvaient à peine tenir debout, juste assez large pour deux d'entre eux.

Ils continuèrent tout droit pendant vingt mètres. Les murs lisses ne révélaient aucune information. L'écart entre Katya et les hommes s'accrut lorsque Costas s'arrêta pour ajouter un autre rouleau au ruban qu'il traînait derrière lui. Alors qu'il l'attendait, Jack mit la main au niveau de sa déchirure.

« L'eau. Elle est plus chaude. Je le sens », dit-il en grimaçant.

Ni Costas ni Katya n'avaient conscience de la température extérieure dans leur combinaison environnementale et, jusqu'à présent, ils n'avaient eu aucune raison de surveiller le thermomètre de leur console.

« J'ai un mauvais pressentiment, avoua Costas. Il doit y avoir une cheminée secondaire qui la réchauffe. Il faut qu'on sorte d'ici. »

Soudain, ils se rendirent comptent que Katya ne répondait pas. Jack nagea anxieusement vers elle et comprit ce qui se passait. Ses écouteurs s'étaient mis à crépiter et de plus en plus de parasites couvraient la transmission.

« J'ai localisé un champ électromagnétique, dit Costas, dont la voix devenait plus audible au fur et à mesure qu'il s'approchait. Il y a de la magnétite dans la roche, une extrusion minérale concentrée comme l'or des fous dans la salle d'entrée. »

La galerie tournait sur la droite, ce qui expliquait pourquoi Katya était hors de vue. Ils nagèrent rapidement, concentrés sur l'obscurité qui s'étendait devant eux. Lorsqu'ils passèrent le virage, ils constatèrent que les murs n'étaient plus polis mais rugueux comme le flanc d'une carrière. En face, la vue se troublait et vacillait comme un mirage.

« L'eau est bouillante, dit Jack le souffle court. Je ne peux pas aller plus loin. »

Ils avaient dépassé les murs taillés et se trouvaient désormais entre les parois irrégulières d'une fissure volcanique. Katya apparut soudain dans le noir, comme une hallucination dans une tempête de sable. Au même moment, ils sentirent une force obscure, comme si un hôte des profondeurs fonçait inexorablement sur eux.

« Demi-tour ! cria Katya. Retournez à la galerie ! »

Jack s'élança vers elle mais fut projeté en arrière par un courant irrésistible. Ils ne purent qu'essayer désespérément d'éviter les coulées de lave, tandis qu'ils étaient ballottés dans l'eau à une vitesse vertigineuse. Ils se retrouvèrent sans s'en rendre compte entre les murs lisses de la galerie, étourdis et en état de choc. Une énorme secousse les avait propulsés à près de dix mètres de la fissure.

Katya s'hyperventilait et tentait de contrôler sa respiration. Jack la rejoignit pour vérifier son équipement. L'espace d'un instant, le souvenir fugace de sa propre peur lui traversa l'esprit, mais il le chassa, déterminé à ne pas lui laisser prendre toute la place.

« Je pense que ce n'était pas le bon chemin », dit Katya, haletante.

Costas se redressa et parcourut quelques mètres pour aller rattacher le ruban, arraché par la force qui avait failli les anéantir. Ils étaient de nouveau dans le champ magnétique et sa voix grésilla dans l'interphone.

« C'était une explosion phréatique. Ce phénomène a lieu lorsque de l'eau entre en contact avec de la lave en fusion. C'est comme de la poudre. » Il s'interrompit pour reprendre son souffle. Ses phrases étaient ponctuées par le bruit de son détendeur au rythme de ses profondes respirations. Et cette fissure, c'est comme le canon d'un fusil. S'il n'y avait pas eu de cheminée secondaire pour évacuer la pression, nous aurions été les dernières victimes du rituel sacrificiel. »

Ils retournèrent rapidement aux trois entrées. Se fiant à l'instinct de Jack, ils évitèrent celle du milieu. Alors qu'ils allaient s'engager à gauche, Jack se laissa aller sur le sol, soudain pris de nausées. Son organisme tentait de s'adapter au changement après être passé de l'eau brûlante à l'eau glaciale de la galerie.

« Ça va, dit-il, laissez-moi juste un instant. »

Costas le regarda avec inquiétude et rejoignit Katya sur le seuil de l'entrée. Encore secouée par le choc, elle lui dit d'une voix crispée :

« À votre tour de passer devant. Je veux rester à côté de Jack. »

Chapitre 19

Le tunnel de gauche descendait brusquement et les murs se rapprochaient peu à peu pour les entraîner dans les entrailles du volcan. Cet environnement renforça le trouble de Jack, qui luttait contre les effets de sa blessure. Désormais, alors qu'ils plongeaient dans l'obscurité glaciale du tunnel, il était également affaibli par l'augmentation de la pression.

« Je vois des marches taillées dans la pierre, annonça Costas. Prions pour que nous ne soyons pas obligés de descendre trop bas. Encore dix mètres et c'est cuit. »

Pendant la descente, Costas regardait anxieusement son profondimètre. Leurs compensateurs de flottabilité automatiques propulsaient suffisamment d'air dans leurs combinaisons pour qu'ils ne tombent pas brusquement. Au bout de quelques mètres, la pente s'accrut de façon inquiétante. Pendant un instant, Jack et Katya ne virent plus rien. La vue était obscurcie par le nuage de bulles qui s'était échappé de la soupape d'expiration de Costas lorsque celui-ci avait plongé juste au-dessous d'eux.

« Tout va bien, dit la voix à travers l'interphone. Nous sommes arrivés au sol. »

Les marches se transformèrent en prises longeant une paroi verticale. Jack parcourut les derniers mètres et atterrit sur les genoux, suivi de Katya.

« Cent seize mètres, grommela Costas. C'était le maximum pour ce mélange trimix. Encore quelques mètres et les détendeurs ne pouvaient plus suivre. »

Ses compagnons ne répondirent pas et il chercha anxieusement sur leurs visages d'éventuels signes de narcose à l'azote. Lorsque ses yeux s'habituèrent à son environnement, il comprit pourquoi ils gardaient le silence. L'espace confiné du tunnel donnait sur une vaste chambre magmatique, dont le brasier rougeoyant avait disparu depuis longtemps pour laisser une cavité allongée semblable au vestibule d'un château médiéval. L'analogie sembla encore plus appropriée lorsque Costas se retourna vers le tunnel. Celui-ci était béant comme le conduit d'une cheminée ancienne et, au-dessous, la paroi rocheuse créait un renfoncement semblable au foyer d'une demeure seigneuriale.

La chambre semblait entièrement naturelle. Elle ressemblait à une nef, sculptée par les forces titanesques qui s'exerçaient dans la croûte terrestre plutôt que par l'homme. Au fur et à mesure qu'il prenait conscience de la taille de la pièce, Costas commençait à discerner des motifs tournoyants sur le basalte, de chaque côté, un chaos de formes entortillées, comme si un torrent de lave s'était figé sur place. Soudain, il vit ce qui avait captivé ses compagnons. C'était comme si, confronté à un casse-tête, son esprit s'était intuitivement concentré sur les formes géologiques. Dès qu'il comprit ce qu'il voyait, il découvrit un décor fantastique. Les murs étaient couverts de toutes sortes d'animaux spectaculaires, peints et taillés dans la roche, dont les formes respectaient les contours de la chambre et tiraient profit des motifs naturels du basalte. Certains étaient grandeur nature, d'autres plus grands que nature, mais ils étaient tous représentés dans un style extrêmement naturaliste qui permettait de les identifier facilement.

D'un coup d'œil, Costas reconnut un rhinocéros, un bison, un cerf, des chevaux, d'immenses chats et des taureaux. Il y en avait des centaines. Certains étaient seuls, mais la plupart se trouvaient en groupes et se chevauchaient, dessinés les uns sur les autres comme sur une toile recyclée. Cela créait une illusion de tridimensionnalité saisissante et, l'effet légèrement hallucinogène de l'azote aidant, Costas eut l'impression que ces animaux étaient vivants, tel un troupeau de bêtes sauvages surgissant devant lui comme un mirage insaisissable.

« Incroyable, finit par dire Jack, impressionné. Le hall des ancêtres. »

Costas chassa la vision de son esprit et regarda son ami d'un air interrogateur.

« C'est toi qui y as fait allusion, expliqua Jack. Tu as dit que des hommes étaient entrés ici bien avant les premiers sacrifices de taureaux. Eh bien, en voici la preuve. Ce sont des peintures du paléolithique supérieur, la dernière période de l'âge de la pierre, époque où l'homme chassait du gros gibier au bord des glaciers. Nous venons de remonter des milliers d'années jusqu'à la première expression de la créativité artistique de l'homme, il y a trente-cinq mille à douze mille ans.

– Comment peux-tu en être sûr ?

– Regarde ces espèces. »

Ils nagèrent côte à côte vers le centre de la salle, tandis que les bulles de leur soupape d'expiration s'élevaient en longs voiles argentés vers le plafond. Partout où ils dirigeaient leurs lampes frontales, ils découvraient de nouvelles merveilles de l'art primitif.

« Il n'y a pas d'animaux domestiques, risqua Katya. Pas de vaches, pas de moutons, ni de porcs. Et il me semble qu'il y a des espèces disparues.

– Tout à fait, dit Jack d'un ton fébrile. C'est une mégafaune de la période glaciaire, des mammifères qui ont disparu à la fin du pléistocène, il y a dix mille ans. C'est incroyable. On peut même identifier les sous-espèces. Les taureaux, par exemple, ne sont pas les bovins que nous connaissons mais des aurochs, *bos primigenius*, un type de bœuf sauvage antérieur aux bovins domestiques, qui n'existait déjà plus dans cette région au néolithique. Le rhinocéros est un rhinocéros laineux, autre espèce disparue, qui mesurait plus de deux mètres de haut. Ces animaux ressemblaient à d'énormes bœufs musqués, seuls spécimens de la mégafaune du pléistocène qui aient survécu jusqu'à aujourd'hui. »

En avançant, ils aperçurent sur le mur de gauche un immense animal, dont le tronc était représenté par une saillie de la paroi rocheuse. Près de trois fois plus grand qu'eux, il avait d'immenses défenses recourbées d'au moins six mètres de long.

« Un mammouth laineux ! s'exclama Jack. Les mammouths ont disparu au sud du Caucase pendant la dernière période interglaciaire, lorsque le climat est devenu trop chaud pour eux au-delà de cette limite. Soit ces artistes ont voyagé incroyablement loin, jusqu'au pied des glaciers des steppes du Nord, soit cette peinture a au moins quarante mille ans.

– Je pensais que les peintures rupestres du paléolithique étaient toutes rassemblées en Europe occidentale, murmura Katya.

– Essentiellement dans les Pyrénées et en Dordogne. Les plus célèbres se trouvent à Altamira et à Lascaux. Celles-ci sont les seules qui se situent à l'est de l'Italie. Cela prouve pour la première fois que les chasseurs-cueilleurs européens ont atteint les côtes d'Asie occidentale.

– Je suppose que ces peintures avaient une signification religieuse, dit Costas. S'agissait-il d'un culte animalier, d'une dévotion aux esprits des animaux ?

– À l'aube de l'art, beaucoup de ces représentations devaient avoir des attributs magiques, affirma Jack, surtout si elles étaient l'œuvre de shamans ou d'hommes-médecine, qui recherchaient des endroits comme celui-ci pour que leurs sujets paraissent encore plus impressionnants.

– Ou de femmes-médecine, intervint Katya. Beaucoup de sociétés de chasseurs-cueilleurs étaient matriarcales et vouaient un culte à la déesse mère. Les femmes ne se contentaient pas d'élever les enfants et de cueillir des baies. »

Une autre image colossale apparut. Cette fois, c'était un immense aurochs mâle, un ancêtre du taureau. Sur le mur d'en face, se trouvait une image identique. Cette disposition unique donnait aux animaux des airs de sentinelles redoutables, prêtes à défier quiconque pénétrerait dans la salle. Penchés en avant sur des pattes très musclées, ils étaient en état d'excitation sexuelle.

« Ils ressemblent au taureau sacrificiel de la galerie, observa Costas. Et la position est la même que celle de l'immense sphinx à tête de taureau de la cour. »

Jack essayait de saisir toutes les implications de leur découverte. « À l'époque de l'inondation, la plupart de ces animaux devaient être des bêtes mythiques du passé. Le mammouth et le rhinocéros devaient être ce que le sphinx et le griffon ont été aux cultures postérieures. Le seul animal ayant bénéficié d'une certaine continuité est le taureau. Pour les chasseurs préhistoriques, l'aurochs était le plus grand symbole de puissance. Pour les premiers agriculteurs, les bœufs étaient des animaux de trait essentiels et du bétail qui fournissait de la viande, du lait et du cuir.

– Est-ce que tu insinues que le peuple néolithique de l'Atlantide rendait un culte à des idoles qui avaient déjà trente mille ans ? demanda Costas incrédule.

– Toutes les peintures ne sont probablement pas aussi anciennes, répondit Jack. La plupart des galeries d'art rupestre ne sont pas homogènes. Elles abritent des œuvres s'étalant sur de longues périodes, les peintures les plus anciennes étant retouchées ou remplacées. Mais même les plus récentes, qui datent de la toute fin de la période glaciaire, doivent avoir au moins douze mille ans, soit plus de cinq mille ans avant la fin de l'Atlantide.

– Ce qui remonte aussi loin pour le peuple de l'Atlantide que l'âge du bronze pour nous, fit remarquer Katya.

– En général, dans les sociétés primitives, l'art ne survivait que s'il continuait à avoir un sens culturel ou religieux, affirma Jack. Jusqu'ici, toutes les galeries ont été taillées et polies, mais les Atlantes ont délibérément laissé cette salle en l'état. Ces peintures étaient des idoles ancestrales qu'ils vénéraient. »

Jack s'approcha de l'immense arrière-train du mammouth en faisant attention à ne pas perturber les pigments, qui avaient survécu si longtemps dans l'eau immobile et glaciale.

« Je savais que l'Atlantide nous réserverait d'extraordinaires surprises, dit-il, mais je ne m'attendais pas à trouver un lien clair entre les croyances de l'*homo sapiens* et celles de nos ancêtres du néolithique, un culte du taureau qui existe depuis la nuit des temps. » Il se recula doucement et regarda l'impressionnante peinture de mammouth. « Ni à découvrir la plus ancienne œuvre d'art du monde. »

Ils étaient à plus de trente mètres de l'entrée du tunnel et au milieu de la salle. Au-dessus d'eux, la roche s'élevait comme une immense cathédrale, surmontée d'une voûte de lave qui avait refroidi en s'écoulant sur les parois. Au fur et à mesure qu'ils s'éloignaient des peintures d'aurochs, ils découvraient d'autres groupes d'animaux, parfois si denses qu'ils croyaient voir des troupeaux fonçant sur eux tête baissée.

« À Lascaux, il y a six cents peintures et douze mille gravures, murmura Jack. Ici, il doit y en avoir trois à quatre fois plus. C'est sensationnel. On est tombé sur une sorte de Louvre de la préhistoire. »

Katya et Jack étaient si absorbés par les scènes étonnantes qui se déployaient de chaque côté qu'ils n'allèrent pas jusqu'au fond de la salle. C'est Costas, parti devant impatiemment après avoir consulté son ordinateur de plongée, qui attira leur attention.

« Regardez devant vous », dit-il.

Le fond de la salle n'était désormais qu'à dix mètres d'eux. Lorsque leurs lampes frontales balayèrent la roche, ils virent que celle-ci était dépourvue de peintures. Sa surface était lisse et polie comme celle des galeries. Mais ils commencèrent à distinguer les contours d'une sculpture. Immense, celle-ci s'étendait sur au moins quinze mètres tout au long du mur.

Le faisceau de Costas se joignit aux leurs et l'image apparut de son intégralité.

« Un oiseau de proie ! s'exclama Katya.

– *Le dieu aigle déployé* », dit Jack à voix basse.

C'était un bas-relief comme le taureau sacrificiel de la galerie. La tête tournée sur la droite avec un port rigide, l'œil arrogant au-dessus d'un bec fortement recourbé, il était remarquablement similaire aux aigles impériaux de la Mésopotamie et ou de la Rome antiques. Mais au lieu de se déployer vers l'extérieur, les ailes étaient repliées aux angles du mur. C'était comme si l'oiseau était sur le point de s'abattre sur sa proie, les serres atteignant presque le sol.

« Cette œuvre est postérieure aux peintures, affirma Jack. Les chasseurs du paléolithique n'avaient pas les outils nécessaires pour sculpter le basalte de cette façon. Elle doit être contemporaine de la sculpture de taureau, qui date du néolithique. »

Lorsque leurs lumières illuminèrent les redoutables serres, ils constatèrent que l'aigle surmontait une série d'entrées sombres longeant la base du mur. Il y en avait quatre, une sous chaque extrémité d'aile et une sous chaque patte.

« Nous avons apparemment quatre options », observa Jack.

« Elles sont identiques, dit Katya découragée. Il va encore falloir choisir au hasard.

– Attendez une minute. » Costas regardait l'aigle, dont les ailes se perdaient presque dans les hauteurs caverneuses de la salle. « Cette forme, je l'ai déjà vue quelque part. »

Ses compagnons suivirent son regard. Soudain, Katya retint son souffle.

« *Le symbole d'Atlantis !* »

Costas jubilait. « Les épaules et les ailes constituent le H central du symbole. Les pattes correspondent à la barre du bas. Le symbole d'Atlantis est un aigle déployé ! »

Jack sortit fébrilement le disque afin qu'ils puissent regarder le motif rectiligne imprimé à la surface, une image familière mais dont la forme avait été jusque-là indéchiffrable.

« Ce symbole est peut-être semblable à l'ankh égyptien, risqua Katya, le hiéroglyphe constitué d'une croix surmontée d'un anneau qui faisait référence à la force vitale.

– Quand j'ai vu le recensement des sacrifices dans la galerie, j'ai commencé à penser que le symbole d'Atlantis n'était pas seulement une clé mais aussi un système numérique, confia Costas. Peut-être un code binaire, basé sur des lignes horizontales et verticales équivalant à 0 et 1, ou un mode de calcul destiné à rattacher le cycle solaire au cycle lunaire. Mais maintenant, il semble qu'il s'agisse seulement d'une représentation de l'aigle sacré, d'une abstraction pouvant être facilement copiée sur différents supports grâce à ces lignes simplifiées. Et pourtant…

– Il pourrait contenir une sorte de message, intervint Jack.

– Une carte ?

– Pouvez-vous nous montrer la traduction du disque de Phaistos que Dillen a effectuée ? » demanda Jack à Katya en s'approchant d'elle.

Elle sortit rapidement son ordinateur de poche de l'étui étanche situé sur son épaule. Après quelques instants, un paragraphe défilait sur l'écran.

Sous le signe du taureau se trouve le dieu aigle déployé. À sa queue voici Atlantis aux murs d'or, la grande porte d'or de la citadelle. L'extrémité de ses ailes touche le soleil levant et couchant. Au soleil levant voici la montagne de feu et de cristal. Voici la salle des grands prêtres…

« Arrêtez-vous là, dit Jack en se tournant vers Costas. Quelle est notre position ? »

Costas, qui avait deviné où son ami voulait en venir, consultait déjà sa boussole. « En tenant compte de la variabilité magnétique probable de la roche, je dirais que ce mur suit presque exactement l'axe est-ouest.

– Bien, répondit Jack en rassemblant rapidement ses pensées. Le *signe du taureau* fait référence à ce volcan, aux sommets jumeaux. Le *dieu aigle déployé* est la sculpture que nous avons devant nous, dont les ailes sont précisément alignées sur le soleil levant et couchant. La *salle des grands prêtres* est au soleil levant, c'est-à-dire derrière l'entrée est, sous l'aile gauche. »

Costas hochait la tête, les yeux rivés sur le symbole. « Mais ce n'est pas tout », dit-il. Il prit le disque des mains de Jack et exposa son raisonnement en suivant les lignes du doigt : « Imaginez que ce soit une carte, pas une représentation à l'échelle mais un schéma, comme le plan du métro. La ligne verticale correspondant aux pattes de l'aigle est la galerie située derrière la porte taillée dans le flanc de la falaise. Ces deux petites lignes le long de la patte de l'aigle sont les impasses qui se trouvent juste après la sculpture de taureau. Nous sommes actuellement au cœur du symbole, là où les ailes s'étendent à gauche et à droite.

– Donc les deux entrées qui sont devant nous mènent au cou et à la tête de l'aigle, affirma Jack. Et le texte du disque a un double message, puisqu'il nous dit non seulement de prendre la porte est mais de suivre les galeries qui mènent à un point correspondant à l'extrémité de l'aile gauche.

– Alors où mènent les autres galeries ? demanda Katya.

– Je pense que la plupart d'entre elles forment un complexe de couloirs et de salles comme celle-ci. Imaginez un monastère souterrain qui comporte des chambres de culte, des logements pour les prêtres et les serviteurs, des cuisines et des entrepôts pour la nourriture, des scriptoriums et des ateliers. Les chasseurs du paléolithique qui sont venus ici pour la première fois ont peut-être remarqué le plan symétrique de ce site, un phénomène de la nature qui pouvait être perçu comme la représentation d'un aigle déployé. Par la suite, la pierre a peut-être été taillée pour accentuer encore la ressemblance.

– Malheureusement, nous n'avons pas le temps d'explorer les autres galeries, dit Costas, qui se trouvait à côté de Jack et regardait son manomètre avec inquiétude. Ta blessure et l'hypothermie ont altéré ton rythme respiratoire. Tu es presque à la réserve de secours. Il te reste assez de trimix pour retourner au sous-marin mais pas plus. C'est toi qui vois.

– On continue. »

Jack avait répondu sans la moindre hésitation. Même si Ben et Andy avaient tenu bon, ils ne pouvaient plus retourner au sous-marin. Il fallait qu'ils trouvent un moyen de remonter à la surface à travers le dédale de tunnels. C'était leur seule chance.

Costas regarda son ami et acquiesça sans un mot. Ils nagèrent vers l'entrée de gauche en se retournant pour jeter un dernier coup d'œil à la caverne. Lorsque leurs faisceaux dansèrent sur la surface ondulée, les animaux se déformèrent et s'allongèrent, comme s'ils se cabraient avant de les suivre dans une fantastique cavalcade surgissant des profondeurs de la période glaciaire.

En arrivant à l'angle de la salle, Costas s'arrêta pour fixer un autre rouleau de ruban. Puis il franchit l'obscurité inquiétante de la galerie, accompagné de Jack et Katya.

« Bien, dit-il. Suivez-moi. »

Chapitre 20

« Thésée, ici Ariane. Thésée, ici Ariane. Est-ce que vous me recevez ? À vous. »

Tom York répéta le message qu'il envoyait en boucle depuis une demi-heure, en utilisant les noms de code dont il avait convenu avec Jack et ses compagnons avant que ceux-ci ne quittent le DSRV pour entrer dans le sous-marin. Il éteignit le micro et le replaça sur le récepteur VHF, à côté de la console du radar. C'était le petit matin et la *Seaquest* avait presque regagné sa position d'origine, après avoir suivi la tempête qui se dirigeait vers le rivage sud de la mer Noire. Même si cela faisait douze heures qu'il était sans nouvelles d'eux, il ne s'inquiétait pas outre mesure. Il leur avait peut-être fallu un peu de temps pour pénétrer dans le sous-marin et la technologie laser de Costas n'avait jamais été testée. Peut-être avaient-ils décidé de ne pas déployer la bouée radio du DSRV tant que les conditions météorologiques ne s'amélioraient pas.

Un peu plus tôt, grâce aux relations de l'UMI avec le GCHQ de Cheltenham, le centre de surveillance militaire britannique, il avait appris qu'un des satellites numériques de terrain de nouvelle génération devait survoler la zone dans l'heure qui suivait. Ils se trouvaient à la limite de sa portée et la fenêtre ne serait que de cinq minutes, mais ils auraient une image haute résolution de l'île si les nuages étaient suffisamment hauts pour ne pas obstruer la vue depuis une trajectoire orbitale distante de six cents kilomètres. Même avec une obstruction visuelle, les capteurs infrarouges thermiques fourniraient une image détaillée, qui serait dominée par l'intense rayonnement du volcan mais contiendrait peut-être la signature d'êtres humains, si ceux-ci se trouvaient suffisamment loin du cratère.

« Capitaine, terre en vue. Sud-sud-ouest, par tribord avant. »

À l'aube, York et le timonier avaient quitté la passerelle virtuelle du module de commande pour se rendre sur le rouf, sur le pont supérieur. Tandis que le navire tanguait et roulait, le capitaine s'agrippait à la rampe et regardait à travers le hublot battu par la pluie en surveillant l'équipement fixé sur le pont avant qui avait survécu au tumulte. La lumière encore faible de l'aube laissait entrevoir une mer agitée, dont la surface était hérissée de moutons mourant les uns après les autres. L'horizon reculait progressivement à mesure que le voile de brume se dissipait et se laissait transpercer par les rayons du soleil.

« Objectif à trois mille mètres, estima York, réduisez la vitesse à un quart et conduisez-nous à la position sept-cinq degrés. »

L'homme d'équipage vérifia le calculateur de distance laser, tandis que York confirmait la position GPS et se penchait sur la carte marine, à côté de l'habitacle du compas. Quelques instants plus tard, l'île apparut clairement. Sa surface luisante formait un cône presque parfait.

« Mon Dieu ! s'exclama l'homme d'équipage. Le volcan est en éruption ! »

York rangea son compas à pointes sèches et saisit les jumelles. Le voile enveloppant l'île n'était pas une simple brume mais un panache issu du volcan lui-même. Lorsque la base des nuages s'éleva, le panache s'étira vers le ciel comme un ruban, dont l'extrémité oscillait d'un côté et de l'autre avant d'être emportée par le vent en direction du sud. Au milieu, un tronçon d'arc-en-ciel aux couleurs vives dansait dans la lumière du soleil.

York admira le spectacle à travers ses jumelles pendant toute une minute.

« Je ne crois pas, répondit-il enfin. Il n'y pas d'émission de particules. J'ai déjà vu cela dans les îles Vanuatu, dans le Pacifique Sud. L'eau de pluie s'accumule dans les couches supérieures poreuses de cendre et se vaporise lorsqu'elle entre en contact avec le magma pour créer un panache, qui s'élève pendant des heures une fois que les nuages se sont dissipés. Mais je n'ai jamais vu de volcan comme celui-ci. La vapeur semble passer par une seule cheminée, ce qui produit une colonne d'apparemment pas plus de vingt mètres de diamètre.

– Si cela se produisait à une époque reculée, ce devait être un phénomène impressionnant, considéré comme surnaturel, risqua l'homme d'équipage.

– J'aurais aimé que Jack puisse voir ça, dit York en regardant pensivement les vagues. Cela ajoute foi à sa théorie selon laquelle cette montagne était un lieu de culte sacré, comme les sanctuaires de sommet minoens. Ce site devait être perçu comme la demeure des dieux. »

Il regarda à nouveau à travers les jumelles et balaya le versant du volcan qui se trouvait devant eux. La surface semblait désolée, dépourvue de toute forme de vie. La cendre s'échappant du cône se transformait plus bas en un amas de basalte aride. À mi-chemin, il vit une rangée de taches sombres surmontant des zones rectilignes qui ressemblaient à des plate-formes ou à des balcons. Il ferma les yeux un instant, ébloui par le soleil, regarda à nouveau, puis grommela quelque chose. Il abaissa les jumelles et se dirigea vers le télescope haute résolution situé à côté de l'habitacle, avant d'être interrompu par une voix provenant de la porte.

« Quel spectacle ! Je suppose que c'est de la vapeur d'eau. » Peter Howe monta sur la passerelle. Il portait des bottes en caoutchouc vertes, un pantalon en velours côtelé marron, un pull blanc à col roulé et tenait deux tasses fumantes.

« Vous avez l'air de sortir tout droit de la bataille de l'Atlantique, dit York.

– Plutôt de la bataille de la mer Noire, répondit Howe. Quelle nuit ! » Il lui tendit une tasse et s'effondra sur le siège du timonier. Les traits tirés, il n'était pas rasé et l'épuisement renforçait son accent traînant de la Nouvelle-Zélande. « Je sais que vous nous avez tenus à l'écart de l'œil de la tempête, mais nous avons eu beaucoup de mal à empêcher l'équipement de bouger. Nous avons failli perdre le submersible de sauvetage. »

Ils avaient récupéré le submersible peu après avoir déployé le DSRV et ses passagers étaient arrivés sains et saufs à bord de la *Sea Venture*, à environ trente milles nautiques à l'ouest. Bien que

239

solidement arrimé, il était sorti de son logement pendant la nuit et avait failli provoquer un déséquilibre qui aurait pu être fatal au navire et à l'équipage. Si Howe et ses compagnons n'étaient pas parvenus à le stabiliser, ils n'auraient pas eu d'autre solution que de l'abandonner, décision qui aurait sauvé la *Seaquest* mais les aurait privés de leur seul moyen de sauvetage.

« Nous ne sommes que douze, poursuivit Howe. L'équipage a été sur le pied de guerre toute la nuit. Où en sommes-nous ? »

York regarda le moniteur du système SATNAV et vit leurs coordonnées converger vers la position GPS où ils avaient lancé le DSRV la veille. La tempête était presque finie, la mer n'était agitée que par une simple houle et le soleil du matin miroitait le long des versants de l'île. Ce serait une journée d'été parfaite.

« Si nous n'avons pas de nouvelles de Jack d'ici six heures, j'envoie les plongeurs. En attendant, vous pouvez libérer l'équipage pour le prochain quart afin qu'il prenne un repos bien mérité. Je sonnerai le réveil à midi.

– Et nos anges gardiens ?

– Même chose. En l'absence de contact, nous transmettrons un message d'urgence à midi. »

Leurs anges gardiens, c'étaient les renforts de la force navale, leur dernier espoir. Déjà, une frégate et une flottille de navires d'attaque rapide turques avaient traversé le Bosphore et avançaient à plein régime dans leur direction. Et à Trabzon, une série d'hélicoptères Seahawk avec à leur bord des membres de la brigade amphibie des forces spéciales turques étaient sur le qui-vive. Mustafa Alközen et une équipe de diplomates turcs de haut rang s'étaient rendus à Tbilissi, capitale de la Géorgie, pour s'assurer que toute intervention serait le fruit d'une collaboration entre les deux nations.

« Bien, dit Howe apparemment soulagé. Je vais vérifier la tourelle avant et dormir un peu moi aussi. À midi. »

York hocha la tête et se dirigea vers l'habitacle. Vingt minutes plus tôt, le timonier lui avait signalé une immense fissure dans le lit marin, une faille tectonique jusque-là non répertoriée de dix kilomètres de long et de plus de mille cinq cents mètres de profondeur. Il avait regardé le sondeur suivre leur progression du canyon à l'ancien littoral situé à cent cinquante mètres de profondeur. Ils avaient désormais atteint la position convenue et se tenaient en panne à un mille et demi au nord-nord-ouest de l'île, presque exactement à l'endroit où Jack et Costas avaient vu la cité ancienne pour la première fois depuis leurs Aquapod, deux jours auparavant.

York regarda en direction de l'île. Les sommets jumeaux et le col étaient clairement visibles là où la caldera s'était effondrée il y avait une éternité de cela. Il resta immobile, habité par un sentiment de révérence en pensant à ce qui pouvait se trouver au-dessous. Il était presque inconcevable que les eaux s'étendant devant lui puissent receler la plus grande merveille du monde antique, une cité bâtie des milliers d'années avant toutes les autres, qui abritait des pyramides immenses, des statues colossales et des logements à étages, une société plus avancée que n'importe quelle communauté préhistorique. Et pour couronner le tout, quelque part dans les profondeurs, était tapi un sinistre sous-marin nucléaire soviétique, un bâtiment qu'il avait appris à détruire pendant toute sa carrière.

Une voix grésilla à travers la radio. « *Seaquest*, ici la *Sea Venture*. Est-ce que vous me recevez ? À vous. »

York s'empressa de saisir le micro. « Macleod, ici la *Seaquest*. Quelle est votre position ? À vous.

– Nous sommes toujours retenus à Trabzon par la tempête, répondit la voix distordue par un parcours électrique de cent milles nautiques, mais Mustafa est parvenu à établir une liaison avec un satellite équipé d'un système d'imagerie thermique. Vous devriez recevoir l'image en ce moment même. »

York pivota pour regarder de plus près l'écran de la console de navigation en s'approchant de l'homme d'équipage qui tenait la barre. Un ensemble de couleurs vacillantes reconstitua un paysage rocheux avant de se fragmenter en une mosaïque de pixels.

« Ce que vous voyez est la partie centrale de l'île, dit Macleod, dont la voix était à peine audible. La côte est se trouve en haut. Nous n'avons que quelques instants avant de perdre le satellite. »

La moitié supérieure de l'écran était restée obscure, mais un autre balayage du scanner fit apparaître une image nette au centre. Des coulées désordonnées de lave semblaient rejoindre le bord d'une vaste plate-forme, une rangée de pierres régulièrement espacées à peine visible sur la gauche. À droite, on distinguait les contours caractéristiques d'un escalier taillé dans la pierre.

« Ils ont réussi ! » s'écria le timonier en levant les poings.

York suivit son regard. Deux taches rouges se détachaient de l'escalier et se déplaçaient distinctement. Une troisième apparut dans le brouillard de pixels en haut de l'écran.

« Étrange, dit York d'un ton inquiet. Ils viennent du littoral alors que Jack était convaincu que le passage souterrain les conduirait près du sommet du volcan. Et ils auraient dû établir un contact radio dès leur arrivée à la surface. »

Dans la seconde qui suivit, ses pires soupçons furent confirmés. Une quatrième puis une cinquième personne apparurent de part et d'autre de l'escalier.

« Bon Dieu, ce n'est pas eux ! » s'exclama le timonier.

L'image se désintégra et le grésillement de la radio devint continu. Le timonier se pencha brusquement en avant, attiré par un signal lumineux sur l'écran d'à côté.

« Capitaine, venez voir ça. »

Le moniteur affichait le balayage circulaire d'un radar de navigation et de surface de spécification militaire Racal Decca TM1226.

« Il y a quelque chose qui se détache du versant est de l'île. Je ne peux rien affirmer tant que l'image n'est pas plus nette, mais je dirais que cela ressemble à un navire de guerre de la taille d'une frégate ou à un grand navire d'attaque rapide. »

À cet instant, un bruit aigu terrifiant traversa le ciel et les deux hommes furent violemment projetés en arrière. York se releva et courut à tribord juste à temps pour voir un immense jet d'eau jaillir à cinq cents mètres de la proue. Au même moment, ils entendirent une détonation au loin. Le son avait résonné contre l'île et revenait jusqu'à eux à travers l'air clair du matin.

« Tous les systèmes sont hors service, je répète, tous les systèmes sont hors service, cria le timonier. Radar, radio, ordinateurs. Tout est mort. »

York retourna immédiatement sur le rouf et regarda autour de lui. À travers la porte qui donnait accès à la salle de navigation, il vit que son écran était vierge. L'éclairage et la radio VHF de la passerelle, le récepteur GPS et tous les écrans LCD étaient en panne. Il tira immédiatement sur la poignée de la sirène mécanique et ouvrit le porte-voix qui menait à tous les quartiers du bateau.

« Écoutez-moi, cria-t-il pour que le son de sa voix ne soit pas couvert par la sirène. Alerte rouge. Alerte rouge. Nous sommes attaqués. Tous les systèmes électroniques sont hors service. Je répète, tous les systèmes électroniques sont hors service. Major Howe au rapport sur la passerelle immédiatement. Que le reste de l'équipage se rassemble sur le quai interne et s'apprête à déployer le submersible de sauvetage *Neptune II*. » Il referma le porte-voix et lança au timonier un regard sombre. « Une bombe E. »

Le timonier acquiesça d'un air entendu. La bombe électromagnétique était la dernière arme de l'arsenal terroriste. Il s'agissait d'obus à charge magnétique qui émettaient une impulsion micro-onde de plusieurs mégawatts lorsqu'ils explosaient. La bombe la plus puissante pouvait faire tenir un éclair dans une ampoule et endommager tous les appareils électriques, les ordinateurs et les systèmes de télécommunication se trouvant dans son rayon d'action.

« Il est temps pour vous de rejoindre les autres, Mike, ordonna York au timonier. La batterie de réserve du submersible et celle du module de commande sont protégées contre les interférences électromagnétiques et devraient encore fonctionner. Peter et moi resterons aussi longtemps que possible et partirons avec le module si nécessaire. Il est impératif que vous atteigniez les eaux territoriales turques avant de transmettre votre position par le canal sécurisé de l'UMI. Le code est "Ariane demande Ange gardien". En tant que gradé, vous êtes investi de mon autorité.

– Bien, capitaine. Bonne chance, capitaine.

– À vous aussi. »

Alors que le timonier descendait précipitamment l'échelle, York orienta ses jumelles vers l'extrémité orientale de l'île. Quelques secondes plus tard, une silhouette rasante sortit lentement de derrière les rochers. Sa proue recourbée était aussi menaçante que la gueule d'un requin. La lumière claire du matin en accentuait les contours, de la tourelle, à l'avant de la superstructure épurée, aux turbofans de la poupe.

Ils savaient qu'il ne pouvait s'agir que de la *Vultura*. Outre les États-Unis et la Grande-Bretagne, seuls les Russes avaient mis au point des obus d'artillerie à impulsion électromagnétique. Au cours de la récente guerre du Golfe, face à la neutralité calculée de la Russie, certains inconditionnels de la guerre froide avaient laissé entendre que le pays avait secrètement fourni des armes aux insurgés. York avait désormais la confirmation de ce que de nombreuses personnes avaient soupçonné, à savoir que ces obus appartenaient à l'arsenal de l'ex-Union soviétique, qui avait fait l'objet d'un trafic avec les terroristes par le biais de la mafia. Aslan n'était sans doute pas le seul chef de guerre à avoir mis de côté une partie de ce matériel prisé pour son usage personnel.

Comme York fermait sa tenue de survie, Howe surgit de l'échelle. Il avait déjà enfilé une partie d'une combinaison blanche antiflash et en tendait une autre à York. Les deux hommes s'habillèrent rapidement et chacun prit un casque dans un coffre situé sous la console, un dôme de Kevlar avec protège-oreilles intégré et visière en verre Securit rétractable.

« Voilà, dit Howe.

– Que Dieu soit avec nous. »

Les deux hommes glissèrent le long de l'échelle jusqu'au pont. Derrière la superstructure, l'hélistation était vide. Le Lynx avait regagné Trabzon dès que la tempête avait commencé à menacer.

« Le système de tir automatique est inutilisable, fit remarquer Howe, mais j'ai mis le canon en mode manuel la dernière fois que je l'ai vérifié. Nous devrions pouvoir le remonter à la main. »

Leur seul espoir était l'effet de surprise. La *Vultura* ne devait pas savoir qu'ils avaient un armement fixe ; le canon était rétracté pendant les opérations normales de la *Seaquest*. Aslan avait sans aucun doute l'intention de monter à bord du navire, de le piller et de s'en emparer. Ils n'avaient guère les moyens de sauver la *Seaquest* de son sort, mais ils pouvaient leur faire payer un tribut. Le canon de la *Vultura* étant déjà braqué sur eux, ils savaient que, dès leur premier tir, le navire subirait une violente attaque à laquelle il n'était pas conçu pour résister.

Les deux hommes s'accroupirent au milieu du pont avant et soulevèrent une trappe circulaire. Au-dessous, le canon de tourelle gris, le Breda à fûts jumelés de 40 millimètres, apparut au centre d'un affût compact.

Howe descendit sur la plate-forme du tireur, derrière la culasse, et leva les yeux vers York. « Il va falloir que nous soyons prêts dès que nous aurons élevé la tourelle pour pointer vers l'objectif. Nous allons devoir procéder à l'ancienne. Je serai le tireur et vous l'observateur avancé. »

L'arme aurait dû être opérationnelle depuis la passerelle de la *Seaquest*, la télémétrie étant assurée par un radar de poursuite Bofors 9LV 200 Mark 2 et un système de conduite de tir 9LV 228. Mais en l'état actuel des choses, York n'avait même pas accès au sélecteur de portée laser et ne pouvait compter que sur ses compétences de navigateur. Heureusement, il se souvenait de la distance entre les coordonnées du point de rendez-vous et l'extrémité orientale de l'île, d'où la *Vultura* leur présentait le flanc.

« Distance 3 300 mètres. » York regarda entre ses bras levés, le bras droit à 45 degrés de la proue de la *Seaquest* et le bras gauche au niveau de la poupe de la *Vultura*. « Azimut 240 degrés sur notre axe. »

Howe répéta les instructions et fit tourner la roue située à côté du siège du tireur jusqu'à ce que les fûts jumelés soient alignés sur la *Vultura*. Il calcula rapidement l'angle d'élévation en actionnant un rochet sur le compas semi-circulaire en métal afin que les fûts soient dans l'axe tandis qu'ils élevaient la tourelle.

« Pression barométrique et humidité normales, vitesse du vent négligeable. Pas besoin de compenser à cette distance. »

York s'accroupit à côté de Howe pour l'aider à charger les munitions. Le chargeur à courroie de la cale était vide puisque le navire n'avait pas été préparé au combat avant l'attaque. De toute façon, il n'aurait pas fonctionné sans système électronique. Ils sortirent donc les obus des réserves situées de chaque côté de la tourelle.

« Nous allons devoir charger manuellement, dit Howe. Explosifs brisants dans le fût de gauche et obus perforants dans celui de droite, cinq projectiles de chaque côté. Je doute que nous ayons l'opportunité d'en tirer davantage. Nous utiliserons les explosifs brisants pour évaluer la distance car l'impact est plus visible, puis nous passerons aux projectiles solides. »

York commença à déposer les obus de cinq kilos dans les râteliers, ceux à tête rouge à gauche et ceux à tête bleue à droite. Puis Howe s'assit sur le siège du tireur et tira sur la culasse de chaque fût pour introduire un obus dans la chambre.

« C'est sacrément frustrant de n'avoir que dix obus dans un canon dont chaque fût a une cadence de tir de quatre cent cinquante coups par minute, observa Howe nonchalamment. Peut-être les dieux de l'Atlantide seront-ils avec nous. »

Les deux hommes abaissèrent leur visière de sécurité. York se glissa dans l'espace étroit situé en face de la roue commandant l'élévation des fûts et Howe saisit le mécanisme qui permettait d'élever et d'abaisser la tourelle. Après avoir fait légèrement tourner la roue pour l'essayer, Howe regarda York.

« Prêt pour le déploiement ? »

York leva le pouce.

« C'est parti ! »

Tandis que la tourelle s'élevait et que les fûts s'abaissaient, York sentit une poussée d'adrénaline lui traverser tout le corps. Il avait souvent été confronté à une situation hostile, mais toujours depuis une passerelle ou un poste de commandement. Aujourd'hui, il était sur le point de livrer un combat mortel derrière le métal froid d'un canon. Pour la première fois, il sut ce qu'avaient vécu les hommes accroupis derrière les canons du *Victory* de Nelson ou dans les tourelles imposantes des cuirassés du Jutland ou du cap Nord. Comme eux, il avait la conscience aiguë d'un homme confronté à la mort. L'espoir de survie était trop faible pour constituer une véritable motivation ; leur arme ne faisait pas le poids contre le canon de 130 millimètres de la *Vultura* et son système de télémétrie par GPS ultramoderne.

L'affût s'éleva au-dessus du pont et la silhouette de la *Vultura* apparut. York regarda les fûts s'abaisser au niveau prédéterminé et se mettre en position, puis il rabattit la poignée de la roue d'élévation et leva le bras droit.

« À mon signal ! »

Howe retira la sécurité et referma les doigts sur la détente.

« Feu ! »

On entendit un bruit strident et le fût de gauche recula violemment sur ses ressorts. York saisit ses jumelles et suivit la trajectoire de l'obus, qui fendait l'air. Quelques instants plus tard, une gerbe d'eau jaillit à droite de la *Vultura*.

« Vingt degrés à gauche », cria York.

Howe fit tourner la roue d'azimut et fixa l'affût en place.

« Feu ! »

Une autre détonation se fit entendre, suivie d'un jet de flammes surgissant du fût gauche. La pression des gaz vers l'arrière éjecta instantanément la douille et attira un nouvel obus dans la chambre.

« Touché ! cria York. Obus perforants, cinq coups en tir rapide ! »

Il avait vu une lueur rouge là où l'explosif avait détoné contre le métal et envoyé un nuage d'éclats sur la poupe de la *Vultura*. Maintenant, ils espéraient que les projectiles solides endommageraient le système de propulsion du sous-marin en détruisant les turbofans qui permettaient à la *Vultura* d'être plus rapide que la plupart des navires de surface.

« Feu ! »

Howe tira sur la détente de droite et la maintint fermement. Avec un bruit plus assourdissant que celui d'un marteau-piqueur, le canon tira une salve de cinq coups. En moins d'une seconde, le chargeur était vide. Les douilles étaient sorties de la culasse à chaque mouvement de recul.

Avant même que l'écho n'ait cessé de résonner, un bruit sourd se fit entendre du côté de la poupe de la *Seaquest* et une immense vibration secoua tout le pont. Les deux hommes regardèrent médusés le navire être traversé par une demi-douzaine d'obus juste au-dessus de la ligne de flottaison. À cette distance, grâce au Nitrex, la *Vultura* pouvait pratiquement tirer à trajectoire tendue. De la poupe au milieu de la coque, la *Seaquest* était criblée d'obus perforants à uranium appauvri. C'était comme si elle avait été transpercée par une immense fourche, chaque obus ayant traversé facilement les cloisons avant de ressortir de l'autre côté dans un jet de feu et de débris.

« Ils vont tirer sur le pont, maintenant ! cria York. Et puis sur nous. »

Tandis que la *Seaquest* vacillait et gémissait, York balaya la poupe de la *Vultura* avec ses jumelles. Des nuages de fumée indiquaient l'endroit où celle-ci avait été touchée. Un mouvement attira son attention et il abaissa les jumelles. Un pneumatique à coque rigide, dont les moteurs hors-bord jumelés dessinaient un large sillon en forme de V, se dirigeait vers eux. York discerna plusieurs silhouettes dans l'embarcation, qui se trouvait déjà à mi-chemin et se rapprochait rapidement.

« RIB ennemi à huit cents mètres, cria-t-il. Il faut abaisser les fûts au minimum et tirer à vue ! »

Il actionna frénétiquement la roue d'élévation. Dans le même temps, Howe ouvrit le viseur métallique situé en face du siège du tireur. Comme sa main se refermait sur la détente de gauche, une secousse assourdissante les projeta tous deux au sol. Comme si un millier de fenêtres se fracassaient, une pluie d'éclats métalliques ricocha sur le canon de tourelle. L'un d'eux s'enfonça dans la jambe de York et inonda sa combinaison de sang. Quelques secondes plus tard, deux autres explosions balayèrent le pont et le navire fut à nouveau secoué par une série d'obus perforants, qui transpercèrent le rouf avant de s'écraser dans la mer par tribord avant.

York se releva, les oreilles bourdonnant furieusement et la jambe gauche inerte, et regarda l'immense trou à l'emplacement de la passerelle. Pour un homme profondément attaché à la mer, ce fut un spectacle épouvantable, comme s'il avait regardé impuissant la femme qu'il aimait dans les affres de la mort, aveugle, muette, le visage détruit.

« À nous de répondre à ces salauds, dit York d'un ton froid et imperturbable malgré la douleur.

– Oui, capitaine. »

Howe avait regagné le siège du tireur et voyait dans le viseur le RIB s'élancer vers eux à moins de deux cents mètres. Les fûts abaissés au maximum, il tira les derniers explosifs brisants à une seconde d'intervalle. Le premier, trop court, souleva tout de même les flotteurs jusqu'à ce que le souffle semble les faire décoller. Le second passa sous la quille et souffla le RIB tout entier hors de l'eau. La poupe se souleva et les six hommes en combinaison de plongée s'accrochèrent désespérément au plancher. Le troisième explosa contre le tableau et enflamma le carburant avant de faire voler en éclats le bateau et ses occupants dans une boule de feu qui roula vers eux à une vitesse effrayante.

Les deux hommes n'eurent pas le temps de se réjouir. La fin, lorsqu'elle arriva, fut aussi violente et impitoyable qu'ils l'avaient prévue.

Dès que les premiers fragments en flammes du RIB heurtèrent la tourelle, ils sentirent une gigantesque ondulation sous leurs pieds. Les rivets éclatèrent et le métal se tordit de façon grotesque d'un côté à l'autre du pont. Un instant plus tard, un autre obus fit sauter la tourelle hors de son support et les propulsa vers le bastingage de tribord. Ils furent pris dans un holocauste de feu, un tourbillon de flammes qui les précipitait dans un abîme de plus en plus étroit.

Luttant jusqu'au dernier moment, York regarda une dernière fois la *Seaquest*, véritable bûcher funéraire encore miraculeusement à flot, un navire ravagé, méconnaissable, et pourtant aussi digne que le volcan qui se dressait impassiblement à l'horizon.

Chapitre 21

Lorsque Costas plongea dans l'obscurité inquiétante du tunnel, sous l'aile gauche de l'aigle, ils virent que les murs avaient été polis comme ceux des galeries précédentes. Au cours des premiers mètres qui les séparaient du hall des ancêtres, Costas avait été en tête, mais le tunnel s'élargit et ses compagnons purent nager à côté de lui. Au bout d'une dizaine de mètres, le sol se transforma en un escalier étroit, dont les marches usées montaient régulièrement aussi loin que leurs lumières portaient.

« Les dieux sont avec nous cette fois, dit Costas. Encore quelques minutes à cette profondeur et nous serions restés ici à tout jamais. »

En longeant l'escalier, ils économisèrent un peu d'énergie, car ils purent utiliser leurs compensateurs de flottabilité pour remonter. Sur les murs était sculptée une frise continue de taureaux grandeur nature, dont la forme sinueuse rappelait étonnamment les peintures de taureaux minoennes. Les bêtes au regard mauvais semblaient frapper du pied dans leur longue procession.

Juste au moment où le rythme respiratoire de Jack commençait à se stabiliser, celui-ci entendit son ordinateur lui signaler qu'il allait passer sur la réserve. Il sentit son détendeur se resserrer momentanément lorsque la réserve de secours s'activa, puis le mélange passa à nouveau librement.

« Au fur et à mesure que nous remonterons et que la pression diminuera, le volume de la réserve augmentera, affirma Costas. Et si tu arrives au bout, je pourrai toujours te faire du bouche-à-bouche.

– Super », répondit Jack en grimaçant derrière sa visière. Puis il se concentra pour maintenir sa flottabilité juste au-dessus de la position neutre.

Pendant les quelques minutes qui suivirent, on n'entendit que le bouillonnement des bulles tandis qu'ils gravissaient progressivement les escaliers. Au bout d'une centaine de mètres, Costas leur fit signe d'arrêter.

« Nous sommes actuellement à soixante-dix mètres au-dessous du niveau de la mer, annonça-t-il. Mon ordinateur indique que nous devons effectuer un palier de décompression de cinq minutes. Bien que nous ayons essentiellement respiré de l'hélium et de l'oxygène, nous avons absorbé beaucoup d'azote. Nous devons dégazer. »

Malgré sa douleur lancinante au côté, Jack fit un effort conscient pour ne pas s'hyperventiler. Il se laissa aller, épuisé, sur les escaliers et sortit le disque.

« Il est temps de consulter notre carte », dit-il.

Ses compagnons descendirent à côté de lui et il fit tourner le disque jusqu'à ce que le symbole soit aligné sur l'axe de la galerie.

« Si notre interprétation est correcte, nous sommes ici, le long de l'épaule gauche de l'aigle, indiqua Costas. Nous ne pourrons pas aller encore bien loin dans cette direction. Nous sommes près de la paroi rocheuse.

– Au bout de cette galerie, nous tournerons à droite, dit Katya, puis nous remonterons l'aile de l'aigle jusqu'au dernier virage à gauche avant de nous diriger vers l'extrémité orientale.

– Pour aller vers la caldera, nous devons remonter sur une centaine de mètres et parcourir quatre cents mètres vers le sud selon un angle de trente degrés. À un moment donné, nous dépasserons le niveau de la mer tout en restant sous terre.

– Et si la galerie descend ? demanda Katya.

– Nous serons ébouillantés vivants, répondit Costas sans ambages. Le cœur du volcan est une masse bouillonnante de lave en fusion et de gaz brûlant. Même si nous montons, nous trouverons peut-être en travers de notre route des coulées de la lave qui sont apparues après l'inondation. »

Leurs minuteurs sonnèrent simultanément pour indiquer la fin du palier de décompression. Jack rangea le disque dans sa poche et s'élança en donnant une impulsion contre l'escalier.

« Nous n'avons pas le choix, dit-il. Le sort de Ben et Andy est entre nos mains. »

Lorsqu'ils dépassèrent la barre des soixante mètres, leurs détendeurs commencèrent à remplacer l'hélium par de l'azote, qui devint le gaz inerte principal du mélange. Bientôt, celui-ci ne se distinguerait de l'air atmosphérique que par la dose d'oxygène enrichi qui était injectée au cours des derniers mètres pour chasser tout excès d'azote de leur système sanguin.

Costas passa devant au moment où l'escalier commença à devenir plus étroit. Après la dernière marche, celui-ci tourna à droite, suivant apparemment une fissure naturelle, avant de reprendre sa direction initiale pour les conduire à l'entrée d'une autre caverne.

« Voilà notre embranchement, en plein dans le mille. »

Leurs lampes frontales firent apparaître une salle d'environ dix mètres de long et cinq mètres de large, avec des entrées sur les quatre côtés. Le palier de décompression avait provisoirement redonné de l'énergie à Jack, qui s'approcha pour mieux voir. Au centre, se trouvait une table oblongue flanquée de piédestaux situés à environ deux mètres de chaque coin. La table, taillée dans la pierre, avait un rebord surélevé, comme un couvercle renversé sur un sarcophage. Les piédestaux étaient des vasques sur pieds semblables aux fonts baptismaux des églises médiévales.

« Il n'y a pas de rigoles pour recueillir le sang et il aurait été impossible d'amener un gros animal aussi loin dans la montagne, fit-il remarquer. En général, les sacrifices avaient lieu en public et ce qui se passait ici ne pouvait être vu que par quelques élus.

– Une table d'ablution, pour un rituel de purification ? » suggéra Costas.

Katya nagea jusqu'à l'entrée d'en face. Elle regarda dans la galerie et éteignit un instant sa lampe frontale.

« Je vois de la lumière, dit-elle. On les distingue à peine, mais il y a quatre bassins situés à égale distance les uns des autres. »

Jack et Costas la rejoignirent. Ils discernèrent de vagues taches verdâtres.

« Nous ne sommes qu'à cinquante mètres au-dessous du niveau de la mer et à quelques mètres du flanc du volcan, précisa Costas en rallumant sa lampe. C'est le petit matin là-haut et, à cette profondeur, il doit y avoir un peu de lumière résiduelle.

– Cette galerie correspond avec une des lignes parallèles qui partent de l'aile de l'aigle, observa Jack. Je parie qu'il y a des logements avec des fenêtres et des balcons surplombant les pyramides. Tout comme le complexe minoen situé sur les versants de Théra, ce site magnifique servait l'idéal monastique tout en dominant la côte où vivait la population.

– On pourrait passer par une de ces ouvertures, suggéra Katya.

– Pas question, répliqua Costas. On dirait des puits d'aération, probablement de moins d'un mètre de large. Et nous n'avons pas le temps de les explorer. Notre carte n'a pas menti jusqu'à maintenant et je suis pour continuer à la suivre. »

Juste à ce moment-là, une vibration les secoua et troubla l'eau. Jack eut l'impression qu'il allait perdre connaissance. D'autres vibrations suivirent, ainsi qu'une série de bruits sourds, dont chacun précédait un son semblable à un bris de glace étouffé et lointain. Il était impossible de dire d'où venaient ces sons.

« *Le sous-marin !* s'exclama Katya.

– C'est un bruit trop distinct, trop contenu, dit Costas. S'il y avait eu une explosion dans le *Kazbek*, nous ne serions pas là pour en discuter.

– J'ai déjà entendu ce son-là, intervint Jack en regardant Costas, dont la colère était visible même à travers sa visière. C'est le son d'obus transperçant une coque. Il y a une bataille à la surface, juste au-dessus de nous. »

Ils nagèrent en direction de l'entrée qui marquait le virage à droite indiqué par le symbole. Après avoir passé les vasques, Costas s'arrêta pour regarder sa boussole.

« Plein sud, annonça-t-il. Il ne nous reste qu'à suivre cette galerie jusqu'au bout avant de tourner à gauche. »

Katya s'approchait de l'entrée avec quelques mètres d'avance sur ses compagnons. Soudain, elle s'arrêta net.

« Regardez là-haut ! » s'exclama-t-elle avec enthousiasme.

Au-dessus de l'entrée, se trouvait un immense linteau taillé dans la pierre. L'avant était orné de symboles sculptés. Certains occupaient toute la hauteur de la pierre, soit environ cinquante centimètres. Ils étaient répartis en deux groupes de quatre, dont chacun était entouré d'un cadre semblable à un cartouche hiéroglyphique.

Il n'y avait plus de doute sur l'endroit où ils se trouvaient.

« La gerbe de blé, dit Katya. La pagaie. La demi-lune. Et ces têtes de Mohican.

– C'est la preuve ultime, murmura Jack. Le disque de Phaistos, le disque d'or de l'épave. Ils proviennent tous deux de cet endroit. Nous avons sous les yeux l'écriture sacrée de l'Atlantide.

– Qu'est-ce que cela signifie ? » demanda Costas.

Katya consultait déjà son ordinateur de poche. Avec Dillen, elle avait programmé un lexique dans lequel chaque symbole d'Atlantis avait son équivalent syllabique en linéaire A, ce qui permettait d'obtenir une traduction de certains termes à partir du vocabulaire minoen déchiffré à cette date.

« *Ti-ka-ti-re, ka-ka-me-re.* » Katya articula les sons lentement. Son accent russe conférait à la dernière syllabe de chaque mot un léger grasseyement.

Tandis qu'elle faisait dérouler la liste par ordre alphabétique, Jack et Costas regardaient les mots défiler sur l'écran LCD.

« Ils sont tous les deux dans le lexique minoen, annonça-t-elle. *Ti-ka-ti* signifie "route", "itinéraire", "passage", "direction". *Ka-ka-me* signifie "mort" ou "la mort". Le suffixe *re* signifie "vers" ou "de". Cela signifie donc "l'itinéraire de la mort", ou "le chemin de la mort".

Ils regardèrent l'inscription au-dessus de leur tête. Les symboles étaient aussi précis que s'ils avaient été taillés la veille.

« Cela n'a pas l'air très prometteur », lança Costas d'un air sombre.

Jack grimaça de douleur et ses compagnons se tournèrent vers lui avec une inquiétude renouvelée. Il rassembla toute l'énergie qu'il lui restait et s'élança dans la galerie.

« C'est la dernière ligne droite. Suivez-moi. »

Costas prit le temps de fixer le dernier rouleau de ruban à son backpack. De ses compagnons, il ne voyait plus que la turbulence qu'ils avaient laissée sur leur passage ; la galerie montait de façon abrupte. Lorsqu'il nagea derrière eux, la lueur rassurante de leurs lampes frontales apparut au loin dans le tunnel.

« Maintenez votre vitesse de remontée au-dessous de cinq secondes par mètre, conseilla-t-il. Le temps que nous avons passé dans cette salle équivaut à un autre palier de décompression et, avec cette déclivité, nous ne devrions pas avoir besoin d'effectuer un nouvel arrêt avant d'atteindre la surface. »

Le sol était rugueux, comme s'il avait été délibérément laissé en l'état pour fournir une meilleure prise. De chaque côté, se dessinaient des sillons parallèles semblables aux ornières des voies dallées de l'Antiquité. Tout à coup, ils se trouvèrent à l'entrée d'une autre salle. Les murs s'effacèrent derrière la nuit noire, bien que la galerie continue à monter.

C'était un espace caverneux encore plus impressionnant que le hall des ancêtres. Tout autour d'eux, des plissements rocheux semblaient onduler sous les faisceaux dansants de leurs lampes. Les parois sombraient dans un gouffre béant, leur chute brutale n'étant interrompue que par des écorchures de lave dont elles étaient ponctuées comme un chêne parcouru de nœuds. Où qu'ils regardent, ils voyaient des rivières sinueuses de lave témoignant des forces colossales qui traversaient la chambre depuis le cœur en fusion de la terre.

« Le cœur du volcan ne doit être qu'à environ deux cents mètres au sud, dit Costas. Le magma et le gaz ont perforé la cendre compacte du cône et laissé des trous béants avant de se solidifier. C'est ce qui a créé cette structure en nid d'abeille, ce vaste cœur creux avec tout un réseau de formations basaltiques. »

Ils regardèrent à travers l'eau claire comme le jour et découvrirent que le tunnel se transformait en une gigantesque chaussée, une immense crête rocheuse qui s'étendait à perte de vue. Sur la gauche, leurs lampes balayèrent une autre grande crête, suivie d'une autre, à égale distance, partant toutes deux à angle droit de la chaussée centrale pour rejoindre le mur de la salle.

C'est Costas qui fit remarquer ce qui leur crevait les yeux, la raison pour laquelle la géométrie du lieu leur semblait si familière.

« La chaussée centrale correspond à la partie supérieure de l'aile. Les crêtes sont les deux barres qui partent vers la gauche. Nous touchons au but.

– Ce spectacle a dû être impressionnant pour les premières personnes qui sont parvenues jusqu'à cet endroit, dit Jack. Je suppose que, de l'autre côté du cœur, il y a également des intrusions de basalte rayonnant vers l'extérieur, là où le magma a suivi les fissures jusqu'à la surface. Si le réseau est symétrique, cela explique pourquoi les Atlantes ont attribué des propriétés magiques à ce site et associé celui-ci à l'image de leur dieu aigle. »

Katya était subjuguée par les cascades rocheuses spectaculaires qui les entouraient. La chaussée était en quelque sorte le dernier pont d'une forteresse souterraine, l'ultime épreuve qui entraînerait tous les aventuriers assez intrépides pour la traverser au-dessus de véritables douves de feu.

Katya parvenait tout juste à distinguer des entrées dans le mur, au bout des deux branches de gauche. En face d'elle, à une centaine de mètres, elle voyait le miroitement lointain d'un mur de pierre, dont les dimensions étaient dissimulées par l'obscurité. Elle frémit en se souvenant de l'inscription lugubre située à l'entrée de la galerie menant à la chambre.

Costas s'élança avec détermination le long de la chaussée. « Jack n'a plus que quelques minutes devant lui. Il est temps de remonter à la surface. »

Jack et Katya nageaient aux côtés de Costas au-dessus des ornières, qui se poursuivaient depuis la galerie. Juste après l'intersection avec la première branche de gauche, ils découvrirent une dépression, au milieu de la chaussée centrale, qui était invisible depuis l'entrée.

Lorsqu'ils s'approchèrent, un spectacle magnifique s'offrit à leurs yeux. Cette indentation, aussi large que la chaussée, s'étendait sur cinq mètres de chaque côté, et descendait à environ deux mètres de profondeur. On y accédait par des escaliers, répartis sur les quatre côtés. À droite, une sculpture de cornes de taureau, avec les deux pointes verticales caractéristiques reliées par une courbe, surplombait le canyon. Une sculpture identique se dressait juste à gauche du centre. Entre les deux, se trouvait un gros bloc de pierre. Les cornes avaient été taillées dans la pierre et leurs pointes étaient presque au même niveau que la chaussée. Le bloc était en marbre blanc, comme les fantastiques formes d'animaux qui longeaient la voie processionnelle, à l'extérieur.

Lorsqu'ils plongèrent pour regarder de plus près, ils constatèrent que l'extrémité du bloc de pierre était inclinée à un mètre au-dessus du vide.

« Bien sûr ! s'écria Jack. Cette inscription. Ce n'est pas *"le chemin de la mort"* mais *"le chemin des morts"*. Depuis que nous avons vu l'Atlantide pour la première fois, je me demandais où se trouvaient les cimetières. La réponse est ici. Cette dernière salle était un dépôt mortuaire, une chambre de préparation des morts. Et voilà ce qu'ils en faisaient. »

Même Costas oublia un instant l'urgence qu'il y avait à remonter à la surface et nagea jusqu'à l'abîme. Il alluma son faisceau halogène haute intensité, pendant quelques secondes seulement pour ne pas vider sa batterie de réserve.

« Ils ont bien choisi l'endroit, admit-il. Là-bas, la lave refroidit rapidement et remplit le ravin comme une sorte de torrent solidifié. Il y a sept mille ans, c'était sans doute une coulée de lave en fusion bouillant à 1 100 °C. À cette température, on peut faire fondre une voiture. Ils disposaient donc d'un crématorium naturel. »

Katya observaient les marches qui menaient à la plate-forme.

« Ils devaient amener les corps par ici avant de les placer sur le bloc de marbre pour leur dernier voyage, présuma-t-elle. Les ornières de la galerie sont placées à deux mètres de distance, juste assez pour une bière. Elles doivent avoir été creusées par les pieds des porteurs au cours de milliers de processions funéraires. »

Jack fixait les profondeurs de l'abîme et essayait d'imaginer le rituel qui avait eu lieu pour la dernière fois à cet endroit des millénaires auparavant. Il avait fouillé de nombreux sites funéraires et les morts en disaient souvent plus long que les vestiges dont disposaient les vivants. Il s'attendait à ce que leur plus grande découverte soit une riche nécropole. Désormais, il savait que les seules dépouilles mortelles du peuple de l'Atlantide étaient en eux-mêmes, dans les gènes de ces marins intrépides qui avaient fui l'inondation et semé les graines de la civilisation.

« Les Enfers des anciens, dit-il le souffle court, c'était donc ça. Le Styx n'était pas un fleuve tranquille mais une rivière de feu ardente.

– Charon, le nocher des Enfers, devra m'attendre encore un peu, dit Costas. J'ai l'impression d'être aux portes du purgatoire.

Sortons d'ici avant que le dieu de ces lieux ne se réveille et ne réactive la fournaise. »

Comme ils longeaient la dernière section de la chaussée centrale, Jack haletait. Katya entendit son souffle saccadé et se retourna vers lui avec inquiétude. Costas, qui était resté à ses côtés, lui fit signe de s'arrêter.

« Il est temps de faire un échange d'embout », affirma-t-il.

Après avoir fouillé brièvement derrière son backpack, il sortit un tube vulcanisé qu'il raccorda à la robinetterie de Jack. Il ouvrit la valve en faisant quelques tours et on entendit un sifflement tandis que les deux systèmes s'équilibraient.

« Merci, dit Jack en respirant soudain plus facilement.

– Il y a un problème », annonça Costas.

Jack était concentré sur sa respiration, mais il leva les yeux vers la paroi rocheuse qui se dressait devant eux.

« Un bouchon de lave », lâcha-t-il d'un ton morne.

Environ cinq mètres plus loin, la crête se terminait à l'extrémité sud-est de la chambre. Ils distinguaient une entrée, aussi large que la chaussée centrale, surmontée d'un linteau, mais elle était masquée par un immense caillot de lave solidifiée, une horrible éruption qui avait suinté jusqu'à l'abîme en ne laissant qu'une petite ouverture vers le haut.

Costas se tourna vers Jack. « Nous ne sommes qu'à huit mètres au-dessous du niveau de la mer, donc au-dessus de la limite de dix mètres où l'oxygène devient toxique. Pendant que nous nous occupons de cet obstacle, nous pouvons en profiter pour nettoyer notre système sanguin. »

Il mit son ordinateur et celui de Katya en mode manuel et ouvrit la valve d'oxygène de leur robinetterie. Puis il s'élança avec Jack jusqu'au trou pour regarder de l'autre côté du bouchon.

« Le tube de lave a dû se frayer un passage dans le basalte après l'inondation », fit remarquer Costas. La brèche a dû se former à la suite d'une explosion de gaz. Avec un peu de chance, il y aura un espace tout au long de la coulée. »

Jack se faufila dans la fente jusqu'à ce que sa tête et ses épaules disparaissent. Au-delà du bouchon, il vit la cavité s'élargir comme un conduit d'aération. Les parois étaient marbrées de contusions ignées là où le gaz avait explosé à travers la lave en cours de refroidissement avec autant de force que dans une tuyère de post-combustion.

« Nous ne pourrons pas passer avec notre équipement, dit-il. Après l'explosion, la lave a dû se dilater en se solidifiant. Les premiers mètres du tunnel sont à peine assez larges pour Katya et encore moins pour toi et moi. »

Ils savaient ce qu'il leur restait à faire. Jack commença à détacher le harnais de son tri-bouteilles.

« Je dois y aller le premier. Katya et toi avez toujours votre réserve. Et moi, je peux descendre à quarante mètres en plongée libre.

– Pas avec une blessure entre les côtes.

– Je vais envoyer un peu d'oxygène dans le tunnel, répondit Jack. Je vois des ondulations dans le plafond qui pourraient renfermer des poches de gaz et constituer des arrêts de sécurité. »

Costas hésita, instinctivement réticent à expulser une partie, même infime, de leurs maigres réserves, mais il savait que Jack avait raison. Il retira le second étage de son backpack et le lui tendit. Avec son long bras, Jack fit passer le tube dans la fissure aussi loin qu'il pouvait et appuya sur la soupape d'évacuation. On entendit un grondement de tonnerre lorsque l'oxygène jaillit dans l'espace et se déversa en cascade comme de l'eau vive le long de la face supérieure de la roche.

Costas regardait attentivement son manomètre. Il vit l'affichage passer au-dessous de cinquante bars et le signal de la réserve s'allumer.

« Stop ! » cria-t-il.

Jack lâcha la soupape et plaça le détendeur juste à l'entrée du tunnel. Pendant que son ami retirait son backpack et le déposait dans un plissement de lave, Costas détacha le ruban et le lui attacha autour du bras.

« Signaux de corde standard, déclara-t-il. Tu tires une fois si tout va bien. Deux fois si tu veux une autre bouffée d'oxygène. En continu pour nous signaler que tu es arrivé et que nous pouvons y aller. »

Jack acquiesça en vérifiant que le ruban ne rencontrait aucun obstacle. Il ne pourrait pas utiliser l'interphone, car il devrait retirer sa visière pour pouvoir accéder aux poches d'air du tunnel.

Il ouvrit le cran de sécurité de son casque et regarda Costas, qui venait de valider sur son ordinateur la fin du palier de décompression.

« Prêt.

– Transfert du détendeur. »

Lorsque Costas retira le flexible, Jack serra fermement les paupières et enleva son casque tout en s'enfonçant le second étage du détendeur dans la bouche et en sortant le masque qu'il transportait dans une poche en cas d'urgence. Il se mit celui-ci autour des yeux et souffla par le nez pour en extraire l'eau. Il resta immobile quelques instants pour que son rythme respiratoire s'apaise après le choc provoqué le froid.

Après avoir détaché une torche de sa combinaison, il s'enfila dans la brèche et Costas l'accompagna pour s'assurer que le tube n'était pas trop tendu. Lorsqu'il s'agrippa au linteau, il sentit une indentation là où la lave effectuait un coude pour suivre la surface rocheuse. Ses doigts suivrent la forme d'un symbole taillé dans le basalte.

Il se tourna vers Katya et fit de grands gestes enthousiastes. Elle lui fit un signe de tête exagéré avant de river à nouveau les yeux sur lui, se préoccupant visiblement davantage de ses chances de traverser le tunnel.

Jack se mit sur le dos et se détendit complètent, le corps suspendu sous le linteau et les yeux fermés. Conformément aux techniques de plongée libre, il respira lentement et profondément pour saturer son organisme d'oxygène. Au bout d'une minute, il tira une fois sur le ruban et mit la main sur le détendeur. Il prit cinq respirations rapides et expira en s'élançant dans un tourbillon de bulles.

Costas tendit le bras pour tenir le ruban, leur précieuse corde de sécurité. Lorsqu'il commença à glisser entre ses doigts, il dit à voix basse :

« Bonne chance, mon ami. Nous en avons besoin. »

Chapitre 22

Pendant les premiers mètres, Jack se fraya difficilement un chemin à travers les amas de lave accumulés à l'entrée du tunnel. Il sentait sa combinaison se déchirer lorsqu'il se faufilait entre les nœuds de lave, tranchants comme une lame de rasoir. Il regarda en arrière pour s'assurer que le ruban n'était pas endommagé et s'élança rapidement dans le tunnel, les bras tendus en avant tenant la torche qui éclairait le chemin.

Comme il montait en flèche, il distinguait l'inclinaison progressive de la coulée de lave, qui suivait l'angle de la galerie. Il se retourna et vit des zones lumineuses sur le plafond, là où l'oxygène de Costas s'était accumulé. Une minute après avoir pris sa dernière respiration, il enfila la tête dans une poche d'air située dans une fissure de la lave. Il prit trois respirations rapides d'affilée tout en vérifiant son profondimètre et en cassant un bâton lumineux Cyalume, qu'il laissa flotter pour donner un repère aux autres.

« Trois mètres au-dessous du niveau de la mer, se dit-il. C'est du gâteau. »

Il replongea et donna une impulsion pour longer à nouveau la galerie. Presque tout de suite après, celle-ci se séparait en deux parties. L'une le sauverait, l'autre menait à la cheminée d'où la lave avait été expulsée. C'était une question de vie ou de mort, dont dépendait également le sort de ses compagnons.

Après avoir regardé sa boussole, Jack se dirigea résolument vers le passage de gauche en expirant lentement pour adapter ses poumons à la pression décroissante. Des irisations miroitantes apparurent devant lui, sur une surface trop vaste pour être une poche d'oxygène prise dans le plafond du tunnel.

Ses poumons commencèrent à être secoués par des spasmes, tandis qu'il s'écorchait en tentant désespérément de se faufiler entre les plissements rocheux de plus en plus étroits. Lorsqu'il se hissa au-dessus de la lave et fit enfin surface, il faillit se cogner la tête contre le plafond taillé dans la pierre. Il haleta et sortit péniblement de l'eau. Il avait atteint le niveau de la mer mais se trouvait toujours en plein cœur du volcan. La galerie continuait à monter et aucune issue n'était en vue.

Il ne s'était passé que trois minutes depuis qu'il avait quitté Costas et Katya, mais cela lui avait semblé une éternité. Luttant pour ne pas perdre connaissance, il concentra toute son énergie sur le ruban orange qui traînait derrière lui et le tira le plus longtemps possible jusqu'à ce qu'il le sente se détendre entre ses mains. Puis il resta immobile.

Costas émergea dans un grand jet d'eau, comme une baleine qui remonte à la surface. Katya l'avait précédé de quelques minutes. Elle examinait la blessure de Jack, inquiète à la vue de la plaie qui saignait à travers la déchirure de sa combinaison.

Costas retira son masque et respira bruyamment, ses cheveux bruns emmêlés sur son front et le visage rouge et gonflé.

« Rappelez-moi de faire un régime, dit-il en haletant. J'ai eu un petit souci sur la fin. »

Il s'avança péniblement jusqu'au bord du bassin et se débarrassa de ses palmes. Jack, qui avait suffisamment récupéré pour se redresser sur les coudes, dévissait le projecteur de sa torche pour que l'ampoule nue éclaire tout ce qui trouvait autour d'eux.

« Bienvenue au club, répondit-il. J'ai l'impression d'être passé à travers un hachoir à viande. »

Leurs voix semblaient riches et sonores après avoir été si longtemps altérées par l'interphone. Jack se laissa aller un peu plus loin contre la pente et tressaillit de douleur.

« J'ai mis le backpack de Katya juste à l'entrée du tunnel, précisa Costas. Il y a assez de trimix pour deux personnes en effectuant un échange d'embout, au cas où nous devrions retourner au sous-marin. J'ai également fixé l'extrémité du ruban au bâton lumineux qui se trouvait dans la poche d'air. Si nous sommes obligés de faire demi-tour, nous n'aurons qu'à nous souvenir qu'il faut tourner à droite à l'embranchement. »

L'eau était criblée de petites bulles qui éclataient à la surface. Ils la regardèrent pendant qu'ils reprenaient leur respiration.

« C'est étrange, remarqua Costas. On dirait que ce ne sont pas simplement les reliquats d'oxygène issus du détendeur. Il doit y avoir une sorte de fuite de gaz provenant de cette cheminée secondaire. »

Maintenant qu'ils étaient tous sains et saufs, ils jetèrent un coup d'œil autour d'eux. En haut de la côte, se trouvait une autre galerie taillée dans la pierre, qui menait inexorablement vers le haut mais dont l'aspect était différent.

« Ce sont des algues, dit Costas. Il doit y avoir juste assez de lumière naturelle pour la photosynthèse. Nous devons être plus près de la sortie que je ne le pensais. »

Lorsque la surface du bassin redevint calme, ils entendirent un bruit régulier de gouttes d'eau.

« Il pleut, observa Costas. Le volcan va être saturé après la tempête. Il va y avoir un panache de la taille d'une explosion nucléaire.

– Au moins, la *Seaquest* n'aura pas de mal à nous retrouver », dit Jack tout en s'efforçant de s'agenouiller. La bouffée d'oxygène lui avait permis de tenir bon dans le tunnel mais, maintenant, son organisme avait des difficultés à évacuer le reste d'azote qu'il contenait. Il se leva en chancelant et veilla à éviter les zones rendues glissantes par la pluie. Il savait que son épreuve n'était pas encore terminée. Il avait failli manquer d'air, mais sa blessure le ferait désormais bien plus souffrir que lorsque la douleur était engourdie par l'eau froide.

Il vit les regards inquiets de ses compagnons. « Ça va aller. Costas, passe devant. »

Alors qu'elle allait se mettre en route, Katya se tourna vers Jack. « Ah, j'oubliais. »

Jack la regarda, momentanément distrait par sa peau couleur olive et ses cheveux noirs qui scintillaient sous l'eau ruisselante.

« Cette inscription sur le linteau, dit-elle. J'ai jeté un œil pendant que nous attendions que vous traversiez le tunnel. Le premier symbole était la tête de Mohican, la syllabe *at*. Je suis sûre que le second était la gerbe de blé, *al* ou *la*. Il ne fait aucun doute que l'inscription complète correspondait à *Atlantis*. C'est notre dernier point de repère. »

Jack acquiesça, trop faible pour parler.

Ils commencèrent à gravir la pente. Maintenant qu'ils s'étaient débarrassés de tout leur matériel, ils n'avaient plus les lampes frontales intégrées à leurs casques. Les torches qu'ils tenaient à la main étaient des lampes stroboscopiques conçues pour les signaux de détresse. En les utilisant en continu, ils avaient déjà bien vidé les piles. Alors qu'ils montaient le long de la galerie, elles commencèrent à vaciller et s'éteignirent en même temps.

« Il va falloir utiliser un éclairage chimique », affirma Costas.

Ils rangèrent leurs torches et Costas et Katya cassèrent leurs bâtons lumineux. Associés à la faible lumière naturelle, ceux-ci créaient une atmosphère mystérieuse, une lueur qui rappelait de façon inquiétante l'éclairage de secours qu'ils avaient activé dans le poste de commandement du sous-marin.

« Restez groupés, conseilla Costas. Les bâtons peuvent durer pendant des heures, mais ils éclairent à peine le sol. Nous ne savons pas sur quoi nous risquons de tomber. »

Lorsque la galerie arriva à un coude, l'odeur âcre qui leur avait irrité les narines depuis qu'ils étaient remontés à la surface devint horriblement nauséabonde. Un courant d'air chaud ramenait vers eux ce relent douceâtre de pourriture, comme si les morts de l'Atlantide étaient encore en putréfaction dans leur sépulcre.

« Anhydride sulfureux, annonça Costas, le nez légèrement plissé. Désagréable mais non toxique, si nous ne traînons pas trop longtemps dans les parages. Il doit y avoir une cheminée active à proximité. »

Un peu plus haut, en travers du chemin, ils virent un autre tube de lave, qui s'était répandu comme du béton sur le sol de la galerie. La lave était coupante et cassante mais ne les empêchait pas de passer, contrairement à la coulée précédente. Elle provenait d'une trouée en nid d'abeilles, un ensemble de brèches et de fissures qui laissaient passer le vent, dont l'odeur écœurante s'intensifiait à chacun de leurs pas.

« Les deux tubes de lave que nous avons vus sont relativement récents, fit remarquer Costas. Ils ont dû s'écouler après l'inondation, sinon les prêtres auraient fait déblayer le chemin et réparer le tunnel.

« – Il a dû y avoir des éruptions similaires à l'époque de l'Atlantide, dit Katya d'un ton anxieux. L'activité de ce volcan est bien plus importante que ne le soupçonnaient les géologues. Nous sommes au cœur d'une bombe à retardement. »

Jack avait lutté contre la douleur, une sensation lancinante qui n'avait cessé de croître à mesure que l'effet engourdissant du froid avait diminué. Désormais, chaque respiration était un coup de poignard, chaque pas un choc violent sous lequel il ployait toujours davantage.

« Continuez tous les deux. Nous devons contacter la *Seaquest* dès que possible. Je vous suivrai quand je pourrai.

– Hors de question. » Costas n'avait jamais vu son ami renoncer et savait que celui-ci continuerait jusqu'à ce qu'il s'effondre, quelles que soient ses chances de s'en sortir. « Je te porterai sur mon dos s'il le faut. »

Jack rassembla les forces qu'il lui restait et suivit ses compagnons sur la lave, dans une lente agonie, en s'agrippant aux formations saillantes. La progression devint plus facile lorsqu'une série de longues marches apparut sur le sol. Environ vingt mètres après le tube de lave, la galerie tourna en direction du sud et devint moins régulière au fur et à mesure que les murs s'effaçaient derrière les formes naturelles de la fissure volcanique. Elle se rétrécit et ils commencèrent à grimper en file indienne, Costas en tête.

« Je vois de la lumière devant, annonça celui-ci. Nous ne sommes plus loin. »

La côte était de plus en plus abrupte, les obligeant à avancer à quatre pattes. Comme ils approchaient de la faible lueur, un nombre croissant d'algues rendait chaque pas périlleux. Costas glissa sur la dernière marche et se retourna pour tendre la main à Jack.

Ils étaient arrivés à côté d'une conduite de trois mètres de diamètre, qui descendait à environ trois mètres de profondeur, dont les parois avaient été polies par des millénaires d'érosion. Au fond, se trouvait un cours d'eau peu profond qui semblait se jeter dans une gorge étroite. Ils entendaient l'eau gronder au loin mais la vue était complètement masquée par une nappe de brume. À droite, la conduite s'enfonçait dans la paroi rocheuse et, au bout, on voyait de la lumière.

Costas regarda sa console pour consulter l'altimètre.

« Nous avons calculé qu'avant l'inondation, le volcan s'élevait à trois cent cinquante mètres au-dessus du niveau de la mer. Nous sommes actuellement à cent trente-cinq mètres au-dessus du niveau actuel de la mer, c'est-à-dire à seulement quatre-vingts mètres du sommet du cône. »

Ayant pénétré dans le volcan par le versant nord, ils se dirigeaient désormais vers l'ouest. Les galeries suivaient l'inclinaison des flancs de montagne. Devant eux, l'entrée obscure du tunnel semblait replonger dans le labyrinthe. Pourtant, la distance à parcourir pour qu'ils arrivent à l'air libre ne devait pas être très longue.

« Faites attention, dit Costas. Un mauvais pas et ce tunnel nous emmènera tout droit en enfer. »

Ils avaient perdu le fil du temps depuis qu'ils avaient quitté la *Seaquest*, la veille, pour embarquer à bord du DSRV. L'amas de roches créait un monde nébuleux d'ombres et de formes vacillantes. Après quelques marches taillées dans la pierre, le sol redevint plat et la galerie plus sombre. Une fois encore, ils durent avoir recours à la lueur sinistre des bâtons lumineux.

Le tunnel suivait la courbe du basalte, dont chaque couche était clairement visible dans la stratigraphie des murs. Le courant avait sapé la lave chargée en gaz du cône, les cendres étaient comprimées comme du béton avec des morceaux de pierre ponce et des scories accumulées s'étaient fixées à la matrice. Plus ils montaient, plus la roche devenait poreuse. L'eau de pluie s'infiltrait à travers les formations rocheuses du plafond et la température devenait sensiblement plus chaude.

Au bout d'une vingtaine de mètres, le tunnel se rétrécit et l'eau commença à être animée par un violent courant contraire. Jack titubait d'un côté et de l'autre, le corps soudain entièrement contracté par la douleur. Katya s'approcha de lui pour l'aider à tenir debout dans le torrent, dans lequel ils étaient désormais immergés jusqu'à la taille. Ralentis par l'agonie de Jack, ils se faufilèrent tous deux dans le passage étroit, tandis que Costas prenait de l'avance et disparaissait peu à peu dans un nuage de brume. Un peu plus loin, chancelants, ils virent les murs s'élargir à nouveau et le torrent se réduire à un simple filet d'eau. Après un dernier coude, Costas apparut debout, immobile, sa silhouette ruisselante se détachant sur un fond de lumière opaque.

« Une immense lucarne ! s'exclama-t-il exalté. Nous devons être juste au-dessous de la caldera. »

L'ouverture, tout en haut, était assez large pour que la pâle lumière du jour laisse entrevoir la taille impressionnante de la chambre dans laquelle il se trouvait. C'était une vaste rotonde d'au moins cinquante mètres de diamètre et cinquante mètres de haut, dont les murs s'élevaient jusqu'à l'ouverture circulaire, qui encadrait le ciel comme un oculus géant. Cet endroit rappela étrangement à Jack le Panthéon de Rome, le temple de tous les dieux, dont la coupole représentait la victoire sur les cieux.

Ce qui se trouvait au centre était encore plus époustouflant. De la lucarne au sol, se dressait une immense colonne de gaz tourbillonnant, exactement de la taille de l'oculus. Elle semblait projeter la lumière du jour de haut en bas comme un gigantesque faisceau, un pilier d'une pâleur rayonnante.

Après l'avoir admirée pendant quelques instants, ils constatèrent qu'elle tournoyait vers le haut à une vitesse vertigineuse, ce qui leur donna l'impression d'être eux-mêmes attirés inexorablement vers le bas, dans l'infernal brasier du volcan. Ils s'attendaient à entendre un grondement assourdissant, mais la chambre était curieusement calme.

« C'est de la vapeur d'eau, finit par dire Costas. Voilà donc ce qui se passe lorsque l'eau de pluie ne s'écoule pas vers l'extérieur. Il doit y avoir un véritable haut-fourneau là-dessous. »

La chaleur croissante qu'ils avaient sentie au cours de leur ascension provenait de la cheminée qui se trouvait devant eux.

Ils étaient sur le bord extérieur d'une large plate-forme qui longeait toute la rotonde, à plusieurs mètres au-dessus du plancher central. Des entrées régulièrement espacées, identiques à celle dont ils venaient de sortir, avaient été taillées dans la pierre sur tout le pourtour. Chacune était surmontée des symboles qui leur étaient désormais familiers. De l'autre côté du bord intérieur de la plate-forme, ils discernaient à peine la tribune centrale de la chambre. Contre la colonne de vapeur, se trouvaient quatre sièges de pierre en forme de cornes de taureau, orientés vers les points cardinaux. Celui qui se trouvait en face d'eux, en partie masqué par la plate-forme, était visiblement plus grand que les autres. Les pointes de ses cornes s'élevaient très haut vers l'oculus.

« Ce doit être une sorte de salle du trône, affirma Costas médusé. La salle d'audience des grands prêtres.

– Le hall des ancêtres, murmura Katya. Le dépôt mortuaire. Et maintenant la salle d'audience. C'est sûrement notre dernière étape avant le saint des saints. »

Depuis qu'ils avaient quitté le sous-marin, ils avaient constamment été portés par l'excitation de la découverte. Maintenant qu'ils étaient en plein cœur du volcan, leur avidité était tempérée par l'appréhension, comme s'ils savaient qu'il y aurait un prix à payer pour l'ultime révélation. Même Costas hésitait, réticent à abandonner la sensation de sécurité qu'ils avaient dans le tunnel pour plonger dans l'inconnu.

C'est Jack qui rompit le charme et pressa ses compagnons. Il se tourna vers eux, le visage sali et marqué par la douleur.

« C'est là que le texte nous conduisait, dit-il. Le sanctuaire de l'Atlantide est quelque part par là. »

Sans plus attendre, il se remit en route en boitant. Sa volonté était la seule force qui le maintenait encore debout. Costas le rejoignit et Katya les suivit, imperturbable depuis qu'ils étaient arrivés au bord de la plate-forme.

Dès que le trône commença à être en vue, au-delà de la plate-forme, ils furent aveuglés par un faisceau de lumière. Ils se recroquevillèrent instinctivement en se protégeant les yeux. À travers l'éclat éblouissant, ils distinguèrent deux silhouettes qui se matérialisèrent de part et d'autre du faisceau.

La lumière disparut presque aussitôt. Lorsque leur vue se rétablit, ils virent que les deux silhouettes, toutes deux vêtues de noir comme leurs assaillants du sous-marin, pointaient sur eux un Heckler & Koch MP5. Jack et Costas levèrent les mains ; ils n'avaient aucune chance de sortir leurs armes avant d'être criblés de balles.

Devant eux, un escalier de douze longues marches descendait jusqu'à la tribune. Un projecteur portatif situé juste à côté était orienté vers eux. Une rampe menait directement à la sculpture de cornes de taureau dont ils avaient vu les extrémités au-dessus de la plate-forme. Cette sculpture formait le dossier ostentatoire d'un immense trône de pierre, plus ouvragé que les autres.

Le siège était occupé.

« Docteur Howard. Ravi de faire enfin votre connaissance. »

Jack reconnut la voix gutturale et traînante de la *Vultura*, qui leur était parvenue par l'intermédiaire de la radio de la *Seaquest* trois jours auparavant. Il fut poussé brutalement, ainsi que Costas, en bas des escaliers et découvrit la silhouette adipeuse d'Aslan. Celui-ci était affalé sur le trône, les pieds fermement posés devant lui et ses immenses avant-bras étendus le long du corps. Son visage pâle et sans âge aurait pu ressembler à celui d'un prêtre de l'époque s'il n'avait pas été défiguré par les excès. Dans son ample robe rouge, il semblait être l'incarnation du despote oriental, une apparition sortie tout droit de la cour de Gengis khan, contrairement aux guerriers on ne peut plus modernes, armés de mitraillettes, dont il était flanqué.

À la droite d'Aslan, se tenait une personne minuscule, qui contrastait avec les autres. C'était une femme quelconque, les cheveux tirés en chignon, qui portait un manteau gris terne.

« *Olga Ivanovna Bortsev*, siffla Katya.

– Précieuse assistante de recherche, qui m'a été très utile, dit Aslan d'un ton bonhomme. Depuis qu'elle m'a fait part de vos projets, j'ai fait mettre votre navire sous surveillance constante. Par chance, mes hommes ont trouvé un moyen d'accéder à celle salle par l'extérieur. Il semble que nous soyons arrivé juste à temps. »

Soudain, sa voix se durcit. « *Je suis venu récupérer ce qui est à moi.* »

Costas ne put se retenir plus longtemps et se précipita vers lui. Il fut immédiatement rejeté en arrière par un coup de crosse dans l'estomac.

« *Costas Demetrios Kazantzakis*, dit Aslan d'un air sarcastique. Grec. » Il lâcha ce dernier mot avec mépris.

Tandis que Costas se relevait péniblement, Aslan se tourna vers Katya, dont les yeux sombres se plissèrent et la bouche trahit l'esquisse d'un sourire.

« Katya Svetlanova. *Alias* Katya Petrovna Nazarbetov. »

Le regard de Katya se remplit soudain de colère et de révolte. Jack sentit ses jambes se dérober sous lui et son corps capituler. La réponse de Katya sembla venir d'ailleurs, d'un monde lointain déconnecté de la réalité.

« *Père.* »

Chapitre 23

Ben, accroupi, tourna presque imperceptiblement sur la pointe des pieds, sans jamais quitter des yeux la tache de lumière provenant du poste de commandement, tout au bout de la coursive. Il avait maintenu la position pendant des heures, relayé uniquement pour de courtes périodes par Andy, qui se trouvait au-dessous, dans la salle des torpilles. Appuyé contre la paroi et couvert de précipité blanc, il semblait faire partie du sous-marin et se différenciait à peine du cadavre lugubre du *zampolit*, pendu dans le noir à moins d'un mètre de là.

Le froid s'était insidieusement emparé de lui, malgré sa combinaison environnementale, et ses doigts, refermés sur la sous-garde de l'AKSU, étaient engourdis depuis longtemps. Mais il savait faire abstraction de la douleur, se concentrer sur les seuls sens dont il avait besoin pour faire le guet. Des années auparavant, il avait appris que la résistance reposait sur l'endurance extrême, une qualité rare qui l'avait distingué des autres candidats aux forces spéciales.

Il avait relevé sa visière et une odeur âcre lui parvint avant qu'il ne repère le moindre mouvement.

« J'ai pu faire une espèce de jus, dit Andy qui rampait derrière lui en lui tendant une tasse fumante. Une cochonnerie soviétique infecte. »

Ben grommela mais prit le café de sa main libre avec reconnaissance. S'ils n'avaient rien avalé excepté les barres énergétiques de leur trousse de secours, ils avaient trouvé des bouteilles d'eau non débouchées dans le carré et veillé à ne pas se déshydrater.

« Du nouveau ? », demanda Andy.

Ben hocha la tête. Cela faisait presque dix-huit heures que Jack et ses compagnons étaient partis, une journée entière qu'ils n'avaient pas vu la lumière du jour. D'après leurs montres, c'était le début de la soirée mais, n'ayant aucun contact avec le monde extérieur, ils n'avaient pas conscience du passage du temps. Au-dessus d'eux, leurs adversaires avaient bruyamment consolidé leur position sous le sas de secours. Les périodes d'activité et le son des voix avaient été ponctués par de longs silences. Pendant des heures, ils avaient enduré les gémissements d'un blessé jusqu'à ce qu'un coup de feu étouffé y mette fin. Une demi-heure plus tôt, il y avait eu un grand vacarme. Ben avait compris qu'il s'agissait du submersible ennemi s'arrimant à leur véhicule de sauvetage en grande profondeur. Puis il avait entendu des bruits de pas dans le sas de secours. Il avait envoyé à Andy un signal dont ils avaient convenu pour qu'il le rejoigne en cas de difficultés.

« Ça y est ! »

Soudain, une torche avait éclairé la coursive dans leur direction. Malgré la luminosité intense, aucun des deux hommes ne s'était dérobé. Ben posa sa tasse et retira la sécurité de l'AKSU, tandis qu'Andy sortait le Makarov en se pelotonnant dans le noir de l'autre côté de la cloison.

La voix qui leur parvint était rauque et sonore. L'homme s'exprimait dans un mélange d'anglais et de russe.

« Équipage de la *Seaquest*. Nous voulons discuter. »

Ben répondit sèchement en russe. « Un pas de plus et nous détruisons le sous-marin.

– Ce ne sera pas nécessaire. » Cette fois, c'était une femme, qui parlait anglais. Ben et Andy continuèrent à détourner les yeux. Ils savaient que s'ils étaient aveuglés ne serait-ce qu'un instant par la lumière de la torche, ils risquaient de perdre l'avantage. Mais ils l'entendirent passer devant l'homme et s'approcher à seulement cinq mètres environ de l'endroit où ils se trouvaient.

« Vous n'êtes que des pions sur l'échiquier. Rejoignez-nous et vous serez richement récompensés. Vous pouvez garder vos armes. » Son ton mielleux semblait rendre son accent encore plus froid, plus dur.

« Je répète, dit Ben. N'approchez pas.

– Vous attendez vos amis. » Elle ricana avec mépris. « Katya, lança-t-elle d'un air de dégoût, est insignifiante. Mais j'ai eu le privilège de rencontrer le docteur Howard à Alexandrie. Très intéressantes, ses thèses sur l'emplacement de l'Atlantide. Ce fut un plaisir de le retrouver, ainsi que le docteur Kazantzakis, ce matin même.

– Je vous ai prévenue pour la dernière fois.

– Vos prétendus amis sont morts ou capturés. Votre navire est détruit. Personne d'autre ne connaît l'emplacement de ce sous-marin. Votre entreprise est vouée à l'échec. Rejoignez-nous et sauvez votre peau. »

Ben et Andy l'avaient écoutée imperturbablement sans croire un mot de ce qu'elle disait. Ben regarda Andy et se tourna à nouveau vers leur interlocutrice.

« *Hors de question* », répondit-il.

Jack se réveilla en sursaut dans le soleil du matin, dont les rayons dansaient sur son visage. Il ouvrit les yeux, jeta autour de lui un regard trouble, puis les ferma à nouveau. Il devait être en train de rêver, se dit-il. Il était couché sur le dos, au milieu d'un grand lit, dans des draps propres. Le lit n'occupait qu'un côté d'une chambre immense, dont les murs blanchis à la chaux étaient ornés d'une demi-douzaine de peintures modernistes qui lui semblaient toutes familières. En face de lui, se trouvait une grande baie vitrée, dont le verre teinté laissait entrevoir un ciel sans nuage et une rangée de collines baignées de soleil.

Il commença à se redresser et sentit une douleur lancinante au côté gauche. Il baissa les yeux et vit qu'un bandage lui entourait la cage thoracique, par ailleurs couverte d'ecchymoses. Soudain, tout lui revint à l'esprit. Leur extraordinaire aventure dans le volcan. Leur passage dans la salle d'audience. Costas se tordant de douleur sur le sol. Katya debout à côté de lui. Il s'assit brusquement lorsqu'il se souvint de son dernier mot, ne parvenant pas à y croire.

« Bonjour, docteur Howard. Votre hôte vous attend. »

Jack leva les yeux et vit un homme d'allure modeste et d'un âge difficile à déterminer à côté de la porte. Il avait les traits mongoloïdes typiques d'Asie centrale, mais son accent anglais était aussi impeccable que son uniforme de valet de chambre.

« Où suis-je ? demanda Jack d'un ton bourru.

– Chaque chose en son temps, monsieur. La salle de bains ? »

Jack suivit la direction que l'homme lui indiquait. Il savait qu'il était inutile de protester et posa les pieds sur le sol couleur acajou. Il marcha lentement jusqu'à la salle de bains, ignora le jacuzzi et opta pour la douche. Lorsqu'il revint, de nouveaux habits l'attendaient, un sous-pull noir à col roulé, un pantalon blanc et des chaussures en cuir Gucci, le tout à sa taille. Avec sa barbe de trois jours et sa peau tannée, il ne se sentait pas à l'aise dans des vêtements de haute couture mais se réjouissait de ne plus porter sa combinaison environnementale, avec sa doublure désagréable de sang coagulé et d'eau de mer.

Il lissa en arrière ses cheveux épais et chercha des yeux le valet de chambre, qui l'attendait discrètement de l'autre côté de la porte.

« Bien, dit-il avec cynisme, allons rejoindre votre seigneur et maître. »

En suivant l'homme sur un escalator, Jack constata que la chambre qu'il avait occupée faisait partie d'une série de satellites indépendants éparpillés sur les versants des collines et reliés par un réseau de galeries tubulaires à une construction centrale qui se dressait au fond de la vallée.

L'édifice dans lequel ils s'apprêtaient à entrer était un vaste bâtiment circulaire surmonté d'une coupole blanche étincelante. Lorsqu'ils s'approchèrent, Jack aperçut des panneaux extérieurs orientés vers les premiers rayons que le soleil levant envoyait en bas de la vallée. Au-dessous, se trouvaient une autre série de panneaux solaires, à proximité d'une structure qui ressemblait à une station génératrice. L'ensemble du complexe était étrangement futuriste, une sorte de maquette de station lunaire toutefois plus élaborée que tout ce que la Nasa avait jamais imaginé.

Le domestique referma la porte derrière Jack. Celui-ci entra avec circonspection dans la pièce. L'aspect utilitaire de l'extérieur ne l'avait pas préparé à découvrir un tel décor. C'était une réplique parfaite du Panthéon de Rome. Ce vaste espace avait exactement les mêmes dimensions que l'original. Il était suffisamment grand pour contenir une sphère de plus de quarante-trois mètres de diamètre, plus grande que la coupole de Saint-Pierre, au Vatican. Depuis l'ouverture, tout en haut, un puits de lumière éclairait l'intégralité de la voûte, dont la surface dorée illuminait l'intérieur, tout comme dans l'original au IIe siècle après Jésus-Christ.

Sous la coupole, les murs de la rotonde étaient ponctués d'une succession de niches et de renfoncements moins profonds, flanqués de colonnes de marbre et surmontés d'un entablement élaboré. Le sol et les murs étaient recouverts de marbres exotiques datant de la période romaine. Du premier coup d'œil, Jack reconnut le porphyre rouge égyptien qu'affectionnaient les empereurs, le *lapis lacedaemonius* vert de Sparte et le magnifique *giallo antico* couleur miel de Tunisie.

C'était davantage que le caprice d'un amateur d'antiquités. Plutôt que les catafalques des rois, les niches contenaient des livres et les renfoncements des peintures et des sculptures. L'immense abside située à côté de Jack était un auditorium, avec des rangées de sièges luxueux tournées vers un grand écran de cinéma. Des stations de travail informatiques étaient dispersées dans toute la pièce. Juste en face de l'abside, se trouvait une énorme fenêtre orientée au nord ; les collines que Jack avait vues depuis la fenêtre de sa chambre occupaient ici toute la vue, la mer étant sur la gauche.

L'élément le plus frappant, parmi tout ce qui avait été ajouté à l'original, se trouvait en plein centre de la pièce. Il s'agissait d'un objet à la fois extrêmement moderne et tout à fait conforme à la conception romaine. C'était un projecteur de planétarium, flamboyant sur son piédestal comme un spoutnik. Comme dans l'Antiquité, l'initié pouvait regarder le ciel et voir l'ordre triompher sur le chaos. Ici, néanmoins, le rêve était allé encore plus loin, dans un univers d'orgueil dangereux, dans lequel les Anciens n'auraient jamais osé s'aventurer. Projeter une image du ciel nocturne à l'intérieur de la coupole était l'ultime illusion du pouvoir, le fantasme d'une domination totale du divin.

C'était la salle de jeux d'un homme cultivé et érudit, se dit Jack, d'une richesse et d'une indifférence incalculables, un individu dont l'ego n'avait pas de limites et qui chercherait toujours à dominer le monde qui l'entourait.

Une voix retentit. « Mon petit caprice. Malheureusement, je n'ai pas pu avoir l'original, alors j'en ai fait bâtir une copie. Une version améliorée, vous en conviendrez. Maintenant, vous comprenez pourquoi je me sentais vraiment chez moi dans cette salle au cœur du volcan. »

L'acoustique remarquable donnait l'impression que la voix était tout près de Jack mais, en réalité, elle provenait d'un fauteuil situé à proximité de la fenêtre du mur d'en face. Le fauteuil pivota et Aslan apparut, dans la position et la robe rouge que Jack se souvenait avoir vues juste avant de perdre conscience.

« J'espère que vous avez passé une bonne nuit. Mes médecins se sont occupés de vos blessures. » Il montra une table basse devant lui. « Petit déjeuner ? »

Jack ne bougea pas et balaya encore une fois la pièce du regard. Il y avait une autre personne, Olga Bortsev, l'assistante de recherche de Katya. Elle le fixait depuis une des niches, devant une table couverte d'in-folio ouverts. Jack lui envoya un regard malveillant, qu'elle soutint dans une attitude de défi.

« Où est le docteur Kazantzakis ? demanda-t-il.

– Ah oui, votre ami Costas, répondit Aslan avec un rire caverneux. Inutile de vous inquiéter. Il va bien, du moins il est en vie. Il nous assiste sur l'île. »

Jack traversa la pièce à contrecœur. Son corps criait famine. Lorsqu'il s'approcha de la table, deux serveurs apparurent avec des boissons et de somptueux plateaux de nourriture. Jack choisit le siège le plus éloigné d'Aslan et s'assit avec précaution entre les coussins en cuir.

« Où est Katya ? » demanda-t-il encore.

Aslan l'ignora. « J'espère que vous avez aimé mes peintures, dit-il sur le ton de la conversation. J'ai fait accrocher certaines de mes dernières acquisitions dans votre suite. J'ai cru comprendre que votre famille s'intéressait tout particulièrement aux arts cubiste et impressionniste du début du vingtième siècle. »

Le grand-père de Jack avait été un grand mécène des artistes européens dans les années qui avaient suivi la Première Guerre mondiale et la Howard Gallery était célèbre pour ses peintures et sculptures modernistes.

« Quelques belles toiles, répliqua Jack sèchement. Picasso, *Mère et enfant*, 1938. Elle a disparu du musée d'Art moderne de Paris l'année dernière. Et je vois que votre collection ne se limite pas à la peinture. » Il désigna une vitrine, dans une niche, abritant un objet immédiatement reconnaissable dans le monde entier. Il s'agissait du masque d'Agamemnon, le plus grand trésor de la Mycènes de l'âge du bronze. Il se trouvait normalement au musée national d'Athènes mais, comme le Picasso, il avait disparu lors d'une série de vols audacieux dans toute l'Europe, l'été précédent. Pour Jack, c'était un symbole de noblesse qui se moquait de l'arrogance de son grotesque possesseur.

« J'ai été professeur d'art islamique et c'est là que va ma préférence, affirma Aslan. Mais je ne limite pas ma collection aux mille quatre cents ans depuis lesquels Mahomet a reçu la parole d'Allah. La gloire de Dieu illumine l'art de toutes les époques. Et Dieu m'a accordé le don de constituer une collection qui reflète pleinement sa grandeur. Gloire à Allah. »

Le téléphone portable d'Aslan vibra. Il le sortit d'un étui intégré au fauteuil et parla dans une langue gutturale qui, pensa Jack, devait être son kazakh natal. La nourriture disposée sur la table était appétissante et Jack en profita pour manger.

« Toutes mes excuses, dit Aslan en remettant le téléphone dans son étui. Je crains que les affaires ne passent toujours avant le plaisir. Un petit retard de livraison à l'un de nos meilleurs clients. Vous savez ce que c'est. »

Jack ignora ses propos. « Je suppose que je suis en Abkhazie, déclara-t-il.

– Exact. » Aslan appuya sur un bouton et son fauteuil pivota vers une carte de la mer Noire, fixée sur le mur d'en face. Il dirigea un pointeur laser sur une région vallonnée située entre la Géorgie et le Caucase russe. « C'est une question de destinée. Cette côte était la résidence d'été des khans de la Horde d'or, l'Empire mogol occidental fondé sur la Volga. Je suis un descendant direct de Gengis khan et de Tamerlan le Grand. L'histoire, docteur Howard, se répète. Seulement, je ne vais pas en rester là. Je vais reprendre l'épée là où mes ancêtres ont failli. »

L'Abkhazie, farouchement indépendante et tribale, était un repaire idéal pour les chefs de guerre et les terroristes. Région autonome au sein de la République soviétique de Géorgie, après l'effondrement de l'URSS, elle avait sombré dans une guerre civile sanglante et un processus d'épuration ethnique qui avaient provoqué des milliers de morts. Avec la montée de l'extrémisme islamique, la lutte avait repris et contraint le gouvernement géorgien à renoncer à sa souveraineté sur la région. Depuis lors, l'Abkhazie était un des endroits les plus anarchiques de la planète. La junte au pouvoir vivait des bakchichs des truands et des djihadistes venus des quatre coins du monde, qui avaient fait des anciennes stations balnéaires soviétiques de la côte leurs propres fiefs.

« La frontière de l'Abkhazie est à cent cinquante kilomètres au nord du volcan, fit remarquer Jack d'un ton laconique. Que comptez-vous faire de nous maintenant ? »

Aslan changea brusquement de comportement, le visage déformé par le mépris et les mains se resserrant sur les accoudoirs jusqu'à ce que l'on en voie les articulations saillantes.

« Vous, je vais vous rançonner, répondit-il d'un ton hargneux, bouillonnant de colère. Pour votre tête, nous devrions pouvoir soutirer une bonne somme d'argent à ce Juif. » Il cracha ce dernier mot avec tout le venin qu'il put répandre, un cocktail haineux d'antisémitisme et de jalousie face au succès spectaculaire d'Efram Jakobovich en tant que financier et homme d'affaires.

« Et les autres ?

– Le Grec coopérera quand je lui dirai que, dans le cas contraire, vous serez torturé et décapité. Il a une petite mission à accomplir pour nous. Il nous conduira au *Kazbek* en passant par le volcan.

– Et Katya ? »

Un nuage assombrit le visage d'Aslan, dont la voix se réduisit à un simple murmure.

« Dans l'Égée, j'ai décidé de ne pas intervenir lorsqu'elle m'a dit qu'elle nous conduirait à un trésor encore plus précieux. Je lui ai donné deux jours, mais elle n'a pas repris contact. Heureusement, Olga, qui avait copié les textes anciens à Alexandrie, a fait du bon travail. Nous savions que vous iriez forcément là.

– Où est Katya ? demanda Jack en essayant de ne pas montrer son émotion.

– C'était une enfant adorable. » Les yeux d'Aslan semblèrent s'adoucir l'espace d'un instant. « Nous passions d'agréables vacances dans la *datcha* avant que sa mère ne meure prématurément. Olga et moi avons fait de notre mieux. »

Il regarda Olga, qui lui adressa un sourire doucereux depuis la table couverte d'in-folio. Lorsqu'il se tourna à nouveau vers Jack, il parla soudain d'une voix dure et retentissante.

« Ma fille a déshonoré son père et sa religion. Je n'avais aucune influence sur son éducation à l'époque soviétique, puis elle s'est enfuie en Occident, où elle a été corrompue. Elle m'a fait l'affront de rejeter mon patronyme pour prendre le nom de sa mère. Je vais la garder sur la *Vultura* et la ramener au Kazakhstan, où elle sera traitée selon les règles de la *charia*.

– Vous voulez dire mutilée et réduite en esclavage, rectifia Jack d'un ton glacial.

– Elle sera purifiée des vices de la chair. Après le rite de l'excision, je l'enverrai dans une université coranique. Ensuite, je lui trouverai un mari convenable, *Inch'Allah*. Si Dieu le veut. »

Aslan ferma les yeux un instant pour se calmer. Puis il claqua des doigts et deux domestiques surgirent pour l'aider à se lever. Il lissa sa robe rouge et posa les mains sur sa panse.

« Approchez, dit-il en se tournant vers la fenêtre. Je vais vous montrer quelque chose avant que nous ne parlions affaire. »

Jack suivit la silhouette imposante au pas incertain. Une autre vitrine, montée sur un socle à côté de la fenêtre, attira son attention. Médusé, il reconnut deux superbes plaques d'ivoire provenant de Begram, ancien site de la route de la Soie, des trésors qu'on avait cru perdus à jamais lorsque les talibans avaient profané le musée de Kaboul, à l'époque où ils faisaient régner la terreur en Afghanistan. Il s'arrêta pour observer les sculptures complexes ornant les plaques, des vestiges de la Chine des Han du IIe siècle après Jésus-Christ, trouvés dans la réserve d'un palais avec des laques d'Inde inestimables et des chefs-d'œuvre rares de verre et de bronze de la Rome antique. Il était ravi que ces trésors aient survécu, mais consterné de les voir dans ce monument à l'ego. Il était convaincu qu'en découvrant le passé, les nations parviendraient à s'unir pour célébrer les exploits du genre humain. Plus les grandes œuvres d'art disparaissaient dans le trou noir des coffres bancaires et des galeries, plus ce but semblait inaccessible.

Aslan s'approcha d'un pas lourd et remarqua l'intérêt de Jack. Il sembla ivre de joie à la vue de ce qu'il prit chez Jack pour de la jalousie.

« C'est mon obsession, ma passion, sur laquelle seule prime ma foi, dit-il d'une voix rauque. J'ai hâte de choisir des pièces de votre musée de Carthage en guise de paiement de votre rançon. Certaines des peintures de la Howard Gallery m'intéressent aussi beaucoup. »

Aslan conduisit Jack de l'autre côté de la pièce, jusqu'à une fenêtre convexe, qui suivait la courbe de la rotonde. C'était comme s'ils se trouvaient dans la tour de contrôle d'un aéroport, une impression qui était renforcée par le réseau de pistes situé au fond de la vallée.

Jack essayait d'ignorer Aslan pour se concentrer sur la vue. Les pistes étaient disposées en L. Le tarmac est-ouest, devant eux, longeait le sud de la vallée et la piste nord-sud le versant ouest, là où les collines avoisinantes étaient peu élevées. Plus loin, un ensemble de bâtiments de la taille d'un entrepôt délimitait le terminal. À côté, se trouvait un héliport, dont trois des quatre plate-formes étaient occupées par un Hind E, un Havoc et un Kamov Ka-50 Werewolf. Le Werewolf rivalisait avec l'Apache américain en termes de maniabilité et de puissance de feu. Il pouvait attaquer n'importe quel navire de surveillance ou hélicoptère de police ayant l'imprudence de se mettre en travers de la route d'Aslan.

Jack remarqua également une série d'ouvertures sombres, de l'autre côté de la vallée, au-delà de la piste. Il s'agissait de hangars d'avions creusés dans la montagne. À sa grande surprise, il constata que les deux formes grises situées juste devant étaient des avions à décollage vertical Harrier, dont le nez dépassait d'une housse de camouflage leur permettant d'échapper à la surveillance satellite.

« Comme vous le voyez, mon matériel ne se limite pas à l'ancien arsenal soviétique, dit Aslan d'un air réjoui. Récemment, votre gouvernement a fait l'erreur de retirer du service les avions Sea Harrier de la Royal Navy. Officiellement, ils ont tous été envoyés à la casse, mais un ancien ministre impliqué dans un trafic d'armes a eu la sagesse d'accepter un marché. Heureusement, je ne manque pas de personnel formé. Olga a été pilote de réserve dans l'armée de l'air soviétique. Elle a effectué il y a peu notre premier vol expérimental. »

De plus en plus consterné, Jack regarda Aslan appuyer sur un bouton situé sur la balustrade. Les deux moitiés de la bibliothèque se rétractèrent pour laisser apparaître le littoral. La crête bordant la vallée se poursuivait pour former un vaste port naturel. Un grand quai en béton faisant un angle vers le nord dissimulait la baie aux bateaux qui passaient.

Le dernier navire de recherche d'Aslan était un Projet 1154, une frégate de série Neustrashimy, de la même écurie que la *Vultura* mais avec un déplacement trois fois plus important. Il était en phase finale de rénovation. Les armes et les systèmes de communication étaient hissés à bord à l'aide de grues longeant les docks. Au loin, des jets d'étincelles attiraient l'attention sur des soudeurs qui travaillaient à hauteur de l'héliport et de la plate-forme de décollage vertical.

Jack repensa à la *Seaquest*. Elle avait dû être mise en panne non loin de l'Atlantide la veille au soir, après avoir suivi la tempête qui se dirigeait vers le sud. Il n'osait pas en parler, au cas où elle n'aurait pas été repérée, mais il semblait inconcevable qu'elle n'ait pas été détectée une fois à portée du radar de la *Vultura*. Il se rappela les coups de feu qu'il était sûr d'avoir entendus dans le dépôt mortuaire. Il commençait à craindre le pire.

« Nous sommes presque prêts pour notre voyage inaugural. Vous serez mon invité d'honneur à la cérémonie de mise à flot. » Aslan s'interrompit un instant, les mains repliées sur son ventre et le visage illuminé par une satisfaction riante. « Avec mes deux bateaux, je vais écumer les mers comme bon me semblera. Rien ne pourra m'arrêter. »

Jack jeta un dernier regard par la fenêtre et saisit pleinement l'ampleur terrifiante du pouvoir d'Aslan. Au bout de la vallée, en direction de l'est, se trouvaient des champs de tir et des structures semblables à des zones d'entraînement à la guerre urbaine. Entre le terminal et la mer, un autre bâtiment circulaire était équipé d'une batterie d'antennes et de paraboles. Le long de la crête étaient camouflées des stations de surveillance. Enfin, des emplacements d'armes bordaient la plage entre les palmiers et les eucalyptus, seuls vestiges de la station du parti communiste qu'abritait autrefois la vallée.

« Vous avez constaté par vous-même que toute tentative d'évasion serait vaine. À l'est, vous tomberiez sur les montagnes du Caucase et, au nord comme au sud, sur des repaires de bandits où aucun Occidental ne pourrait survivre. J'espère que vous apprécierez mon hospitalité. Je me réjouis à l'avance d'avoir un compagnon avec qui je puisse parler d'art et d'archéologie. »

Les épaules relevées, le visage éclairé par une expression de ravissement, Aslan eut soudain un accès d'euphorie.

« C'est mon *Kehlsteinhaus*, mon nid d'aigle, ajouta-t-il. Mon temple sacré et ma forteresse. Vous admettrez que le paysage est aussi beau que les Alpes bavaroises. »

Jack répondit à voix basse, les yeux encore rivés sur la vallée.

« Pendant ce que vous appelez la Grande Guerre patriotique, mon père était pilote d'avion éclaireur dans la Royal Air Force. En 1945, il a eu le privilège de diriger le raid sur l'Obersalzberg, à Berchtesgaden. Ni la villa du Führer ni le quartier général de la SS ne se sont avérés aussi invulnérables que leur créateur l'avait cru. »

Il se tourna et planta les yeux dans le regard de jais d'Aslan. « Et l'histoire, comme vous l'avez dit, professeur Nazarbetov, a la mauvaise habitude de se répéter. »

Chapitre 24

On sentait à peine la vitesse de la navette, qui accélérait le long d'une des galeries tubulaires. Le coussin d'air amortissait les chocs comme sur un aéroglisseur. Jack et Aslan étaient assis l'un en face de l'autre, le second occupant toute la largeur du compartiment. Jack supposait qu'ils étaient descendus au fond de la vallée et qu'ils s'approchaient désormais du bâtiment central visible depuis la réplique du Panthéon.

Quelques minutes auparavant, ils avaient effectué un arrêt pour prendre un autre passager, qui était resté immobile entre eux. C'était un homme immense et robuste, vêtu d'une combinaison ajustée noire. Il avait le front bas, le nez camus et des yeux de cochon qui regardaient dans le vague sous des arcades sourcilières proéminentes.

« Permettez-moi de vous présenter votre garde du corps, dit Aslan d'un ton bonhomme. Vladimir Yurevich Dalmotov. Ancien membre des *spetsnaz*, vétéran de la guerre d'Afghanistan. Il est passé du côté des indépendantistes tchétchènes lorsque son frère a été exécuté pour avoir étranglé l'officier qui avait envoyé sa section au-devant d'une mort certaine à Grozny. Après la Tchétchénie, il a combattu aux côtés des djihadistes d'Al-Quaida pour la libération de l'Abkhazie. Je l'ai trouvé parmi les corps gisants. Il ne croit en aucun dieu mais Allah lui pardonne. »

La navette s'arrêta et la porte s'ouvrit. Deux domestiques entrèrent pour aider Aslan à se lever. Depuis qu'il savait que Costas et Katya étaient encore sur l'île, Jack attendait le bon moment pour agir. Lorsque Dalmotov l'entraîna dehors, il remarqua que celui-ci avait un Uzi derrière le dos mais pas de gilet d'armes.

L'espace dans lequel ils entrèrent contrastait vivement avec la splendeur opiacée des quartiers privés. C'était un immense hangar, dont la porte rétractée ouvrait sur l'héliport que Jack avait vu auparavant. On voyait la silhouette imposante du Hind sur le tarmac ; une équipe de maintenance s'affairait autour de la cellule et un ravitailleur attendait à proximité.

« C'est l'appareil que nous avons pris sur l'île la nuit dernière, précisa Aslan. Il va bientôt pouvoir remplir la mission pour laquelle il a été construit. »

La vue était partiellement masquée par la remorque d'un camion garé juste devant la porte. Pendant qu'ils regardaient, un groupe d'hommes commença à décharger des caisses et à les empiler contre le mur à côté d'une rangée de combinaisons de vol.

Dalmotov murmura quelque chose à l'oreille d'Aslan et bondit vers les caisses. Il en prit une, l'ouvrit à main nue et en sortit des composants qu'il assembla. Avant même que Dalmotov l'ait levée pour regarder dans le viseur, Jack avait reconnu le Barrett M82A1, sans doute le fusil de sniper le plus meurtrier du monde, conçu pour des munitions de type 50 BMG, des balles à haute vélocité pouvant transpercer un char blindé à cinq cents mètres ou décapiter un homme depuis une distance trois fois plus importante.

« Ma modeste contribution au *djihad*, dit Aslan avec un large sourire. Vous avez dû repérer notre école de snipers de l'autre côté de la piste. Dalmatov est notre instructeur. Certains de nos clients font partie de la nouvelle brigade de l'IRA et d'Al-Qaida ; ils ont toujours été entièrement satisfaits. »

Jack se rappela la recrudescence d'attaques de snipers de haut niveau du début de l'année, une nouvelle étape dévastatrice dans la guerre des terroristes contre l'Occident.

Tandis que Dalmotov supervisait l'assemblage des armes, Jack suivit Aslan jusqu'à un entrepôt situé de l'autre côté du hangar. Là, des hommes fermaient des caisses sous le regard vigilant d'individus en uniforme de maintenance. Lorsqu'un chariot élévateur passa à proximité, Jack aperçut un mot peint en lettres rouges sur le côté. L'une de ses premières missions au sein du service de renseignements avait consisté à intercepter un cargo lybien transportant des caisses identiques à celles-ci. Elles contenaient du Semtex, un plastic meurtrier issu de République tchèque et utilisé par l'IRA lors de sa campagne terroriste en Grande-Bretagne.

« C'est notre principal centre de transit, expliqua Aslan. Habituellement, toute la baie est bouclée, car elle renferme des armes biologiques et chimiques, mais nous venons d'effectuer notre dernière livraison par hélicoptère à un autre client satisfait du Moyen-Orient. » Il se tut, les mains jointes sur son ventre, et tourna lentement ses pouces gras. Il plissa les yeux et regarda au loin. Jack commençait à reconnaître les signes avant-coureurs de ses changements d'humeur.

« J'ai un seul client insatisfait, dont la patience a été cruellement éprouvée depuis 1991. Lorsque nous avons suivi la *Seaquest* depuis Trabzon, nous savions qu'elle ne pouvait avoir qu'une destination, celle qu'Olga avait déduite de son étude du texte ancien. Nous nous sommes dirigés vers le volcan pendant la nuit. Vous m'avez fourni une couverture parfaite pour aller dans une zone dont on me refusait l'accès depuis des années pour des raisons politiques. Sans vous, le moindre mouvement en direction de cette île aurait provoqué une réponse militaire immédiate. Désormais, quand un satellite repère une activité dans cette zone, on pense qu'il s'agit de vous, d'un projet scientifique légitime. C'est là que nous aurions dû retrouver les Russes, si ce stupide Antonov n'avait pas coulé son sous-marin et ma marchandise par sa propre incompétence.

– Le capitaine Antonov aurait livré son chargement, répondit Jack d'un ton morne, s'il n'y avait pas eu une mutinerie menée par le fonctionnaire politique. C'est probablement la seule bonne action que le KGB ait jamais faite.

– Et les ogives nucléaires ? demanda brusquement Aslan.

– Nous n'avons vu que des armes conventionnelles, mentit Jack.

– Alors pourquoi ma fille a-t-elle brandi la menace d'un holocauste nucléaire lorsqu'elle a négocié avec mes hommes ? »

Jack garda le silence un instant. Katya n'avait pas révélé ce détail de ses pourparlers au poste de commandement du sous-marin.

« Mes hommes vous empêcheront d'entrer, répondit Jack d'une voix calme. Vos amis fondamentalistes se sont pas les seuls à être prêts à mourir pour leur cause.

– Peut-être changeront-ils d'avis lorsqu'ils connaîtront le sort qui vous attend, vous et ce Grec, s'ils ne capitulent pas. » Aslan, retrouvant provisoirement sa sérénité, sourit avec cruauté. « Je pense que vous trouverez notre prochain arrêt très intéressant. »

Ils quittèrent le hangar par une autre galerie, cette fois dans un véhicule ouvert sur un tapis roulant. Ils se dirigeaient vers le bâtiment central, environ un kilomètre plus loin en direction de la mer. Cinq minutes plus tard, ils prirent un escalator, qui les conduisit jusqu'à la porte d'un ascenseur. Un domestique appuya sur une touche et ils montèrent au dernier étage.

On se serait cru dans le centre de lancement de la Nasa. La pièce était de même dimension que le Panthéon mais remplie d'ordinateurs et de matériel de surveillance. Lorsqu'ils sortirent de l'ascenseur, Jack s'aperçut qu'ils étaient montés à l'intérieur d'un cylindre s'élevant au centre de la pièce comme une colonne tronquée. Ils se trouvaient dans l'arène d'une sorte d'amphithéâtre moderne, entourée de gradins concentriques renfermant des postes de travail orientés vers eux. Sur le mur, de l'autre côté, des écrans géants affichaient des cartes et des images télévisuelles. L'ensemble du complexe ressemblait au module de commande de la *Seaquest* mais en beaucoup plus grand et avec suffisamment de matériel de surveillance et de communication pour mener une guerre à petite échelle.

Deux domestiques aidèrent Aslan à s'asseoir dans un fauteuil roulant électronique. Les rangées de silhouettes indistinctes penchées derrière les écrans semblaient avoir à peine remarqué leur arrivée.

« Je trouve la *Vultura* plus exaltante, avoua Aslan. Je préfère être sur le terrain, comme vous dites. » Son visage resta impassible mais ses doigts commencèrent à tambouriner sur les accoudoirs de son fauteuil roulant. Sans dire un mot, il appuya sur un bouton du fauteuil et se dirigea vers une console, où plusieurs personnes s'étaient réunies. Jack et Dalmotov le suivirent. Lorsqu'ils arrivèrent à proximité de la console, Jack remarqua que les moniteurs situés sur la droite étaient des écrans de sécurité, semblables à ceux du musée de Carthage, qui montraient des vues de l'intérieur du complexe.

Le groupe se scinda en silence pour qu'Aslan puisse accéder à l'écran. Jack s'approcha et se plaça juste derrière le fauteuil roulant et l'opérateur qui tapotait sur le clavier de la console. Dalmotov se trouvait à ses côtés.

« Nous avons finalement pu établir la liaison avec SATSURV », dit l'opérateur en anglais.

L'homme était de type asiatique et ne portait pas la combinaison noire de rigueur dans tout le complexe mais un jean et une chemise blanche. Jack supposa, d'après son accent, qu'il avait été formé en Grande-Bretagne.

L'opérateur le regarda avant de lancer un regard interrogateur à Aslan. Celui-ci hocha la tête avec indolence non par indifférence mais parce qu'il était absolument certain que son hôte ne serait jamais en position de divulguer quoi que ce soit.

Une mosaïque de pixels reconstitua une vue de la mer Noire, dont le sud-est était encore partiellement masqué par les nuages de la tempête. L'imagerie thermique transforma la vue en un spectre de couleurs et le littoral apparut clairement lorsque le satellite utilisa le rayonnement infrarouge pour capter des informations sous le nuage. L'opérateur délimita un petit carré et l'agrandit en plein écran. Il répéta le processus jusqu'à ce que l'écran affiche un gros plan de l'île, dont le centre, qui émettait un fort rayonnement thermique, était un halo changeant de roses et de jaunes.

Sur la mer, une tache de couleur indiquait la présence d'un navire. L'opérateur augmenta l'agrandissement pour en faire un gros plan en mode de résolution submétrique. Le navire était à flot mais détruit, abattu en carène à bâbord, la proue immergée et l'hélice de tribord suspendue au-dessus de ce qu'il restait du gouvernail.

Horrifié, Jack reconnut la *Seaquest*, dont les lignes étaient toujours pures malgré les dégâts effroyables. Grâce au rayonnement thermique, il vit les trous que les obus perforants avaient laissés dans la coque, semblables aux blessures que des balles à haute vélocité auraient provoquées dans un corps humain. En voyant cette scène de désolation, il eut un accès de colère. Il fit pivoter le fauteuil roulant pour obliger Aslan à lui faire face.

« Où est l'équipage ? demanda-t-il.

– Il ne semble pas y avoir de signatures thermiques humaines, répondit Aslan calmement. Deux de vos hommes ont été assez stupides pour échanger des coups de feu avec la *Vultura* hier matin, avant que vos amis et vous n'arriviez à la salle du trône. Une bataille perdue d'avance, comme vous pouvez l'imaginer. Nous enverrons bientôt le Hind se débarrasser de l'épave. »

Sur le pont avant fracassé de la *Seaquest*, Jack vit que la tourelle avait été déployée et élevée. Les fûts déformés avaient visiblement été touchés de plein fouet. Jack savait que York et Howe n'auraient jamais abandonné le navire sans combattre. Il pria en silence pour qu'ils soient parvenus à s'échapper avec le reste de l'équipage dans le submersible.

« Il s'agissait de scientifiques et de marins, pas de fanatiques ni de gangsters », dit Jack froidement.

Aslan haussa les épaules et se tourna à nouveau vers l'écran.

Celui-ci montra un autre navire, en panne à proximité de l'île. Lorsque l'image fut agrandie, tous les yeux convergèrent vers la poupe. Un groupe d'individus démontait deux grands tubes, dont le rayonnement thermique était irrégulier, comme s'ils avaient été en feu. Au moment où Jack comprit qu'il s'agissait de dégâts que la *Vultura* avait subis pendant le combat, Aslan claqua des doigts. Une main serra l'épaule de Jack comme un étau.

« Pourquoi ne m'a-t-on rien dit ? cria Aslan en rage. Pourquoi m'a-t-on caché cela ? »

Toute la pièce devint silencieuse et il pointa le doigt vers Jack. « Il ne vaut pas une rançon. Il sera liquidé, comme son équipage. Emmenez-le hors de ma vue ! »

Avant d'être évacué de force, Jack mémorisa rapidement les coordonnées GPS indiquées sur l'écran. Quand Dalmotov le poussa, il fit semblant de trébucher contre les écrans de sécurité. Quelques minutes auparavant, il avait reconnu la galerie et l'entrée du hangar sur les deux écrans les plus proches. En tombant contre le pupitre de commande, il appuya sur la touche pause. Les autres caméras CCTV suivraient leur progression, mais tous les yeux étant rivés sur l'image de la *Vultura*, il y avait une chance pour qu'ils passent inaperçus.

Depuis qu'il s'était réveillé, Jack était déterminé à agir. Il savait qu'Aslan était d'humeur changeante, qu'après cet accès de colère, il reviendrait à une apparente convivialité, mais il avait décidé de ne plus miser sur les caprices d'un mégalomane. L'image choquante de la *Seaquest* et le sort incertain de son équipage avaient renforcé sa détermination. Il avait une dette envers ceux qui avaient mis leur vie en péril. Et il savait que le sort de Costas et de Katya était entre ses mains.

Sa chance arriva au moment où la navette les ramena du centre de contrôle au hangar. À mi-chemin, Dalmotov fit un pas en avant pour regarder les docks lorsque ceux-ci furent en vue. Ce fut un manque de vigilance momentané, une erreur qu'il n'aurait jamais faite si son instinct n'avait pas été émoussé par une présence prolongée dans le repaire d'Aslan. Avec la vitesse de l'éclair, Jack frappa Dalmotov dans le dos du poing gauche, un impact violent qui le déséquilibra et provoqua une grande douleur dans sa main.

Ce coup aurait tué n'importe quel homme ordinaire. Jack avait fait porter tout son poids en un point, juste au-dessous de la cage thoracique, où le choc d'un impact pouvait bloquer le diaphragme et arrêter le cœur simultanément. Dalmotov resta immobile, tandis que Jack regardait incrédule ce corps immense apparemment insensible à la douleur. Puis il murmura quelque chose d'inintelligible et tomba sur les genoux. Il resta droit pendant quelques secondes, les jambes légèrement vacillantes, puis bascula en avant et demeura immobile.

Jack traîna le corps gisant hors de portée des caméras de surveillance. Les docks étaient vides et les seuls individus qu'il voyait se trouvaient sur l'héliport, devant l'entrée du hangar. Lorsque la navette s'arrêta, il sortit et appuya sur le bouton pour renvoyer le véhicule et son passager inconscient en direction du centre de contrôle. Il devait gagner du temps, car chaque seconde comptait.

Sans hésiter, il se dirigea vers l'entrée de l'héliport, priant pour que sa démarche assurée écarte tout soupçon. Il arriva à proximité des combinaisons de vol, choisit la plus grande et l'enfila. Il ajusta le gilet de sauvetage et mit un casque en fermant la visière pour dissimuler son visage.

Il s'empara d'un sac et prit un des Barrett. Il avait observé Dalmotov assembler le fusil de sniper et trouva facilement le mécanisme de verrouillage. Il détacha la crosse du canon et glissa les deux parties dans le sac. Juste à côté, étaient empilés des cartons étiquetés BMG, les balles de calibre 50. Jack prit une poignée de ces grandes munitions de 14 centimètres, qu'il jeta à côté de l'arme.

Après avoir fermé le sac, il continua à avancer résolument vers l'entrée du hangar. Une fois arrivé, il s'accroupit pour balayer le site du regard en faisant semblant de rajuster un Velcro sur sa cheville. Le tarmac était chaud. Avec le soleil d'été, l'eau de pluie de la nuit précédente s'était évaporée. Dans la lumière éblouissante, les bâtiments du complexe semblaient brûlés et accablés par la chaleur, tout comme les collines environnantes.

Il savait déjà quel hélicoptère il prendrait. Le Werewolf était le plus sophistiqué, mais il était garé avec le Havoc de l'autre côté de l'héliport. Le Hind n'était qu'à vingt mètres de là, presque paré pour l'envol. Il avait été le cheval de bataille de la machine de guerre russe et son cockpit en tandem inspirait confiance.

Jack se releva et s'approcha d'un chef d'équipage en train d'engager une bande de munitions dans le système de chargement.

« Ordres prioritaires, cria-t-il. L'horaire de départ a été avancé. Je pars immédiatement. »

Il s'exprimait dans un russe incertain avec un fort accent, mais il espérait que cela suffirait étant donné qu'une bonne partie du personnel se composait de Kazakhs et d'Abkhaziens.

L'homme parut surpris mais pas spécialement interloqué.

« Les points d'accrochage de charge sont encore vides et vous n'avez que quatre cents munitions de 12,7 millimètres mais, à part cela, nous sommes prêts pour le décollage. Vous pouvez monter et commencer les vérifications prévol. »

Jack mit le sac sur son épaule et monta par la porte de tribord. Il baissa la tête pour entrer dans le cockpit arrière, s'installa sur le siège du pilote et lança le sac à l'arrière. À première vue, les commandes ne présenteraient pas trop de problèmes, la configuration globale étant à peu près la même que celle des autres hélicoptères militaires qu'il avait pilotés.

Tout en s'attachant, il regarda à travers la verrière. Au-dessus du Plexiglas bombé du cockpit avant du tireur, il vit un groupe de monteurs qui poussaient deux chariots plats chargés de tubes de lancement pour missiles antichars Spiral téléguidés. Le Hind était en train d'être armé pour le dernier assaut contre la *Seaquest*. Au même moment, il aperçut deux hommes en combinaison de vol qui se dirigeaient vers lui depuis l'entrée du hangar. De toute évidence, il s'agissait du pilote et du tireur du Hind. Dès l'instant où il vit le chef d'équipage sortir son téléphone portable et lever les yeux l'air catastrophé, il sut qu'il était découvert.

L'immense rotor à cinq pales tournait déjà, car les deux turbomoteurs Isotov TV3-117 de 2 200 chevaux devaient chauffer pendant les vérifications prévol. Jack balaya les cadrans du regard. Le réservoir était plein. La pression de l'eau et de l'huile était bonne. Il pria ardemment pour que la défense antiaérienne d'Aslan n'ait pas encore reçu l'ordre de tirer sur un appareil de son arsenal. Il saisit les deux leviers de commande. De la main gauche, il tira sur le levier de pas collectif tout en actionnant la manette rotative des gaz et, de la main droite, il poussa le cyclique à fond.

En quelques secondes, le rythme du rotor effectua un formidable crescendo et le Hind s'éleva maladroitement dans les airs, le nez vers le bas. Pendant un moment interminable, l'hélicoptère resta immobile, luttant contre la force de la gravité dans une cacophonie assourdissante qui résonnait contre les bâtiments de l'héliport. Lorsqu'il actionna les pédales avec expertise pour empêcher l'appareil de glisser sur le côté, Jack aperçut un homme trapu sortir en courant du hangar et pousser les deux aviateurs stupéfaits. Dalmotov ne prit même pas la peine de sortir son Uzi, sachant que les balles de 9 millimètres rebondiraient sans dommages sur le blindage de l'hélicoptère. Mais en sortant du hangar, il s'était emparé d'une arme beaucoup plus meurtrière.

La balle de calibre 50 BMG fracassa le cockpit avant du tireur, où Jack se serait installé s'il avait su qu'il s'agissait d'un hélicoptère en double commande. Comme l'appareil bondissait en avant, une deuxième balle le toucha à l'arrière, un impact violent qui fit pivoter le fuselage sur le côté et obligea Jack à compenser par une accélération du rotor anticouple.

Alors que Jack se débattait avec les commandes, l'hélicoptère survola bruyamment le hangar et se dirigea à une vitesse croissante vers la jetée sud. À sa gauche, Jack voyait le complexe futuriste du palais d'Aslan et, sur la droite, les lignes pures de la frégate. Quelques instants plus tard, il avait traversé le périmètre et se trouvait en haute mer. Dans l'espoir de réduire son profil radar, il volait à basse altitude et le train d'atterrissage du Hind frôlait les vagues. La manette des gaz et le cyclique en position maximale, il atteignit rapidement une vitesse de 335 kilomètres/heure au niveau de la mer, performance optimale de l'hélicoptère, qu'il put augmenter légèrement après avoir trouvé le moyen de rétracter le train d'atterrissage. La côte s'éloignait désormais rapidement vers l'est et, devant lui, il ne voyait plus que le ciel sans nuages qui rejoignait l'horizon dans un voile bleu-gris.

Au bout de quinze milles nautiques, Jack appuya sur la pédale commandant le rotor anticouple et poussa le cyclique vers la gauche pour faire tourner l'hélicoptère jusqu'à ce que la boussole indique 180 degrés plein sud. Il était déjà parvenu à activer le radar et le système GPS et programmait les coordonnées de l'île, qu'il avait mémorisées sur la *Seaquest* trois jours plus tôt. L'ordinateur évalua la distance à parcourir à moins de cent cinquante kilomètres, ce qui correspondait à un temps de vol d'une demi-heure à la vitesse actuelle. Malgré une consommation élevée, Jack décida de maintenir son altitude et sa vitesse, les réservoirs comportant largement assez de carburant pour cette distance.

Il activa le pilotage automatique et ouvrit la visière de son casque. Sans perdre de temps, il prit son sac et commença à assembler le fusil. Il savait qu'il ne devrait pas baisser sa garde un seul instant. Aslan ferait tout ce qui était en son pouvoir pour le ramener.

Chapitre 25

« Arrêtez l'hélicoptère et attendez l'escorte. Obtempérez immédiatement ou vous serez détruit. Vous n'aurez pas d'autre avertissement. »

Jack n'avait entendu qu'une seule fois cette voix gutturale jurer en Russe, mais il l'avait reconnue. Il s'agissait sans aucun doute de celle de Dalmotov, dont le fort accent grésillait dans l'interphone. Jack avait laissé la radio bidirectionnelle allumée pendant tout le vol et s'attendait à ce que ses poursuivants établissent un contact dès qu'il serait à leur portée. Depuis dix minutes, il surveillait l'écran radar, sur lequel étaient apparus deux points rouges en provenance du nord, qui convergeaient vers lui. Étant donné leur vitesse et leur trajectoire, il ne pouvait s'agit que du Havoc et du Werewolf de la base d'Aslan.

Outre un canon de 30 millimètres à haute vélocité et deux paniers de roquettes d'une capacité de vingt projectiles de 80 millimètres, le Havoc et le Werewolf étaient armés à la fois de missiles air-air et de missiles antinavires à guidage laser que Jack avaient vus dans l'aire de chargement, une combinaison particulièrement meurtrière. À l'inverse, les points d'emport sous voilure du Hind étaient vides et l'unique puissance de feu était concentrée dans sa mitrailleuse quadritube de 12,7 millimètres en tourelle de nez. C'était une arme potentiellement dévastatrice, qui avait fait des ravages en

Afghanistan et en Tchétchénie mais, en l'absence de tireur, Jack ne pouvait effectuer que des tirs à vue en trajectoire fixe. Avec un débit cyclique de 1 200 coups par minute et par tube, les quatre chargeurs cent coups de balles perforantes permettraient un tir de seulement cinq secondes, ce qui était suffisant pour provoquer une destruction colossale à faible distance mais pas pour affronter deux adversaires aussi redoutables.

Jack savait qu'il n'aurait pratiquement aucune chance dans une confrontation à distance. Son seul espoir résidait dans un combat rapproché.

« D'accord, Dalmotov, tu as gagné pour cette fois », grommela Jack. Il relâcha la manette des gaz et fit faire un demi-tour à l'hélicoptère pour faire face à son ennemi. « Mais tu ne t'en tireras pas à si bon compte. »

Les trois hélicoptères planaient en ligne de front à trente mètres au-dessus de la mer en provoquant au-dessous d'eux un tourbillon d'écume. Le Hind, au centre, semblait ostensiblement volumineux par rapport aux deux autres appareils, plus maniables mais avec une visibilité du champ de bataille inférieure. À la droite de Jack, avec son cockpit bas et son nez protubérant, le Mi-28 Havoc ressemblait à un chacal affamé. À gauche, le Ka-50 Werewolf avait deux rotors coaxiaux tournant en sens inverse, qui semblaient accroître sa puissance tout en réduisant la taille de la cellule à celle d'un insecte.

À travers le vitrage plat blindé du Werewolf, Jack discerna la silhouette menaçante de Dalmotov.

Celui-ci enjoignit à Jack de voler à cinquante mètres de ses escortes. Le bruit des rotors augmenta progressivement et les trois appareils s'inclinèrent en avant pour s'élancer vers le nord-est en formation rapprochée.

Comme on le lui ordonna, Jack éteignit la radio bidirectionnelle, qui aurait pu lui permettre de demander une aide extérieure. Après avoir activé le pilotage automatique, il s'adossa et serra le Barrett contre sa cuisse pour que celui-ci passe inaperçu. Une fois assemblée, l'arme mesurait presque un mètre cinquante de long et pesait quatorze kilos. Il avait dû retirer le chargeur dix coups pour pouvoir cacher le canon sous le capot. De sa main droite, il vérifia la chambre, où il avait inséré une des balles de calibre 50 BMG. Sa marge de manœuvre se réduisait à chaque kilomètre et il savait qu'il devait agir rapidement.

Sa chance arriva plus tôt qu'il ne l'espérait. Au bout de cinq minutes, ils rencontrèrent subitement un courant ascendant, un effet résiduel de la tempête de la nuit précédente. Les uns après les autres, ils furent secoués de haut en bas comme sur des montagnes russes. Pendant la seconde supplémentaire qu'il fallut à ses adversaires pour ajuster leurs commandes, Jack décida de passer à l'action. Lors de la secousse suivante, il ramena la manette des gaz et tira sur le levier de pas collectif. Malgré la réduction de la puissance du moteur, le courant ascendant suffit à faire monter l'appareil, les pales du rotor étant à un angle de pas maximal. Le Hind bondit à vingt mètres au-dessus de sa trajectoire initiale, chancela puis commença à redescendre. Les deux autres appareils passèrent au-dessous comme au ralenti, tandis que leurs pales frôlaient presque la base du Hind. En un clin d'œil, Jack se trouva derrière eux. C'était une manœuvre classique dans les combats aériens de la Première Guerre mondiale, reprise avec succès par les Harrier britanniques contre les Mirage argentins plus rapides pendant la guerre des Malouines.

Le fusil calé sous la fenêtre de gauche, Jack décida d'utiliser l'intégralité de la puissance de feu du Hind contre l'appareil de droite. Il mit les gaz au maximum et s'inclina sur le flanc jusqu'à ce que le Havoc soit en vue. L'ensemble de la manœuvre avait duré moins de cinq secondes, ce qui avait à peine laissé le temps aux autres de comprendre ce qui s'était passé et encore moins de prendre des mesures dilatoires.

Une fois le Hind en position, cinquante mètres derrière son adversaire, Jack ouvrit la sécurité au sommet du cyclique et appuya sur le bouton rouge. Les quatre tubes de la tourelle de nez surgirent dans un grand fracas saccadé, avec un recul qui projeta Jack en avant. Chaque tube crachait vingt balles par seconde, tandis que les douilles tombaient en arc de cercle de chaque côté. Pendant cinq secondes, de multiples jets de flammes sortirent de sous le nez du Hind et une violente pluie de feu se déversa sur son adversaire.

Au début, le Havoc sembla absorber les balles au fur et à mesure qu'elles perforaient le blindage arrière du fuselage. Et soudain, un trou béant se forma de l'avant à l'arrière, tandis que les balles

détruisaient tout sur leur passage. Le cockpit et le pilote se désinté-
grèrent dans un véritable carnage. Le Hind se renversa en arrière et
le dernier torrent de balles s'abattit sur les turbomoteurs du Havoc
et trancha le rotor qui tournoya comme un boomerang. Quelques
secondes plus tard, le fuselage explosa dans une gigantesque boule
de feu alimentée par le kérosène et les munitions détonantes.

Jack tira sur le levier de pas collectif et s'éleva au-dessus de
l'hélicoptère anéanti. Il se mit au niveau du Werewolf, dont la
sinistre silhouette se trouvait jusque-là à trente mètres à sa gauche,
légèrement plus haut. Il vit le pilote se débattre avec les
commandes, tandis que la cellule plus légère était secouée par les
courants ascendants et le choc de l'explosion. Dalmotov semblait
figé, incrédule, incapable d'accepter ce qui venait de se passer,
mais Jack savait que cet état était passager. Il n'avait que quelques
secondes avant de perdre l'avantage.

Il pointa le Barrett à travers la fenêtre et tira. La balle fut éjectée
avec une puissante détonation, qui résonna à l'intérieur de son casque.
Il jura en voyant des étincelles surgir du fuselage supérieur du
Werewolf et rechargea rapidement le fusil. Cette fois, il visa à droite
pour compenser le courant atmosphérique de 200 kilomètres/heure. Il
tira juste au moment où Dalmotov tournait la tête pour le regarder.

Comme la plupart des hélicoptères d'appui rapproché, le
Werewolf était bien protégé contre les attaques au sol. Le blindage
du cockpit était conçu pour résister aux frappes d'un canon de
20 millimètres. Sa vulnérabilité résidait dans le fuselage supérieur et
le bâti moteur, des zones moins exposées aux tirs au sol, où le blindage avait été sacrifié en faveur du poste de pilotage. Le système de
sustentation contrarotatif constituait à la fois son point fort et son
point faible, puisqu'il augmentait la maniabilité de l'appareil mais
impliquait la présence d'un arbre surmontant le fuselage, où
venaient se loger les têtes des deux rotors coaxiaux à trois pales.

Le second coup toucha l'arbre juste au-dessous du rotor inférieur
et détruisit le mécanisme en tranchant le câble de commande.
Pendant un instant, l'hélicoptère poursuivit sa trajectoire comme si
de rien n'était, le nez vers le bas. Puis il commença à trépider et se
cabra violemment. Jack vit Dalmotov actionner désespérément les
commandes. Malgré la distance, il constata que le cyclique et le
levier de pas collectif ne fonctionnaient plus et que les pédales ne

répondaient pas. Dalmotov tira sur une poignée rouge située au-dessus de sa tête.

Le Werewolf était le seul hélicoptère de combat équipé d'un siège éjectable. L'éjection, dans un hélicoptère, avait toujours été problématique en raison du rotor surmontant le cockpit. Mais Kamov avait conçu un système ingénieux, qui consistait à larguer les pales et à éjecter le pilote suffisamment haut pour que le parachute puisse s'ouvrir.

Dès l'instant où il tira sur la poignée, Dalmotov dut se rendre compte que quelque chose ne fonctionnait pas. Au lieu de s'éjecter, les pales du rotor restèrent fixées, tandis que les charges explosives détonèrent les unes après les autres autour de la verrière. Celle-ci vola en éclats dans le rotor en s'éparpillant dans le vide. Les pales étaient tordues, mais toujours opérationnelles. Quelques secondes plus tard, le siège s'éjecta dans un nuage de fumée. Par un hasard abominable, il fut pris entre les deux jeux de pales et se mit à tourner à toute vitesse au milieu des flammes. Après deux tours complets, toutes les parties saillantes du corps de Dalmotov avaient été tranchées et projetées au loin. La tête casquée avait été dégagée comme un ballon de football. Après un dernier tour, les rotors crachèrent ce qu'il restait de leur macabre cargaison, qui tomba à l'eau dans un jet d'écume.

Jack regarda froidement le Werewolf décrire des cercles de plus en plus petits, tandis que les pales se brisaient les unes après les autres sous la pression atmosphérique croissante, jusqu'à ce que le fuselage plonge dans la mer et explose.

Sans s'attarder plus longtemps, il vira au sud pour reprendre sa trajectoire initiale et mit les gaz au maximum. Dalmotov avait certainement envoyé un message de détresse automatique et un signal de position, et les techniciens du centre de contrôle d'Aslan devaient rediriger la liaison SARSURV vers la nappe de carburant et les débris indiquant la zone où les hélicoptères avaient sombré. Ce spectacle ne ferait qu'alimenter la colère d'Aslan, déjà ulcéré par les dommages subis par la *Vultura*. Jack savait que, quelle que soit la valeur qu'il ait pu avoir en tant qu'otage, celle-ci serait éclipsée par le désir de vengeance de son adversaire.

Soudain, il s'aperçut que la jauge de carburant oscillait dangereusement vers le bas. Lorsqu'il l'avait regardée, dix minutes plus tôt, elle indiquait que le réservoir était encore plein aux trois quarts et il était impossible que ses manœuvres aient augmenté la consommation à ce point. Il se souvint du coup qu'il avait reçu à l'arrière quand Dalmotov avait tiré sur l'hélicoptère avec son fusil de sniper. Si la balle avait touché la tuyauterie du carburant, les secousses dues au courant ascendant avaient pu aggraver les dégâts, rompre le circuit et causer une perte massive de carburant.

Il n'avait pas le temps de vérifier cette théorie. Il réduisit les gaz pour minimiser la consommation de carburant et descendit à trente mètres. Au loin, la silhouette de l'île surgit de la brume matinale, avec ses sommets jumeaux en forme de cornes de taureau, tels qu'il les avaient vus pour la première fois depuis la *Seaquest*, trois jours plus tôt. Il ne lui restait plus qu'à espérer que le Hind lui permette de s'approcher suffisamment de la côte nord de l'île pour qu'il puisse la rejoindre à la nage.

Quand les deux turbomoteurs commencèrent à tousser et à crachoter, Jack fut momentanément aveuglé par un voile de fumée noire et incommodé par une odeur âcre de cordite et de plastique brûlé. Quelques secondes plus tard, la vue se dégagea et Jack découvrit l'épave de la *Seaquest*, juste en face, à moins de deux cents mètres.

Les images satellites étaient loin de rendre l'horrible réalité. Le premier navire de recherche de l'UMI était ballotté par les vagues, le pont avant presque à fleur d'eau, la superstructure complètement détruite et la coque défigurée à tribord par d'énormes trous, là où les obus de la *Vultura* avaient transpercé le blindage. C'était un miracle qu'il soit encore à flot, mais Jack savait que les cloisons ne résisteraient pas longtemps et qu'il ne tarderait pas à sombrer.

Le Hind se maintenait à peine dans les airs tandis qu'il trépidait au-dessus de l'épave dévastée. Tout à coup, il se mit à descendre. Le rotor ne pouvait plus assurer la sustentation et le moteur risquait de s'arrêter d'une minute à l'autre. Jack avait tout juste le temps d'agir.

Il déboucla son harnais de sécurité et enfonça le cyclique en avant au maximum. En inclinant l'hélicoptère, il avait fait basculer la voilure derrière le compartiment, hors de son passage, mais l'appareil piquait du nez. Il n'avait pas une seconde à perdre. Il jeta son casque, passa derrière le cockpit et se lança dans le vide, les jambes fermement croisées et les bras serrés contre la poitrine pour éviter que ses muscles ne se déchirent au moment de l'impact.

Sans casque, il réduisait le risque de traumatisme cervical, mais il eut tout de même l'impression de se briser les os. Il fendit la surface de l'eau les pieds en premier et s'enfonça assez profondément pour sentir la thermocline. Il déploya les membres pour interrompre sa descente. Lorsqu'il nagea vers la surface, il éprouva une douleur lancinante au côté. Sa plaie s'était rouverte. Pendant sa remontée, une terrible secousse envoya une onde de choc à travers l'eau. Il arriva à la surface et vit les restes en flammes du Hind non loin de l'endroit où il se trouvait, une scène de désolation qui aurait bien pu être celle de son propre bûcher funéraire.

Il libéra le CO_2 de la capsule de son gilet de sauvetage et se dirigea vers la *Seaquest*. Il se sentit soudain accablé de fatigue. Cette poussée d'adrénaline avait sapé le peu d'énergie qu'il lui restait.

La proue de la *Seaquest* avait coulé si profondément que Jack put nager au-dessus du gaillard et se hisser sur le pont en pente, devant l'emplacement du canon. C'était là que York et Howe avaient mené leur dernier combat, la veille. Après avoir regardé autour de lui avec amertume, Jack retira son gilet de sauvetage et avança avec précaution vers ce qu'il restait du rouf. Juste avant d'atteindre l'écoutille qui menait à la cale, il perdit l'équilibre et tomba lourdement. Il constata avec horreur qu'il avait glissé sur du sang coagulé, une éclaboussure cramoisie qui se transformait en longue traînée jusqu'à tribord.

Jack savait qu'il était inutile de s'appesantir sur les derniers instants de son équipage. Il se laissa tomber à côté de l'écoutille et prit un moment de répit pour rassembler ses forces.

Il faillit être trop tard lorsqu'il vit l'hélicoptère du coin de l'œil. Il était loin, juste à côté de l'île, et le bruit de son rotor était étouffé par celui de la *Seaquest*, qui craquait au fur et à mesure qu'elle sombrait. Ayant vu une plate-forme vide à l'héliport, il savait qu'Aslan avait un quatrième hélicoptère d'appui. Ce devait être un Kamov Ka-28 Helix, qui se trouvait sur la *Vultura*. Il regarda à travers les rayons du soleil encore bas et vit l'hélicoptère rasant la mer, qui se dirigeait directement sur lui. Il avait subi suffisamment d'attaques d'hélicoptères pour savoir à quoi s'attendre, mais il ne s'était jamais senti aussi vulnérable.

Au loin, une lueur révélatrice étincela sous l'appareil et s'agrandit à une vitesse effrayante. C'était un missile antinavire lourd, probablement une des terribles ogives d'AM.39 Exocet qu'il avait vues empilées au quartier général d'Aslan. Jack sauta par l'écoutille et s'effondra sur le pont inférieur. Il tomba littéralement dans le module de commande. Juste au moment où il tourna la roue de verrouillage, il y eut une immense collision. Il fut projeté violemment contre une cloison et tout devint noir.

Chapitre 26

La porte claqua derrière Costas, poussé brutalement contre la cloison. L'impact de sa poitrine contre le métal fut si rude qu'il en eut le souffle coupé. On lui avait retiré le bandeau des yeux, mais il ne distinguait qu'un voile cramoisi. Il roula sur le dos, le corps convulsé par la douleur, et porta lentement la main à son visage. Son œil droit était gonflé et fermé, insensible au toucher. Puis il retira le rideau gluant de son œil gauche avant de l'ouvrir à nouveau. Peu à peu, sa vue s'améliora. D'où il était, il voyait des canalisations courir le long de la cloison, sur lesquelles étaient inscrits des symboles et des lettres cyrilliques qu'il discernait à peine.

Son dernier souvenir, c'était Jack s'effondrant dans la salle d'audience. Ensuite, c'était le trou noir, une vague réminiscence de mouvement et de douleur. Il s'était retrouvé attaché à une chaise avec une lumière aveuglante en plein visage. Puis, pendant des heures et des heures, le supplice, les hurlements, l'agonie sous les coups. Toujours les mêmes silhouettes vêtues de noir, toujours la même question criée dans un mauvais anglais. Comment êtes-vous sortis du sous-marin ? Il supposait qu'il se trouvait sur la *Vultura*, mais toute sa capacité d'analyse était refoulée tant son esprit était concentré sur sa survie. Encore et encore, il était jeté dans cette pièce, puis traîné à nouveau dehors juste au moment où il pensait que tout était fini.

Et cela recommençait. Cette fois, il n'avait eu aucun moment de répit. La porte s'ouvrit violemment et il reçut un coup dans le dos, qui lui arracha du sang et des vomissements. Il fut hissé sur les genoux, nauséeux et secoué par la toux. On lui remit une nouvelle fois le bandeau, si serré qu'il sentit le sang gicler de son orbite gonflée. Il pensait qu'il ne pourrait plus éprouver d'un autre type de douleur, mais il venait d'avoir la preuve du contraire. Il concentra tout son être sur une pensée vitale : il était le seul à subir ce châtiment ; Jack n'était pas là. Il devait tenir coûte que coûte jusqu'à ce que la *Seaquest* arrive et révèle la découverte des ogives.

On l'assit le visage contre la table, les mains liées derrière la chaise. Il ne savait pas depuis combien de temps il était là et ne voyait que des taches écœurantes là où le bandeau avait été pressé contre ses yeux. Malgré le bourdonnement de sa tête, il entendit des voix, mais pas celles de ses tortionnaires. Il s'agissait d'un homme et d'une femme. Un peu plus tôt, il avait cru comprendre d'après des bribes de conversations qu'Aslan allait revenir du quartier général en hélicoptère. Même le pire de ses ravisseurs semblait appréhender ce retour. Il y avait eu une sorte de conflit, un hélicoptère abattu, un prisonnier échappé. Costas priait pour que ce soit Jack.

Les voix venaient de loin, d'un couloir ou d'une pièce attenante, mais la femme était en colère et criait. Costas entendait distinctement la conversation, qui passa brusquement du russe à l'anglais. Il comprit qu'il s'agissait d'Aslan et de Katya.

« Ce sont des affaires personnelles, dit Aslan. Parlons en anglais pour que mes moudjahiddin n'entendent pas ce blasphème.

– Tes moudjahiddin ! cria Katya avec mépris. Tes moudjahiddin sont des djihadistes. Ils combattent pour Allah, pas pour Aslan.

– Je suis leur nouveau prophète. Ce sont des fidèles d'Aslan.

– Aslan, lâcha Katya avec dérision. Qui est Aslan ? Piotr Alexandrovich Nazarbetov. Un professeur raté d'une université obscure qui a la folie des grandeurs. Tu ne portes même pas la barbe d'un saint homme. Et n'oublie pas que je connais notre héritage mongol. Gengis khan était un infidèle, qui a détruit la moitié du monde musulman. Il faudra bien que quelqu'un le dise aux combattants de ta guerre sainte.

– Tu t'égares, ma fille, répondit Aslan d'un ton glacial.

– Je me souviens de ce que j'ai dû apprendre pendant mon enfance. Celui qui respecte le Coran prospérera, celui qui l'enfreint périra par l'épée. La foi n'autorise pas le meurtre d'innocents. » Les sanglots lui étranglèrent la voix. « Je sais ce que tu as fait à ma mère. »

Aslan respirait bruyamment comme une Cocotte-Minute sur le point d'exploser.

« Tes moudjahiddin attendent leur heure, poursuivit Katya. Ils se serviront de toi jusqu'à ce que tu deviennes inutile. Ce sous-marin sera ta tombe. En créant ce repaire de terroristes, tu n'as fait que précipiter ta propre fin.

– Silence ! » Ce cri de dément fut suivi d'un bruit de bagarre et de corps que l'on traînait. Quelques instants plus tard, Costas entendit des pas s'approcher de la pièce où il se trouvait. Ils s'arrêtent derrière lui. Deux mains lui tirèrent brusquement les épaules contre la chaise.

« Votre présence est profanatrice, siffla contre son oreille la voix entrecoupée de respirations bruyantes. L'heure de votre mort a sonné. »

Après un claquement de doigts, deux paires de mains l'obligèrent à se lever. Dans cet univers obscur, il ne vit pas arriver le coup, un bref instant de douleur suivi de la délivrance de l'inconscience.

Jack avait l'impression de vivre un cauchemar. Il ne voyait que du noir, une obscurité totale qui éclipsait tous les repères sensoriels. Il ne pouvait qu'entendre un bruit phénoménal, ponctué de grincements et de grondements. Son esprit luttait pour parvenir à saisir l'inimaginable. Contorsionné contre la cloison, il se sentait étrangement léger, presque en lévitation, comme s'il était en proie à une fièvre diabolique.

Désormais, il savait ce que c'était que d'être enfermé dans les entrailles d'un bateau en train de sombrer au fond de l'abysse. Il ne devait son salut qu'au module de commande de la *Seaquest*. Grâce aux parois en acier renforcé au titane de quinze centimètres d'épaisseur, il était protégé contre la pression écrasante qui aurait déjà pu lui briser les tympans et lui fracasser le crâne. Tandis que le navire se fendait et pliait, les dernières poches d'air implosaient avec une violence qui aurait été mortelle, s'il n'avait pas pu se glisser dans le module à temps.

Jack ne pouvait lutter contre l'inévitable. La chute lui sembla interminable, bien plus longue que ce qu'il avait imaginé. Le bruit se transforma en un crissement aigu de plus en plus fort, semblable à celui d'un train qui entre en gare. La fin, lorsqu'elle arriva, fut aussi violente qu'inattendue. La coque s'écrasa sur le lit marin avec une horrible secousse et une force gravitationnelle qui l'auraient tué s'il n'avait pas été pelotonné, la tête dans les mains. Il résista de toutes ses forces pour ne pas être projeté vers le haut lorsque la coque rebondit avec un bruit de déchirement terrifiant. Enfin, l'épave s'immobilisa et il ne resta que le silence.

« Active l'éclairage de secours. »

Jack se parla à voix haute en essayant de déterminer s'il avait subi d'autres blessures. Sa voix, dont les intonations étaient absorbées par les parois insonorisées du module, sembla étrangement désincarnée mais l'aida à s'ancrer dans la réalité de ce monde où il n'avait plus de repères.

En tant que plongeur, Jack avait l'habitude de s'orienter dans le noir complet. Il fit appel à toute son expérience. Après s'être laissé tomber par l'écoutille, il avait été projeté par l'impact du missile de l'autre côté de l'armoire forte, vers les pupitres de commande, au fond du module. Par chance, la *Seaquest* s'était posée à plat. Lorsqu'il se leva maladroitement, il sentit l'inclinaison du pont, là où la proue s'était enfoncée dans le lit marin. Il se mit à genoux et tenta de s'orienter à tâtons. Il connaissait parfaitement ce navire – il avait participé à sa conception – ce qui l'aida à trouver son chemin en longeant les consoles.

Il atteignit la boîte à fusibles, à gauche de la porte étanche, et sentit l'interrupteur qui connectait la batterie de réserve, située dans un caisson protecteur en plomb, au circuit principal. Sa main trouva le levier qui activait l'éclairage de secours. Une fois de plus depuis le début de la journée, il ferma les yeux et pria pour avoir de la chance.

À son grand soulagement, la pièce fut immédiatement baignée d'une lumière verte fluorescente. Ses yeux s'ajustèrent rapidement et il se retourna pour regarder le module. Celui-ci se trouvait au-dessous de la ligne de flottaison et les obus qui avaient transpercé la *Seaquest* étaient passés au-dessus. L'équipement et les systèmes semblaient en bon état, le module ayant été précisément conçu pour résister à ce genre d'attaque.

La première tâche de Jack consista à désarrimer le module de la coque. Il se dirigea vers l'estrade centrale en tâchant de garder l'équilibre. Il lui semblait inconcevable qu'il ait réuni l'équipage ici pour un briefing moins de quarante-huit heures auparavant. Il se laissa tomber lourdement sur le fauteuil de commandement et activa le pupitre de commande. L'écran LCD demanda une série de mots de passe avant d'initialiser la séquence de désarrimage. Après le troisième mot de passe, un tiroir s'ouvrit et Jack prit une clé, qu'il inséra dans la console et tourna dans le sens des aiguilles d'une montre. La propulsion électronique et les systèmes de contrôle atmosphériques s'activeraient dès que le module serait suffisamment loin de l'épave.

Sans les détecteurs de la *Seaquest*, Jack n'aurait aucune information concernant la profondeur ou l'environnement local jusqu'à ce que le module soit à bonne distance de la coque et puisse exploiter ses propres systèmes. Il se dit qu'il était certainement tombé dans l'abysse situé au nord de l'île, une fracture de dix kilomètres de long et cinq cents mètres de large qui, d'après Costas, était une faille tectonique dans le prolongement du volcan. Si c'était le cas, il était embourbé dans la poubelle du sud-est de la mer Noire, un réservoir de limon et de sel datant de la période glaciaire. À chaque minute, l'épave s'enfoncerait davantage dans une boue de sédiments plus instable que des sables mouvants. Même s'il parvenait à désarrimer le module, il risquait de conduire celui-ci encore plus profondément dans le limon et de s'ensevelir lui-même sans le moindre espoir de s'en sortir.

Il s'attacha et se laissa aller sur l'appui-tête. L'ordinateur lui donna trois occasions de renoncer et, à chaque fois, il poursuivit la procédure. Après la dernière séquence, le mot *désarrimage* encadré d'un triangle rouge lumineux se mit à clignoter. Pendant un instant inquiétant, la pièce sombra à nouveau dans l'obscurité tandis que l'ordinateur redirigeait le circuit sur la batterie interne.

Quelques secondes plus tard, le silence fut rompu par un bruit sourd saccadé, de l'autre côté de la paroi gauche. Chaque secousse correspondait à l'explosion d'une charge minuscule destinée à faire éclater les rivets de la coque de la *Seaquest* et à pratiquer une ouverture suffisamment large pour le passage du module. Quand le panneau céda, l'espace entourant le module se remplit d'eau de mer et le capteur bathymétrique s'activa. Jack pivota en direction de la trajectoire de sortie en se cramponnant et les propulseurs hydrauliques se mirent en marche avec un vrombissement grave qui augmentait au fur et à mesure que les moteurs luttaient contre les pivots retenant le module à la coque. Il entendit une série de détonations derrière lui et le module se décrocha. Simultanément, les loquets d'arrimage se rétractèrent et au moment de l'éjection du module, il fut violemment rabattu contre le siège sous l'effet d'une compression équivalente à la force gravitationnelle démultipliée d'une fusée au départ.

Le module avait été conçu pour s'éjecter d'un navire en train de couler au-delà du tourbillon provoqué par la chute de la coque au fond du lit marin. Jack avait effectué une simulation au centre d'essais en haute mer de l'UMI, au large des Bermudes, et le module s'était arrêté cent mètres plus loin. Ici, la force gravitationnelle fut suivie d'une secousse tout aussi violente dans l'autre sens, le module ne s'étant arrêté qu'à quelques mètres de l'épave.

Jack avait baissé la tête pour se protéger et il n'avait que quelques brûlures douloureuses là où les sangles lui étaient rentrées dans les épaules. Après avoir pris une profonde respiration, il déboucla le harnais et pivota à nouveau vers le poste de travail en se retenant de la main droite contre le pupitre de commande pour ne pas glisser en avant, le module ayant pointé le nez dans le lit marin.

À sa gauche, se trouvait un petit écran destiné à l'affichage des données bathymétriques. Lorsque les chiffres apparurent, il constata qu'il se trouvait à 750 mètres au-dessous du niveau de la mer, cent mètres au-dessous de la profondeur maximale pouvant officiellement être supportée par le module. À plus de cinq cents mètres au-dessous du niveau de l'ancien littoral, la base de la faille était bien plus profonde qu'ils ne l'avaient imaginé.

Jack activa le sonar et attendit que l'écran s'allume. Le transducteur du sonar actif émit un faisceau pulsé de bande étroite à haute fréquence et balaya l'écran à 360 degrés pour établir un profil du lit marin et de tout objet flottant à la surface. Lorsque la *Seaquest* avait navigué au-dessus du canyon, deux jours plus tôt, ils avaient constaté que celui-ci était orienté nord-sud. Jack fixa donc le sonar en position est-ouest pour obtenir une section transversale de sa position à l'intérieur du défilé. Le faisceau se déplaça à une vitesse telle que tout le profil apparut d'un seul coup à l'écran. De chaque côté, s'élevaient les parois du canyon à environ quatre cents mètres d'écart. Vers le haut, des saillies rétrécissaient encore l'abysse. Celui-ci avait toutes les caractéristiques d'une faille de déchirure horizontale, engendrée par un écartement inhabituel des plaques de la croûte terrestre. Cette exception géologique aurait fasciné Costas mais inquiétait Jack, car elle ne faisait qu'aggraver sa situation.

Jack se rendit compte qu'il avait eu une chance phénoménale. Si elle avait coulé à seulement cinquante mètres à l'ouest, la *Seaquest* aurait heurté le bord du canyon et il aurait été pulvérisé bien avant que l'épave n'atteigne le lit marin, beaucoup plus bas.

Il regarda la base de la faille, où l'écran montrait une masse verte indiquant la présence de centaines de mètres de sédiments. Plus haut, se trouvait une ligne horizontale, une couche compacte sur laquelle était posée la *Seaquest*. Au-dessus, il y avait une zone de couleur plus diffuse correspondant à des sédiments en suspension, répartis sur une tranche d'encore au moins vingt mètres avant que l'écran n'affiche plus que de l'eau claire.

Jack savait qu'il était posé sur un amoncellement de sédiments au moins aussi profond que l'eau de mer, une quantité énorme de limon provenant des eaux fluviales auxquelles s'étaient mêlés des organismes marins décomposés, le terrain naturel du lit marin, des débris volcaniques et le sel datant de l'évaporation de la période glaciaire. Cet amas était alimenté continuellement par le haut et pouvait l'engloutir à tout moment comme des sables mouvants. Et s'il échappait aux sables mouvants, il n'était pas à l'abri d'une avalanche. Le limon en suspension au-dessus de l'épave provenait d'un courant de turbidité. Les scientifiques de l'UMI avaient étudié ce phénomène en Atlantique. Les courants de turbidité qui glissaient sur le plateau continental, à 100 kilomètres-heure, creusaient des canyons sous-marins et déposaient des millions de tonnes de limon. L'onde de choc d'un courant pouvait en provoquer un autre à l'instar des avalanches en série. S'il s'approchait d'un flux sous-marin d'une telle ampleur, Jack n'aurait aucune chance de s'en sortir.

Avant même d'essayer d'allumer les moteurs, il savait qu'il y avait peu d'espoir. Lorsqu'il démarra, le vrombissement irrégulier ne fit que lui confirmer que les propulseurs hydrauliques étaient obstrués par le limon et incapables d'extraire le module de la tombe dans laquelle il s'était enseveli. Jamais les ingénieurs de l'UMI n'auraient pu se douter que leur bébé, lors de son tout premier déploiement, se trouverait sous vingt mètres de vase au fond d'un abysse non répertorié.

Le seul espoir de Jack résidait dans un sas permettant l'entrée et la sortie de plongeurs. La paroi supérieure du module était enveloppée d'un nuage tourbillonnant de sédiments qui était peut-être encore suffisamment fluide pour que Jack puisse s'échapper. Mais chaque minute qui passait réduisait ses chances, car les particules tombaient continuellement au fond de l'eau et enterraient le module de plus en plus profondément dans une masse compacte de sédiments.

Après avoir jeté un dernier coup d'œil au canyon affiché sur l'écran pour en mémoriser les caractéristiques, Jack se dirigea vers le sas. La roue de verrouillage tourna facilement et il entra à l'intérieur. Il y avait deux compartiments, à peine plus grands qu'un placard, une pièce dans laquelle les plongeurs pouvaient stocker et enfiler leur équipement, et le sas proprement dit. Il se faufila entre les combinaisons environnementales et les détendeurs de trimix jusqu'à ce qu'il atteigne un monstre métallique sorti tout droit d'un film de science-fiction de série B.

Une fois encore, Jack pouvait remercier Costas. Alors que le module de commande n'était pas encore testé, celui-ci avait insisté pour embarquer un scaphandre atmosphérique de plongée en cas d'urgence, ce qu'il avait accepté à contrecœur en raison du délai que cette mesure impliquait. À ce moment-là, il avait participé à l'arrimage du scaphandre à l'intérieur du compartiment. Il connaissait donc bien la procédure de sauvetage qui avait été prévue.

Il s'avança sur la grille située devant le scaphandre et retira la virole de raccordement pour faire pivoter le casque en avant et voir la console qui se trouvait à l'intérieur. Après avoir vérifié que tous les systèmes étaient opérationnels, il déboucla les sangles qui fixaient le scaphandre à la cloison et jeta un coup d'œil sur le revêtement extérieur pour s'assurer que tout était parfaitement étanche.

Officiellement désigné sous le nom de *Autonomous Deep Sea Anthropod*, ce scaphandre s'apparentait davantage aux submersibles tels que l'Aquapod qu'à un équipement de plongée traditionnel. L'ADSA Mark 5 était issu des scaphandres « JIM » des années 1970, qui avaient permis pour la première fois de plonger en solo à une profondeur de plus de quatre cents mètres. Le système de survie se composait d'un recycleur, qui injectait de l'oxygène tout en nettoyant le dioxyde de carbone de l'air expulsé pour fournir un gaz sain pendant quarante-huit heures. Le scaphandre résistait à la pression. Ses articulations à liquide et sa carapace d'acier hautement extensible renforcé au titane permettaient d'atteindre une profondeur sans précédent de deux mille mètres.

L'ADSA incarnait les grandes avancées de l'UMI en matière de technologie submersible. Un sonar multidirectionnel ultrasonique transmettait une vidéo tridimensionnelle sur un écran rabattu devant les yeux, qui constituait un système de navigation virtuelle même avec une visibilité nulle. La mobilité en milieu aquatique du scaphandre était assurée à la fois par un dispositif de flottabilité variable informatisé et par une série de propulseurs hydrauliques radioguidés. Cette association donnait au plongeur la liberté de mouvement d'un astronaute marchant dans l'espace sans qu'il ait besoin d'un filin de sécurité.

Après avoir désarrimé le scaphandre, Jack retourna au compartiment principal et se dirigea vers l'armoire forte. Sur l'étagère du haut, il prit un pistolet Beretta 9 millimètres pour remplacer celui qu'Aslan lui avait confisqué et le glissa dans sa combinaison de vol. Puis il démonta un fusil d'assaut SA80-A2 et prit trois chargeurs. Après s'être mis le fusil en bandoulière, il sortit deux petits blocs de plastic Semtex, habituellement utilisés pour les travaux de démolition sous-marins, et deux caisses de la taille d'un porte-documents, dont chacune contenait une guirlande de mines flottantes et un détonateur radio.

De retour dans le sas, il accrocha les caisses à une paire de mousquetons, à l'avant de l'ADSA, et les fixa avec des courroies. Il glissa le fusil et les chargeurs dans un étui, sous la console. Avec sa configuration bullpup, le SA80 tenait facilement à l'intérieur. Après avoir fermé la porte étanche du sas et tourné la roue de verrouillage, Jack grimpa le long de l'échelle en métal pour se hisser dans le scaphandre. Celui-ci était étonnamment spacieux et lui permettait de retirer les mains des bras en métal pour actionner les commandes de la console. Malgré cette combinaison d'une demi-tonne, Jack pouvait plier les articulations des jambes et ouvrir et fermer les mains en forme de pinces. Après avoir vérifié l'arrivée d'oxygène, il rabattit le casque et ferma le col. Désormais, tout son corps était enfermé dans un système autonome de survie et le monde, à l'extérieur des hublots, devint soudainement lointain et superflu.

Il s'apprêtait à abandonner la *Seaquest*. Il n'avait pas le temps de réfléchir et se concentrait uniquement sur sa volonté de ne pas l'avoir perdue pour rien. La tristesse viendrait plus tard.

Il alluma l'éclairage interne de faible intensité, régla le thermostat à 20 °C et activa la batterie de capteurs. Après avoir vérifié la flottabilité et les commandes de propulsion, il dirigea la pince droite vers un interrupteur situé sur la porte. L'éclairage fluorescent s'éteignit et l'eau trouble commença à monter. Lorsqu'elle arriva au-dessus des hublots, Jack sentit une zone humide là où le sang de sa blessure avait suinté et essaya de se détendre.

« Un petit pas pour l'homme, murmura-t-il, un pas de géant pour l'humanité. »

L'écoutille s'ouvrit et, lorsque l'ascenseur l'éleva au-dessus du module, Jack fut entouré d'une noirceur infinie qui semblait vouloir l'emprisonner à tout jamais. Il activa les projecteurs et découvrit un monde insolite, dans lequel il n'y avait aucun point de repère traditionnel et dont les formes semblaient se fondre continuellement les unes dans les autres. Le faisceau éclaira des nuages lumineux de limon qui tourbillonnaient lentement dans toutes les directions et ondoyaient comme une multitude de galaxies miniatures. Il étendit les bras manipulateurs et regarda le limon serpenter tout autour de lui et décrire de nouvelles formes, qui se fondirent à nouveau les unes dans les autres avant de disparaître. Dans la lumière éblouissante, tout semblait être d'une blancheur cadavérique, comme un voile de cendre volcanique. Le faisceau illuminait des particules cent fois plus fines que le sable.

Jack était tout à fait sûr qu'il était le seul être vivant à avoir jamais pénétré dans ce monde. Certains sédiments en suspension étaient biogéniques, dérivés d'unicellulaires et autres organismes qui étaient tombés au fond de la mer mais, contrairement aux plaines abyssales de l'Atlantique ou du Pacifique, les profondeurs de la mer Noire n'abritaient aucune forme de vie microscopique. Il se trouvait dans un monde de ténèbres, dans un vide stérile n'existant nulle part ailleurs sur terre.

L'espace d'un instant, Jack eut l'impression que la masse tourbillonnante se transformait en visages fantomatiques de marins morts depuis longtemps, condamnés à virevolter pour l'éternité dans une danse macabre, au rythme du flux et du reflux du limon. Il obligea son esprit à se concentrer sur la tâche à accomplir. Les sédiments se déposaient beaucoup plus vite qu'il ne l'avait imaginé. Les particules s'aggloméraient avec la densité visqueuse de la vase d'un wadden. Elles avaient déjà recouvert le sommet du module de commande et montaient de façon alarmante le long des jambes de l'ADSA. Jack n'avait que quelques secondes pour agir avant que celui-ci ne se transforme en sarcophage prisonnier du lit marin.

Il activa le compensateur de flottabilité et remplit d'air le réservoir qui se trouvait sur son dos jusqu'à ce qu'il atteigne une flottabilité neutre, puis positive. Ensuite, il poussa le levier et mit les gaz. Il décolla en vacillant et les sédiments défilèrent devant lui à une vitesse croissante. Il désactiva les propulseurs hydrauliques pour éviter qu'ils ne soient obstrués et poursuivit son ascension en utilisant uniquement le système de flottabilité. Pendant ce qui lui sembla être une éternité, il s'éleva dans un tourbillon sans fin. Puis, à près de trente mètres au-dessus de l'épave, il sortit du limon. Il poursuivit son ascension pendant encore vingt mètres avant de revenir à une flottabilité neutre et orienta ses projecteurs vers les sédiments, qui avaient entre-temps enseveli l'épave de la *Seaquest*.

Aucune réalité ne pouvait être rattachée à ce spectacle impossible. C'était une sorte d'image satellite d'une vaste tempête tropicale, dans laquelle les remous de sédiments tourbillonnaient lentement comme de gigantesques cyclones. Jack s'attendait presque à voir les éclairs d'un orage sous ses pieds.

Il regarda le scanner du sonar, qu'il avait activé quelques instants auparavant. L'écran circulaire fit apparaître le profil longiligne de l'abysse, dont la structure était plus nette maintenant que les capteurs n'étaient plus couverts de limon. Jack lança le programme NAVSURV et saisit les coordonnées de la position de la *Seaquest* lorsqu'elle était encore à flot et celles de la côte nord de l'île, qu'il avait mémorisées. Grâce à ces coordonnées de référence, NAV-SURV pouvait désormais déterminer sa position actuelle, sélectionner une trajectoire plus appropriée et effectuer des modifications en fonction des données transmises par le sonar.

Jack passa en pilotage automatique et regarda l'ordinateur transférer les informations aux unités de propulsion et de flottabilité. Une fois la procédure terminée, il sortit le casque de son logement et abaissa la visière. Le casque était relié à l'ordinateur par un câble flexible mais n'entravait pas la liberté de mouvement, la visière faisant office d'écran transparent à travers lequel on pouvait toujours voir par les hublots.

Jack activa une commande et la visière s'anima. La vue se résumait à un ensemble de lignes vert pâle, qui changeait de forme à chaque mouvement de sa tête. Comme le pilote d'un simulateur de vol, il voyait une image virtuelle de la topographie qui l'entourait, une version tridimensionnelle de l'affichage du sonar. Les lignes légèrement colorées le rassuraient en lui montrant qu'il n'était pas prisonnier d'un cauchemar éternel, qu'il se trouvait dans un univers fini, dont il pourrait dépasser les frontières si la chance continuait à lui sourire.

Lorsque les propulseurs hydrauliques s'activèrent, Jack commença à se déplacer et vit que les articulations métalliques des bras étaient devenues jaune vif. Il se rappela pourquoi les profondeurs de la mer Noire étaient si stériles. Il était entouré de sulfure d'hydrogène, un produit dérivé des bactéries qui décomposaient la matière organique charriée par les fleuves. Il était embourbé dans une cuve de poison plus toxique que l'arsenal d'armes chimiques du monde entier, dans une substance puante susceptible de lui détruire l'odorat et de le tuer dès la première bouffée.

L'ADSA avait été conçu pour résister aux attaques chimiques et biologiques, ainsi qu'à une extrême pression. Mais Jack savait que la corrosion finirait par transpercer le métal exposé. Le moindre contact serait mortel. Il sentit un frisson le parcourir de part en part lorsqu'il eut conscience d'avoir pénétré dans un monde où même les morts étaient indésirables.

Après avoir vérifié une dernière fois tous les systèmes, il mit les gaz et regarda avec détermination le vide qui s'ouvrait devant lui.

« Bien, murmura-t-il, il est temps de retourner voir nos vieux amis. »

Moins de cinq minutes après avoir émergé de la tempête de limon, Jack avait atteint la paroi occidentale du canyon. L'image tridimensionnelle projetée sur sa visière suivait précisément les contours de la paroi rocheuse qu'il voyait à l'œil nu, un immense précipice qui se dressait à quatre cent mètres au-dessus de lui. Lorsqu'il promena la lumière sur la roche, il constata que celle-ci était aussi nue que le flanc d'une carrière fraîchement taillée. Aucune salissure marine n'était venue en entacher la surface depuis que des forces titanesques avaient fracturé le lit marin, des millions d'années auparavant.

Jack mit le propulseur transversal arrière en marche et entama une course vers le sud, parallèle à la paroi rocheuse. Vingt mètres au-dessous de lui, le tourbillon de sédiments semblait bouillonner comme un enfer inhospitalier mi-liquide, mi-solide, qui léchait le flanc du canyon. En maintenant une altitude constante au-dessus du limon, Jack montait régulièrement. Son profondimètre indiquait une ascension de près de cent mètres au cours des cinq cents premiers mètres parcourus le long de la faille.

L'inclinaison de la pente augmenta et toute une zone du canyon s'avéra entièrement dépourvue de sédiments. Jack supposa que le limon, après s'être accumulé, était tombé en avalanche en bas de la pente. Il en déduisit qu'il s'agissait d'une zone dangereuse ; plus loin, toute perturbation risquerait de provoquer un effondrement des sédiments et de l'ensevelir.

Le lit marin désormais apparent était recouvert de concrétions bizarres, des amas cristallins tachés de jaune par le sulfure d'hydrogène qui contaminait l'eau. Jack purgea le réservoir de flottabilité et se laissa couler au fond de la faille tout en sortant une sonde aspirante pour prendre un échantillon de la concrétion. Moins d'une minute plus tard, les résultats apparurent sur l'écran. Il s'agissait de carbonate de sodium, c'est-à-dire de sel. Il avait sous les yeux le résultat de l'évaporation qui avait eu lieu des milliers d'années auparavant. Le sel s'était déposé au fond de l'abysse lorsque le Bosphore avait condamné la mer Noire, pendant la période glaciaire. Ce canyon, baptisé le rift de l'Atlantide, avait dû être un immense réservoir de sel pour tout le secteur sud-est de la mer.

Il poursuivit sa route et le tapis de sel devint irrégulier pour se transformer en une suite de formes aux contours tourmentés et indistincts. C'était un champ de lave, un fouillis de cabrioles figées, où le magma avait jailli et s'était solidifié en entrant en contact avec l'eau froide.

Soudain, sa vue fut brouillée par un nuage de poussière qui ondoyait comme un voile diaphane. La température externe monta en flèche à 350° C, un chiffre suffisamment élevé pour faire fondre le plomb. À peine Jack eut-il remarqué ce changement qu'il fut violemment projeté en avant. L'ADSA, qui ne répondait plus aux commandes, tomba en spirale vers le fond du canyon. Jack eut le réflexe d'éteindre les propulseurs au moment où l'ADSA rebondit et s'immobilisa à l'horizontale, la batterie bloquée entre deux plissements de lave et la visière contre un rocher saillant.

Jack se mit à quatre pattes à l'intérieur de l'ADSA et se tapit au-dessus de la console. Il constata avec soulagement que les écrans LCD fonctionnaient toujours. Une fois de plus, il avait eu une chance folle. En cas de dommages importants, il serait probablement déjà mort. Si la pression externe de plusieurs tonnes par centimètre carré avait pesé sur la moindre faiblesse, sa fin aurait été atroce mais rapide.

Il fit abstraction du monde cauchemardesque qui l'entourait et tenta de se dégager des plissements de lave. L'unité de propulsion ne lui serait d'aucune aide, car elle était fixée sur le dos et fournissait uniquement une poussée latérale ou transversale. Il fallait qu'il utilise le compensateur de flottabilité. Celui-ci pouvait être actionné manuellement par une manette bidirectionnelle située sur le levier, qui apportait de l'air lorsqu'on la tirait et l'expulsait lorsqu'on la poussait.

Jack s'accrocha et tira sur la manette. Il entendit l'air s'engouffrer dans le réservoir et regarda l'aiguille du cadran monter en position maximale. À sa grande surprise, rien ne se passa. Il vida le réservoir et le remplit à nouveau, sans succès. Il savait que, s'il répétait la procédure, il épuiserait le stock d'air au-delà de la marge de sécurité.

Il n'avait pas d'autre choix que d'extraire physiquement l'ADSA du lit marin. Jusque-là, il n'avait utilisé le scaphandre qu'en mode submersible, mais celui-ci était également conçu pour permettre au plongeur de marcher sous l'eau comme on marchait sur la lune. Malgré son aspect encombrant, l'ADSA avait une grande mobilité.

Sous l'eau, il ne pesait que trente kilos et offrait une liberté de mouvement qui aurait fait des envieux parmi les astronautes.

Jack étendit les bras et les jambes avec précaution. Après avoir planté les pinces dans le lit marin et bloqué les articulations, il pointa les coudes contre la carapace et tourna les mains en dehors. Désormais, tout dépendait de sa capacité à retirer la batterie de l'étau rocheux qui l'enserrait.

Il poussa de toutes ses forces. Arc-bouté dans le harnais, il était convulsé de douleur par sa blessure. C'était maintenant ou jamais. Son corps avait atteint ses limites et n'aurait bientôt plus la force de se conformer à sa volonté.

Il était sur le point de s'effondrer d'épuisement lorsqu'il entendit un grincement et sentit un mouvement à peine perceptible vers le haut. Il fit appel à toute son énergie et poussa une dernière fois. Soudain, l'ADSA jaillit de la fissure et se redressa. La secousse propulsa Jack contre la console.

Il était libre.

Après avoir vidé l'air du réservoir de flottabilité pour éviter que l'ADSA ne remonte, il regarda autour de lui. Devant, des rivières de lave ondulantes s'étaient solidifiées pour laisser des coussins bombés de roche. À droite, se trouvait un immense pilier de lave, une sorte de moule creux de cinq mètres de haut. Une coulée de lave avait emprisonné de l'eau, qui avait ensuite bouilli et poussé la roche en refroidissement vers le haut. Juste à côté, une autre éruption de roche ignée, qui ressemblait davantage à un volcan miniature, prenait des teintes jaunes et rousses dans les projecteurs. Jack supposa que le souffle brûlant qui l'avait propulsé en avant provenait d'une cheminée hydrothermale, une cavité du lit marin où l'eau chauffée à une température extrême jaillissait d'un lac de magma situé sous le rift. Alors que Jack regardait le volcan minia-ture, le cône éjecta un panache noir comme une cheminée d'usine. C'était ce que les géologues appelaient un fumeur noir, dont la fumée composée de minéraux se condensait pour tapisser le lit marin environnant. Jack repensa à l'extraordinaire salle d'entrée de l'Atlantide, dont les murs scintillants de minéraux pouvaient fort bien provenir d'une cheminée sous-marine poussée vers le haut lors de la formation du volcan.

Les cheminées hydrothermales devaient fourmiller d'êtres vivants, se dit Jack mal à l'aise. Ces oasis miniatures attiraient les organismes larvaires qui tombaient au fond de la mer. Il s'agissait d'écosystèmes uniques, basés sur la chimie plutôt que sur la photosynthèse, sur l'aptitude des microbes à métaboliser le sulfure d'hydrogène issu des cheminées et à fournir les premiers maillons d'une chaîne alimentaire complètement différente de celle qu'engendraient les propriétés créatrices du soleil. Mais Jack ne voyait ni vers ni organismes grouillants autour de lui. Il n'y avait rien. Les tubes de lave se dressaient comme des troncs d'arbres noircis après un feu de forêt. Pas la moindre bactérie ne pouvait survivre dans les profondeurs toxiques de la mer Noire. C'était un cauchemar biologique, une terre abandonnée où les merveilles de la création semblaient avoir été éclipsées par le pouvoir des ténèbres. Jack ressentit soudainement le besoin de quitter cet endroit totalement dépourvu de vie, qui semblait répudier toutes les forces à l'origine de sa propre existence.

Il détacha son regard de ce paysage désolé et se concentra sur la console. D'après le sonar, il se trouvait à trente mètres de la paroi occidentale de l'abysse et à cent cinquante mètres au-dessus de l'épave de la *Seaquest*, à une profondeur d'environ trois cents mètres. Il lui restait un tiers du chemin à parcourir avant d'atteindre l'île, qui n'était désormais qu'à deux kilomètres au sud.

Il regarda devant lui et aperçut un voile d'un blanc laiteux semblable à une dune de sable. C'était le rebord d'un amoncellement de sédiments instables, qui indiquait les limites de la zone où le substrat était apparent en raison de l'avalanche. Tout autour, des traînées blanches témoignaient des glissements précédents. Jack devait remonter au-dessus de la zone de turbulence, car son déplacement risquait de provoquer une autre avalanche. Il referma la main gauche sur la manette de flottabilité et la main droite sur le levier de propulsion tout en se penchant en avant pour jeter un dernier coup d'œil à l'extérieur.

Ce qu'il vit était absolument terrifiant. Le mur de limon tourbillonnait lentement mais sûrement vers lui comme un vaste tsunami, d'autant plus effrayant qu'il n'y avait aucun bruit. Jack eut à peine le temps de tirer sur la manette de flottabilité avant d'être englouti par une tempête obscure.

Chapitre 27

Costas cligna des yeux furieusement tandis que l'eau brûlante lui ruisselait sur le visage. Il avait été jeté sur le sol rocheux après avoir été plongé pendant un instant interminable dans la colonne de vapeur, le grand pilier blanc qui s'élevait jusqu'à l'oculus.

Il était de retour dans la salle d'audience, là où il avait vu Jack pour la dernière fois. Il s'était évanoui si souvent au cours des dernières heures qu'il avait perdu la notion du temps, mais il supposa qu'une nuit avait passé et que cela faisait maintenant toute une journée qu'ils étaient sortis du labyrinthe pour tomber sous le feu des projecteurs d'Aslan.

Il tenta de rassembler ses idées pour comprendre ce qui allait se passer. *Comment êtes-vous sortis du sous-marin ?* Encore et toujours cette question, si souvent posée que son corps n'était plus qu'une masse de contusions et d'hématomes. Mais il était d'un naturel optimiste et, à chaque fois que les brutes d'Aslan le frappaient, il avait l'espoir que Ben et Andy aient tenu bon contre leurs agresseurs.

Le visage à terre, il discerna une silhouette voilée, les yeux bandés, assise sur le trône à quelques mètres de lui. Lorsque ses yeux parvinrent à s'accommoder, le bandeau fut arraché et il constata qu'il s'agissait de Katya. Elle le regarda d'abord sans le reconnaître, puis elle écarquilla les yeux de stupéfaction en voyant dans quel état il était. Il fit le maximum pour lui sourire.

Ce qui se passa ensuite fit monter en lui un sentiment terrible d'impuissance. Il vit arriver une petite silhouette râblée, vêtue de la combinaison noire standard. Il s'agissait manifestement d'une femme. Celle-ci tendit un horrible couteau recourbé de type arabe contre la gorge de Katya et en traîna lentement la lame jusqu'à son ventre. Katya ferma les yeux en s'agrippant fermement au trône.

« Si cela ne tenait qu'à moi, j'en finirais avec toi tout de suite. » Costas parvint à peine à entendre ces paroles jetées en russe au visage de Katya. « Mais je parviendrai à mes fins. Ce voile sera ton linceul. »

Stupéfait, Costas se rendit compte qu'il s'agissait d'Olga. La femme discrète et insipide qu'il avait vue sur l'héliport d'Alexandrie et dont il avait entendu la voix si souvent au cours de son calvaire. Ce devait être un monstre. Alors qu'elle continuait à martyriser Katya, il s'efforça de se lever mais fut renvoyé au sol par un coup paralysant dans le dos.

Une autre silhouette apparut au fond de la salle, où le soleil entrait à flots par la porte. De son unique œil ouvert, Costas vit entrer Aslan, soutenu par deux individus vêtus de noir. Celui-ci se traîna péniblement jusqu'en bas des escaliers et s'arrêta haletant en face d'Olga, avant de se débarrasser d'un geste impatient de ses deux serviteurs.

Pendant une seconde, Costas surprit les yeux d'Aslan passer de l'une à l'autre des deux femmes avec une expression de doute, avant de se poser sur Olga. À cet instant, il sut que celle-ci n'était pas un simple sous-fifre et qu'elle avait plus de pouvoir qu'Aslan ne pouvait l'imaginer. D'après son expression, Katya savait elle aussi que la mégalomanie de son père avait été alimentée par une autre force démoniaque, qui avait eu raison des derniers sursauts de son instinct paternel.

« Tu pars tout de suite, dit Aslan à Olga en s'exprimant en russe. Ramène l'hélicoptère de la *Vultura* en Abkhazie et prends contact avec notre client. Je pense que la marchandise sera bientôt prête à être transportée. »

De manière désinvolte, Olga caressa le visage de Katya avec le couteau, puis elle gravit les escaliers avec les deux hommes. Elle tremblait légèrement, les lèvres frémissantes à l'idée de ce qu'elle avait failli faire. Costas la regarda avec stupéfaction, fasciné par la malveillance fanatique qui émanait d'elle.

Une fois qu'ils furent partis, Aslan se pencha laborieusement vers Costas, le visage désormais défiguré par la colère. Il lui tira la tête vers le haut et lui braqua un pistolet sous le menton. Costas sentit son haleine de viande avariée. Aslan avait les yeux gonflés et injectés de sang, et la peau grasse et molle. Costas recula mais soutint son regard.

« Avant que vous n'arriviez ici hier, j'avais envoyé trois de mes hommes dans ce tunnel, cria Aslan. Ils ne sont pas rentrés. Où sont-ils ? »

Costas se rappela les bulles provenant de la cheminée secondaire située dans les derniers mètres de la galerie sous-marine.

« Ils ont tourné au mauvais endroit, je suppose. »

Aslan le frappa au visage avec le pistolet et sa tête bascula en arrière en éclaboussant le trône de sang.

« Alors, vous allez nous montrer le bon chemin, dit-il en indiquant l'équipement de plongée déployé sur le sol avant de se tourner vers le trône, sur lequel Katya se débattait contre deux de ses hommes. Ou ma fille sera initiée aux rites de la *charia* plus tôt qu'elle ne le pense. »

Jack montait à travers le limon en se concentrant uniquement sur le système de navigation. D'après le capteur cartographique radar, il s'approchait dangereusement de la paroi orientale du canyon, dont le sommet n'était plus qu'à cinquante mètres. La profondeur indiquée par le profondimètre diminuait à raison de plus deux mètres par seconde. Cette vitesse d'ascension augmenterait considérablement au fur et à mesure que la pression externe se réduirait, mais Jack pouvait difficilement se permettre de ralentir avant d'être sorti du rift.

Tout à coup, un voyant rouge s'alluma et le radar lui signala un danger juste au-dessus de lui. À la seconde où il vit le bord du canyon, il vira brusquement à l'est et fit ronfler les propulseurs arrière. Il se cramponna mais évita miraculeusement l'impact. L'ADSA avait frôlé le surplomb, qui aurait pu pulvériser les systèmes de propulsion et de flottabilité et l'envoyer par le fond, dans l'abîme de la mort.

Dès qu'il fut sorti du canyon, Jack purgea le réservoir jusqu'à ce qu'il atteigne une flottabilité neutre et continua à avancer en utilisant les propulseurs radioguidés. Il semblait voler au-dessus d'une énorme tempête aux mouvements lents, une masse déferlante qui léchait le bord du canyon et masquait l'immensité de la crevasse. Certains de ses collègues brûleraient d'envie de revenir dans cet endroit avec des sondes, afin d'explorer le sous-sol et de retrouver les cheminées hydrothermales. Quant à lui, il espérait de tout cœur que son séjour dans cet univers lugubre semblant incarner les pires cauchemars de l'océan serait le dernier.

Dans l'obscurité, droit devant, se trouvait la grande découverte pour laquelle ils étaient venus jusqu'ici, et cette idée lui fit battre le cœur à cent à l'heure, tandis qu'il dirigeait le submersible vers les coordonnées de l'île. Le profondimètre indiquait cent quarante-huit mètres, ce qui correspondait approximativement au niveau de l'ancien littoral submergé. Il était encore dans l'environnement réducteur situé au-dessous de l'oxycline et il ne voyait toujours aucune forme de vie dans la vase bleu-gris. Au bout de quelques minutes, il commença à discerner une crête, une berme basse et continue qui devait correspondre à l'ancien gradin de plage.

Il allait entrer dans la cité perdue par le quartier est, à l'opposé du secteur qu'il avait exploré en Aquapod avec Costas, deux jours auparavant. Lorsqu'il aperçut des structures couvertes de limon, il retrouva l'émotion intense qu'il avait ressentie alors, et l'énormité de leur découverte éclipsa en un instant les épreuves des dernières vingt-quatre heures. Avec une excitation croissante, il monta au-dessus de la berme et observa les lieux.

Il pensa immédiatement à ses amis. La *Sea Venture*, qui n'avait eu aucun contact avec son *sistership* depuis des heures, avait dû alerter les autorités turques et géorgiennes. Mais il avait été décidé que le gouvernement russe serait informé de la découverte du sous-marin et il faudrait peut-être des heures avant d'aboutir à une action concertée.

Il serait peut-être déjà trop tard.

Il pria pour que Ben et Andy continuent à tenir bon. Les hommes d'Aslan devaient être en train d'essayer de passer par le labyrinthe pour les prendre par surprise. Mais pour y parvenir, il fallait qu'ils obligent Costas ou Katya à les guider et à taper le code sur la paroi du sous-marin afin que l'homme d'équipage ouvre la trappe. Jack savait qu'ensuite les chances de survie de ses amis seraient infimes. Il devait à tout prix contacter Ben et Andy, retourner d'une façon ou d'une autre à la salle d'audience et défendre la galerie de son mieux.

La batterie arrivait à un niveau dangereusement bas et Jack savait qu'il devait la garder pour la fin. Il descendit sur le lit marin et se mit à marcher le long d'une large chaussée. Chacun de ses pas soulevait un nuage de limon. À droite, se trouvait une rangée de formes qui lui étaient étrangement familières, recouvertes de sédiments. Il constata avec stupéfaction qu'il s'agissait des premières charrettes du monde, antérieures de plus de deux mille ans aux premiers moyens de transport à roues découverts en Mésopotamie.

À sa gauche, une ravine profonde, qui avait dû être une crique, s'élargissait jusqu'à un bassin rectiligne d'environ trente mètres de large. Jack passa devant des rondins soigneusement empilés, sans doute du sapin, du tremble et du genévrier issus des forêts ancestrales qui bordaient encore le Nord-Est de la Turquie, tous parfaitement préservés dans cet environnement désertique. Au-delà de ces tas de bois, du côté des terres, il fit une découverte aussi inattendue que stupéfiante. Deux coques inachevées de vingt mètres de long s'élevaient sur des gabarits en bois. On se serait cru sur un chantier naval moderne de la mer Noire. Il s'agissait de coques ouvertes, des embarcations étroites conçues pour être propulsées à l'aide de pagaies plutôt que de rames. Mais elles avaient des lignes aussi pures que les drakkars des Vikings. Jack s'approcha de la première coque et retira le limon à l'aide du bras manipulateur. Il constata qu'elle se composait de planches fixées les unes aux autres, ce qui confirmait la théorie qu'il avait élaborée avec Mustafa concernant les marins du néolithique.

Plus loin, le sol était jonché de piles de planches équarries et de glènes de cordage épais. Au milieu, se trouvaient cinq gabarits alignés côte à côte en direction du bassin, suffisamment grands pour des coques de quarante mètres de long. Ils étaient vides et les constructeurs étaient partis depuis longtemps mais, pendant des semaines, au milieu du VIe millénaire avant Jésus-Christ, ceux-ci avaient dû déployer une activité désespérée et inégalée jusqu'à la construction des pyramides d'Égypte. Au fur et à mesure que l'eau avait inondé les parties les plus basses de la cité, les habitants avaient dû éloigner leurs outils et leur bois de la mer. Ils avaient sans doute été peu nombreux à se rendre compte qu'ils perdraient bientôt leur foyer à tout jamais. Jack venait de découvrir l'une des pierres angulaires de l'histoire, l'endroit où toute l'énergie et toute la sagesse de l'Atlantide s'étaient concentrées pour donner naissance à la civilisation, de l'Europe occidentale à la vallée de l'Indus.

Le capteur cartographique commença à révéler les contours de la pente. Jack passa en mode submersible et traversa l'ancienne plaine côtière pour gagner un plateau de la taille d'un champ de courses. Au milieu, se trouvait une grande cavité. Il se souvint de la conduite d'eau située à l'intérieur du volcan et supposa qu'il s'agissait du deuxième niveau du système, d'un grand réservoir taillé dans la pierre d'où partaient les aqueducs dispersés dans les quartiers industriels et privés de la cité.

Il continua à gravir la pente en direction du sud. D'après les cartes qu'il avait entrées dans l'ordinateur, il devait s'approcher de la partie haute de la voie processionnelle. Quelques secondes plus tard, le capteur cartographique lui en donna confirmation. L'écran en 3D afficha la structure en terrasses de la pyramide orientale. De l'autre côté, les contours irréguliers du volcan commençaient à se matérialiser et, entre les deux, une forme cylindrique facilement reconnaissable bloquait le chemin entre la pyramide et la paroi rocheuse.

Un amas de métal apparut dans l'obscurité lugubre. L'ADSA semblait insignifiant à côté du sous-marin volumineux ; la coque était plus haute qu'un bâtiment de quatre étages et aussi longue qu'un terrain de football. Jack passa prudemment au-dessus de l'hélice arrachée en se réjouissant que le moteur électrique de l'ADSA soit à peine audible et que les propulseurs hydrauliques créent une turbulence minime. Il désactiva les projecteurs et éteignit les écrans LCD.

En passant devant l'écoutille de secours arrière, située derrière le compartiment du réacteur, il pensa brièvement au capitaine Antonov et à son équipage, dont les corps irradiés venaient s'ajouter à la moisson de mort récoltée par cette mer macabre. Il tenta de chasser cette image atroce de son esprit et s'approcha du kiosque saillant. Plus loin, dans l'obscurité, il discerna le halo d'une série de projecteurs situés à tribord du pont avant. Ceux-ci étaient montés sur un submersible qui s'était posé comme un insecte prédateur sur le DSRV, arrimé à l'écoutille de secours avant du sous-marin. Les hommes d'Aslan étaient passés par l'écoutille arrière du DSRV.

Jack coucha l'ADSA avec précaution sur le revêtement anéchoïque du sous-marin. Il enfila les mains dans les bras manipulateurs et étendit ceux-ci jusqu'à ce qu'il voie les articulations des coudes et des poignets. Le métal était jaune et piqueté par le sulfure d'hydrogène, mais les joints avaient tenu. Il replia les deux bras jusqu'à ce qu'ils atteignent les deux caisses de métal qu'il avait attachées à l'avant du scaphandre, au-dessus de la batterie. Il utilisa les trois doigts en métal des bras pour ouvrir les caisses et en sortir le contenu. Avec une des pinces, il coupa une corde qui retenait une sorte de filet de balles de ping-pong reliées entre elles par de fins filaments.

Normalement, les mines formaient des guirlandes qui pouvaient être déployées comme un parasol flottant au-dessus d'un site archéologique. Chacune des deux cents charges était amorcée pour exploser lors d'un contact et pouvait blesser mortellement un plongeur. Ensemble, ces mines formaient une charge unique hautement explosive, susceptible de détruire totalement un submersible.

Après avoir activé le détonateur, Jack retira ses mains et saisit la manette de flottabilité pour s'élever lentement au-dessus du sous-marin. Il se trouvait au-delà du halo de lumière mais craignait d'être repéré. Il fit donc un grand détour par bâbord et retourna à l'arrière du submersible. Il s'approcha du tambour d'un mètre de diamètre qui protégeait l'hélice du submersible et mit le système de flottabilité en position automatique pour rester en flottabilité neutre pendant que ses mains seraient loin des commandes. Il effleura le propulseur arrière pour s'enfoncer le plus possible et remit les mains dans les bras manipulateurs.

Juste au moment où il allait fixer les mines sous l'arbre avec un mousqueton, il fut projeté en arrière, hors du logement de l'hélice. Il se mit à tournoyer comme un astronaute ayant perdu tout contrôle et vit le halo de lumière du submersible reculer de façon alarmante, tandis qu'il tentait de se redresser à l'aide des propulseurs latéraux. Lorsqu'il parvint à se stabiliser, il regarda derrière lui et vit la turbulence provenant de l'hélice. Il avait déjà été inquiet de voir que les projecteurs du submersible étaient allumés, car la batterie n'était sans doute pas utilisée inutilement. Et tout à coup, il vit une bouée radio se rétracter à l'intérieur.

Il activa les propulseurs arrière et fonça vers le kiosque du *Kazbek*. Les mines flottantes étaient en équilibre précaire là où il les avait laissées, sur le logement de l'hélice du submersible. Si elles glissaient, son entreprise était vouée à l'échec. Il faudrait qu'il fasse sauter la charge dès qu'il serait derrière l'aileron du *Kazbek*, hors de portée de l'onde de choc de l'explosion.

Il sortit le détonateur à distance de la poche avant de sa combinaison pour le préparer. C'était une petite unité qui ressemblait à un émetteur radio. Il avait programmé la liaison descendante sur le canal 8.

Il s'autorisa à jeter un regard rapide à tribord en s'approchant de la paroi supérieure du *Kazbek*. À sa grande surprise, le submersible avait été désarrimé et se trouvait désormais à moins de dix mètres. Jack vit sa silhouette cylindrique s'approcher de lui comme un requin. À travers le hublot, un visage le fixait avec une expression de stupeur et de rage.

Jack réfléchit à toute vitesse. Il n'avait aucune chance de distancer son adversaire. Il connaissait bien ce type de submersible, un dérivé du LR5 britannique dont les propulseurs orientables à 180 degrés lui conféraient la souplesse d'un hélicoptère. Il ne pouvait pas faire exploser les charges maintenant, non seulement parce qu'il était trop près mais parce que l'onde de choc risquait d'endommager le système de survie du *Kazbek* et de déstabiliser les ogives. Il n'avait pas d'autre choix que de combattre, d'entraîner son adversaire dans un duel suicidaire. Il miserait sur la charge en lourd du submersible. Avec l'équipage à bord, celui-ci serait lent et chaque mouvement exigerait un grand virage qui l'emmènerait peut-être au-delà de la zone dangereuse.

Tel un matador de l'ère spatiale, Jack atterrit debout sur la paroi et fit face à son assaillant. Il eut à peine le temps de plier les jambes lorsque le submersible fonça sur lui. Les flotteurs rasèrent la coque et le manquèrent d'un cheveu. Il se prépara à un autre assaut, les bras tendus en avant comme un toréador excitant un taureau. Le submersible purgea ses ballasts pour ralentir son ascension le long de la falaise avant de pivoter pour plonger à nouveau. Il piqua à une vitesse terrifiante. Les projecteurs aveuglèrent Jack, qui tomba à plat ventre sur la paroi. Lorsqu'il remonta en flèche, la turbulence fit rouler l'ADSA sur le dos et l'extrémité du filet de mines flottantes se balança dangereusement près de Jack. À la prochaine secousse, le filet allait forcément glisser ou se prendre dans l'hélice, ce qui risquait de provoquer une explosion trop près du sous-marin.

Jack regarda le submersible s'élancer vers un nouveau point de départ, de plus en plus petit au fur et à mesure qu'il s'approchait de la façade sud de la pyramide. Cette fois, Jack s'allongea sur la paroi et estima la distance. Vingt mètres. Vingt-cinq mètres. Trente mètres. C'était maintenant ou jamais. Au moment où le submersible amorça son virage, il appuya sur le canal 8.

Il y eut un éclair éblouissant, suivi d'une succession de secousses, qui pétrirent son corps comme des bangs supersoniques. L'explosion avait détruit la direction du submersible et l'épave tombait en spirale vers le lit marin. L'onde de choc avait dû tuer les occupants sur le coup.

Chapitre 28

« Systèmes de survie fonctionnels ? À vous. »

Jack avait utilisé le bras manipulateur pour taper sa question sur la paroi, à l'endroit où l'escalier taillé dans la pierre disparaissait au-dessous du sous-marin. Bien que le revêtement anéchoïque étouffe le son, ses premiers coups avaient entraîné une réponse immédiate et rassurante. En quelques phrases en morse, Ben et Andy lui avaient appris que la menace de Katya de détruire le sous-marin avait tenu leurs adversaires à distance. Après une tentative de pourparlers, ceux-ci avaient reculé. Au cours de cette trêve fragile, les deux hommes de l'UMI avaient maintenu leurs positions et monté la garde à tour de rôle au sommet de la rampe de chargement des missiles.

« Nous avons pu faire un café. À vous. »

Jack tapa sa dernière séquence.

« Petit déjeuner anglais complet arrive. Attendez retour. Terminé. »

Vingt minutes plus tard, l'ADSA avait fait le tour du promontoire est de l'île et ne se trouvait plus qu'à trente mètres au-dessous du niveau de la mer. Jack savait qu'il devait trouver un moyen de retourner à la salle d'audience par le haut du volcan, mais il avait d'abord une petite visite à rendre. Au quartier général d'Aslan, il avait mémorisé les coordonnées GPS de l'image SATSURV de la *Vultura* et il les avait saisies dans le système de navigation de l'ADSA. Le capteur cartographique radar avait largement prouvé son efficacité. L'affichage virtuel en 3D fournissait des données bathymétriques détaillées à des centaines de mètres de chaque côté et repérait des éléments en surface impossibles à voir dans cet environnement noir comme le Styx.

L'image caractéristique d'un grand navire de surface apparut juste en face, à environ deux cents mètres. Jack avait l'impression de se trouver dans un sous-marin miniature infiltrant un port ennemi, dont les occupants n'avaient aucune raison de craindre une intrusion. Pour eux, il était hors jeu depuis longtemps. Ils avaient été définitivement débarrassés de lui lorsque l'épave de la *Seaquest* l'avait enseveli dans l'abysse.

D'après le capteur cartographique, il approchait de la poupe du sous-marin. La double hélice et le bloc gouvernail étaient parfaitement visibles sur l'écran, vingt mètres plus haut. Jack commença sa dernière ascension en injectant lentement de l'air dans le réservoir de flottabilité et en tournant sur lui-même à l'aide des propulseurs latéraux. À quinze mètres, les contours sombres de la coque devinrent visibles à l'œil nu et il aperçut les reflets du soleil sur les vagues de part et d'autre du sous-marin. En s'approchant, il vit les cicatrices laissées par la valeureuse riposte de York et de Howe et entendit des bruits étouffés de réparation au niveau des fuseaux réacteurs, situés juste au-dessus.

Il nicha l'ADSA contre le bloc gouvernail et répéta la manœuvre qu'il avait exécutée sur le submersible à peine une heure auparavant. Il sortit le second filet de mines flottantes et l'enroula autour de l'aiguillot du gouvernail mais, cette fois, il en fixa les extrémités avec une guirlande supplémentaire qu'il fit passer sous l'hélice. Lorsqu'il enclencha le détonateur, il leva les yeux et vit les silhouettes ondulantes de deux individus penchés contre le plat-bord tribord. Par chance, le recycleur d'oxygène ne produisait pas la turbulence caractéristique du scaphandre autonome et il ne serait pas visible dans les profondeurs obscures.

Il savait qu'il y avait un risque que Katya et Costas se trouvent dans le sous-marin. L'explosion allait gravement endommager l'hélice et le gouvernail mais serait amortie par le blindage de la coque. C'était un risque qu'il devait prendre. Cependant, il pria en silence.

Il espérait que l'équipage serait occupé par les dégâts subis sur le pont à la suite de la bataille de la veille. Une inspection avait déjà dû être effectuée au-dessous de la ligne de flottaison. Pour ne pas risquer de se faire repérer, il descendit à l'aide des propulseurs latéraux sans avoir recours au réservoir de flottabilité, bien que cette opération contribue à vider la batterie.

À peine dix minutes après que Jack eut aperçu la coque pour la première fois, l'ADSA disparut aussi silencieusement qu'il était venu. Il s'enfonça dans les profondeurs ténébreuses et s'esquiva sans être vu ni entendu par aucun des membres d'équipage de la *Vultura*.

En se laissant guider par le capteur cartographique, Jack parcourut cinq cents mètres en direction du flanc est de l'île et trouva une petite crique, invisible depuis la *Vultura*. Comme le lit marin rocheux montait sous ses pieds, tous les systèmes se désactivèrent. La batterie était à plat. Il réduisit sa flottabilité et se laissa tomber au fond pour terminer son chemin à pied. Il arpenta à grandes enjambées les plissements de lave ondulés en direction de la ligne de brisement des vagues.

Il trouva un rocher plat, à deux mètres de profondeur, et fit surface avec précaution. Il bloqua les membres de l'ADSA et ouvrit le col. Lorsqu'il retira le casque, il cligna des yeux et haleta longuement tandis que ses poumons se remplissaient d'air frais pour la première fois depuis qu'il s'était jeté dans le module de commande de la *Seaquest*, plus de trois heures auparavant.

Il se hissa hors de l'ADSA et s'assit sur la saillie rocheuse. C'était un superbe après-midi d'été et le soleil miroitait sur les vagues qui clapotaient contre ses pieds. Au-dessus de la côte nue, les versants escarpés de l'île s'élevaient devant lui. Un panache blanc surplombant la crête la plus élevée se détachait du ciel.

Il n'avait pas le temps de savourer le soulagement d'avoir survécu. Sa blessure lui brûlait le côté et il savait qu'il n'avait pas de temps à perdre.

Après avoir jeté un coup d'œil autour de lui pour s'assurer qu'il était seul, il retira les armes qu'il avait prises dans l'armoire forte. Il portait toujours la combinaison de vol de l'hélicoptère. Il rangea le détonateur radio sur une de ses cuisses et les deux blocs de Semtex sur l'autre. Il sortit le Beretta, actionna la culasse pour le charger et le remit dans la poche avant de sa combinaison. Puis il prit le SA80 et plaça un des trois chargeurs dans l'arme avant de ranger les deux autres autour de sa taille. Il vérifia le silencieux, actionna la culasse et mit le fusil en bandoulière.

Il referma le casque et fit doucement basculer l'ADSA sous les vagues. Celui-ci lui avait sauvé la vie et lui avait rappelé que Costas était avec lui par la pensée. Mais désormais, aucune technologie ne lui viendrait en aide. Tout dépendait de lui, de sa résistance physique et de sa volonté.

Il se retourna pour contempler le versant rocheux de l'île.

« Je n'ai pas encore dit mon dernier mot », murmura-t-il.

La paroi rocheuse irrégulière se dressait devant Jack tandis qu'il avançait dans les terres. Devant un plateau situé environ quatre-vingts mètres plus haut, se trouvaient trois terrasses ponctuées de fractures et de failles, dont chacune se terminait par une rangée de pics effilés. Le basalte, roche dure à gros grains, fournissait une prise sûre. Jack n'avait pas d'autre solution que de les escalader.

Il serra davantage la bretelle du SA80 et commença à monter le long de la cheminée verticale qui s'élevait sur toute la hauteur de la première terrasse. À mi-chemin, la cheminée rétrécit et il se hissa lentement, les pieds de chaque côté, jusqu'à une plate-forme étroite, à environ trente mètres de son point de départ. La seconde terrasse était escarpée mais directement accessible. Jack avait l'avantage d'avoir de grands bras, qui lui facilitèrent l'accès aux prises le long d'une ascension jalonnée de vires. Après la seconde rangée de pics, il s'attaqua à la troisième terrasse. Juste au-dessous du sommet, il rencontra un surplomb d'environ un mètre de large, qui s'étendait sur toute la longueur de la falaise.

En équilibre, tous les membres déployés contre la paroi rocheuse, il sut que la moindre hésitation ne ferait qu'affaiblir sa détermination. Sans penser aux conséquences d'un éventuel échec, il tendit le bras droit vers l'extérieur et referma les doigts autour du bord. Une fois sûr de sa prise, il ouvrit l'autre main et la posa brusquement à côté de l'autre. Il se trouvait en haut d'une falaise vertigineuse de quatre-vingts mètres ; une chute le réduirait en lambeaux. Il commença à balancer les jambes, d'abord lentement puis de plus en plus vite. À la deuxième tentative, il passa la jambe droite par-dessus le surplomb et grimpa jusqu'en haut.

Là, il découvrit un paysage époustouflant. Il s'assit pour reprendre des forces et contempla la jungle de lave solidifiée qui s'étendait devant lui. À deux cents mètres, sur la droite, se trouvait le cône du volcan, dont la cheminée crachait un nuage volumineux de vapeur formant une grande colonne tourbillonnante dans le ciel. Au milieu du cône, il aperçut une petite entrée au bout d'un escalier taillé dans la pierre, qui serpentait le long du col dans sa direction et disparaissait sur la gauche. Il s'agissait manifestement d'un ancien chemin menant en haut du volcan depuis l'extérieur, celui qu'avaient pris Aslan et ses hommes la première fois qu'ils étaient venus sur l'île.

Le pic le moins élevé, à trente mètres de là, était une remontée de lave noire comme du jais. Le sommet avait été aplani comme une plate-forme d'atterrissage, une impression renforcée par la présence du Kamov Ka-28 Helix, posé en plein milieu. Dans le périmètre, Jack repéra six individus en noir, tous armés de fusils d'assaut AK ou Heckler & Koch.

Mais le plus surprenant, c'était la structure qui entourait l'hélicoptère. La plate-forme était encerclée par un anneau de mégalithes immenses, des pierres d'au moins deux mètres de circonférence, trois fois plus hautes qu'un homme, s'élevant à la verticale. Celles-ci, érodées par des millénaires d'intempéries, avaient jadis été finement travaillées. Elles étaient surmontées de grandes dalles plates qui formaient un linteau circulaire continu. À l'intérieur, se trouvaient cinq trilithes indépendants, l'ensemble des paires de pierres recouvertes de leur linteau décrivant un fer à cheval ouvert vers l'ouest en direction du cône volcanique.

Admiratif, Jack comprit qu'il s'agissait de l'ancêtre de Stonehenge. C'était ici que les Atlantes avaient observé la différence entre l'année solaire et l'année lunaire, qu'ils avaient reportée dans la galerie située à l'intérieur du volcan. Le cône du volcan était leur outil d'observation. La position du soleil, de part et d'autre, indiquait la saison de l'année. Aux équinoxes vernal et automnal, le soleil semblait sans doute sombrer dans le volcan, un événement susceptible de conférer à l'Atlantide un pouvoir de protection.

333

Jack chercha un moyen de tirer un avantage tactique de ces pierres. Après avoir retiré la sécurité du SA80, il se glissa dans une fissure qui s'étendait comme une tranchée en direction de la plate-forme. En quelques sprints, il atteignit rapidement le mégalithe le plus proche, derrière lequel il se cacha. Il regarda avec précaution tout autour de la plate-forme et constata que l'hélicoptère n'était ni occupé ni surveillé. Après avoir sorti le Semtex, il s'élança et traversa le fer à cheval à toute vitesse. Il plaça un bloc dans la tuyère d'échappement et un autre sous le cockpit tout en activant les détonateurs.

Lorsqu'il fit demi-tour, il tomba brusquement face à face avec un homme en noir, qui se trouvait derrière un des trilithes. L'espace d'une seconde, ils restèrent tous deux figés de stupeur. Jack fut le premier à réagir. Le SA80 laissa échapper deux bruits sourds et l'homme tomba comme une pierre, tué sur le coup par les balles à haute vélocité de 5,56 millimètres qui lui avaient transpercé le cou.

Le bruit de l'arme alerta ses comparses. Jack courut dans leur direction, tandis qu'ils se précipitaient vers l'hélicoptère. Avant qu'aucun d'eux n'ait eu le temps de prendre son arme, il vida le reste de son chargeur en décrivant un demi-cercle à partir de sa hanche. Les balles ricochèrent sur la roche et les cinq hommes tombèrent comme des quilles.

Il mit un autre chargeur dans le fusil d'assaut et bondit vers la rampe pour gagner l'escalier. Il s'était dit que le reste des hommes d'Aslan devaient être soit sur la *Vultura*, soit dans le volcan. Il atteignit l'entrée située au bout de l'escalier apparemment sans avoir été repéré. L'entrée était imposante, suffisamment large pour les processions qui avaient dû défiler entre le cercle de pierre et la salle d'audience. La galerie faisait un coude à gauche vers une source de lumière lointaine. Jack retint son souffle et leva son arme en avançant prudemment dans l'obscurité le long des marches usées.

Dix mètres plus loin, il tourna et vit un voile rectangulaire de lumière. Puis il aperçut la colonne de vapeur et comprit qu'il approchait de la plate-forme sur laquelle ils étaient arrivés la veille. Il se trouvait simplement à une autre entrée. Il se cacha dans l'ombre et rasa la paroi pour voir l'intérieur de la salle d'audience.

Il vit la lucarne tout en haut et, juste devant lui, la rampe qui menait vers le bas. La vue donnait directement sur l'espace central. Sur la tribune se trouvaient cinq personnes, dont deux gardes en noir situés de part et d'autre d'une femme assise sur le trône. Celle-ci portait le voile, mais on pouvait voir son visage.

C'était Katya. Elle semblait mal en point et épuisée mais, par chance, elle n'était pas blessée. Jack ferma les yeux un instant, submergé par une vague de soulagement.

À droite de Katya se tenait un homme qui regardait du côté de la cheminée. Avec son ample robe rouge et le nimbe que la vapeur formait derrière sa tête, il ressemblait à une caricature grotesque des prêtres d'antan, à un hôte des Enfers envoyé pour exécuter un rituel macabre et entacher à jamais le caractère sacré de l'Atlantide.

Aslan s'écarta légèrement et Jack aperçut une silhouette familière à genoux entre les trônes, la tête penchée en avant, dangereusement près de la colonne de vapeur. L'individu, pieds et poings liés, portait ce qu'il restait d'une combinaison environnementale de l'UMI en loques. Horrifié, Jack vit Aslan pointer un pistolet contre la nuque de Costas pour l'exécuter sommairement.

L'instinct prit le dessus et Jack se précipita vers la rampe en brandissant son arme, même s'il savait qu'il n'avait aucune chance. Il prit un coup brutal dans les reins et le SA80 lui fut arraché des mains.

« Docteur Howard. Quelle agréable surprise. Je ne pensais pas que l'on se débarrasserait de vous aussi facilement. »

Jack fut poussé violemment en bas de l'escalier par le garde qui était tapi à côté de l'entrée. Le Beretta qu'il avait dans sa combinaison de vol lui fut retiré et confié à Aslan, qui commença à ôter nonchalamment les balles du chargeur. Katya regardait Jack comme s'il s'était agi d'un fantôme.

« Ils m'ont dit que tu étais mort, dit-elle d'une voix rauque. Cette explosion, l'hélicoptère… » Elle semblait stupéfaite et abasourdie. Jack lui fit un sourire rassurant. Elle avait les yeux rouges et cernés.

Aslan congédia le garde en agitant le pistolet et se tourna à nouveau vers la silhouette à genoux entre les trônes.

« Votre ami n'a pas passé une très bonne nuit. Si ma fille nous avait dit ce qu'elle savait, les choses auraient mieux tourné pour lui. »

Costas tourna la tête et tenta de sourire du coin des lèvres, mais un des gardes lui décocha un coup pour le maintenir en place. Jack eut un choc en le voyant. Son ami, dans sa combinaison environnementale en lambeaux, avait le visage rougi, ébouillanté par la colonne de vapeur. Il avait un œil fermé et gonflé et Jack supposa qu'il n'avait pas simplement été frappé à la tête.

« Votre ami venait d'accepter de guider mes hommes jusqu'au sous-marin en passant par le tunnel », affirma Aslan en montrant les trois équipements de plongée trimix étalés à côté de la rampe. Puis il regarda la silhouette ravagée qui se trouvait devant lui. « Mais maintenant que vous êtes là, il ne sert plus à rien. Vous avez détruit trois de mes hélicoptères. C'est le prix à payer. »

Aslan pointa le Beretta contre la tête de Costas et tira sur le percuteur.

« Non ! cria Jack. C'est le seul qui puisse retrouver le chemin. Sa mission consistait à mémoriser les repères, tandis que Katya et moi étions concentrés sur l'archéologie. »

Aslan sourit d'un air narquois et relâcha le percuteur. « Je ne vous crois pas. Mais je suis prêt à épargner votre ami grec pour l'instant si vous accédez à toutes mes exigences. »

Jack ne dit rien mais fixa Aslan impassiblement. Il avait appris qu'il fallait toujours donner au preneur d'otages l'impression qu'il avait l'avantage, le contrôle de la situation. S'il avait su que la moitié de ses hommes étaient morts et que son jouet favori était truffé de mines, Aslan aurait piqué une rage folle.

« Commençons par ceci, dit Aslan en sortant la copie du disque d'or de sa tunique. J'ai pris la liberté de vous soulager de cet objet lorsque vous étiez mon hôte. Une petite participation en échange de mon hospitalité. Je suppose que c'est une sorte de clé, qui ouvre peut-être une chambre secrète. » Il ouvrit les bras d'un geste ample en direction des portes qui bordaient la salle. « Je souhaite posséder tous les trésors de ce lieu. »

Il posa le disque sur le trône, à côté de Katya, et fit quelques pas dans la salle circulaire. La vapeur s'amenuisait et ils voyaient la crevasse à quelques mètres d'Aslan, une blessure suppurante, une plaie béante à travers laquelle on voyait le tumulte effroyable du volcan. Quelque part au-dessous d'eux s'accumulait une montée de magma, dont les tentacules pourpres surgissaient comme dans une éruption solaire au-dessus de la rivière de lave qui l'avait engendrée. Ils entendaient des détonations au loin, là où les poches de gaz transperçaient la paroi avec une force explosive.

Aslan se retourna, dos au bassin. La chaleur donnait un éclat démoniaque à son visage boursouflé.

« Et ma seconde exigence, poursuivit-il. Je présume que votre autre navire, la *Sea Venture*, est en route. Vous allez l'appeler et lui dire que la *Seaquest* est saine et sauve. Je suppose que vous avez un accord avec les gouvernements turc et géorgien. Vous allez demander au capitaine de leur dire que vous n'avez rien trouvé et que vous quittez l'île. Vous avez un émetteur radio, non ? Fouillez-le. »

Le garde trouva rapidement le détonateur radio dans la poche gauche de Jack et le montra à Aslan.

« Donnez-le-moi. De quel canal s'agit-il ? »

Jack croisa le regard de Costas et hocha la tête presque imperceptiblement. Il regarda les doigts boudinés d'Aslan se refermer autour du détonateur avant de répondre avec une assurance tranquille.

« Canal 8. »

Dès l'instant où Aslan appuya sur la touche, deux explosions retentirent à l'extérieur, suivies quelques secondes plus tard d'un grondement plus sourd provenant de la mer. Les hommes d'Aslan restèrent figés une fraction de seconde, juste assez pour qu'ils perdent l'avantage. Costas roula sur le côté et fit tomber son garde en lui donnant un coup de pied dans les jambes. Jack élimina le sien en le frappant violemment derrière la nuque. Katya saisit immédiatement ce qui se passait et décocha au troisième homme un coup de pied éclair, qui le frappa au milieu du plexus solaire et le laissa inerte sur le sol.

Aslan rugit horriblement en entendant les explosions. Il jeta le détonateur dans l'abîme et perdit l'équilibre. Il chancela sur le bord et agita les bras frénétiquement pour tenter de se redresser, hors du souffle brûlant de la cheminée.

Katya se mit à crier. Jack se précipita vers elle pour la retenir, mais c'était déjà trop tard. Les explosions avaient provoqué une perturbation sismique et le sol était ébranlé par une série de violentes secousses. Aslan fut aspiré par la force centrifuge de la cheminée. Son expression fugitive révéla l'état de conscience élevé d'un homme confronté à la mort, à la fois horrifié et étrangement consentant, avant que son corps ne s'enflamme comme une idole s'immolant par le feu. La vapeur brûlante consuma sa robe et lui fit fondre la peau jusqu'à ce qu'ils ne voient plus que les os de ses mains et la blancheur de son crâne. Il bascula avec un cri perçant et tomba dans l'abîme, telle une boule de feu vivante engloutie pour toujours dans l'enfer du volcan.

La rivière de la mort avait emporté sa dernière victime.

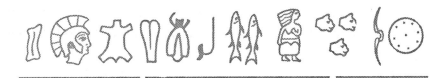

Chapitre 29

« Jack Howard. Ici la *Sea Venture*. Vous me recevez ? À vous. »

Costas tendit à son ami le récepteur VHF portatif qu'ils avaient pris sur la *Vultura* peu de temps avant et Jack appuya sur le bouton.

« Je vous reçois cinq sur cinq. Quelle est votre position ? À vous. »

Jack fut ravi d'entendre à nouveau la voix assurée de Tom York. Il s'était attendu au pire, à ce qu'il n'ait pas survécu à l'assaut qui avait dévasté de façon si impressionnante le pont avant de la *Seaquest*.

« Nous sommes en panne à trois milles nautiques au nord-ouest de l'île. Quatre Seahawk avec à leur bord des fusiliers marins turcs et des commandos antiterroristes géorgiens se dirigent vers vous. Ils devraient être en vue à l'heure qu'il est. »

Jack les avait déjà entendus au loin et s'était douté de leur provenance.

« Comment vous êtes-vous échappé de la *Seaquest* ? demanda Jack.

— J'ai été projeté en arrière quand la *Vultura* a attaqué. Par chance, l'homme d'équipage chargé du submersible de sauvetage a reconnu les vibrations provenant de la bataille et a fait demi-tour pour voir ce qui se passait. J'ai une belle entaille sur la jambe mais je vais bien.

— Et Peter ? »

La voix de York lui parvint étranglée par l'émotion. « Nous cherchons encore. Je vais être honnête avec vous, Jack. Nous avons peu d'espoir.

– Je comprends. Vous avez fait de votre mieux. »

Jack se réjouissait de savoir York en vie, mais Peter Howe était un vieil ami. C'était comme s'il avait perdu un frère et le prix à payer lui sembla tout à coup bien trop élevé. Il ferma les yeux.

York mit le récepteur sur pause et revint quelques instants plus tard.

« Nous venons de recevoir un message de Ben et Andy en provenance du *Kazbek*. Ils sont parvenus à déployer une bouée radio. Ils attendent sur place. »

Le vrombissement des hélicoptères qui approchaient commença à couvrir la conversation.

« Il faut qu'on termine avant l'arrivée de la cavalerie, cria Jack. Dites au capitaine de se rendre aux coordonnées suivantes et de maintenir sa position jusqu'à nouvel ordre. » Il lui transmit des coordonnées cartographiques correspondant à un point situé à un kilomètre au nord des pyramides immergées. « J'ai encore quelques détails à régler. Nous vous tiendrons au courant. Terminé. »

Jack était bouleversé, angoissé à l'idée du sort qu'avait subi Howe, même s'il était heureux que les autres aient survécu à cette épreuve. Il regarda le visage meurtri de Costas et n'arrivait pas à croire que celui-ci puisse se comporter comme si rien ne s'était passé. Ils étaient assis sur les marches, devant l'entrée taillée dans la roche. Ils avaient laissé Katya à l'intérieur de la salle d'audience, avec un Heckler & Koch MP5 sur les genoux. Outre les trois gardes du corps attachés ensemble sur la tribune centrale, il y avait vingt hommes sur la *Vultura*. Les membres d'équipage s'étaient rendus lorsque Jack et Costas étaient montés à bord du sous-marin pour les informer de la mort de leur chef. Malgré ses blessures, Costas avait tenu à continuer, affirmant que son état n'était pas pire que celui de Jack lors de leur traversée du volcan. Katya avait demandé à garder les prisonniers, un moyen pour elle de rester seule avec ses pensées.

« Les gentils ont fini par gagner, dit Costas.

– Ce n'est pas encore fini. »

Costas suivit le regard de Jack de l'autre côté de l'île. Le Lynx de la *Sea Venture* balayait la zone où York et Howe avaient combattu. Quatre des Zodiac passaient le secteur au peigne fin.

Le premier Sikorsky S-70A Seahawk vrombit dans le ciel en leur envoyant un souffle d'air rafraîchissant. Au-dessus du cercle de pierre, à côté du deuxième sommet, les portes s'ouvrirent et déversèrent des flots d'hommes armés jusqu'aux dents, qui descendirent en rappel près de l'épave fumante du Ka-28 Helix. Lorsqu'ils les virent prendre l'escalier pour les rejoindre, Jack et Costas se regardèrent et prononcèrent leur vieux refrain.

« Enfilons notre équipement. »

À peine une heure plus tard, les deux hommes ruisselaient dans la salle des torpilles du sous-marin. Munis d'un équipement neuf aéroporté depuis la *Sea Venture*, ils avaient pris le labyrinthe en sens inverse en suivant le ruban que Costas avait laissé filer tout au long du chemin. Dans la chambre créée par la membrane, ils avaient refermé les portes plaquées or et tapé un signal contre la paroi du *Kazbek*. Quelques instants plus tard, la pompe avait vidé la chambre et la trappe s'était ouverte pour faire apparaître les visages émaciés de Ben et Andy.

« Nous n'avons pas beaucoup de temps, avait prévenu Ben. Les absorbeurs-neutralisateurs de CO_2 et de peroxyde d'hydrogène sont saturés et les réservoirs d'air du DSRV sont presque vides. »

Ils avaient rapidement retiré leur équipement et suivi les hommes d'équipage jusqu'à la salle des torpilles. À présent, ils remontaient la rampe de chargement. Lorsqu'ils arrivèrent à la salle du sonar, gardée par sa macabre sentinelle, ils constatèrent que la porte était fermée et entendirent des bruits étouffés à l'intérieur.

« Ce sont deux hommes d'Aslan, expliqua Andy, qui sont restés pour monter la garde quand le reste de l'équipage s'est enfui avec le submersible. Ils se sont rendus presque immédiatement. Nous avons pensé qu'ils apprécieraient la compagnie de notre ami du KGB.

– Les autres n'ont pas eu autant de chance », répondit Jack d'un air sombre.

Ben et Andy avaient la même mine défaite qu'eux, mais Jack était époustouflé par leur résistance malgré les heures passées enfermés dans le sous-marin.

Ils arrivèrent ensuite au poste de commandement. Jack se trouvait à l'endroit où il avait reçu la balle qui avait bien failli lui coûter la vie. Dans l'angle, une couverture recouvrait le cadavre du terroriste kazakh. Les signes de ces derniers échanges de coups de feu faisaient désormais partie du décor et venaient s'ajouter au désastre provoqué des années auparavant par la tentative désespérée de l'équipage.

« Où sont les commandes des ballasts ? demanda Jack.

– Là, répondit Ben. Elles sont un peu endommagées mais, par chance, il n'y a pas grand-chose à faire. Nous pensons qu'il y a suffisamment de pression dans les groupes d'air pour effectuer une chasse de secours. Il n'y a qu'à actionner ces poignées pour ouvrir les soupapes manuellement. » Il montra deux leviers en forme de champignon en haut du tableau de commande, tous deux conçus pour être abaissés par un opérateur se trouvant devant la console.

« Bon, dit Costas. On y va. Vous avez besoin de récupérer, les gars. »

Alors que Costas et les deux hommes d'équipage se dirigeaient vers l'arrière pour aller désarrimer le DSRV, Jack mit en œuvre la dernière étape de son plan, le dernier acte, qui allait mettre fin une fois pour toutes à l'empire maléfique d'Aslan.

Lorsque Costas revint du sas de secours, Jack était assis derrière un pupitre du poste central de commande de tir. C'était une des rares zones à avoir échappé aux dégâts.

« Qu'est-ce que tu fais ? demanda Costas.

– J'ai un compte à régler, répondit Jack avec un regard glacial. Processus d'adaptation à une perte ou appelle ça comme tu veux.

– C'est toi qui décides, répliqua Costas, l'air sidéré mais intrigué.

– Si on laisse le quartier général d'Aslan intact, on va au-devant de graves problèmes. Malgré toutes les bonnes intentions, ni les Géorgiens ni les Turcs n'y toucheront de peur d'intensifier la guerre civile et de provoquer les Russes. C'est l'endroit idéal pour les terroristes, le rêve pour les membres d'Al-Qaida qui ont déjà dû repérer Aslan et attendent précisément ce genre d'opportunité. » Jack se tut un instant en pensant à Peter Howe. « Et c'est une affaire personnelle. Je le dois à un vieil ami. »

Il activa les deux écrans LCD situés devant lui et une série de vérifications opérationnelles défilèrent.

« Katya m'a briefé avant que nous partions. Apparemment, même un officier subalterne de son rang apprenait à se servir de ces armes car, en cas d'holocauste nucléaire, il pouvait être le dernier survivant d'un sous-marin ou d'un bunker. Tous les systèmes étaient indépendants et conçus pour être activables dans des conditions extrêmes. Katya pense que l'ordinateur de secours devrait toujours être en état de marche même après tout ce temps.

– Tu ne vas pas envoyer un missile de croisière, murmura Costas.

– Et comment !

– Et les œuvres d'art ?

– Elles se trouvent essentiellement dans les quartiers privés. C'est un risque que je dois prendre. »

Jack survola rapidement les moniteurs. « J'ai vérifié quand nous avons désamorcé les ogives. Le tube de lancement numéro quatre est occupé par un Kh-55 Granat prêt à être tiré. La cartouche est encore protégée par son opercule étanche. Huit mètres de long, portée trois mille kilomètres, vitesse de croisière Mach 0,70, charge hautement explosive d'une tonne, destruction par impact direct. C'est en quelque sorte la version soviétique des missiles d'attaque au sol Tomahawk.

– Système de guidage ?

– Logiciel de suivi de terrain et système GPS, comme sur les Tomahawk. Par chance, notre position permet une trajectoire directe au-dessus de la mer sans qu'il soit nécessaire de programmer des manœuvres évasives. J'ai les coordonnées exactes de la cible. Nous n'aurons donc pas besoin de tête chercheuse ni de système de recherche. Je vais pouvoir échapper aux procédures de programmation les plus complexes.

– Mais nous ne pouvons pas tirer à cette profondeur, protesta Costas.

– C'est là que tu interviens. Tu vas activer les soupapes de chasse de secours. Dès que nous aurons atteint vingt mètres, tu me donneras l'ordre de tirer. »

Costas hocha lentement la tête et un sourire en coin traversa son visage boursouflé. Sans dire un mot, il prit position en face du tableau de commande des ballasts. Jack resta penché au-dessus de la console pendant quelques instants et leva les yeux avec résolution.

« Détermination de la solution de tir. »

Leurs gestes ne laissaient rien paraître de la force titanesque qu'ils allaient déchaîner. Jack était pleinement concentré sur l'écran en face de lui et tapait une séquence de commandes en faisant de brèves pauses pendant qu'il attendait les réponses. Une fois les données requises saisies, un ensemble de lignes et de points apparut sur l'écran. Dans un scénario opérationnel classique, la solution aurait représenté la zone de recherche la plus adaptée mais, étant donné que les coordonnées étaient connues, l'écran affichait simplement une projection linéaire de la distance et de la trajectoire menant directement à la cible.

« J'ai téléchargé un profil de mission dans le système TERCOM et le missile est sous-tension, annonça Jack. Initialisation de la séquence de tir. »

Il pivota sur son fauteuil pour se tourner vers la console de mise à feu et retira la couche de précipité du pupitre de lancement pour faire apparaître le bouton rouge. Il s'assura du fonctionnement des systèmes électroniques et regarda Costas, debout derrière le tableau de commande des ballasts. Il n'avait pas besoin d'être conforté dans sa décision mais, en voyant le visage gonflé son ami, il fut encore plus déterminé. Les deux hommes hochèrent la tête en silence et Jack se tourna à nouveau vers l'écran.

« Vas-y ! »

Costas abaissa les deux leviers et un bruit métallique retentit. Au début, rien ne se passa, puis un sifflement assourdissant de gaz à haute pression sembla remplir toutes les canalisations qui se trouvaient au-dessus de leur tête. Quelques instants plus tard, un grondement semblable au roulement du tonnerre se fit entendre tandis que la pression de l'air expulsait les eaux de ballast situées entre les deux coques.

Lentement, presque imperceptiblement, le sous-marin se mit à bouger, à craquer et à grincer. Il s'éleva avec un bruit de plus en plus fort qui le parcourut de part en part. C'était comme si une créature hibernant depuis longtemps finissait par se réveiller, comme si un géant endormi se levait à regret après une éternité d'un sommeil paisible.

Soudain, la proue s'éleva à un angle inquiétant, ce qui obligea les deux hommes à se tourner sur le côté. Dans un déchirement assourdissant, ce qu'il restait de l'hélice et du gouvernail se détacha du sous-marin.

« Tiens bon ! cria Costas. Il va décoller ! »

Avec un dernier crissement, la poupe s'éleva en vacillant et libéra les neuf mille tonnes du sous-marin. Costas vit le bathymètre situé en face de lui remonter à une vitesse alarmante.

« À mon signal ! cria-t-il. Quatre-vingts mètres... soixante mètres... quarante... trente... tire ! »

Jack appuya sur le bouton rouge et l'avant du sous-marin rugit comme une pompe à vide. Le système de lancement ouvrit automatiquement la trappe hydraulique du tube et fit exploser une charge qui projeta le missile dans l'eau. À quelques mètres seulement de la coque, la fusée porteuse propulsa le missile avec une force colossale vers la surface pour le conduire irrémédiablement à un macabre rendez-vous au nord-est.

Tom York, appuyé sur des béquilles, était sur le pont de la *Sea Venture* avec le capitaine et le timonier. Les trois hommes avaient vu le dernier Seahawk décoller de l'île pour rejoindre un complexe ultrasécuritaire réservé aux prisonniers terroristes, en Géorgie. Désormais, ils regardaient la *Vultura*, dont la coque s'enfonçait dans l'eau, là où les explosifs de Jack avaient détruit la poupe. Ils venaient d'envoyer trois Zodiac à moteurs hors-bord jumelés de 90 CV remorquer l'épave au-dessus du canyon.

York regarda à nouveau l'île et son regard fut attiré par une perturbation de la mer à environ un kilomètre. Pendant un moment, cette agitation ressembla aux ondes de choc d'une explosion sous-marine. Avant qu'il ait le temps de prévenir les autres, une pointe d'acier transperça les vagues et fit jaillir un grand cercle d'écume semblable au nuage de fumée qui entoure le lancement d'une fusée. À trente mètres d'altitude, elle s'inclina doucement et resta immobile pendant une seconde, le temps que le booster soit éjecté et les ailes déployées. Puis le turbofan s'alluma dans un grondement de tonnerre et le missile fila en trajectoire tendue vers l'est. Il atteignit rapidement une vitesse subsonique élevée et rasa les vagues comme une boule de feu s'éloignant vers l'horizon.

Quelques secondes plus tard, une immense éruption attira de nouveau tous les regards vers la mer. Le *Kazbek* fit surface comme une baleine imposante. La proue s'éleva au-dessus de l'eau et retomba avec fracas à la surface. Tandis que la gigantesque coque noire se stabilisait sur les vagues, seuls les dégâts subis au niveau de la poupe et quelques taches jaunes à certains endroits de la paroi trahissaient l'immersion prolongée du sous-marin. Celui-ci était d'une taille impressionnante et faisait partie des machines de guerre les plus meurtrières qui aient jamais été conçues.

Pour beaucoup d'anciens militaires de la *Sea Venture*, ce spectacle aurait jadis été terrifiant, aussi effroyable que l'apparition d'un U-Boot pour la génération précédente. Mais le *Kazbek* fut accueilli par une salve d'applaudissements, car ses armes de destruction massive ne risqueraient plus de tomber entre les mains des terroristes ni des États voyous qui constituaient désormais l'ennemi commun de toutes les marines du monde.

« *Sea Venture*, ici le *Kazbek*. Est-ce que vous me recevez ? À vous. »

La voix grésilla à travers la radio du pont et York décrocha le récepteur.

« *Kazbek*, nous vous recevons cinq sur cinq. Merci pour les feux d'artifice. À vous.

– Notez les coordonnées suivantes. » Jack lut une série de douze chiffres et la répéta. « Peut-être souhaiterez-vous établir une liaison SATSURV avec Mannheim. Le satellite devrait survoler la zone en ce moment même. Au cas où les membres de l'équipage se poseraient des questions, dites-leur que ce sont ceux qui ont détruit la *Seaquest*. »

Quelques minutes plus tard, tout le monde était rassemblé dans la salle des communications de la *Sea Venture*. La priorité avait été donnée à l'équipage de la *Seaquest*, qui avait été évacué à l'aide du submersible de sauvetage. Ben et Andy, qui venaient de finir d'arrimer le DSRV, se joignirent à la foule. Tout le monde se cramponnait en raison des derniers remous de la perturbation provoquée par la remontée du sous-marin et fixait intensément l'écran lorsque l'image apparut.

L'écran afficha un groupe de bâtiments gris disposés comme les rayons d'une roue autour d'un moyeu central. À droite, le capteur infrarouge détecta la signature thermique d'une dizaine de personnes s'affairant autour de deux immenses hélicoptères à double rotor, des appareils qui étaient arrivés après la fuite de Jack. Ces individus, ainsi qu'un autre groupe visible sur le front de mer, semblaient agir avec précipitation. Ils transportaient des objets qui ressemblaient étrangement à des peintures et à des statues.

Soudain, une lueur aveuglante et des rayons concentriques de lumière surgirent à une vitesse fulgurante au centre de l'écran. Lorsque le site réapparut, il était complètement dévasté. Le bâtiment central avait été atomisé et sa coupole pulvérisée en millions d'éclats. D'après l'imagerie thermique, les galeries qui l'entouraient avaient été éventrées par l'explosion. L'onde de choc s'était étendue jusqu'aux hélicoptères et aux individus situés à proximité, dont les corps inanimés gisaient au milieu des paquets qu'ils transportaient sans qu'ils aient eu le temps de se rendre compte de ce qui leur était arrivé.

Tous les membres de l'équipage se réjouirent en silence. Ils savaient que ce n'était pas une simple vengeance, que les enjeux étaient beaucoup plus élevés.

Chapitre 30

« Nous sommes désolés pour Peter Howe. »

Après avoir sauté de l'hélicoptère et traversé le cercle de pierres, Maurice Hiebermeyer posa la main sur l'épaule de Jack. C'était un geste émouvant, qui témoignait d'une amitié allant bien au-delà d'une passion commune pour l'archéologie.

« Tout espoir n'est pas perdu. »

Jack, Katya et Costas, se trouvaient en bas de l'escalier qui menait à l'entrée du volcan. Ils avaient passé une nuit de sommeil bien méritée à bord de la *Sea Venture* et se prélassaient dans les premiers rayons du soleil, qui se levait derrière le cercle de pierres. La combinaison bleue de l'UMI dissimulait le torse fraîchement bandé de Jack, mais le visage de Costas rappelait à chaque instant ce que celui-ci avait enduré. Quant à Katya, elle était sombre et fermée.

« Toutes mes félicitations pour votre découverte. Et pour les quelques obstacles que vous avez surmontés en cours de route », dit James Dillen en serrant la main de Jack tout en regardant Katya et Costas. Après lui, une autre personne descendit de l'hélicoptère. C'était Aysha Farouk, l'assistante d'Hiebermeyer, qui avait découvert le papyrus de l'Atlantide dans le désert et avait été invitée à se joindre à eux. À côté d'elle se trouvait Efram Jacobovich, le génie milliardaire qui avait fait fortune dans l'industrie du logiciel et financé toutes leurs recherches.

Jack avait l'impression qu'il s'était passé une éternité depuis la conférence au fort d'Alexandrie, alors que seulement quatre jours s'étaient écoulés. Et ils n'avaient pas encore tout à fait atteint leur objectif. Ils ne savaient toujours pas ce qui avait poussé les prêtres à garder jalousement leur secret pendant des générations.

Alors qu'ils s'apprêtaient à gravir l'escalier taillé dans la pierre, Mustafa Alközen sauta d'un bond sur la plate-forme avec deux torches de plongée.

« Veuillez excuser mon retard, dit-il en haletant. Nous avons passé une nuit agitée. Hier soir, un avion d'alerte avancée Boeing 737 de l'armée de l'air turque a détecté une onde de choc explosive sur la côte d'Abkhazie, près de la frontière géorgienne. » Il envoya un clin d'œil à Jack. « Nous en avons conclu que c'était une menace pour la sécurité nationale et avons envoyé une équipe de réaction rapide des forces spéciales sur place.

— Les œuvres d'art ? demanda Jack.

— La plupart se trouvaient encore à l'intérieur des quartiers privés d'Aslan et la majorité de celles qui avaient été retirées était en dehors de la zone de tir. À l'heure qu'il est, elles sont transférées par les Seahawk de la marine au musée archéologique d'Istanbul, où elles seront identifiées et conservées avant d'être rendues à leurs véritables propriétaires.

— Quel dommage, intervint Costas. Elles auraient pu faire partie d'une exposition itinérante absolument unique. Elles représentent toutes les périodes et toutes les cultures, et n'ont jamais été vues ensemble. Cela aurait été un spectacle époustouflant.

— Quelques conservateurs impatients auront peut-être envie de revoir leurs biens avant toute chose, répliqua Jack.

— Mais c'est une excellente idée, fit remarquer Efram Jacobovich avec enthousiasme. Ce serait un bon usage que l'on pourrait faire des sommes confisquées sur les comptes d'Aslan. En attendant, je connais un mécène qui pourrait faire la mise de fonds initiale. »

Jack sourit avec reconnaissance et se tourna à nouveau vers Mustafa. « Et quelle est la situation en matière de sécurité ?

— Cela fait longtemps que nous cherchons une excuse pour aller en Abkhazie, répondit Mustafa. Cette région est devenue la principale plaque tournante du trafic de stupéfiants d'Asie centrale. Maintenant qu'un lien a été clairement établi avec un réseau terroriste, nous sommes assurés de la coopération totale des gouvernements géorgien et russe. »

Jack s'efforça de cacher son scepticisme. Il savait que Mustafa était obligé de suivre la procédure officielle, même si celui-ci était tout à fait conscient de l'improbabilité d'une action concertée plus approfondie que celle d'aujourd'hui.

Ils regardèrent la silhouette rasante du *Kazbek* et la flottille de navires d'attaque rapide turcs et russes qui était arrivée dans la nuit pour retirer les ogives nucléaires et renvoyer le sous-marin à son port d'attache afin qu'il soit retiré du service. Après l'enlèvement du cœur du réacteur, les corps du capitaine Antonov et de son équipage seraient laissés à bord et le sous-marin serait coulé pour devenir une tombe militaire, un dernier monument au coût humain de la guerre froide.

« Que va devenir le matériel ? demanda Jack.

– Tout ce qui est réutilisable ira aux Géorgiens. Ce sont eux qui en ont le plus besoin. Nous avions pensé leur offrir la *Vultura*, mais je vois que ce n'est plus possible, observa Mustafa en souriant à Jack. Ils auront donc à la place un Projet 1154 russe, une frégate de série Neustrashimy flambant neuve.

– Que va devenir la *Vultura* ? » demanda Katya à voix basse.

Ils regardèrent tous l'épave lointaine, qui avait été remorquée au-dessus du canyon sous-marin. C'était un spectacle pitoyable, un bûcher funéraire fumant, le dernier témoignage de l'avarice et de l'orgueil démesuré d'un homme.

Mustafa regarda sa montre. « Je pense que vous allez connaître la réponse d'un instant à l'autre. »

Juste à ce moment-là, un bruit strident d'avion à réaction fendit l'air. Quelques secondes plus tard, deux F-15E Strike Eagles de l'armée de l'air turque dont les postbrûleurs crachaient des flammes traversèrent le ciel en formation étroite en direction de leur objectif. Environ deux kilomètres après l'île, un projectile, largué depuis l'avion de gauche, s'abattit sur la mer comme une bombe dam-buster. Tandis que les deux avions filaient vers le sud, un mur de flammes surgit de la mer, qui engloutit l'épave dans un feu d'artifice impressionnant.

« Bombe thermobarique, se contenta de dire Mustafa. Utilisée pour la première fois par les Américains en Afghanistan. Nous avions besoin d'une cible pour un tir réel afin de tester le système de largage de nos nouveaux Strike Eagles. » Il se retourna, tandis que le bruit des avions grondait encore au-dessus d'eux, et montra la porte du doigt. « Venez. Entrons, maintenant. »

À l'extérieur, le soleil commençait à taper sur la roche et ils apprécièrent l'air frais de la galerie. La salle d'audience, avec son grand plafond en coupole, dépassait de loin ce qu'avaient imaginé ceux qui ne l'avaient pas encore vue. Toute trace du passage d'Aslan ayant disparu, c'était une pièce magnifique. Les trônes, vides, semblaient attendre le retour des grands prêtres, qui les avaient quittés plus de sept mille ans auparavant.

Désormais, la cheminée était endormie et ce qu'il restait de l'eau de pluie s'était évaporé dans la nuit. À la place de la colonne de vapeur, un puits de lumière illuminait la tribune comme un projecteur de théâtre.

Pendant quelques instants, tout le monde resta silencieux. Même Hiebermeyer, qui n'était généralement pas avare en paroles et connaissait bien les splendeurs de l'Égypte ancienne, retira ses lunettes embuées et resta sans voix. Dillen se tourna vers le reste du groupe.

« Mesdames, messieurs, nous pouvons maintenant reprendre là où le texte se termine. »

Jack avait toujours été étonné de la capacité de son mentor à mettre de côté l'excitation de la découverte. Vêtu d'un costume blanc immaculé surmonté d'un nœud papillon, celui-ci semblait venir d'un autre âge, d'une époque où l'élégance naturelle faisait autant partie du métier que les gadgets sophistiqués de la génération de ses élèves.

« Nous n'avons pas grand-chose pour continuer, précisa Dillen. Le papyrus est déchiré et le disque de Phaistos est tout aussi difficile à déchiffrer. Nous pouvons déduire de l'inscription de l'entrée qu'ATLANTIS fait référence à cette citadelle, à ce monastère. Pour les étrangers, ce nom englobait sans doute également la cité mais, pour les habitants, il était peut-être réservé au lieu le plus sacré, là où les hommes s'étaient établis pour la première fois.

– Comme l'Acropole d'Athènes ? risqua Costas.

– Exactement. Le disque évoque un lieu, au sein de l'Atlantide, que l'on peut traduire par "domaine des dieux" ou, selon la traduction de Katya, "saint des saints". Il fait aussi référence à une "déesse mère". Autant que je puisse en juger, aucune de vos découvertes ne correspond à ces informations.

– Ce qui s'en rapproche le plus, c'est le hall des ancêtres, dit Jack. C'est le nom que nous avons donné à la galerie de peintures rupestres. Mais celles-ci datent du paléolithique et ne représentent aucun être humain. Dans un sanctuaire néolithique, je m'attendrais à trouver des divinités anthropomorphes, une version plus importante du sanctuaire privé que nous avons vu dans le village submergé de Trabzon.

– Et cette pièce, la salle d'audience ? demanda Efram Jacobovich.

– Trop vaste, répondit Jack en hochant la tête. C'est un espace ouvert à tous, conçu pour rassembler les fidèles comme une église. Nous devons trouver un endroit plus discret, plus secret. Plus le lieu est sacré, plus l'accès est restreint. Seuls les prêtres, en tant qu'intermédiaires des dieux, devaient être autorisés à y entrer.

– Un tabernacle », suggéra Efram.

Katya et Aysha apparurent à côté de la rampe. Pendant que les autres discutaient, elles avaient rapidement fait le tour des entrées entourant la salle.

« Nous pensons que nous l'avons trouvé », annonça Katya, l'excitation de l'exploration et de la découverte des secrets de l'Atlantide ayant dissipé le cauchemar des jours précédents. Il y a en tout douze entrées. Nous pouvons en écarter deux, qui mènent aux galeries que nous connaissons déjà, dont l'une vient de l'extérieur et l'autre de l'intérieur du volcan. Sur les dix autres, neuf sont soit de fausses entrées qui ne mènent nulle part, soit les entrées de galeries qui descendent. Et je suppose qu'il faut monter.

– S'il s'agit vraiment de la mère de tous les sanctuaires de sommet, répliqua Jack, plus nous monterons, mieux ce sera. »

Katya indiqua la porte située à l'extrémité occidentale de la salle, juste en face de la galerie d'entrée. « C'est celle-ci. Il se trouve qu'elle est également surmontée du signe du dieu aigle déployé. »

Jack adressa un large sourire à Katya, heureux de la voir de nouveau en forme, et se tourna vers Dillen.

« Professeur, si vous voulez bien être notre guide. »

Dillen, dont la silhouette sémillante contrastait avec le physique athlétique de son ancien élève, acquiesça avec courtoisie et se dirigea vers la porte ouest avec Jack. Katya et Costas leur emboîtèrent le pas, suivis des quatre autres, Efram Jacobovich fermant discrètement la marche. Comme ils approchaient de l'entrée, Jack se retourna vers Costas.

« Cette fois, ça y est, tu vas l'avoir ton gin tonic au bord de la piscine.

– Tu dis toujours ça », répondit Costas en regardant son ami avec un sourire en coin.

Dillen s'arrêta pour observer la sculpture sur le linteau ; c'était une représentation miniature du dieu aigle déployé qui se trouvait dans le hall des ancêtres. Jack et Costas allumèrent les torches et les dirigèrent devant eux. Comme les parois des galeries immergées, le basalte avait été poli et sa surface marbrée étincelait d'inclusions minérales issues du manteau terrestre, qui avaient été soulevées lors de la formation du volcan.

Jack s'écarta pour laisser passer Dillen. Environ dix mètres plus loin, celui-ci s'arrêta brusquement.

« Il y a un problème. »

Jack s'approcha et constata qu'un grand portail de pierre bloquait le passage. L'obstacle semblait se fondre avec les parois mais, en y regardant de plus près, ils purent voir qu'il se divisait en deux moitiés égales. Jack dirigea son faisceau au centre et reconnut le motif aux contours caractéristiques.

« Je pense que j'ai la clé », dit-il confiant.

Il sortit de sa combinaison de l'UMI la copie du disque d'or, qu'il avait récupérée sur la tribune après la fin brutale d'Aslan. Sous le regard de ses compagnons, il l'inséra dans le creux en forme de soucoupe. Dès qu'il retira sa main, le disque se mit à tourner dans le sens des aiguilles d'une montre. Quelques secondes plus tard, les portes s'ouvrirent de leur côté. La surface patinée opposa peu de résistance au poids des plaques de pierre, qui pivotèrent de part et d'autre de la galerie.

« Magique, dit Costas en hochant la tête de stupéfaction. Exactement le même mécanisme que sur la porte de la falaise. Et il fonctionne toujours après sept mille cinq cents ans. À l'âge du bronze, ce peuple en aurait déjà été à la puce électronique.

– Et j'aurais été au chômage », plaisanta Efram depuis le fond.

L'ouverture des portes laissa échapper une odeur de renfermé semblable à celle des caveaux funéraires, comme si un courant d'air confiné avait traversé une crypte et apporté avec lui l'essence même des morts, l'ultime émanation du suif et de l'encens que les prêtres avaient brûlés lors de leurs derniers rites, avant de refermer leur sanctuaire sacré pour toujours. Cette odeur eut un effet presque hallucinogène, et ils palpèrent la peur et la précipitation dans lesquelles ces derniers gestes avaient été accomplis. C'était comme si deux cents générations avaient été balayées d'un seul coup pour leur permettre de rejoindre les gardiens de l'Atlantide dans leur fuite désespérée.

« Je sais désormais ce qu'ont ressenti Carter et Carnarvon en ouvrant la tombe de Toutankhamon », affirma Hiebermeyer.

Katya frissonna dans l'air frais. Comme les tombeaux des pharaons, dans la Vallée des Rois, la galerie était nue et ne donnait aucun indice concernant ce qui se trouvait au-delà.

« Nous ne devons plus être très loin, annonça Costas. D'après mon altimètre, nous sommes à moins de trente mètres du sommet. »

Dillen s'arrêta brusquement. Jack le heurta et son faisceau oscilla un instant, le temps qu'il se redresse. Ce qui ressemblait à une autre porte était en réalité un virage à 90 degrés sur la gauche. La galerie tournait et se poursuivait par une série de longues marches.

Dillen avança et s'arrêta à nouveau. « Je ne vois rien en face, dirigez vos faisceaux vers la gauche et la droite », dit-il avec une pointe d'excitation inhabituelle dans la voix.

Jack et Costas s'exécutèrent et firent apparaître un décor fantastique. De part et d'autre se trouvaient deux énormes taureaux, dont seule la partie antérieure était sculptée en bas relief face à l'escalier. Le cou allongé et les cornes très hautes, ils semblaient moins posés que les bêtes des galeries sous-marines, comme s'ils tiraient pour se libérer et bondir vers le haut, dans l'obscurité.

En gravissant l'escalier, l'équipe commença à discerner devant les taureaux une succession de personnages dont les détails, en moindre relief, étaient parfaitement rendus dans le basalte à grain fin.

« Des êtres humains, murmura Dillen avec révérence, oubliant sa réserve naturelle.

– Mesdames, messieurs, le peuple de l'Atlantide. »

Les sculptures des deux murs étaient identiques, comme si elles se reflétaient dans un miroir. Les personnages respiraient la confiance qui seyait aux gardiens de la citadelle. Ils étaient représentés grandeur nature et s'avéraient très grands. Ils marchaient en file indienne en se tenant droits. Chacun d'eux avait un bras tendu et la main refermée autour d'un trou qui servait autrefois à loger une chandelle de suif. Ils avaient le port hiératique, bidimensionnel, des bas-reliefs du Proche-Orient et de l'Égypte ancienne mais, au lieu de la rigidité typique de ce genre de représentation de profil, ils possédaient une souplesse et une grâce qui semblaient héritées des peintures animalières naturalistes de la période glaciaire.

Tandis que les faisceaux éclairaient les personnages un à un, il apparut clairement qu'il s'agissait d'une alternance d'hommes et de femmes. Les femmes, seins nus, portaient des tuniques ajustées laissant apparaître des courbes pleines mais musclées. Elles avaient de grands yeux en amande, comme les hommes, et de longs cheveux tressés sur le dos. Les hommes avaient de longues barbes et portaient d'amples tuniques. Leur physionomie n'était ni tout à fait inconnue ni identifiable, comme si chaque trait était reconnaissable mais l'ensemble unique et impossible à situer.

« Les femmes semblent très athlétiques, observa Aysha. C'étaient peut-être elles qui pratiquaient la tauromachie et non les hommes.

– Ces personnages me rappellent les Varègues, dit Katya. C'est le nom byzantin des Vikings qui sont venus jusqu'à la mer Noire par le Dniepr. Dans la cathédrale Sainte-Sophie de Kiev, il y a des peintures murales représentant de grands hommes semblables à ceux-ci, si ce n'est qu'ils ont le nez recourbé et les cheveux blonds.

– Pour moi, ils ressemblent aux Hittites d'Anatolie du second millénaire avant Jésus-Christ, intervint Mustafa. Ou aux Sumériens et aux Assyriens de Mésopotamie.

– Ou encore aux peuples de la Grèce et de la Crète de l'âge du bronze, murmura Jack. Ces femmes pourraient être les femmes aux seins nus des fresques de Cnossos. Et les hommes pourraient être les guerriers de ces vases d'or battu trouvés l'année dernière dans le cercle funéraire royal de Mycènes.

– Ils sont tous ceux-là, affirma Dillen à voix basse. Les Indo-Européens, les premiers Caucasiens. De ces êtres descendent presque tous les peuples d'Europe et d'Asie. Les Égyptiens, les Sémites, les Grecs, les bâtisseurs de mégalithes d'Europe

356

occidentale, les premiers souverains de Mohenjo-Daro, dans la vallée de l'Indus. Dans certaines régions, ils se sont totalement substitués aux populations d'origine et, dans d'autres, ils se sont métissés. Tous ces peuples portent en eux des traces de leurs ancêtres, les fondateurs de la civilisation. »

Ils regardèrent avec un grand respect ces sculptures, tandis que Dillen les conduisait en haut de l'escalier. Tous les personnages incarnaient la force et la détermination, comme s'ils marchaient inexorablement vers leur place dans l'histoire.

Au bout d'une dizaine de mètres, l'alternance d'hommes et de femmes céda la place à trois personnages, de chaque côté de l'escalier, qui semblaient diriger la procession. Ils avaient des crosses élaborées et portaient d'étranges coiffes coniques qui allaient jusqu'au plafond.

« Les grands prêtres, dit Jack.

– On dirait des magiciens, ajouta Costas. Des druides.

– Il y a sans doute un peu de cela, admit Katya. Le mot *druide* vient du terme indo-européen *wid*, qui signifie "savoir". Ils étaient manifestement les dépositaires du savoir de l'Atlantide au néolithique et constituaient l'équivalent du clergé celtique qui s'est développé cinq mille ans plus tard.

– Fascinant ! s'écria Hiebermeyer en se frayant un chemin parmi les membres du groupe. Ces coiffes sont remarquablement similaires aux parures coniques décorées à la feuille d'or qui ont été trouvées dans les dépôts votifs de l'âge du bronze. Nous en avons trouvé une en Égypte l'année dernière, lorsque le trésor secret de la pyramide de Chéphren a été ouvert. »

Il s'approcha du premier personnage du mur de gauche, une femme, et retira ses lunettes pour l'observer de plus près.

« C'est exactement ce que je pensais ! s'exclama-t-il. Cette coiffe est couverte de petits symboles lunaires circulaires, exactement comme celles de l'âge du bronze. » Il essuya ses lunettes et fit un grand geste du bras. « Je suis sûr qu'il s'agit d'une représentation logarithmique du cycle de Méton. »

Tandis que les autres s'agglutinaient autour de lui pour observer la sculpture, Jack croisa le regard de Costas. « Méton était un astronome athénien, expliqua-t-il. Un contemporain de Socrate, le mentor de Platon. Il a été le premier Grec à établir la différence entre les mois solaire et lunaire, le cycle synodique. » Il hocha la tête en direction des sculptures. « Ce sont eux qui ont conçu le calendrier des sacrifices avec les mois supplémentaires que nous avons vu dans la galerie. »

Dillen avait distancé le reste du groupe et se trouvait devant un portail, en haut de l'escalier, au niveau des prêtres dirigeant la procession.

« C'étaient les maîtres du temps, déclara-t-il. Avec le cercle de pierres, ils pouvaient observer les mouvements du soleil en fonction de la lune et des constellations. Ce savoir a fait d'eux des oracles en leur donnant accès à la sagesse divine qui permettait de connaître l'avenir. Ils pouvaient prévoir le moment des semailles et celui de la moisson annuelle. Ils maîtrisaient le ciel et la terre. »

Il montra solennellement la petite entrée située derrière lui. « Et désormais, ils nous guident vers leur sanctuaire, vers le saint des saints. »

Chapitre 31

Tous les membres du groupe étaient rassemblés devant le portail taillé dans la pierre et regardaient de l'autre côté, dans l'obscurité. Encore une fois, ils sentirent une fragrance ancienne leur effleurer le visage, une odeur qui semblait contenir la sagesse distillée des âges. Jack eut soudain à l'esprit une image de Solon le Législateur et du prêtre dans l'ombre du temple de Saïs. Cette vision disparut presque immédiatement, mais il resta convaincu qu'ils étaient sur le point de plonger dans les secrets les mieux gardés d'un peuple qui avait disparu de l'histoire des milliers d'années auparavant.

Au bout de quelques mètres, ils atteignirent le bout de la galerie et Jack balaya l'obscurité avec sa torche. À côté de lui, Dillen cligna des yeux le temps de s'adapter à cette luminosité inhabituelle.

« Qu'est-ce que c'est ? demanda Hiebermeyer, qui ne pouvait pas contenir son excitation. Que voyez-vous ?

– C'est une salle d'approximativement dix mètres de long sur six mètres de large, répondit Jack sur le ton mesuré d'un archéologue professionnel. Il y a une table de pierre au milieu et une sorte d'élément de séparation vers le fond. Oh, et il y a de l'or. D'épais panneaux d'or sur les murs. »

Jack et Dillen se penchèrent pour entrer et leurs compagnons les suivirent avec précaution. Une fois qu'ils furent tous à l'intérieur,

Jack et Costas mirent leurs torches en position maximale pour élargir le faisceau et balayer toute la longueur de la salle.

La description laconique de Jack n'était pas vraiment à la hauteur de la réalité. Des deux côtés, les murs étaient ornés de grandes plaques d'or poli de deux mètres de haut sur un mètre de large. Parfaitement préservées dans ce lieu à l'abri de tout, celles-ci étincelaient d'un éclat éblouissant et brillaient comme des miroirs. Il y en avait dix en tout, cinq sur chaque mur dans le sens de la longueur, régulièrement espacées à cinquante centimètres d'écart. Elles étaient couvertes d'inscriptions, dans lesquelles on pouvait identifier instantanément les symboles d'Atlantis.

« Regardez ça », murmura Costas.

Son faisceau avait accroché une forme gargantuesque vers le fond de la salle. C'était une silhouette humaine à peine reconnaissable, une parodie grotesque de la femme avec des seins tombants, des fesses énormes et un ventre gonflé qui donnait au torse une apparence presque sphérique. Cette sculpture était flanquée de deux taureaux grandeur nature qui lui faisaient face. La scène ressemblait à un triptyque ou à un groupe héraldique qui faisait une séparation avec le fond de la pièce.

Jack regarda la sculpture colossale et se tourna vers Costas. « C'est ce que les préhistoriens appellent de manière flatteuse une Vénus, expliqua-t-il en souriant. On en a trouvé environ quatre-vingts en Europe et en Russie. Il s'agit essentiellement de petites statuettes en ivoire ou en pierre. Celle-ci est phénoménale. À ma connaissance, c'est la seule qui soit plus grande que nature.

– Elle est légèrement différente des belles jeunes filles de la galerie, observa Costas avec regret.

– Elle n'est pas censée être une pin-up, l'admonesta gentiment Katya. Regardez, ils n'ont même pas pris la peine de finir les pieds et les bras, et la tête n'a pas de visage. Tout est délibérément exagéré pour mettre en valeur la fécondité et la santé. Elle n'est peut-être pas conforme à l'idéal occidental moderne de la beauté mais, pour un peuple qui vivait dans la peur constante de la famine, une femme obèse était un symbole de prospérité et de survie.

– Vous marquez un point, admit Costas en souriant. Quel âge à cette grande dame ?

– Paléolithique supérieur, répondit Jack aussitôt. Toutes les vénus se situent entre quarante mille et dix mille ans avant Jésus-Christ, dans la même fourchette que les peintures du hall des ancêtres.

– Elles étaient considérées comme des déesses mères, ajouta Hiebermeyer pensivement. Mais rien ne prouve que les sociétés européennes de l'âge de la pierre aient été matriarcales. Il s'agissait probablement de déesses de la fertilité, auxquelles on rendait un culte au même titre qu'aux divinités masculines, aux esprits des animaux et aux forces inanimées. »

Tout le monde se tut, puis Jack rompit le silence. « Pendant des centaines de milliers d'années, les hominidés ont vécu une existence inchangée, de l'âge de la pierre taillée à la révolution néolithique. Il n'est pas surprenant que les Atlantes, si peu de temps après, aient encore voué un culte aux dieux de leurs ancêtres, les chasseurs-cueilleurs qui ont été les premiers à peindre des bêtes sauvages dans le hall des ancêtres pendant la période glaciaire.

– Les Juifs de l'Ancien Testament avaient encore un dieu de la fertilité, fit remarquer Efram Jacobovich. Même les premiers chrétiens de la Méditerranée avaient intégré des divinités de la fertilité païennes dans leurs rituels, parfois sous la forme de saints ou de la Vierge Marie. Le culte de la vénus de l'Atlantide n'était peut-être pas si différent des nôtres. »

La table de pierre, en face de la statue, allait presque jusqu'à l'entrée. Devant eux, elle se terminait par un rebord surélevé, surmonté d'une forme sphérique irrégulière d'environ un mètre de diamètre. Dans la lumière qui se reflétait sur les panneaux d'or, celle-ci semblait surnaturellement blanche, comme si elle avait été polie par d'innombrables suppliants venus prier devant la grande déesse.

« On dirait une pierre sacrée, dit Jack, ce que les Grecs anciens appelaient un *bétyle*, une roche d'origine météorique, ou un *omphalos*, terme qui signifie nombril ou centre. Dans la Crète de l'âge du bronze, il y avait des bétyles à l'entrée des grottes sacrées. Dans la Grèce antique, le plus célèbre *omphalos* se trouvait devant la fosse dans laquelle était assis l'oracle de Delphes.

– Elle marque le seuil de la demeure divine, suggéra Efram, comme le bassin d'eau bénite à l'entrée d'une église catholique.

« – Quelque chose comme ça, admit Jack.

– Elle est certainement d'origine météorique, affirma Costas qui examinait la sphère de plus près. Mais c'est curieux, elle ressemble davantage à de la tôle voilée qu'à un nodule compact.

– Le genre de chose que les chasseurs de l'âge de la pierre auraient pu ramasser sur la calotte glaciaire, ajouta Jack pensivement. La plupart des fragments de météores sont trouvés sur la glace parce qu'ils y sont faciles à repérer. Il pourrait s'agir d'un objet sacré qui leur aurait été transmis par leurs ancêtres, ce qui constituerait un autre lien avec le début de la préhistoire. »

Aysha, qui longeait la table, s'arrêta avant d'arriver au niveau de la déesse. « Venez voir ça ! » s'exclama-t-elle.

Les deux faisceaux balayèrent la surface de la table. Celle-ci était couverte de lattes de bois, parfois fixées à angle droit comme les angles d'une caisse. Ils discernèrent tout un tas d'outils de menuiserie qui leur étaient familiers : des ciseaux, des limes, des poinçons et des maillets. On aurait dit les outils d'un atelier d'ébénisterie, abandonnés dans l'urgence mais parfaitement préservés dans cet environnement sans poussière.

« Voilà qui en dit long », déclara Dillen penché à côté d'Aysha. Il ramassa avec précaution les copeaux de bois qui se trouvaient devant lui sur un élément surélevé, un cadre en bois semblable à un lutrin portatif. Lorsqu'il se redressa, ils aperçurent de l'or.

« C'est une table de copiste, annonça-t-il triomphalement. Et il y a une feuille d'or dessus. »

Ils s'agglutinèrent tout autour et constatèrent que le tiers supérieur de la feuille était densément couvert de symboles d'Atlantis. Certains de ces symboles étaient alignés de façon irrégulière comme s'ils avaient été faits dans la hâte, mais tous étaient répartis en syntagmes distincts comme sur le disque de Phaistos. Dillen prit dans une petite boîte située à proximité trois poinçons de pierre de la taille d'un cigare. À l'extrémité, il reconnut immédiatement la tête de Mohican, la gerbe de blé et la pagaie de canoë. Il y en avait un autre sur la table, avec le symbole d'Atlantis.

« C'est la même inscription que celle qui se trouve sur le mur d'en face, remarqua Katya. Le copiste reproduisait les symboles du quatrième panneau à partir de la gauche. »

Ils regardèrent à l'endroit indiqué et parvinrent à peine à discerner les symboles, une séquence fidèlement transcrite jusqu'à la douzième ligne, où la copie s'arrêtait brusquement.

Efram Jacobovich resta au bout de la table. Il fixa intensément le tas de lattes de bois, apparemment perdu dans ses pensées. Sans lever les yeux, il s'éclaircit la voix et récita de mémoire.

Le troisième jour au matin, il y eut des tonnerres, des éclairs, et une épaisse nuée sur la montagne ; le son de la trompette retentit fortement ; et tout le peuple qui était dans le camp fut saisi d'épouvante. Moïse fit sortir le peuple du camp, à la rencontre de Dieu : et ils se placèrent au bas de la montagne. La montagne de Sinaï était tout en fumée, parce que l'Éternel y était descendu au milieu du feu ; cette fumée s'élevait comme la fumée d'une fournaise, et toute la montagne tremblait avec violence.

Il ferma les yeux et poursuivit.

Betsaleel fit l'arche de bois d'acacia ; sa longueur était de deux coudées et demie, sa largeur d'une coudée et demie, et sa hauteur d'une coudée et demie. Il la couvrit d'or pur en dedans et en dehors, et il y fit une bordure d'or tout autour. Il fondit pour elle quatre anneaux d'or, qu'il mit à ses quatre coins, deux anneaux d'un côté et deux anneaux de l'autre côté. Il fit des barres de bois d'acacia, et les couvrit d'or. Il passa les barres dans les anneaux sur les côtés de l'arche, pour porter l'arche.

Tout le monde resta muet de stupeur. Il leva les yeux. « Le Livre de l'Exode, précisa-t-il. Les croyants de ma confession pensent que Dieu a transmis à Moïse la Loi de l'Alliance, les Dix Commandements inscrits sur des tables que le peuple d'Israël a déposées dans l'arche. Les références bibliques aux pharaons ont permis de situer l'événement dans la seconde moitié du deuxième millénaire avant Jésus-Christ. Mais, maintenant, je me demande si cette histoire n'est pas fondée sur un récit beaucoup plus ancien, celui d'un peuple qui vécut des milliers d'années auparavant et fut contraint de fuir sa terre, un peuple qui emporta avec lui des copies des dix textes sacrés de son sanctuaire, situé près du sommet d'un volcan.

– Bien sûr ! s'exclama Jack, qui examinait une pile de feuilles d'or vierges. Chaque groupe émigrant devait avoir une copie. Des tables d'argile auraient été trop fragiles, tailler des inscriptions dans la pierre aurait pris trop de temps, et le cuivre se serait corrodé. L'or, abondant dans le Caucase, était une matière durable et suffisamment souple pour une inscription rapide au poinçon. Chaque série de dix tables était enfermée dans une caisse en bois, exactement comme l'arche d'Alliance. Les prêtres ont travaillé jusqu'à la dernière minute et abandonné la dernière copie uniquement parce que la cité était submergée par les eaux du déluge.

– Ce sont peut-être des textes sacrés, intervint Katya, mais ce ne sont certainement pas les Dix Commandements. » Elle avait sorti son ordinateur de poche et faisait défiler le lexique établissant la concordance entre les symboles d'Atlantis et le linéaire A minoen. « Il faudra du temps pour les traduire intégralement, mais j'ai déjà une idée de ce qu'ils signifient. La première table en partant de la gauche fait référence aux céréales, aux légumes, même aux vignes, et aux saisons de l'année. La deuxième concerne l'élevage et la troisième l'architecture, l'utilisation de la pierre de construction. La quatrième, celle que notre scribe était en train de copier, traite du travail du cuivre et de l'or. » Elle réfléchit un instant et leva les yeux. « Sauf erreur de ma part, ces tables constituent une sorte d'encyclopédie, un mode d'emploi pour vivre dans l'Atlantide du néolithique. »

Jack hocha la tête, émerveillé. « Aslan aurait été déçu. Pas de cachette royale, pas d'œuvres d'art représentant une fortune. Seulement le plus grand trésor de tous les temps, absolument inestimable. Les clés de la civilisation elle-même. »

Tandis que Katya et Dillen s'attelaient à la traduction dans la lumière de la torche de Jack, Costas passa derrière Aysha et se faufila entre la déesse et les taureaux. Le trou situé entre les pattes avant du taureau de droite et la cuisse volumineuse de la déesse formait une petite entrée, usée par le passage des nombreuses générations qui l'avaient empruntée. Costas s'accroupit et disparut. Seul le faisceau de lumière qui ourlait la silhouette des taureaux cabrés en direction de la tête de la déesse révélait sa présence.

« Suivez-moi, dit-il d'une voix étouffée mais distincte. Ce n'est pas tout. »

Ils s'étaient tous faufilés et tournaient désormais le dos aux statues. Ils se trouvaient dans une annexe étroite, devant une paroi rocheuse irrégulière.

« Ce doit être le saint des saints, suggéra Dillen en regardant autour de lui. Comme la *cella* d'un temple grec ou le sanctuaire d'une église chrétienne. Mais il est étonnamment dépouillé.

– À l'exception de ceci », déclara Costas en projetant son faisceau contre la paroi rocheuse.

Celle-ci était ornée de trois personnages. Celui du milieu était presque aussi grand que la déesse mère et les deux autres légèrement plus petits. Visiblement disposés de la même façon que la déesse et les taureaux, ils étaient peints dans un rouge terne identique au pigment utilisé dans le hall des ancêtres, mais la couleur avait passé. Par leur style, ils rappelaient également l'art de la période glaciaire, avec de larges touches qui donnaient une forte impression de mouvement bien que seuls les contours aient été représentés. Mais dans leur forme, ces personnages n'avaient rien en commun avec ce qu'ils avaient vus en Atlantide.

Ni animaux puissants ni prêtres sculpturaux, ils ressemblaient à peine à des êtres terrestres. Dans ces représentations abstraites, on saisissait difficilement les contours des corps. Chaque personnage avait un buste bulbeux en forme de poire et des membres qui partaient bizarrement sur les côtés. Les mains et les pieds comptaient dix ou douze doigts écartés. La tête semblait largement disproportionnée par rapport au corps. Les yeux étaient grands et lentoïdes. Leurs contours noirs rappelaient les marques de khôl sur les portraits de l'Égypte ancienne. On aurait dit un corps humain dessiné par un enfant et, pourtant, il y avait quelque chose d'étrangement mesuré dans les traits communs aux trois personnages.

« Ces peintures sont anciennes, murmura Jack, très anciennes. Fin de la période glaciaire, peut-être cinq mille ans avant l'inondation. Elles ont été réalisées sur la roche du volcan, tout comme les animaux du hall des ancêtres. Il existe de nombreuses représentations minimalistes du corps humain dans l'art rupestre du monde entier, dans les pétroglyphes d'Afrique, d'Australie et du Sud-Ouest des États-Unis. Mais je n'ai jamais vu aucun personnage préhistorique semblable à ceux-ci.

« – Ces peintures ne peuvent décemment pas être destinées à représenter le corps humain, dit Costas d'un air sceptique. Il est impossible que l'art de la période glaciaire ait été à ce point primitif. Les animaux du hall des ancêtres sont étonnamment naturalistes.

– Ces personnages sont probablement davantage humanoïdes qu'anthropomorphiques, répliqua Jack. Ce sont peut-être des portraits de shamans, d'esprits ou de dieux qui n'avaient pas de forme physique définie. Dans certaines sociétés, le corps humain était sacro-saint et on ne le représentait jamais. Les artistes de l'Europe celtique de l'âge du fer étaient merveilleusement doués mais, si tu voyais la façon dont ils ont commencé à représenter les êtres humains sous la domination romaine, tu penserais qu'ils étaient extrêmement primitifs. »

Il orienta sa torche vers un petit motif sculpté, situé au-dessus du personnage central. C'était un cartouche de cinquante centimètres de long, qui contenait deux des symboles d'Atlantis, l'aigle perché et la pagaie verticale.

« Cette inscription est plus récente que les peintures, indiqua Jack. La surface est plus nette et il aurait fallu des outils en métal pour la tailler. Qu'est-ce qu'elle signifie ? »

Katya connaissait la majeure partie du système syllabique et ne prit pas la peine de consulter son ordinateur. « Ce mot ne figure pas dans le lexique, affirma-t-elle avec certitude. Il pourrait s'agir d'un verbe ou d'un substantif que nous n'avons pas rencontré mais, étant donné le contexte, je pencherais plutôt pour un nom propre.

– Comment se prononce-t-il ? demanda Efram du fond de la pièce.

– Chaque symbole d'Atlantis représente une syllabe, répondit Katya, une consonne précédée ou suivie d'une voyelle. L'aigle perché correspond au *Y* et la pagaie verticale au *W*. Ce mot peut se prononcer *ye-we* ou *ya-wa*, les voyelles étant plutôt courtes que longues.

– *Le Tétragramme !* s'écria Efram incrédule. Le nom qui ne doit pas être prononcé. La Cause Première de toute chose, le Roi du ciel et de la terre. » Instinctivement, il détourna le regard des peintures murales, la tête et les yeux baissés avec déférence.

« Yahvé, dit enfin Dillen, qui paraissait à peine moins stupéfait. Le nom que les Hébreux ont donné à Dieu dans l'Ancien

366

Testament, le nom divin qui ne devait être prononcé que par le grand prêtre dans le Tabernacle, le saint des saints, le jour de l'Expiation. En grec, c'était "le mot de quatre lettres", le Tétragramme, que les chrétiens ont traduit par Jéhovah.

– Le Dieu de Moïse et d'Abraham, poursuivit Efram, qui reprenait peu à peu ses esprits. Dieu tribal du Sinaï à l'époque de l'exode des Juifs hors d'Égypte, il a pu se révéler beaucoup plus tôt. Contrairement aux autres dieux qui avaient séduit les Juifs, il était extrêmement interventionniste, particulièrement efficace avec ses fidèles et capable d'altérer le cours des événements en leur faveur. Il les a guidés dans la lutte et l'exil et leur a transmis les Dix Commandements.

– Et il les a sauvés du déluge. »

Ces dernières paroles avaient été prononcées par Costas, qui, contre toute attente, se mit à réciter un passage du Livre de la Genèse.

Et Dieu dit à Noé : Tel est le signe de l'alliance que j'établis entre moi et toute chair qui est sur la terre. Les fils de Noé, qui sortirent de l'arche, étaient Sem, Cham et Japhet. Cham fut le père de Canaan. Ce sont là les trois fils de Noé, et c'est leur prospérité qui peupla toute la terre.

Jack savait que son ami avait été élevé dans la tradition orthodoxe grecque et hocha lentement la tête, les yeux brillants de l'éclat de la révélation.

« Bien sûr. Le Dieu juif a provoqué le déluge sur terre et révélé son pacte avec les élus en faisant apparaître l'arc-en-ciel. C'est exactement ce que nous pensions. La construction de l'arche, la sélection de couples d'animaux d'élevage, la diaspora des descendants de Noé dans le monde entier. Les mythes du déluge ne font pas uniquement référence aux inondations causées par des rivières ou à la fonte des glaciers à la fin de la période glaciaire. Ils nous parlent aussi d'un autre cataclysme, d'un déluge survenu au sixième millénaire avant Jésus-Christ, qui a englouti la première cité du monde et provoqué l'extinction d'une civilisation précoce, inégalée pendant des milliers d'années. Le récit de Platon n'est pas notre seule source en réalité. L'histoire de l'Atlantide a toujours été là, ancrée dans la plus grande œuvre littéraire jamais écrite. »

Chapitre 32

Après avoir minutieusement examiné le reste du sanctuaire, ils retournèrent dans la salle principale et se rassemblèrent autour de la mystérieuse sphère métallique. Dillen sortit le dernier et prit un ciseau au milieu des débris éparpillés sur la table.

« C'est du bronze, annonça-t-il. Un alliage de cuivre et d'étain, fondu avant que cette pièce ne soit abandonnée, au milieu du sixième millénaire avant Jésus-Christ. Une découverte extraordinaire. Tous les archéologues pensent que le bronze est apparu pour la première fois vers 3500 avant Jésus-Christ, probablement en Anatolie, et qu'il ne s'est répandu qu'au cours du millénaire suivant. »

Il reposa le ciseau et posa les mains sur la table.

« Mais pourquoi la technologie du bronze a-t-elle mis si longtemps à réapparaître après le déluge de la mer Noire ?

– La civilisation de l'Atlantide s'est sans doute développée isolément, répondit Costas, et beaucoup plus rapidement que partout ailleurs. »

Jack acquiesça et se mit à marcher de long en large. « Le progrès, lorsqu'il est réalisé au bon moment, dans de bonnes circonstances, peut être phénoménal. Quand la période glaciaire s'est achevée, il y a dix mille ans, la région du sud de la mer Noire avait déjà une flore et une faune très développées. Le Bosphore faisant barrage, la fonte des glaciers n'a eu qu'un effet limité. Les sols entourant le volcan étaient extrêmement fertiles, la mer grouillait de poissons et la terre abritait des aurochs, des cerfs et des sangliers. Ajoutez à cela les autres ressources naturelles que nous connaissons : le bois des forêts de la montagne ; le sel des puits salants de la côte ; la pierre du volcan ; l'or, le cuivre et, peut-être le plus important, l'étain. C'était une corne d'abondance, un jardin d'Éden, comme si une force avait concentré tous les ingrédients d'une vie pleinement satisfaisante en un seul lieu.

– Alors, récapitula Costas en regardant pensivement la silhouette corpulente de la déesse mère, des chasseurs-cueilleurs particulièrement dynamiques s'installent dans cette région il y a environ quarante mille ans. Ils découvrent le labyrinthe à l'intérieur du volcan, réalisent les peintures d'animaux dans le hall des ancêtres et font de cette salle leur sanctuaire. À la fin de la période glaciaire, ils inventent l'agriculture.

– Jusque-là, nous sommes d'accord, sauf que l'agriculture est probablement apparue à peu près à la même période dans tout le Proche-Orient. C'est une idée qui a émergé plus ou moins simultanément dans différentes régions et s'est répandue rapidement. D'autres villages néolithiques élaborés ont été créés dès le dixième millénaire avant Jésus-Christ, dont les plus célèbres sont Çatal Hüyük, dans le Sud de l'Anatolie, et Jéricho, en Palestine. Ce sont les deux sites qui se rapprochent le plus de notre village néolithique de Trabzon.

– D'accord, poursuivit Costas. Comme le peuple de Çatal Hüyük, les Atlantes travaillent le cuivre, mais ils font un gigantesque pas en avant et apprennent à fondre et à allier les métaux. Comme le peuple de Jéricho, ils créent une architecture monumentale, ils bâtissent non pas des murailles ou des tours mais des arènes, des voies processionnelles et des pyramides. Vers 8000 avant Jésus-Christ, quelque chose d'incroyable se produit. La communauté d'agriculteurs et de pêcheurs devient une véritable métropole de cinquante, peut-être cent mille personnes. Les Atlantes ont leur propre écriture, un centre religieux comparable à n'importe quel monastère médiéval, des arènes publiques qui auraient impressionné les Romains, un système complexe d'approvisionnement en eau – c'est prodigieux.

– Et rien de tout cela n'est arrivé ailleurs, précisa Jack, qui cessa de faire les cent pas. Le site de Çatal Hüyük a été abandonné à la fin du sixième millénaire avant Jésus-Christ et jamais réoccupé, peut-être à cause d'un conflit. Jéricho a survécu mais la muraille légendaire des temps bibliques n'avait vraiment rien d'extraordinaire à côté de ces réalisations du néolithique. Tandis que les Atlantes bâtissaient des pyramides, la plupart des peuples du Proche-Orient commençaient tout juste à se débattre avec la poterie.

– C'est essentiellement le bronze qui a dû faciliter ce développement si prodigieux, affirma Mustafa en se penchant au-dessus la table, son visage barbu illuminé par la torche. Pensez à tout ce qui a pu être fait avec des outils solides et tranchants de pratiquement n'importe quelle forme, pouvant même être recyclés. Sans doloires ni ciseaux, aucune arche n'aurait jamais pu voir le jour. Les outils de bronze étaient indispensables pour l'exploitation des carrières, le travail de la pierre et, surtout, l'agriculture. Socs, pioches et fourches, houes et pelles, faux et faucilles. Le bronze a véritablement engendré une deuxième révolution agricole.

– En Mésopotamie, l'actuel Irak, il a aussi été à l'origine de la première course aux armements du monde, fit remarquer Hiebermeyer en essuyant ses lunettes.

– Un détail important, ajouta Dillen. La guerre était endémique dans les premières cités de Mésopotamie et du Levant, souvent en raison de la cupidité de l'élite plutôt que d'une lutte pour les ressources. L'idée dangereuse selon laquelle la guerre accélère le progrès technologique est une illusion moderne. Les bénéfices des avancées réalisées dans les domaines de l'ingénierie et de la science ne compensent pas l'épuisement de l'ingéniosité humaine pour la conception de méthodes de destruction. En exerçant un contrôle total sur la production et l'utilisation du bronze, les prêtres de l'Atlantide ont pu éviter que celui-ci ne soit exploité pour la fabrication d'armes.

– Imaginez une société qui ne connaisse pas la guerre mais possède déjà d'abondantes ressources en bronze peu de temps après la période glaciaire, dit Hiebermeyer. Il y avait de quoi accélérer le développement d'une civilisation.

– Alors si les Atlantes étaient les seuls à avoir découvert le moyen de fabriquer du bronze, ce savoir a-t-il été perdu après l'inondation de l'Atlantide ? demanda Costas.

– Pas perdu, mais gardé secret, répondit Dillen. Revenons-en à Amenhotep, le grand prêtre égyptien du scriptorium du temple de Saïs. Je pense qu'il faisait partie d'une longue succession de gardiens du savoir remontant à l'époque de l'Atlantide, cinq mille ans auparavant. Les premiers prêtres de Saïs ont été les derniers prêtres de l'Atlantide, les descendants des femmes et des hommes qui ont fui cette salle même et entamé un voyage périlleux à l'ouest du Bosphore. Leur rôle consistait à faire le lien entre le ciel et la terre, à ajuster le comportement humain en fonction de leur interprétation de la volonté divine. Ils y sont parvenus non seulement en imposant un code moral mais en restant les gardiens du savoir, y compris d'un savoir dont ils savaient qu'il pouvait être destructeur. Une fois l'Atlantide engloutie, ils gardèrent le secret du bronze de génération en génération, de sage en novice, de maître en disciple. »

Dillen indiqua les plaques étincelantes ornant les murs.

« Nous avons ici tout le recueil du savoir du clergé de l'Atlantide, codifié sous forme de texte sacré. Une partie de ce savoir a été révélée à tous, comme les rudiments de l'agriculture. Une autre, qui comprenait peut-être l'art médicinal, est restée la chasse gardée des prêtres. » Il balaya d'un geste ample les plaques non traduites qui se trouvaient à sa gauche. « Quant au reste, nous ne pouvons que faire des conjectures. Peut-être ces inscriptions renferment-elles une sagesse ancienne que les grands prêtres ont gardé exclusivement par devers eux pour ne la révéler qu'à un moment fixé par les dieux.

– Mais les rudiments de la technologie du bronze devaient forcément être connus de tous, insista Costas.

– Pas nécessairement, répliqua Jack en marchant derrière la sphère. Quand j'ai survolé le quartier est de la cité, j'ai remarqué quelque chose d'étrange. J'ai vu des chantiers de menuiserie et de maçonnerie, des manufactures de poterie, des fours pour faire sécher le blé ou cuire du pain, mais pas de forges ni d'ateliers de ferronnerie. » Il lança un regard interrogateur à Mustafa, dont la thèse de doctorat sur les débuts de la métallurgie en Asie Mineure était un ouvrage de référence sur ce sujet.

« Pendant longtemps, nous avons pensé que l'intégralité de l'étain utilisé pendant l'âge du bronze provenait d'Asie centrale, expliqua Mustafa. Mais une analyse des oligoéléments de certains outils a montré que le métal pouvait également être issu de mines du Sud-Est de l'Anatolie. Et maintenant je pense qu'il existe une autre source, à laquelle nous n'aurions jamais pu penser avant de faire cette découverte. »

Jack hocha la tête avec enthousiasme et Mustafa poursuivit.

« Le fonderie et la forgerie ne sont pas des activités domestiques. Jack a raison de penser qu'une communauté de cette taille aurait dû disposer d'un grand chantier de travail des métaux situé à bonne distance des quartiers résidentiels. Dans un endroit où la chaleur intense pouvait être exploitée, une chaleur provenant sans doute d'une source naturelle.

– Bien sûr ! s'exclama Costas. Le volcan ! Parmi les minéraux que l'éruption a fait affleurer, il y avait certainement de la cassitérite, un minerai d'étain. C'était une mine, un dédale de galeries qui suivaient les filons au plus profond des entrailles de la montagne.

– Et comme la montagne était déjà une terre sanctifiée, ajouta Dillen, les prêtres ont pu contrôler l'accès aux moyens de production du bronze mais aussi à un de ses principaux composants. Ils ont également pu dresser une autre barrière, un mur de piété. L'existence de tout clergé se justifie en ce que celui-ci professe une compréhension des vérités inaccessibles aux profanes. En consacrant le bronze, les prêtres ont pu élever la métallurgie au rang d'art raréfié. »

Jack regarda intensément la table, devant lui. « Nous nous trouvons au-dessus d'une catacombe de la technologie ancienne, d'une forge changeante digne du dieu Héphaïstos lui-même. »

« Alors que s'est-il vraiment passé lors de l'exode de la mer Noire ? demanda Costas.

– Nous entrons dans le vif du sujet, répondit Dillen. Après l'ouverture du Bosphore, l'eau a monté et le peuple a dû s'attendre au pire, penser que sa fin était proche. Même les prêtres n'ont pas dû pouvoir apporter une explication rationnelle au débordement inexorable de la mer, un phénomène aussi surnaturel que les borborygmes du volcan. »

Il se mit à marcher de long en large, tandis que ses gestes projetaient des ombres étranges sur les murs.

« Pour apaiser les dieux, ils avaient recours au sacrifice propitia-toire. Peut-être ont-ils entraîné l'énorme taureau le long de la voie processionnelle pour l'égorger sur l'autel. Constatant leur échec, ils ont pu opter, en désespoir de cause, pour l'offrande ultime, le sacrifice humain. Ils ont exécuté leurs victimes sur la table de préparation du dépôt mortuaire et jeté les corps dans le cœur du volcan. »

Il s'arrêta un instant et leva les yeux.

« Et puis c'est arrivé. Une montée de magma, peut-être, qui a pu s'accompagner d'une pluie torrentielle, ce qui aurait provoqué cette remarquable colonne de vapeur, puis un arc-en-ciel éclatant. C'était le signe tant attendu. Une dernière entaille a été faite à la hâte sur le calendrier des sacrifices de la galerie. Yahvé ne les avait pas abandonnés. Il y avait encore de l'espoir. Cela leur a donné le courage de partir plutôt que d'attendre leur heure.

– Les Atlantes se sont embarqués sur leurs bateaux, intervint Costas.

– Certains d'entre eux ont pris le chemin le plus court et se sont dirigés vers les montagnes, à l'est, vers le Caucase, et au sud, de l'autre côté de la zone inondable, au-delà du mont Ararat vers la Mésopotamie et la vallée de l'Indus. D'autres ont pagayé vers l'ouest jusqu'à l'embouchure du Danube. Parmi ceux-ci, certains ont poursuivi leur route jusqu'à la côte atlantique. Mais je pense que le groupe le plus important a portagé le long du Bosphore jusqu'à la Méditerranée. Ils se sont installés en Grèce, en Égypte et au Levant, et même en Italie et en Espagne.

– Qu'ont-ils emporté avec eux ? demanda Efram.

– Pensez à l'arche de Noé, répondit Dillen. Des couples d'animaux domestiques. Des bovins, des porcs, des cerfs, des mou-tons, des chèvres. Et des sacs de graines. Du blé, de l'orge, des fèves, même des oliviers et des vignes. Mais ils ont laissé derrière eux quelque chose de très important.

– Le bronze ? suggéra Costas en se tournant vers lui.

– C'est la seule hypothèse qui puisse expliquer l'absence totale de bronze dans les vestiges archéologiques pendant les deux mille ans qui ont suivi, confirma Dillen en hochant gravement la tête. Il y avait sans doute suffisamment de place dans leurs bateaux pour qu'ils puissent emporter leurs outils et leur matériel, mais je pense que les prêtres le leur ont interdit. Peut-être ce geste a-t-il été une dernière tentative d'apaisement, un sacrifice pour leur propre protection alors qu'ils plongeaient dans l'inconnu. Peut-être ont-ils même jeté tous leurs outils à la mer en guise d'offrande à cette force qui avait condamné leur cité.

– Mais les prêtres ont emmené leur savoir en matière de métallurgie, dit Costas.

– En effet. Je pense que les grands prêtres ont fait un pacte avec leurs dieux, une alliance en quelque sorte. Lorsque les présages leur ont donné l'espoir de s'en sortir, ils se sont immédiatement mis au travail. Ils ont copié leur texte sacré, transcrit les dix tables sur des feuilles d'or battu. Nous savons désormais que leur sagesse englobait les rudiments de l'agriculture, de l'élevage et de la maçonnerie, et beaucoup d'autres choses que nous découvrirons lorsque la traduction sera effectuée, ajouta-t-il en regardant Katya. Chaque série de tables a été déposée dans un coffre de bois et confiée au grand prêtre qui a accompagné chacune des flottilles prenant la mer.

– Une de ces flottilles avait une série incomplète, fit remarquer Jack, puisqu'il reste une feuille d'or inachevée devant nous, abandonnée au milieu de la copie de la quatrième table.

– Oui, acquiesça Dillen, et je crois qu'il y avait un groupe plus important que les autres, dans lequel se trouvait la majorité des grands prêtres et de leur escorte. » Il indiqua les sculptures qui se trouvaient derrière lui. « En remettant une copie de leur texte sacré à chaque groupe, les prêtres ont fait en sorte que leur héritage perdure quoi qu'il arrive à la flottille principale. Mais leur intention était de trouver une nouvelle montagne sacrée, une nouvelle Atlantide.

– Et vous croyez que leurs descendants ont simplement gardé leur savoir secret pendant deux mille ans ? demanda Costas incrédule.

– Pensez aux prêtres de Saïs, répondit Dillen. De génération en génération, ils ont caché l'histoire de l'Atlantide, de cette civilisation qui avait péri une éternité avant l'arrivée des premiers pharaons au pouvoir. D'après ce que nous savons, Solon a été le premier étranger à avoir accès à leurs secrets.

– Et les prêtres avaient beaucoup de choses à dévoiler outre les mystères de la métallurgie, dit Jack. Ils pouvaient toujours avoir recours à leurs connaissances astronomiques pour prévoir les saisons et les périodes les plus propices aux semailles et à la moisson. En Égypte, peut-être ont-ils transposé leur autorité à la crue annuelle du Nil, un miracle qui nécessitait une intervention divine. C'est ce qui s'est passé dans d'autres berceaux de la civilisation où les rivières inondaient les terres, comme le Tigre et l'Euphrate en Mésopotamie et l'Indus au Pakistan.

– Et ne négligeons pas l'héritage le plus direct du bronze, ajouta Mustafa. Au cours des sixième et cinquième millénaires avant Jésus-Christ, les artisans qui travaillaient le silex et la pierre polie ont atteint le sommet de leur art en fabriquant de superbes couteaux et faucilles. Ceux-ci rappellent tant le métal par leurs formes qu'ils peuvent très bien les avoir conçus en s'inspirant de leurs anciens outils de bronze. À Varna, sur la côte de la Bulgarie, on a trouvé dans un cimetière une série époustouflante d'ornements en or et en cuivre. Le site étant antérieur à 4500 avant Jésus-Christ, les premiers habitants peuvent très bien avoir été des Atlantes.

– N'oublions pas non plus la langue, intervint Katya. Le plus grand don de ce peuple a peut-être été l'indo-européen inscrit sur ces tables, d'où proviennent les premières langues écrites du monde antique. Le grec, le latin, le slave, l'iranien, le sanscrit, le germanique et son descendant le vieil anglais. L'étendue du vocabulaire et la complexité de la syntaxe ont favorisé le développement des idées, non seulement dans l'univers abstrait de la religion et de l'astronomie mais aussi dans des domaines plus pragmatiques. Le dénominateur commun le plus évident de toutes les langues indo-européennes est le vocabulaire lié au travail de la terre et à l'élevage.

– Et parmi les idées abstraites, il y a eu le monothéisme, le culte d'un dieu unique, déclara Efram la voix tremblante d'émotion, apparemment en proie à une nouvelle révélation. D'après la tradition juive, les récits de l'Ancien Testament trouvent essentiellement leur origine dans des événements de la fin de l'âge du bronze et du début de l'âge du fer, situés entre le deuxième et le début du premier millénaire. Mais il semble qu'ils intégrèrent des souvenirs d'une époque presque inconcevablement plus lointaine. Le déluge de la mer Noire et Noé. Les tables d'or et l'arche d'Alliance. Et le sacrifice, peut-être même humain, en tant qu'ultime preuve d'allégeance à Dieu, qui évoque l'histoire d'Abraham et de son fils

Isaac sur le mont Moria. Tout cela ne peut pas être qu'une simple coïncidence.

– Tout ce qui jadis a été vrai devra être révisé, réécrit, ajouta Dillen solennellement. De nombreux hasards nous ont conduits jusqu'ici de façon remarquable. La découverte du papyrus dans le désert. La fouille de l'épave minoenne, qui nous a permis de trouver le disque d'or et son précieux lexique de symboles. Et la traduction du disque d'argile de Phaistos, conclut-il après avoir regardé tour à tour Aysha et Hiebermeyer, Costas et Jack, puis Katya en rappelant la contribution de chacun. Un fil conducteur relie toutes ces découvertes, quelque chose que j'ai d'abord considéré comme une simple coïncidence.

– La Crète minoenne, répliqua Jack aussitôt.

– Oui, acquiesça Dillen. La version confuse que Platon nous a laissée du récit de l'Atlantide semblait faire référence aux Minoens de l'âge du bronze, à leur disparition après l'éruption de Théra. Mais par chance, le fragment de papyrus qui a survécu a prouvé que Solon avait écrit deux récits différents, un qui concernait effectivement le cataclysme survenu en Égée au milieu du deuxième millénaire avant Jésus-Christ et un autre qui décrivait la disparition de l'Atlantide dans la mer Noire quatre mille ans auparavant.

– Des événements bien distincts, précisa Costas.

– Oui, confirma Dillen. J'étais parti du principe qu'Amenhotep avait fait à Solon le récit de toutes les grandes catastrophes naturelles du passé, la liste des civilisations perdues à la suite d'inondations ou de tremblements de terre, un historique qui flatte le goût des Grecs pour le drame. Un siècle après la visite de Solon, les prêtres égyptiens ont raconté à Hérodote toutes sortes d'histoires concernant des événements étranges dans des lieux reculés, dont certaines étaient clairement fallacieuses. Mais je ne vois plus les choses de la même façon. J'en suis arrivé à penser qu'Amenhotep avait un plus noble dessein.

– Je croyais que les prêtres s'intéressaient à Solon uniquement pour son or, dit Costas d'un air perplexe. Sans cela, ils n'auraient jamais divulgué leurs secrets, surtout à un étranger.

– Je pense désormais que ce n'était que la partie visible de l'iceberg. Amenhotep a peut-être compris que les jours de l'Égypte pharaonique étaient comptés, qu'il ne bénéficierait bientôt plus de la sécurité qui avait permis à ses ancêtres de garder leurs secrets pendant tant de générations. Les Grecs établissaient déjà des comptoirs dans le Delta et, seulement deux siècles plus tard, Alexandre le Grand prendrait la terre d'assaut et balaierait l'ordre ancien pour toujours. Mais Amenhotep a peut-être placé tout son espoir dans les Grecs. Ceux-ci avaient créé une société fondée sur la démocratie, la connaissance et la curiosité, une société dans laquelle un philosophe pouvait véritablement être un roi. Dans le monde grec, peut-être redécouvrirait-on un jour l'utopie.

– Et en voyant cet homme lettré avide de connaissance, Amenhotep s'est peut-être remémoré l'histoire d'une terre légendaire située au nord sur l'horizon, d'une civilisation insulaire enracinée dans le mythe qui avait représenté autrefois le plus grand espoir de résurrection du clergé, reprit Jack le visage enflammé par l'émotion. Je pense, moi aussi, qu'Amenhotep était un prêtre issu de l'Atlantide, un descendant direct des sages qui avaient guidé un groupe de réfugiés, cinq mille ans auparavant, jusqu'aux rives de l'Égypte et façonné la destinée de cette terre. Grands prêtres, patriarches, prophètes, appelez-les comme vous voudrez. D'autres groupes sont allés jusqu'au Levant, jusqu'en Italie occidentale, où ils ont été les ancêtres des Étrusques et des Romains, jusqu'en Espagne méridionale, où la civilisation tartessienne allait se développer. Mais je crois que la plus grande flottille s'est arrêtée en mer Égée.

– Sur l'île de Théra ! s'exclama Costas.

– Avant l'éruption, poursuivit Jack, Théra devait être le volcan le plus imposant de toute l'Égée, un vaste cône dominant l'archipel. De loin, l'île devait ressembler de façon frappante à la terre perdue des réfugiés. Les dernières reconstitutions montrent que le volcan avait des sommets jumeaux. Les Atlantes ont pratiquement vu la même chose que nous lorsque nous avons découvert leur île depuis la *Seaquest*.

– Est-ce que tu sous-entends que ce sont eux qui ont bâti le monastère mis au jour dans les falaises de Théra après le tremblement de terre de l'année dernière ? demanda Costas.

– Depuis la découverte du site préhistorique d'Akrotiri en 1967, les archéologues se demandent pourquoi cette cité si prospère n'avait pas de palais, répondit Jack. La mise au jour du monastère a prouvé ce que certains d'entre nous pensaient depuis longtemps, à savoir que l'île était un site religieux qui avait dû abriter un magnifique sanctuaire de sommet. Notre épave s'intègre parfaitement dans ce scénario. Son chargement d'objets cérémoniels et d'artefacts sacrés montre que les prêtres étaient riches comme des rois.

– Mais l'épave date à coup sûr de l'âge du bronze, protesta Costas, soit des milliers d'années après l'exode de la mer Noire.

– Oui, Akrotiri était une cité de l'âge du bronze, une plaque tournante du commerce située en bordure de mer, mais on a trouvé des poteries et des outils en pierre du néolithique sur toute l'île. Les premiers habitants se sont probablement installés dans les terres et en hauteur, c'est-à-dire à un endroit plus approprié à une époque où l'on craignait les caprices de la mer.

– De quand ce monastère date-t-il ? insista Costas.

– Il est étonnamment ancien. Il date du cinquième ou du sixième millénaire avant Jésus-Christ. Tu vois, tout se tient. Quant à l'épave, outre le disque d'or, beaucoup d'artefacts sacrés retrouvés à son bord se révéleront probablement beaucoup plus anciens. Il s'agit sans doute d'un précieux héritage remontant à des milliers d'années avant l'âge du bronze.

– Et quel rapport avec la Crète minoenne ? »

Jack agrippa le rebord de la table avec une euphorie palpable.

« Quand on réfléchit aux peuples anciens qui ont précédé les Grecs et les Romains, on pense généralement aux Égyptiens, ou aux Assyriens et autres peuples du Proche-Orient mentionnés dans la Bible. Pourtant, la civilisation la plus extraordinaire, à tous points de vue, est celle qui s'est développée en Crète. Ce peuple n'a peut-être pas bâti de pyramides ni de ziggourats, mais tout indique qu'il avait une culture exceptionnellement riche, merveilleusement créative et parfaitement adaptée à la générosité de sa terre. » Jack sentit l'excitation des autres monter, tandis que tout ce avec quoi ils avaient jonglé depuis la conférence d'Alexandrie commençait à prendre un sens.

« C'est difficile à imaginer mais, d'après ce que nous savons, les Atlantes dominaient une vaste plaine qui s'étendait de l'ancien littoral au pied des montagnes anatoliennes. L'île de Théra était aussi extrêmement fertile mais trop petite pour nourrir une population de cette taille. Les prêtres se sont alors tournés vers le sud, vers la première terre visible, située à deux jours de navigation d'Akrotiri, une immense plaine adossée à une montagne qui devait ressembler à un nouveau continent.

– La Crète a été occupée pour la première fois au néolithique, fit remarquer Hiebermeyer. Si mes souvenirs sont bons, d'après la datation carbone 14, les artefacts les plus anciens qui aient été découverts sous le palais de Cnossos remontent au septième siècle avant Jésus-Christ.

– Un millier d'années avant la disparition de l'Atlantide, reconnut Jack. Ils datent de la grande vague de peuplement de l'île qui a eu lieu après la période glaciaire. Mais nous pensions déjà qu'il y avait eu une autre vague de peuplement au sixième siècle, expliquant l'apparition de la poterie et de nouvelles idées en matière d'architecture et de religion. »

Il s'arrêta un instant pour rassembler ses idées.

« Je crois désormais qu'il s'agissait d'Atlantes, de colons en provenance de Théra. Ils ont creusé des terrasses dans les vallées de la côte nord pour planter des vignes et des oliviers et pour élever les moutons et les bovins issus du bétail qu'ils avaient emmené avec eux. Ils ont utilisé l'obsidienne qu'ils ont trouvée sur l'île de Mélos et sont arrivés à en contrôler l'exportation, tout comme les prêtres de l'Atlantide avaient contrôlé l'exploitation du bronze. L'obsidienne a fini par devenir un objet d'échange cérémoniel, qui a contribué à établir des relations pacifiques entre tous les peuples de l'Égée. Pendant plus de deux mille ans, depuis un réseau de sanctuaires de sommet, les prêtres ont présidé au développement de l'île avec une autorité bienveillante, tandis que la population s'organisait progressivement en villages et en cités, en s'enrichissant grâce aux excédents agricoles.

– Comment expliquer l'apparition du bronze plus ou moins simultanément dans toutes les cités du Proche-Orient au troisième millénaire avant Jésus-Christ ? demanda Costas.

– L'étain en provenance d'Orient commençait à arriver en Méditerranée. Dans toute la région, les artisans qui travaillaient le cuivre ont dû effectuer des alliages expérimentaux.

– Et je crois que les prêtres ont accepté l'inévitable et décidé de révéler leur plus grand secret, ajouta Jack. Je pense que, comme les moines du Moyen Âge et les druides de l'époque celtique, ils ont été les arbitres internationaux de la culture et de la justice, les émissaires et les intermédiaires qui ont relié entre eux les États-nations naissants de l'âge du bronze et maintenu la paix à chaque fois qu'ils l'ont pu. Ils ont veillé à ce que l'héritage de l'Atlantide soit au cœur de la culture de la région, avec des caractéristiques communes aussi grandioses que les palais de la Crète ou du Proche-Orient.

– Les vestiges de l'épave prouvent qu'ils pratiquaient le commerce, intervint Mustafa.

– Avant notre épave, trois fouilles avaient été réalisées dans des navires de l'âge du bronze de l'Est méditerranéen, poursuivit Jack, mais aucun n'était minoen. Ceux-ci étaient tous ultérieurs. Ces découvertes impliquent que c'étaient les prêtres qui contrôlaient le commerce lucratif du métal. Ces hommes et ces femmes accompagnaient les chargements et faisaient de longs voyages dans toute l'Égée. Je pense que c'est le même clergé qui a révélé pour la première fois les merveilles de la technologie du bronze, une révélation orchestrée sur toute la région mais effectuée au départ en Crète, un lieu où la culture réfléchie qui s'était développée pendant tout le néolithique assurait les meilleures conditions pour le renouvellement de la plus grande des expérimentations.

– Et il y a eu un effet multiplicateur, en conclut Katya, dont le visage éclairé par la torche semblait s'empourprer d'émotion. Les outils de bronze ont favorisé une deuxième révolution agricole. Les villages se sont transformés en villes et les villes ont engendré des palais. Les prêtres ont introduit le linéaire A pour faciliter l'archivage et l'administration. La Crète est rapidement devenue la plus grande civilisation que la Méditerranée ait jamais connue, un monde dont le pouvoir ne reposait pas sur la puissance militaire mais sur le succès de son économie et la force de sa culture. » Elle regarda Jack en hochant lentement la tête. « Vous aviez raison finalement. La Crète était bien l'Atlantide de Platon. Mais c'était une nouvelle Atlantide, une utopie refondée, un second grand projet qui perpétuait le vieux rêve du paradis sur terre.

– Au milieu du deuxième millénaire avant Jésus-Christ, fit remarquer Dillen, la Crète minoenne était à son apogée, exactement telle qu'elle est décrite dans la première partie du papyrus de Solon. Palais magnifiques, culture d'une extrême richesse, jeux taurins et splendeur artistique, tout un monde ébranlé par l'éruption de Théra.

– Plus importante que celles du Vésuve et du mont Saint-Hélène réunies, précisa Costas. Quarante kilomètres cubes de retombées volcaniques et un raz de marée de taille à engloutir Manhattan.

– Un cataclysme qui s'est étendu bien au-delà de la civilisation minoenne. L'ensemble du clergé ayant pratiquement disparu, tout l'édifice de l'âge du bronze a commencé à s'effondrer. Ce monde autrefois prospère et sûr est tombé dans l'anarchie et le chaos. Déchiré par des conflits internes, il n'a pas pu résister aux envahisseurs arrivant en nombre depuis le nord.

– Mais certains prêtres se sont échappés, intervint Costas. Les passagers de notre épave ont péri mais d'autres s'en sont sortis, ceux qui étaient partis plus tôt.

– En effet, confirma Dillen. Comme les habitants d'Akrotiri, les prêtres du monastère ont été attentifs aux signes, probablement de violentes secousses qui, d'après les sismologues, ont traversé l'île quelques semaines avant le cataclysme. Je pense que la plupart des prêtres ont péri dans votre épave. Mais d'autres sont arrivés sains et saufs au séminaire de Phaistos, sur la côte sud de la Crète, et d'autres encore sont allés rejoindre leurs frères en Égypte et au Levant.

– Mais cette fois, ils n'ont pas essayé de faire revivre l'Atlantide ni de poursuivre leur expérience de l'utopie, risqua Costas.

– Les ténèbres s'abattaient déjà sur le monde de l'âge du bronze, expliqua Dillen d'un air sombre. Au nord-est, les Hittites s'organisaient dans leur forteresse anatolienne de Boghazköy et s'apprêtaient à décimer tout ce qui se trouvait sur leur passage jusqu'aux portes mêmes de l'Égypte. En Crète, les Minoens qui avaient survécu n'ont pas pu résister aux guerriers mycéniens provenant de la Grèce continentale, les ancêtres d'Agamemnon et de Ménélas, dont la lutte titanesque avec l'est serait immortalisée par Homère dans le cadre du siège de Troie. »

Dillen s'interrompit pour balayer ses compagnons du regard.

« Les prêtres savaient qu'ils n'avaient plus le pouvoir de façonner la destinée de leur monde. Par leur ambition, ils avaient ravivé le courroux des dieux et s'étaient à nouveau attiré le châtiment divin qui avait anéanti leur première terre. L'éruption de

Théra a dû être apocalyptique, un véritable présage d'Armageddon. Dès lors, le clergé cesserait de jouer un rôle actif dans la vie des hommes et s'enfermerait dans les recoins d'un sanctuaire en jetant sur sa tradition un voile de mystère. Bientôt, la Crète minoenne, comme l'Atlantide, ne serait plus que le souvenir lointain d'un paradis, un conte moral sur l'orgueil de l'homme face aux dieux, un récit ancré dans le mythe et la légende et emprisonné à tout jamais dans les mantras des derniers prêtres.

– Dans le sanctuaire du temple de Saïs, suggéra Costas.

– Oui, acquiesça Dillen. L'Égypte a été la seule civilisation de la Méditerranée à échapper au désastre de la fin de l'âge du bronze, la seule terre où les prêtres aient pu retrouver une tradition ininterrompue depuis l'époque de l'Atlantide, des milliers d'années auparavant. Je pense que la lignée d'Amenhotep était la dernière, la seule qui ait encore existé à l'aube de l'époque classique. Elle serait, elle aussi, amenée à disparaître deux siècles plus tard avec l'arrivée d'Alexandre le Grand.

– Et pourtant l'héritage de l'Atlantide a subsisté, conclut Jack. Amenhotep a passé le relais à Solon, un homme dont la culture laissait espérer que les idéaux des fondateurs de l'Atlantide puissent ressurgir un jour. Aujourd'hui, ce devoir sacré nous incombe. Pour la première fois depuis l'Antiquité, l'héritage de l'Atlantide est dévoilé à l'humanité, non seulement ce que nous avons vu mais une sagesse secrète que même Amenhotep n'a pas pu divulguer. »

Ils descendirent lentement l'escalier derrière Dillen en direction du puits de lumière. Les silhouettes sculptées des prêtres et des prêtresses semblaient aller en sens inverse dans une procession solennelle montant éternellement jusqu'au saint des saints.

Chapitre 33

Dillen et les autres membres du groupe entendirent un bruit provenant du bout de la galerie. Ben, accompagné de deux hommes d'équipage de la *Sea Venture*, se précipitait vers eux.

« Sortez immédiatement. Il est possible qu'il y ait un intrus. »

Jack et Costas échangèrent un regard et partirent devant avec les hommes d'équipage.

« Quelle est la situation ?

– Avion non identifié volant à basse altitude dans notre direction. Le radar l'a repéré il y a cinq minutes. Il ne correspond à aucun indicatif d'appel. Et il avance vite. Subsonique rapide.

– Position ?

– Trajectoire 140 degrés. Sud-sud-ouest. »

Ils arrivèrent à la salle d'audience et firent le tour de plate-forme pour atteindre la sortie, située juste en face. Ils longeaient les parois, mais ils sentirent tout de même une chaleur brûlante provenant de la cheminée centrale. Un sursaut d'activité volcanique avait eu lieu pendant qu'ils étaient dans la galerie.

« On dirait qu'il va y avoir de l'action.

– Oui, et de tous les côtés. »

Jack fit signe aux autres de se dépêcher et attendit qu'Hiebermeyer et Dillen les rattrapent avant de fermer la marche dans le tunnel de sortie. Une poussée de gaz explosa juste derrière eux tandis qu'ils se pelotonnaient du même côté de la porte dans la lumière éblouissante du soleil.

« C'est une remontée volcanique, affirma Costas en élevant la voix pour se faire entendre malgré le grondement de plus en plus fort qui provenait de la salle d'audience. Le genre d'événement que les Atlantes consignaient sur leur calendrier. Il y a peut-être de la lave.

– Tom York a déjà ordonné une évacuation complète des lieux en raison de l'intrus, cria Ben. Pour votre sécurité.

– On te suit. »

Ils suivirent Ben le long de l'escalier qui menait à l'hélistation de fortune en clignant des yeux dans l'éclat de la lumière du jour. Le dernier des Seahawk venait de décoller vers le large et il ne restait que le Lynx de la *Sea Venture*. Les rotors se mirent en marche et deux hommes d'équipage se penchèrent pour les aider à monter.

« C'est un avion militaire, dit Ben en appuyant sur son casque pendant qu'il courait au milieu du bruit. Aucun appareil de ce genre n'a été vu ici auparavant. Le capitaine du navire d'attaque rapide russe pense que c'est un Harrier. »

Tandis qu'il aidait Dillen à s'approcher de l'hélicoptère, Jack eut soudain une sinistre prémonition.

Les hangars anti-souffle d'Aslan. Olga Ivanovna Bortsev.

« Les Russes pensent qu'il se dirige vers le sous-marin. Ils ont des missiles avec verrouillage sur cible. Ils ne veulent prendre aucun risque. Ils ont tiré. »

En bondissant dans l'hélicoptère, Jack aperçut le sillon de deux missiles tirés depuis le navire d'attaque rapide le plus proche du *Kazbek*. Alors que ceux-ci cherchaient leur cible, un point noir apparut au-dessus des vagues, sur l'horizon est.

Elle ne vient pas pour le sous-marin. Elle est venue rejoindre son amant en enfer.

« Décollez ! cria Jack. Il fonce sur nous ! »

Tandis que le pilote arrachait l'hélicoptère du sol, ils virent l'avion passer en trombe au-dessus du sous-marin, suivi des traînées des deux missiles. Jack se retourna vers la porte ouverte, juste à temps pour voir les missiles toucher et faire exploser la queue du Harrier. Le Lynx s'éleva à une vitesse vertigineuse et l'épave plongea au-dessous d'eux. L'espace d'un instant, ils aperçurent le visage casqué à l'intérieur du cockpit, puis l'explosion engloutit la partie avant du fuselage. Avant qu'ils n'aient le temps de se rendre compte de ce qui se passait, une immense onde de choc projeta l'hélicoptère vers le haut. Jack et l'homme d'équipage posté à la porte faillirent tomber de l'appareil et les autres se cramponnèrent à tout ce qu'ils purent trouver.

Le Harrier en flammes avait heurté le volcan comme une comète. Il avait été dirigé tout droit sur l'entrée et ses restes étaient désormais projetés en direction de la salle d'audience, comme aspirés par la gueule du volcan. Pendant un moment extraordinaire, le feu et le bruit disparurent complètement.

« Ça va exploser ! » cria Costas.

L'hélicoptère monta au-dessus de trois cents mètres et vira du côté de la mer. Ils regardèrent horrifiés le spectacle qui se déroulait au-dessous d'eux. Quelques secondes après le choc, un terrible grondement retentit et un jet de flammes sortit de l'entrée comme d'une tuyère de postcombustion. L'impact du Harrier avait comprimé et enflammé les gaz volatils qui s'étaient accumulés à l'intérieur de la salle d'audience. Le cône du volcan sembla s'estomper et ils entendirent le ronflement colossal de la détonation. Un geyser de feu jaillit à des centaines de mètres, à l'ancien emplacement de la colonne de vapeur.

Sous le nuage gonflé de poussière qui masquait le cône en train de s'écrouler, ils virent un anneau de magma en fusion, des langues de feu qui commençaient à descendre inexorablement le long des flancs du volcan vers la mer.

L'Atlantide avait révélé ses secrets pour la dernière fois.

⊓ || ⋏⌡⋗⊦ ⋏ ⁾⋊⋗⋎

Épilogue

Les derniers rayons du soleil couchant projetaient des couleurs chaudes sur les vagues, qui clapotaient contre la poupe de la *Sea Venture*. À l'horizon est, la mer se mélangeait avec le ciel dans une brume empourprée et, à l'ouest, l'orbe à demi englouti emportait avec lui ce qu'il restait de lumière à travers un immense éventail céleste. Après l'éruption, tout s'était décliné dans des nuances pastel. Le site voilé du volcan n'était plus qu'un tourbillon de poussière et de vapeur entouré d'un halo rose et orange.

Jack et ses compagnons étaient assis sur le pont supérieur, au-dessus de la passerelle, et revoyaient tout le panorama des jours qui venaient de s'écouler. Après leurs découvertes extraordinaires de la matinée et leur fuite précipitée, ils étaient épuisés mais exaltés et se détendaient dans la chaleur de la fin de journée.

« Je me demande ce que votre Grec a bien pu penser de tout cela, dit Costas allongé sur le côté et appuyé sur un bras pour se tourner vers Jack.

– Il s'est probablement gratté la tête un moment avant de dire "ah" et de sortir son rouleau pour consigner ce qu'il venait d'entendre. C'était ce genre de type-là.

– L'archéologue typique, soupira Costas. Le gars qui ne s'enthousiasme jamais pour rien. »

Le site de l'île était toujours dissimulé par les nuages de vapeur, là où la lave avait coulé dans la mer, mais ils savaient qu'il ne restait désormais plus rien hors de l'eau. Avec le poids du magma qui s'était accumulé au-dessus, le labyrinthe souterrain s'était progressivement effondré après l'implosion de la salle d'audience. Pendant plusieurs heures, ils avaient assisté avec inquiétude à une nouvelle version de la catastrophe de Théra. Les grandes salles s'étaient écroulées avant d'aspirer la mer, qui avait rebondi sous forme de petits tsunamis mettant en péril le système de stabilisation de la *Sea Venture*. Même maintenant, l'éruption se poursuivait dans les profondeurs sous-marines et déversait des rivières de lave qui s'écoulaient le long des anciennes voies et s'étendaient jusqu'aux confins de la cité.

« Il sera peut-être encore possible de faire des fouilles, dit Costas. Pense à Pompéi et à Herculanum, et même à Akrotiri, sur l'île de Théra.

– À Pompéi, il a fallu deux cent cinquante ans pour en arriver où nous en sommes aujourd'hui et tout n'a pas encore été retrouvé, répondit Jack. Et la cité est sous une couche de lapilli et de cendres et non sous la lave. Et puis elle n'est pas sous l'eau. »

Ils se consolèrent en se disant qu'il restait d'autres merveilles à découvrir le long de l'ancien littoral, des sites parfaitement préservés, comme le village au large de Trabzon, qui répondraient à beaucoup de leurs questions concernant le développement de cette civilisation à la culture si extraordinaire, plus de sept mille ans auparavant.

Jack se sentit étrangement de bonne humeur. Ils avaient déjà fait la plus grande des découvertes. Ils avaient trouvé l'Atlantide et comprirent le rôle remarquable des Atlantes dans l'histoire. C'était le plus important. S'ils avaient su qu'ils disposaient de peu de temps, peut-être ne seraient-ils jamais entrés dans le volcan. Leur traversée sous-marine du labyrinthe et la découverte du sanctuaire avaient été des moments sacrés, qu'ils ne revivraient sans doute jamais.

« Une chose est sûre, reprit Jack. En veillant sur le sous-marin et en supprimant Aslan, nous avons sans doute évité l'holocauste nucléaire. Notre réussite doit être perçue comme une lueur d'espoir, un signe de la capacité des êtres humains à façonner, aujourd'hui encore, leur propre destinée. Par égard pour ces prêtres visionnaires de l'aube de la civilisation, nous devons faire en sorte que notre découverte ne soit pas uniquement considérée comme une révélation de notre gloire passée mais comme une promesse pour l'avenir. Voilà le véritable héritage de l'Atlantide. »

Les ondulations mourantes du vent balayaient la mer en direction de l'ouest et la ridaient de vagues d'un orange marbré. Au nord, Jack et Costas discernaient encore une zone mazoutée, seul vestige de la *Vultura*, dont la carcasse brûlée avait coulé de façon presque inaperçue sous la surface, une heure auparavant. Plus près des terres, l'immense silhouette du *Kazbek* dominait le paysage. Son escorte s'était écartée pour laisser passer un navire de sauvetage russe. Plus loin, se trouvait un autre cordon de navires de guerre, dont le nombre avait augmenté régulièrement tout au long de la journée. Rien n'était laissé au hasard, les événements des jours précédents ayant prouvé que certains francs-tireurs étaient suffisamment impitoyables et audacieux pour s'attaquer aux forces internationales les plus puissantes.

Efram Jacobovich parlait à voix basse dans son téléphone portable en tournant le dos au reste du groupe. Grâce à ses aptitudes à la négociation qui avaient contribué à faire de lui l'un des hommes les plus riches du monde, il avait déjà conclu un accord selon lequel la fortune d'Aslan serait répartie entre les trois principaux pays concernés. Les Turcs utiliseraient ces fonds pour secourir les victimes de tremblements de terre et les Géorgiens pour créer une force de sécurité efficace. L'UMI ferait bâtir la *Seaquest II* et aurait encore largement de quoi financer un programme de recherche sur tout le littoral de la mer Noire.

Jack leva les yeux vers Costas.

« Au fait, merci pour l'ADSA. Si tu n'avais pas insisté pour l'emmener à bord du module de commande, je ferais partie du paysage marin à l'heure qu'il est. »

Costas leva le grand verre de gin tonic qu'on avait eu la prévenance de lui apporter. « Et merci d'être arrivé juste à temps. Je marchais sur des charbons ardents.

— J'ai une question à te poser, reprit Jack. Qu'est-ce que tu aurais fait si je n'étais pas arrivé ?

— Je venais d'accepter de conduire les hommes d'Aslan jusqu'au sous-marin à travers le volcan. Tu te souviens de cette dernière section du tunnel sous-marin, de l'extrusion de lave juste avant que nous arrivions à la surface ? Je les aurais emmenés dans la galerie de gauche.

– Tout droit vers la chambre magmatique.

– C'est là que j'aurais fini d'une façon ou d'une autre, poursuivit Costas avec gravité. Au moins, j'aurais entraîné quelques hommes d'Aslan avec moi et donné une chance à Katya. C'était la meilleure solution. »

Jack regarda Katya, qui regardait pensivement la mer, penchée contre le bastingage, le visage baigné de soleil, puis posa à nouveau les yeux sur le visage boursouflé de son ami.

« Oui, c'était la meilleure solution », répéta-t-il à voix basse.

Dillen était assis à côté d'eux et fixait l'horizon dans une attitude de contemplation en tirant sur sa pipe en terre ancienne. Lorsqu'ils eurent fini de discuter, il se tourna vers Jack d'un air interrogateur.

« Moi aussi, j'ai une question à vous poser, dit-il. À votre avis, quel est le groupe qui avait cette série de tables incomplète ? »

Jack réfléchit un instant. « Les membres de ce groupe avaient tout jusqu'à la quatrième table, les rudiments de l'agriculture, de l'élevage et de la maçonnerie. Ils ont pu aller en Europe occidentale, où l'âge du bronze a commencé plus tard qu'au Proche-Orient, en Espagne, dans l'Ouest de la France ou en Grande-Bretagne.

– Ou encore plus loin, suggéra Dillen.

– On n'a jamais vraiment pu expliquer l'origine de certains artefacts du début de la préhistoire trouvés en Méso-Amérique et en Chine, admit Jack. Quand l'urbanisme s'est développé aux Amériques, il a donné naissance à une architecture incroyablement similaire à celle de l'Ancien Monde comprenant des pyramides, des cours et des voies processionnelles. Il se pourrait que l'héritage de l'Atlantide ait été un phénomène véritablement mondial, que le monde se soit soudé à ce moment-là comme jamais auparavant ni depuis. »

Les lumières d'atterrissage de l'hélistation s'allumèrent et Jack se retourna pour regarder. Il y avait eu beaucoup d'activité sur l'hélistation tout au long de la journée. Dans l'après-midi, le Lynx de la *Sea Venture* était arrivé avec une équipe d'inspecteurs en désarmement nucléaire de l'Onu devant se rendre sur le *Kazbek*. Et maintenant, il venait de rentrer d'Abkhazie pour une escale technique avec un précieux chargement d'œuvres d'art en provenance de l'ancien quartier général d'Aslan. Lorsqu'il décolla à nouveau pour gagner Istanbul, les passagers de la *Sea Venture* entendirent le bourdonnement plus grave de deux hélicoptères de transport Westland qui attendaient de pouvoir atterrir à leur tour.

Jack se dit que, même si tout le monde était fatigué, il avait bien fait de prévoir immédiatement une conférence de presse. Dans un peu plus d'une heure, les reporters seraient tous de retour à Trabzon, à la base de ravitaillement de l'UMI, et la nouvelle de la découverte serait diffusée dans le monde entier, juste à temps pour faire les gros titres du lendemain matin.

Lorsque le premier hélicoptère atterrit sur l'hélistation et commença à déverser un flot de caméramans, Jack se leva, le visage éclairé par la lumière mourante de la fin du jour. Juste avant de descendre l'escalier pour aller sous le feu des projecteurs, il se tourna vers ses compagnons.

« Je reste à bord de la *Sea Venture* jusqu'à ce que les recherches soient terminées, annonça-t-il. Ce n'est pas ce que Peter aurait voulu, mais je le lui dois. C'est moi qui l'ai fait venir ici et c'était mon ami.

– C'est un héros, dit Katya à voix basse. Le monde est meilleur qu'il ne l'était il y a cinq jours. »

Jack la regarda. Elle était toujours penchée sur le bastingage et fixait l'horizon en direction de l'est. Elle se tourna vers lui et soutint son regard. Les émotions des derniers jours se lisaient sur son visage, mais les teintes cuivrées de la lumière du soir semblaient balayer ses soucis et diffuser la chaleur d'un avenir plus radieux.

Jack respira profondément et s'adressa de nouveau à ses compagnons.

« Ah, et vous êtes tous invités à prendre du repos à mes frais où il vous plaira.

– Désolé, mon garçon, répondit Dillen en souriant chaleureusement à Jack, sa pipe fermement serrée entre les dents. J'ai une conférence sur la paléolinguistique et cette petite diversion a complètement chamboulé ce que j'avais préparé. Je crains de devoir retourner à Cambridge dès demain.

– Moi, il faut que je retrouve l'arche de Noé, déclara Mustafa négligemment. Pas sur le mont Ararat, mais sur le littoral, là où le groupe du sud a échoué ses bateaux avant d'avancer dans les terres. Je dois constituer une équipe d'hydrographes au sein de l'UMI.

– Et vous, je suppose que vous avez de vieilles momies à déterrer, dit Jack en se tournant vers Hiebermeyer et Aysha.

– À vrai dire, oui, répondit Hiebermeyer en s'autorisant exceptionnellement un sourire.

– Eh bien tâchez de ne pas trouver d'autre carte au trésor.

– Cela me rappelle que nous venons de recevoir un rapport intrigant concernant une découverte dans le quartier hellénistique de la nécropole. Quelque chose qui a un rapport avec Alexandre le Grand, une livraison secrète au-delà de l'océan Indien à destination d'un lointain royaume montagneux. »

Intrigué, Jack se mit aussitôt à réfléchir à cent à l'heure à tout ce que pouvait impliquer cette découverte.

« Et au cas où tu l'aurais oublié, nous avons encore une épave minoenne à fouiller, lui rappela Costas, qui avait posé son verre pour survoler les derniers rapports sur son ordinateur de poche. D'incroyables artefacts viennent d'être remontés, des feuilles d'or couvertes de symboles qui me sont étrangement familiers. » Il regarda son ami avec un grand sourire.

« Alors, on va où maintenant ?

– Ça, c'est une autre histoire. »

Note de l'auteur

La découverte qui est à la base de ce roman est fictive. Cependant, le contexte archéologique est aussi plausible que l'histoire le permet et se fonde sur l'état actuel des connaissances et des théories avancées. Cette note a pour but d'éclaircir les faits.

Le déluge de la mer Noire. La crise de salinité messinienne est un fait reconnu, lié aux processus tectoniques et glacio-eustatiques qui ont séparé la Méditerranée de l'Atlantique. Cette crise a été située entre 5,96 et 5,33 millions d'années avant Jésus-Christ ; l'inondation du pont de terre, actuel détroit de Gibraltar, a eu lieu rapidement vers la fin. Le niveau de la Méditerranée s'est élevé d'encore 130 mètres au cours de la fonte des glaciers qui a eu lieu à la fin de la période glaciaire, il y a douze mille à dix mille ans.

Un ensemble de faits découverts récemment tend à montrer que la mer Noire est restée séparée de la Méditerranée pendant encore plusieurs milliers d'années et qu'elle n'a atteint le même niveau que lorsqu'un barrage naturel, en travers du Bosphore, a été submergé, au sixième millénaire avant Jésus-Christ. Des carottes issues du sous-sol de la mer Noire indiquent un passage de l'eau douce à l'eau de mer il y a environ sept mille cinq cents ans, événement confirmé par la datation au carbone 14 de coquillages trouvés des deux côtés de la mer. Il est possible que la calotte glaciaire de l'Antarctique occidental ait rapidement reculé à cette époque ; ce phénomène, associé à l'activité tectonique, pourrait avoir fait passer la mer par-dessus le Bosphore.

En 1999, des chercheurs équipés d'un sonar et d'une drague ont découvert ce qui pourrait être la berme d'un ancien littoral à cent cinquante mètres au-dessous du niveau de la mer, au large du Nord de la Turquie, près de Sinope. Si la date, la rapidité et le volume du déluge de la mer Noire sont encore très controversés, son existence est largement admise.

L'exode néolithique. De nombreux experts pensent que l'indo-européen est apparu dans la région de la mer Noire entre les VIIe et le Ve millénaire avant Jésus-Christ. Bien avant l'hypothèse du déluge de la mer Noire, d'éminents archéologues ont affirmé que l'indo-européen s'était développé chez les premiers fermiers d'Anatolie vers 7000 avant Jésus-Christ, qu'il avait atteint l'Europe vers 6000 avant Jésus-Christ et que son expansion s'était accompagnée de l'introduction de l'agriculture et de l'élevage à grande échelle. Cette thèse a été très controversée – la diffusion de l'indo-européen s'explique-t-elle par la circulation des personnes ou simplement des idées ? – mais elle reste centrale dans tout débat sur les origines de la civilisation.

L'Atlantide. Le *Timée* et le *Critias*, dialogues écrits par le philosophe grec Platon dans la première moitié du IVe siècle avant Jésus-Christ, constituent la source du récit de l'Atlantide. Ce récit n'a de crédibilité que si l'on accepte deux postulats de départ, à savoir, d'une part, que Platon ne l'a pas inventé et, d'autre part, que la source dont celui-ci se réclame, l'érudit athénien Solon ayant vécu plusieurs générations auparavant, n'a pas lui-même été abusé par les prêtres égyptiens de Saïs, qui lui auraient raconté cette histoire au début du VIe siècle avant Jésus-Christ.

Il semble probable que les prêtres égyptiens aient conservé des archives remontant à des milliers d'années. Lorsqu'il a rendu visite aux prêtres au milieu du Ve siècle avant Jésus-Christ, l'historien grec Hérodote a glané une foule d'informations, dont la plupart sont vérifiables. Il a notamment eu accès à un papyrus dressant la liste de « trois cent trente » monarques égyptiens qui se seraient succédés les uns aux autres (Hérodote, *Histoire* II, 100). Il fait preuve néanmoins d'une certaine circonspection : « Si ces propos des Égyptiens paraissent croyables à quelqu'un, il peut y ajouter foi » (II, 122).

À l'époque de Solon, les marins méditerranéens connaissaient les rivages lointains situés au-delà de la mer Rouge à l'est, et des colonnes d'Héraclès à l'ouest. Mais il est inutile d'aller aussi loin pour trouver l'Atlantide. Pour les Égyptiens du VIe siècle avant Jésus-Christ, isolés pendant des siècles après l'effondrement du monde de l'âge du bronze, la Crète était une terre mystérieuse sur l'horizon, qui avait jadis abrité une brillante civilisation. L'Égypte avait perdu tout contact avec cette île après un cataclysme dont elle a pu subir les conséquences sous la forme d'un voile de ténèbres et d'une invasion de sauterelles, mentionnés dans l'Ancien Testament (Exode, 10).

Aujourd'hui, de nombreux experts ayant admis la véracité du récit de Platon situent l'Atlantide en Crète minoenne et expliquent sa disparition par l'éruption de Théra, au milieu du IIe millénaire après Jésus-Christ.

***

Aucune épave minoenne n'a été découverte à ce jour. Cependant, plusieurs épaves de la fin de l'âge du bronze ont été trouvées, dont une en 1982 au large du Sud-Ouest de la Turquie, considérée comme la plus grande découverte archéologique depuis la tombe de Toutankhamon. On y a trouvé dix tonnes de lingots peau de bœuf de cuivre et d'étain ; une cachette de lingots de verre bleu cobalt ; des rondins d'ébène et des défenses d'ivoire ; de magnifiques épées de bronze ; des cachets de marchands du Proche-Orient ; des bijoux en or et un superbe calice en or ; et un somptueux scarabée en or de Néfertiti, qui permet de situer l'épave au XIVe siècle avant Jésus-Christ. Le métal, de quoi équiper une armée entière, constituait peut-être un tribut royal. Parmi tous ces artefacts, figuraient également des objets religieux ayant probablement appartenu à des prêtres. Ces trésors sont aujourd'hui magnifiquement exposés au musée d'archéologie sous-marine de Bodrum.

***

En 2001, un crâne d'hominidé a été découvert à Dmanisi, en république de Géorgie. Il date de 1,8 million d'années avant Jésus-Christ, soit près d'un million d'années avant les premiers fossiles d'hominidés d'Europe. Beaucoup plus tard, l'*homo sapiens sapiens* est arrivé d'Afrique et il a commencé à peindre de superbes animaux pleins de vie sur les parois des grottes, il y a environ 35 000 ans.

Le « hall des ancêtres » s'inspire non seulement des célèbres peintures rupestres de Lascaux, en France, et d'Altamira, en Espagne, qui datent respectivement de 20000 avant Jésus-Christ et de 17000 avant Jésus-Christ, mais aussi de deux découvertes plus récentes. En 1994, à Chauvet, dans le Sud de la France, des spéléologues ont mis au jour un complexe qui avait été bloqué par une chute de pierres dès la préhistoire. Les peintures qu'il abrite, les plus anciennes à ce jour, datent de 35000 avant Jésus-Christ. Elles montrent que les artistes de l'âge de la pierre ont atteint le sommet de leur art seulement quelques milliers d'années après l'arrivée des humains anatomiquement modernes dans la région. Les peintures représentent notamment d'immenses mammouths laineux et d'autres animaux de la mégafaune de la période glaciaire. Une autre grotte, contenant plus de cent quarante peintures et gravures, a été trouvée à proximité de Marseille en 1991, une découverte particulièrement remarquable en raison de l'emplacement de l'entrée à 37 mètres au-dessous du niveau de la mer. La grotte Cosquer prouve que d'autres trésors peuvent encore être immergés dans des grottes inondées à la fin de la période glaciaire.

Des milliers d'années se sont écoulées avant que le langage ne soit représenté par une forme d'écriture, dont les plus anciennes sont le cunéiforme de Mésopotamie et les hiéroglyphes d'Égypte datant de 3200 avant Jésus-Christ environ. Pourtant, parmi des artefacts du paléolithique supérieur (35000-11000 avant Jésus-Christ), contemporains de l'art rupestre, on a trouvé des os sur lesquels étaient gravés des lignes et des points pouvant correspondre à des séquences numériques, comme le passage des jours ou le calendrier lunaire. L'idée de l'écriture peut donc avoir germé bien avant que le besoin d'archivage ne se soit fait sentir, au début de l'âge du bronze.

***

Les prêtres fictifs de l'Atlantide constituent un amalgame entre les shamans et les hommes-médecine des sociétés de chasseurs-cueilleurs et les rois-prêtres des premières cités-États. Ce sont aussi les ancêtres lointains des druides, prêtres insaisissables que l'on a découverts essentiellement dans *La Guerre des Gaules*, de César. Les druides ont peut-être été de puissants médiateurs qui ont réuni les tribus disparates d'Europe celtique. Leurs aïeux ont peut-être porté les « chapeaux de sorcier » coniques, finement ornés de symboles astrologiques, qui ont été récemment identifiés parmi des artefacts de l'âge du bronze. Ces symboles peuvent impliquer une aptitude à étudier et à prévoir les mouvements célestes, y compris le cycle lunaire, un savoir également révélé par les observatoires mégalithiques tels que Stonehenge. Le chapeau le plus ancien date d'environ 1200 avant Jésus-Christ et, jusqu'à présent, il n'en a été trouvé aucun en dehors d'Europe occidentale.

***

Les premiers agriculteurs des îles méditerranéennes avaient des couples d'animaux domestiques, notamment des cerfs, des moutons, des chèvres, des porcs et des bovins, qui n'étaient pas indigènes et doivent avoir été importés du continent à l'aide de grandes chaloupes à rames. D'après une série de fouilles réalisées à Chypre, ces migrations ont commencé dès le IXe millénaire avant Jésus-Christ, tout de suite après les débuts de l'agriculture dans le Croissant fertile d'Anatolie et du Proche-Orient.

Les éléments les plus anciens attestant de l'existence de bateaux en bois sont des fragments de pirogues issus du Danemark, qui datent du Ve et du IVe millénaire avant Jésus-Christ. Si les premiers bateaux d'Égypte et du Proche-Orient n'étaient peut-être que des radeaux de roseau, que l'on retrouve dans l'aspect papyriforme des navires funéraires ultérieurs, l'abondance de bois sur le rivage sud de la mer Noire permet d'envisager que des bateaux en bois aient pu être construits dans cette région avant l'apparition d'outils en métal.

L'arche de Noé pourrait avoir été bâtie sur le modèle du bateau de Douvres, une coque remarquablement bien préservée, trouvée dans le port anglais éponyme en 1992. Bien qu'il date de l'âge du bronze, ce bateau a une forme générique qui était peut-être typique des premiers navires de mer. D'une longueur d'environ quinze mètres, il se compose de planches reliées par des brins d'if, qui pouvaient être désassemblées dans l'éventualité d'une réparation ou d'un transport par voie de terre. Il pouvait accueillir dix-huit à vingt pagayeurs et transporter des passagers, du bétail ou d'autres types de chargement de l'autre côté de la Manche. Dans le cadre de l'exode néolithique, une flotte de navires de ce genre semble plus probable qu'un seul navire de la taille de l'arche de l'Ancien Testament, surtout en l'absence d'outils de menuiserie en métal et de techniques de gréement efficaces.

***

Les sites du début du néolithique les plus importants sont jusqu'à présent Jéricho et Çatal Hüyük. Jéricho, cité biblique identifiée avec Tell-es-Sultan et située dans la vallée du Jourdain, en Israël, était entourée d'une grande muraille de pierre, bâtie vers 8000 avant Jésus-Christ au cours du néolithique pré-poterie. En dehors de cette cité, il existe peu de preuves directes d'un état de guerre, sous la forme de fortifications, de villages brûlés ou de lieux de massacre, avant le VIe millénaire avant Jésus-Christ. Du reste, une théorie récente affirme que les « remparts » de Jéricho étaient en réalité un barrage contre les inondations.

Çatal Hüyük, dans le Sud de la Turquie, s'est développée entre la fin du VIIe et le milieu du VIe millénaire, date à laquelle elle a été abandonnée. Ses bâtiments de type *pueblo*, ses salles de culte ornées de symboles de cornes de taureau et de peintures murales colorées, constituent un modèle authentique dont sont inspirées les structures imaginées sous la mer Noire. Plusieurs artefacts ont été découverts dans ce site, notamment des figurines en argile et en pierre d'une déesse mère exagérément corpulente, qui rappellent la sculpture féminine stylisée en argile trouvée récemment sur le rivage de la mer Noire, à Ikiztepe, en Turquie.

Parmi l'extraordinaire iconographie de Çatal Hüyük figure une fresque découverte dans une salle de culte, datant de 6200 avant Jésus-Christ environ, qui représente un volcan crachant un grand panache de cendre. Avec ses cônes jumeaux reliés par un col, ce volcan ressemble de façon remarquable aux symboles de cornes de taureau ornant les sanctuaires. Au-dessous, se trouve une ville, qui s'étend vers l'extérieur comme si elle longeait un littoral. Les bâtiments rappellent ceux de Çatal Hüyük mais sont répartis en plusieurs blocs rectilignes et denses. Le volcan peut représenter un cône de scories du champ volcanique de Karapinar, situé à cinquante kilomètres à l'est, et la ville peut être Çatal Hüyük elle-même. Mais il peut aussi s'agir d'une vue représentant une ville de bord de mer véritablement nichée entre les sommets jumeaux d'un volcan. Cette peinture constitue la représentation la plus ancienne d'un volcan en activité et d'une ville planifiée.

Autour de la mer Noire, la preuve la plus évidente d'un développement précoce se situe à Varna, en Bulgarie, où l'on a trouvé dans un cimetière une énorme cachette d'artefacts en or et en cuivre et d'objets fabriqués à partir d'os et de silex. Cette découverte révèle non seulement les extraordinaires réalisations des premiers métallurgistes mais aussi une société stratifiée en fonction des richesses matérielles. Le cimetière date de la fin du néolithique, période également désignée sous le nom de « chalcolithique », ou âge du cuivre, se situant vers le milieu du Ve millénaire avant Jésus-Christ.

***

À quatre-vingts kilomètres au nord de la Crète se trouve l'île volcanique de Santorin, l'ancienne Théra. Seule une partie de la cité préhistorique d'Akrotiri a été mise au jour mais, au fur et à mesure qu'elle émerge de sa tombe de cendre et de pierre ponce, celle-ci ressemble de plus en plus à une Pompéi de l'âge du bronze. Les habitants ont eu des signes avant-coureurs de l'éruption, probablement une série de violents tremblements de terre. Jusqu'à présent, aucun « monastère » n'a été mis au jour, mais la splendide fresque marine d'Akrotiri, qui représente une procession de navires et une structure palatiale en bordure de mer, laisse entendre que les observances et les cérémonies religieuses tenaient un rôle important dans la vie de l'île.

La plupart des archéologues situent l'éruption vers 1500 avant Jésus-Christ d'après divers éléments liés à la destruction des palais crétois et à l'arrivée des Mycéniens. Cependant, des scientifiques ont récemment avancé la date de 1628 avant Jésus-Christ d'après le pic d'acidité constaté dans les carottes glaciaires du Groenland, une datation au carbone 14 et une analyse dendrochronologique de chêne irlandais et de pin à cône épineux de Californie. Quelle que soit la date précise, aucun doute ne subsiste concernant l'ampleur colossale de l'éruption qui a rasé la cité de Théra, ravagé l'Est méditerranéen et provoqué des tsunamis sur la côte nord de la Crète après avoir englouti tous les bateaux à des kilomètres à la ronde.

***

C'est à Alexandrie, grand port fondé par Alexandre le Grand en 331 avant Jésus-Christ sur la côte méditerranéenne de l'Égypte, qu'a lieu la conférence du début de l'histoire. Celle-ci se tient au fort de Qaitbay, citadelle bâtie au XVe siècle après Jésus-Christ sur les ruines du phare antique, à l'entrée du port. De nombreux fragments de maçonnerie et de sculptures ont été trouvés sur le lit marin à l'endroit où le phare s'est effondré, au XIVe siècle après Jésus-Christ.

À plus de 2 000 kilomètres à l'ouest se trouve Carthage, site du musée maritime fictif. Depuis 1972, la campagne « Pour sauver Carthage » de l'Unesco fait de l'étude de cette cité antique une priorité, bien que celle-ci ait été rasée par les Romains en 146 avant Jésus-Christ et par les Arabes près de neuf cents ans plus tard. Les fouilles actuellement réalisées dans le port circulaire dissimulé à l'intérieur des terres ont mis au jour des cales de construction qui abritaient autrefois une flotte de galères de guerre.

***

Solon est un personnage historique qui a vécu entre 640 et 560 avant Jésus-Christ. Archonte d'Athènes en 594 avant Jésus-Christ, c'était un homme d'État célèbre, dont les réformes ont ouvert la voie à la cité-État démocratique de l'âge d'or. Plus tard, il a voyagé en Égypte et en Asie Mineure. Il faisait partie des Sept Sages de la Grèce. Les seuls écrits qu'il nous ait légués sont des fragments de poèmes mais, comme Hérodote un siècle plus tard, il a très vraisemblablement consigné tout ce qu'il a appris de la bouche des prêtres et des autres personnes rencontrées au cours de ses voyages.

Le « papyrus de l'Atlantide » est fictif, bien que les circonstances de sa découverte s'inspirent d'une remarquable série d'événements survenus en Égypte occidentale. En 1996, à l'oasis de Bahariya, un singe est tombé à travers le sable dans une nécropole taillée dans la pierre, qui était restée intacte pendant quinze siècles. Depuis, plus de deux cents momies ont été mises au jour, dont beaucoup sont dorées et ornées de peintures représentant un portrait ou une scène religieuse. Elles datent de la période gréco-romaine et sont donc ultérieures à la conquête d'Alexandre, en 332 avant Jésus-Christ. Mais, en 1999, des archéologues effectuant des fouilles dans le village d'El-Bawiti ont découvert la tombe d'un gouverneur de Bahariya de la vingt-sixième dynastie (664-525 avant Jésus-Christ), période pendant laquelle Solon a voyagé.

Les ruines de Saïs se trouvent sous l'actuelle Sa-el-Hagar, ville du delta occidental du Nil, près de la branche de Rosette, située à moins de trente kilomètres de la Méditerranée. Comme à Carthage et à Alexandrie, il ne reste pas grand-chose de cette métropole, dont la maçonnerie a été pillée et les fondations recouvertes par des mètres de sédiments. Néanmoins, Saïs était probablement un lieu de culte important à l'aube de l'histoire égyptienne, même avant le début de la période dynastique (vers 3100 avant Jésus-Christ). À l'époque de la visite de Solon, c'était la capitale royale de la vingt-sixième dynastie, une cité que les Grecs devaient bien connaître puisque leur comptoir de Naucratis se situait à proximité.

Les pèlerins venaient de toutes parts rendre hommage à la déesse Neith dans son temple, un vaste complexe décrit par Hérodote lorsque celui-ci s'y est rendu, un siècle plus tard. Hérodote a rencontré le « hiérogrammateus », terme qu'il utilise pour faire référence au grand prêtre, « interprète des hiéroglyphes de Minerve (Neith), à Saïs », un homme dont il a malheureusement « cru qu'il plaisantait » (*Histoire* II, 28). Le temple abritait d'immenses obélisques, des statues colossales et des androsphinx (II, 169-171,175). Aujourd'hui, il faut beaucoup d'imagination pour se le représenter, mais la présence d'un mur de calcaire bas laisse supposer l'existence d'une enceinte aussi vaste que celle du célèbre complexe de Karnak, en Haute-Égypte.

Les fouilles qui ont permis de trouver les premiers hiéroglyphes et la liste des prêtres sont fictives. Néanmoins, nous avons la chance extraordinaire de connaître le nom de l'homme qui a peut-être été le prêtre rencontré par Solon. Il s'agit d'Amenhotep, dont la statue impressionnante en grauwacke datant de la vingt-sixième dynastie, sans doute originaire de Saïs et dédiée au temple, est exposée au British Museum (n° EA41517). Il tient un *naos*, un sanctuaire abritant une représentation de la déesse Neith.

***

Les marins de l'âge du bronze ayant l'intention d'atteindre le Nil depuis la Crète sont peut-être partis de Kommos, port récemment fouillé longeant la côte sud et visible depuis le palais de Phaistos. Magnifiquement située, Phaistos domine la plaine de la Messara. Elle est adossée au mont Ida, qui rassemble à la fois grottes sacrées et sanctuaires de sommet. Trois kilomètres plus loin se trouve Haghia Triada, complexe traditionnellement considéré comme une villa royale mais qui a pu être une sorte de séminaire du clergé minoen. C'est ici qu'a été trouvé le célèbre disque de Phaistos, en 1908. Ses 241 symboles et 61 « mots » n'ont jusqu'à présent pas été déchiffrés mais peuvent être associés à une langue primitive utilisée en Anatolie occidentale et donc à l'indo-européen parlé au début du néolithique. Le « symbole d'Atlantis » existe réellement, uniquement sur ce disque. On peut en voir plusieurs représentations réalisées à partir du même poinçon, dont une près du centre d'une des deux faces.

Il n'existe pas de deuxième disque. Mais il est possible d'admirer le véritable disque de près au musée archéologique d'Héraklion, où il est exposé avec d'autres trésors du monde minoen.

***

À Haghia Triada, on a également découvert un sarcophage orné d'une peinture représentant un taureau ligoté sur un autel, le cou tranché, dont le sang se déverse dans un vase à libations. À environ cinquante kilomètres au nord, à Archanès, des archéologues ont découvert des preuves d'un autre type d'offrande : un jeune homme ligoté sur une plate-forme basse, dans un temple situé au sommet d'une colline. À côté de son squelette se trouvait un couteau en bronze, sur lequel est gravé un mystérieux animal ressemblant à un sanglier. Quelques instants après la mort de cette victime, le temple s'est effondré au cours d'un séisme. Il s'agit là de la seule preuve de sacrifice humain dans l'Égée de l'âge du bronze.

Archanès se trouve sous le mont Ghiouchtas, sommet sacré surplombant la vallée qui mène à Cnossos. D'extraordinaires découvertes ont été faites à Cnossos, notamment plusieurs milliers de tablettes d'argile cuites sur lesquelles ont été estampées des inscriptions. Dans la plupart des cas, ces inscriptions sont en linéaire B, mais plusieurs centaines de tablettes ont été écrites en linéaire A. Le linéaire B, forme primitive de grec, était la langue parlée par les Mycéniens lorsqu'ils sont arrivés en Crète au XVe siècle avant Jésus-Christ. Ceux-ci ont adopté l'écriture mais rejeté la langue des Crétois. Le linéaire A est similaire, syllabique avec un certain nombre de symboles en commun, mais date d'avant l'arrivée des Mycéniens et reste en grande partie indéchiffré.

Deux autres sites de l'âge du bronze sont mentionnés : Athènes et Troie. Dans l'Acropole, un des rares vestiges de la préhistoire, se trouve un tunnel taillé dans la pierre, qui mène à une source souterraine. Cette découverte a inspiré l'idée qu'il puisse encore y avoir des salles cachées datant de l'époque classique. À Troie, des recherches paléogéographiques ont mis au jour un ancien littoral et nous aurons peut-être un jour des preuves d'un siège établi à l'âge du bronze.

***

Il n'y a effectivement aucune forme de vie dans la mer Noire au-dessous de 200 mètres en raison d'une énorme accumulation de sulfure d'hydrogène, provoquée par le processus biochimique décrit dans le roman. Au fond, se trouvent des dépôts de sel qui se sont formés lorsque la mer, séparée de la Méditerranée, s'est partiellement évaporée.

Au sud, la mer est à cheval sur l'une des frontières géologiques les plus actives du monde, qui a particulièrement attiré l'attention en 1999 lorsqu'un tremblement de terre de 7,4 sur l'échelle de Richter a dévasté le Nord-Ouest de la Turquie. La faille nord-anatolienne située entre les plaques africaine et eurasienne va jusqu'au mont Ararat, lui-même ancien volcan éteint à sommets jumeaux, et peut être associée aux éléments géographiques imaginaires de ce roman, y compris l'île volcanique, le rift tectonique et les cheminées hydrothermales.

Plusieurs épaves de navires marchands ont été trouvées dans les eaux littorales de la mer Noire, dont une a été repérée par un submersible au large de la Bulgarie en 2002. En 2000, l'équipe qui a mis au jour l'ancien littoral situé à proximité de Sinope a découvert à 320 mètres de profondeur une épave de la fin de l'Antiquité, dont la coque magnifiquement préservée laisse supposer la présence d'autres trésors archéologiques dans les profondeurs anoxiques de la mer.

***

À l'exception du HE-4, le « gel magique », et de certaines applications du laser, la majeure partie de la technologie présentée dans ce roman se fonde sur l'état de l'art actuel, y compris en matière de plongée et d'archéologie. Le *Kazbek* est une variante fictive du sous-marin nucléaire d'attaque soviétique de type *Akula I*, qui vient s'ajouter aux six bateaux de ce type mis en service entre 1985 et 1990.

***

Les citations de Platon du chapitre 3 sont extraites du *Timée* et du *Critias* (trad. Luc Brisson), GF Flammarion. Les citations de la Bible du chapitre 3 sont extraites de l'*Exode* 10,21 et celles du chapitre 31 de l'*Exode* 19,16-18, de l'*Exode* 37,1-5 et de la *Genèse* 9,17-19.

CET OUVRAGE
A ÉTÉ ACHEVÉ D'IMPRIMER
SUR ROTO-PAGE
PAR L'IMPRIMERIE FLOCH
À MAYENNE EN OCTOBRE 2005

N° d'impr. 64035.
D.L. : octobre 2005.
(Imprimé en France)